希特勒最后的阴谋

HITLER'S LAST PLOT

〔英〕伊恩·塞耶（Ian Sayer）
〔英〕杰里米·德龙菲尔德（Jeremy Dronfield）
著

郭雨菲
译

中国友谊出版公司

图书在版编目（CIP）数据

希特勒最后的阴谋 /（英）伊恩·塞耶，（英）杰里米·德龙菲尔德著；郭雨菲译. -- 北京：中国友谊出版公司，2020.11

书名原文：Hitler's last plot

ISBN 978-7-5057-4980-1

Ⅰ. ①希… Ⅱ. ①伊… ②杰… ③郭… Ⅲ. ①传记文学—英国—现代 Ⅳ. ① I561.55

中国版本图书馆 CIP 数据核字 (2020) 第 169271 号

著作权合同登记号　图字：01-2020-5685

HITLER'S LAST PLOT : THE 139 HIGH-PROFILE HOSTAGES EARMARKED FOR DEATH IN THE FINAL DAYS OF WORLD WAR II by IAN SAYER AND JEREMY DRONFIELD
Copyright : © 2019 BY IAN SAYER AND JEREMY DRONFIELD
This edition arranged with ANDREW LOWNIE LITERARY AGENT
through BIG APPLE AGENCY,INC.,LABUAN,MALAYSIA.
Simplified Chinese edition copyright : 2020 Bejing Standway Books Co.,Ltd
All rights reserved.

书名	希特勒最后的阴谋
作者	[英]伊恩·塞耶　[英]杰里米·德龙菲尔德
译者	郭雨菲
出版	中国友谊出版公司
发行	中国友谊出版公司
经销	新华书店
印刷	天津旭丰源印刷有限公司
规格	880×1230 毫米　32 开 13 印张　267 千字
版次	2020 年 11 月第 1 版
印次	2020 年 11 月第 1 次印刷
书号	ISBN 978-7-5057-4980-1
定价	88.00 元
地址	北京市朝阳区西坝河南里 17 号楼
邮编	100028
电话	(010) 64678009

目 录

1945 年欧洲地图 / 001

党卫队军衔表 / 002

序幕 / 005

第一章　死亡之廊 / 001

第二章　血之罪恶 / 015

第三章　阿尔卑斯要塞 / 033

第四章　一路向南 / 043

第五章　弗罗森堡集中营 / 059

第六章　将死之囚 / 071

第七章　巴伐利亚插曲 / 079

第八章　死刑犯之殁 / 091

第九章　焚尸炉之杀戮 / 111

第十章　内鬼 / 125

第十一章　终极集结 / 139

第十二章　开始撤离 / 153

第十三章　进入棱堡 / 173

第十四章　因斯布鲁克特殊仓 / 185

第十五章　离开德意志帝国 / 203

第十六章　黎明阴谋 / 215

第十七章　死亡之约 / 227

第十八章　处决计划 / 241

第十九章　死亡之日 / 259

第二十章　党卫队对决 / 277

第二十一章　天堂危机 / 289

第二十二章　夹道受敌 / 303

第二十三章　自由解脱 / 327

后记 / 349

139 位名囚名单 / 369

参考书目 / 379

索引 / 384

死亡倒计时——《希特勒最后的阴谋》出版后记 / 399

1945年欧洲地图

主地图：1945欧洲地图（战前边境）。副地图：南提洛尔

党卫队军衔表

党卫军军衔与美英两国军衔相近，但可能因资料来源不同而略有偏差，军士军衔差异更大。

党卫队		美国	
SS-Oberstgruppenführer	党卫队全国总指挥兼武装党卫军一级上将（最高集团领袖），党卫军一级上将	General	上将
SS-Obergruppenführer	党卫队全国副总指挥兼武装党卫军二级上将（上级集团领袖），党卫军上将	Lieutenant General	中将
SS-Gruppenführer	党卫队地区总队长兼武装党卫军中将（地区总队领袖、集团领袖），党卫军中将	Major General	少将
SS-Brigadeführer	党卫队旅队长兼武装党卫军少将（旅队领袖），党卫军少将	Brigadier General	准将
SS-Standartenführer	党卫队旗队长（旗队领袖），党卫军上校	Colonel	上校
SS-Obersturmbannführer	党卫队一级突击队大队长（上级突击队大队领袖），中校	Lieutenant Colonel	中校
SS-Sturmbannführer	党卫队二级突击队大队长（突击队大队领袖），党卫军少校	Major	少校

续表

党卫队		美国	
SS-Hauptsturmführer	党卫队一级突击队中队长（高级突击队中队领袖），党卫军上尉	Captain	上尉
SS-Obersturmführer	党卫队二级突击队中队长（上级突击队中队领袖），党卫军中尉	First Lieutenant (Lieutenant)	中尉
SS-Untersturmführer	党卫队三级突击队中队长（下级突击队中队领袖），党卫军少尉	Second Lieutenant	少尉
SS-Sturmscharführer	党卫队突击小队长（士官生、候补技术队员），党卫军本部上士或参谋上士	Master Sergeant	总军士长
SS-Hauptscharführer	党卫队一级小队长（高级小队领袖），党卫军一级上士或上级上士	First Sergeant	军士长
SS-Oberscharführer	党卫队二级小队长（上级小队领袖），党卫军上士	Staff Sergeant	上士
SS-Scharführer	党卫队三级小队长（小队领袖），党卫军中士	Sergeant	中士
SS-Unterscharführer	党卫队三级小队副（下级小队领袖），党卫军下士	Corporal	下士

序　幕

> 1945年5月3日，星期四，意大利，
> 博尔戈瓦尔苏加纳（Borgo Valsugana）
> 美军第351步兵团前沿阵地

　　盟军前线最前端，一堆灌木丛后，一名美国大兵正密切看守着布伦塔河谷（Brenta river valley）；河谷山脚树林密布，零星散布着几个农场，景致旖旎，但山中曾经埋伏着许多德国伞兵。有几个人影从敌军阵线径直向大兵的方向走来，其中，几个游击队员携带武器，有一个似乎未持兵器、衣装更好的平民，还有一个身着破破烂烂、蓝灰相间制服的瘦弱身影。美国阵线中，所有清醒的人都看到这群人从德国阵线的方位出现，小心翼翼地走下山坡下到河谷，但没人知道他们的意图。

　　意大利战争已正式宣告结束，但战场上的情况要复杂些。前一晚，英国广播公司（BBC）广播和盟军广播宣布了敌对状态终止；随后第88步兵师（the 88th Division）指挥官正式下达命令："停止攻击，留在原地等待进一步安排。"但第351步兵团的士兵们不想冒任何风险；德国第1空降猎兵师（1st Fallschirmjager Regiment）的伞兵还留在山谷背面，他们一个个

冷酷无情,赤胆忠心,可能不愿接受停火。

前一天下午官方宣告停火之前,第 1 空降猎兵师的上校就举了白旗示意谈判。他提出停止敌对状态,但警告称,如果美国军队继续进军,德国士兵便有权开火。第 351 步兵团的队伍无视了警告,继续向特伦托(Trento)进军,但行进不到几百英尺[1]就遭遇了激烈反抗,死伤惨重。随后德方又举了几次白旗,进行了几次谈判。当晚官方命令下达之后,布伦塔河谷和博尔戈瓦尔苏加纳小镇终于暂时停火休战,然而局势仍然紧张。第 351 步兵团对伞兵怀有敬意,因为一年之前,这群人就给了他们一拳重击:一次在 1944 年 5 月的蒙特格兰德(Monte Grande),另一次在 10 月的范德丽亚诺(Vedriano)。美国士兵小心谨慎,握紧兵器,静观其变。

这位大兵倚着来复枪,看着各色人等逼近,中间那身着蓝灰色制服的男人看到大兵后,停下了脚步。

"我是英国军官,"他用操着一口浓厚的英式口音说道,"我们能过去吗?"

"当然可以,"大兵说道,"都过来吧。"

他们排成一列走过大兵,径直向旁边农场的连指挥部走去。

英国军官向指挥官介绍了自己,他是英国皇家空军中校哈里·戴(Wing Commander Harry Day);他是战俘,几天前还被

---

[1] 1 英尺 ≈ 0.3048 米

关在南提洛尔（South Tyrol）地区的监狱中，监狱由疯狂的党卫队看管，关押着130多名高层军官和平民囚犯。戴依靠丰富的越狱经验（包括著名的第三战俘营大逃亡[1]）得以逃脱，在游击队队员的帮助下，穿过德国领地，长途跋涉一百多英里[2]，以期寻找盟军阵营。曾和他一起被关押的人质中还有妇女和儿童，他们仍然面临着巨大危险，随时可能被处死。戴逃亡的目的只有一个：寻求帮助。美国人会愿意给予帮助，让人质脱离险境吗？

哈里·戴中校立即坐上一辆吉普车驶向团指挥部，前往级别更高的第85步兵师（the 85th Infantry Division）和第2兵团（II Corps）。每一次，他都要重复一遍人质目前经受的痛苦折磨：从集中营到盖世太保地牢；从家破人亡、妻离子散到党卫队的杀戮小队。他乞求美国指挥官采取措施，救出人质。

---

1. 英文为 the Great Escape from Stalag Luft III。——译者注
2. 1 英里 ≈1609.344 米

一个月前……

Hitler's Last Plot

第一章
死亡之廊

德国，1945年4月3日，星期二

如果德意志帝国总理府邸正面象征纳粹的老鹰标志能活过来飞到空中，就会看到一片狼藉的景象。它会看到总理府残破的外壳，德国元首及其手下还潜藏在府邸地下幽闭的地堡中；它还会看到，方圆几英里内，德国首都的街道被炸弹轰得面目全非。

老鹰自柏林向西北方向飞去，离开正在逼近柏林的苏联军队，它会从勒尼茨森林（Lehnitz forest）和勒尼特（Lehnitzsee）湛蓝的湖水上空掠过，看到在湖泊与奥拉宁堡镇郊之间一片形状奇怪的圈地。圈地呈三角形，从一端到另一端长度不到三分之一英里，就像一个巨大的箭头指向西北，被墙壁、电围栏和防卫塔所包围。圈地内部，有排列成拱形的营房，形状如同风扇的叶片，也有内墙和外墙之间形成的"死亡带"。凭借敏锐的视觉，老鹰还能看到营房和三角底部党卫军行政大楼和盖世太保办公室圈地之间矗立着的绞刑架。三角形圈地的西侧，还有些规模较小的圈地，里面有工厂、射击场、行刑区和毒气室。

这就是萨克森豪森集中营（Sachsenhausen），昭示着纳粹老鹰所代表体制的终极罪恶，是为人类招致苦难的机器。将近4万名囚犯命丧于此，包括犹太人、政治囚犯，还有苏联战俘。

　　三角形圈地的一侧还联结着另外两个圈地，从空中看，被旁边巨大的集中营主营衬托得很小，几乎注意不到。其中一个圈地又被分成了四小块，每块都建有一栋楼，如同郊区房屋一般铺设独立草坪，整幢楼却被防守塔和极高的围墙围绕。另一个圈地旁边有几幢小营房。

　　这两个圈地是特殊仓A（Sonderlager A）和特殊仓B（Sonderlager B）。它们是萨克森豪森集中营的"特殊圈地"，与布痕瓦尔德（Buchenwald）和达豪（Dachau）集中营里类似的设施一样，都关押着第三帝国最重要的囚犯：被占国的首脑、反纳粹的阴谋家、间谍、常从战俘营企图越狱的敌方军官。德国人将这些人称为"名囚"（Prominenten）。有些人已被关押了数年，有些人则刚刚被扣押，但不会再有人久留于此了。在柏林的地堡里，德国元首怒不可遏，因为在他上方，名存实亡的德意志帝国正在崩塌，所以针对这些囚犯，元首批准了一份狠毒的复仇计划。海因里希·希姆莱（Heinrich Himmler）和其他高级官员认为，这些囚犯的生命还有可能被用来当作与盟军谈判的筹码。如果计划不奏效，他们就会成为复仇计划最适合的目标。

***

惨白色钢丝网环绕的特殊仓 A 中，英俊的英国皇家空军中校哈里·"翼"·戴（Wing Commander Harry "Wings" Day）面色坚毅，抬头望向黎明前的夜空。这段时间，空中空袭活动减少了些。毗邻的奥拉宁堡（Oranienburg）曾遭空袭，但是主攻柏林的大型空袭已不常见了，盟军空袭目标已经转移。一星期前，上百架美国轰炸机曾在白天轰炸首都，但自那以后，只有英国皇家空军进行了几次小型夜间空袭，是由"蚊式"轻型双发快速轰炸机发起的闪电式袭击。

戴的身边是一群"名囚"，他们聚在党卫军手中电子灯笼诡异的灯光下。特殊仓 A 中关押的"名囚"是一群特别的人：他们来自世界各国，有的身着破破烂烂的英国皇家空军军服、苏联红军军服，也有的穿着英国、意大利和希腊等国其他军队的服装。平日里，他们吵嚷的声音中口音纷杂，从爱尔兰的土音到意大利的自负腔调都有；然而今早，他们异常安静。

很早就有人把他们从床铺上叫了起来，要求他们收拾好行李。许多人都做好了最坏打算，空气中弥漫着一种疲惫且听天由命的绝望气氛，同时夹杂着些许杀戮将至的恐惧。特别是苏联囚犯，他们深信自己即将被枪决。第三德意志帝国垂死挣扎着，而第三帝国忠臣想将所有人都拉作陪葬的意图展露无遗。

苏联红军模糊而持续的隆隆炮声，从距此不到 50 英里的东部传来，越来越清晰。西边和南边频频传来战报，称盟军进军势不可挡，形势日益紧迫。盟军的战斗机群接连不断地飞来，在德国全境燃烧的废墟上再倾炮火。萨克森豪森集中营医院人满为患，医护人员夜以继日地工作，勉强应付着从奥拉宁堡涌入的平民伤员。同时，主集中营中那些囚犯境况日益狼狈，由于猖獗的疾病、饥饿和营养不良而命丧图圄，也有的在"死亡坑"中被枪决，而在此之前，已经有成千上万人命丧于此。他们的尸体堆叠起来，等待被火化。烟囱喷吐着肮脏的烟，臭气令人无处躲避。党卫军的人开始慌张起来，一团又一团的黑烟从行政楼群蔓延开来，那是紧急焚烧处理档案和其他机密文件的烟尘。

有流言称，处死目击萨克森豪森集中营黑暗秘密的最后目击证人计划已经敲定。戴和其他的"名囚"等待着命运的审判时深深担忧——下一批顺着火化场烟囱消失的是否就是他们。

戴身旁站着的是英国空军上尉伯特伦·"吉米"·詹姆斯（Flight Lieuten-ant Bertram "Jimmy" James），他紧了紧自己的军大衣，那件破烂蓝色皇家空军大衣他从不离身，见证了他五年的囚禁时光（过去11个月他被关押在萨克森豪森集中营）和13次失败的越狱。他肩上背着背包，里面装着少得可怜的家当。还有几个星期就是詹姆斯30岁的生日，但他的表情却如往常一般轻松幽默，还有种磨灭不掉的乐观。詹姆斯和戴被关押期间，几次险些被枪决，还冒着埋在数吨泥土下的危险，在多个战俘营中"挖地道"。他们挺过了盖世太保的审讯，还目睹了纳粹的残暴行径。

与年轻气盛、充满活力的"吉米"·詹姆斯截然不同，46岁的戴显得头脑更加清醒，表情稍显居高临下，举手投足间温文尔雅，但看上去却似乎无精打采，仿佛能骗过所有人。参战不到六个星期，他就被击落成为战俘。被俘期间，身为高级军官的他变为英国皇家空军战俘的实际领导。危机降临之际，他可以沉着冷静，对于越狱也意志坚定。和詹姆斯一样，戴也全力参与组织了1944年3月著名的第三战俘营大逃亡。那场逃亡中，有76人成功从地道逃出。詹姆斯和戴和其他的逃亡者一样，都再次被捕；但是和大部分人不同的是，他们没被处刑。两人和其他两位幸存者一同被送往萨克森豪森集中营特殊营，随后一次又一次地逃亡、被捕、免于处刑，被送回特殊仓A。

与集中营主营的恶劣环境相比，两个VIP特营环境相对体面。除了大逃亡逃犯以外，特殊仓A中也关押着众多英国、法国、波兰和苏联军官，意大利勤务兵和四名爱尔兰士兵；还有斯大林的高级指挥官，三位英国特别行动处（SOE）特务，一位因勇猛果敢而闻名世界的英国突击队员，外加几位英国皇家空军军官。他们住的木质营房还算舒服宽敞，还能吃到合理配比的军粮，享受基本的卫生条件。除了一些相互敌对的名囚之外（波兰人和苏联人因两国之仇都对对方沉默不语）。这群国籍迥异的人着实享受彼此的陪伴，他们共享食物、互相打交道，还常对战争与政治进行激烈的讨论。

他们从没见过隔壁的特殊仓是什么样子。其实，特殊仓B更加舒适，由四间"别墅"（实际上是巨大的六室屋子）组成，每间别墅都被极高的墙壁包围。关押在这里的囚犯才是真正的VIP，这里监禁被占国的前任国家首脑。这些囚犯享受的设施近乎奢侈，甚至可以收听广播。就算他们将台调到英国广播电台，集中营的领导也是睁一只眼闭一只眼——在德意志帝国其他地方，这可是要判重刑的。囚犯也可读书看报，有的将监狱装饰为自家风格，裱上自家画作，配些其他装潢。

不论内外，都不应有人知道VIP被关在这里。有些人用了假名注册，党卫队还要求他们绝不可将真实身份透露给任何人，不论对方是守卫还是其他囚犯。他们都是希特勒1941年消除麻烦敌人的"夜与雾"法令（Nacht und Nebel）受害者。但通常，即便是权力强大的党卫队也不可能完全有效保密。

4月3日清晨，当特殊仓A中的军官们聚集起来时，最后一位国家领导人已经离开了萨克森豪森集中营，他们几周前就毫无准备地从此地被转移到了另一秘密地点。现在，苏联和希腊军事参谋的高级成员住在特殊仓B的别墅中，其中包括著名的希腊前陆军总参谋长亚历山大·帕帕戈斯（Lieutenant General Aleksandros Papagos）。帕帕戈斯神情憔悴，长着鹰钩鼻，他1940到1941年抵抗意大利军入侵时，率希军连战告捷，也因此一战成名，登上了《时代周刊》的封面。虽然戴从希腊勤务军那里早已发现帕帕戈斯的身份，党卫队却仍然不遗余力地保守这个公开的秘密。每周，这些将军都会被引导着穿过特殊仓A，前往主营洗澡，一场滑稽戏就在此时上演。每次，英国和其他国家的军官都被锁在屋子里，经受着严密的看管，只有当希腊人沐浴完毕，回到私密别墅之后，特殊仓A的囚犯才能出来。

现在不再有人装模作样，特殊仓A的囚犯也在阴暗寒冷的清晨中聚集到一起，原本神秘兮兮的希腊人也加入进来了。傲慢的帕帕戈斯和他的随从一脸不屑地站在他们寒酸的邻居旁边，而邻居们则一个个身着破旧的军大衣,背着寒碜的背包。希腊人站在他们旁边,与其说害怕被德国人枪决,不如说他们更怕被他们的盟友抢劫。

太阳渐渐升起,对于枪决的担忧和紧张之情也消退了些。英国军官在向他们走来的党卫队士兵当中发现了一张友好的面孔:柏林刑警巡官彼得·莫哈尔(Inspector Peter Mohr)。

五个月前,莫哈尔差点救了几个英国军官,让他们免被处决。其中,包括"翼"·戴和"吉米"·詹姆斯在内的五人都参与了那场惊天动地的逃亡。他们只用营房的餐具,就从特殊仓A挖出了长达120英尺的地道。这场逃亡造成了巨大混乱,还在德意志帝国上下引发了一场大型搜捕行动,100多万警察、地方军、希特勒青年团和德国平民都参与了搜捕。此次行动给党卫军高级指挥官打了个措手不及,所以从扰乱第三德意志帝国的目的来看,该行动已经比"大逃亡"要重要得多了。萨克森豪森集中营洋溢着掩藏不住的欢乐,这群饥肠辘辘的囚犯表现出不屈从的态度,即便会因此遭受守卫的血腥报复也难掩欢乐之情。

党卫军用冷酷的愤怒回应囚犯。英国军官们被警告,如果他们再逃走,就活不到给别人口述经历的一刻了。所以,当他们都被重新捕获,又被铐在萨克森豪森集中营的惩罚营中时,绝望至极。希姆莱亲口下令,要求这群囚犯在被处决之前必须经受严刑拷打。当时,莫哈尔巡官阻止了刑罚。在他看来,即便这些囚犯犯下一丁点轻罪,也是在他的刑事管辖权控制之下,而不受盖世太保的管辖,所以坚持走正当传讯刑事法庭程序,以此裁决逃犯罪责是否成立。在听取"翼"·戴数小时的证词之后，法庭做出裁决，判定逃犯没有违法。

自那以后，莫哈尔军官友好的形象就在英国军官们心中最温暖的地方扎根了，而站在 4 月的清晨等待命运裁决之时，看到他的脸真令人安心。

莫哈尔与戴交谈了一番，向他保证，这些囚犯不会被枪决。与此相反，他们要坐火车去一个柏林南部比较偏远的地方。莫哈尔拒绝透露具体地点，但却说在他的监督之下，这些名囚们将会与约莫 20 个党卫队士兵一同前往。

***

不久之后，天空泛起了鱼肚白，军令也已传到：准备转移。背包上了肩，佣人也抬起了希腊人的行李，在党卫队的看守下，友好的党卫队下士乔治（Corporal George）率领囚犯走出集中营。在大门外面，他们发现两辆设备齐全的巴士已经静候多时，由于太过急切想离开萨克森豪森集中营恶劣的周遭环境，囚犯纷纷上了车。

车开到被轰炸得千疮百孔的奥拉宁堡火车站，一辆两节车厢的火车正在外线旁边等待。在下士乔治友好的看守下，这一小撮人上了车，找座位坐了下来。整个过程非常文明，没有通常情况下的威胁和不耐烦的吼叫。戴发现莫哈尔非常想确保囚犯舒适开心。但是坐上舒适车座后，他决定不被虚假的安全感哄骗。经验告诉他,有的德国人擅长骗人,也能转眼间就从文明人变为彻头彻尾的野蛮人。战争仍在继续,戴会一直保持警觉。

火车发动了,名囚们被警告,盟军的飞机经常低空轰炸火车。英国人却一点不担心,反而很是高兴。作为经常逃亡的囚犯,他们确信,随后的慌张和混乱可以给他们溜走营造可乘之机。

多年的囚禁时光丝毫没有削弱囚犯们制造麻烦的能力。除了戴和詹姆斯以外,火车上参加过第三次大逃亡的囚犯还有空军中尉悉尼·道斯(Flight Lieutenant Sydney Dowse),一位金发帅气的喷火式空中摄像侦察机飞行员;还有光鲜、亮丽的戴高乐自由法国空军的飓风飞行员莱蒙德·梵·维米尔茨中尉(Flight Lieutenant Raymond van Wymeersch)。绵延不绝的德国乡村之景随着吱吱呀呀的列车掠过,维米尔茨想找机会给敌人捣乱的想法又让他心直痒痒。他的性格非常挂相:嘴唇紧绷,细细的眼睛却炯炯有神,盖在了那一堆令人惊恐的黑色卷发之下。维米尔茨还有一个不羁的灵魂,他在法国沦陷之后逃往英格兰,加入了英国皇家空军第174中队。维米尔茨在大逃亡过后遭受了极大的苦难,他被盖世太保审讯,还听到噩耗,得知法国的母亲和德国布痕瓦尔德集中营中的父亲将被杀害,但残酷的经历没有打败他顽强的精神。现在,火车南下,维米尔茨非常乐观。

约翰·丘吉尔中尉(Lieutenant Colonel John Churchill)曾是英国突击队军官。他38岁,面色坚毅,极富侵略性。他的外号叫作"疯狂杰克",因将苏格兰大砍刀带入战场而闻名。他相信,一位军官若不佩剑,就如同穿着不合规。他也亲临战场,用自己的剑与敌人肉搏。1940年在敦刻尔克(Dunkirk),"疯狂杰克"成为"二战"期间唯一一位用长弓杀了敌人的军官。他于1944年被捕并关入名囚监狱,因为德国人把他错认为当时英国首相的儿子兰多夫·丘吉尔(Randolph Churchill)。不论处境如何悲惨,疯狂的杰克都不会轻易屈服于逮捕他的敌人。

与血气方刚的同伴相比,戴显得平和、严肃,甚至有些阴暗,他的气质更像指挥官,而非冒险家。被捕期间,他对德国人的心态逐渐矛盾起来。戴很讨厌自愿服务于纳粹政权的德国人,特别是纳粹德国空军。他来自军人家庭,参加过两场世界大战:第一次服役于英国皇家海军,第二次服役于英国皇家空军。正如许多英国与德国军官(特别是和空军)一样,他自觉高人一等。戴总是坚持命令自己的队伍用最恰当的军事礼仪对待德国军官,也希望德国军官能够以礼回敬。监禁期间,他仍然敦促军人在身陷囹圄时不忘打仗的原则。戴的越狱方法策略性始终极强,虽然逃到友好领地的概率微乎其微,但逃亡本身也打乱了敌人的阵脚,将人力、物力都从战争引走。戴意识到,从萨克森豪森集中营转移出来,将会是他五年半囚犯生涯中最重要的时刻,必须静观其变。

整个转移过程非常缓慢,火车经常打断原本的行程停下来。火车缓慢地穿过已成废墟的柏林西郊,在受损火车轨道上行进的时候嘎吱作响。囚犯们眼前荒凉至极,满目疮痍,闻所未闻,见所未见。有的街区躺在一片残骸之中,有的仍在燃烧。路面坑坑洼洼，堆满了垃圾，还涌动着一波又一波军队、坦克和从前线逃走的难民。年迈的男男女女和穿着破布、赤脚的孩子一起走着，把剩下的全部家当塞进行李箱中，或堆在破旧的婴儿推车中。许多人还牵着小牛、羊、猪和鸡，有的还扛着自制的棺材，里面放着去世不久的亲人。女人们因掉在马路上的土豆和煤互相争执。对纳粹德国来说，世界末日来临了。

詹姆斯揣摩着这列不同寻常火车的目的地，火车穿过的走廊分崩瓦解，大概是希特勒疯狂之梦为数不多的残存品了。以莫哈尔和下士乔治为首的党卫队随从军人，都保持着行事作风正确无误、一丝不苟，但无人透露目的地和转移囚犯的原因。囚犯之中盛传许多流言，其中包括他们会成为人质并被转移到巴伐利亚州（Bavaria）山中棱堡，必要时处决。

伊万·乔治维奇·贝索诺夫将军（General Ivan Georgievich Bessonov）相信黑暗预言。他是苏联军官，说起话来喋喋不休，和英国人关系很好。不过，身为反共产党军官，他还热衷和德国逮捕兵合作（甚至一度组织一起被囚禁的苏联战俘成立突击队，在苏联战线后打仗），实在是不值得信任。戴非常了解他，将其描述为可以"一边亲吻你一边给你一枪"的人。贝索诺夫相信成为人质的流言。"是的，"他带着苏联口音，道出了烦扰着所有人的忧虑，"一旦盟军不能满足他们的要求，他们就会枪决我们。"

不论未来如何，重要囚犯数量如此之多，一定不能落在盟军军队手中。然而，他们被赶到了逐渐狭隘的带状地区，两边

013

被快速逼近的盟军挤兑着,深入第三帝国的中心。戴正琢磨着,若被逼入死胡同,会发生什么?如果继续撤军都不可行,之后如何是好?在死亡之廊的尽头,等着他们的,是好运还是厄运?

Hitler's Last Plot

第二章

血之罪恶

布痕瓦尔德集中营，4月3日，星期二

并非所有担心个人安危的高级名囚都被关在萨克森豪森集中营。就在他们离开营地的同一天早上，萨克森豪森西南170英里以外，布痕瓦尔德的囚犯也在阴郁的氛围中醒来。另一群名囚蛮不情愿地迎来了充满变数的一天。

布痕瓦尔德集中营的建筑群设计向外扩散，小小的城市里面生活着9000人，饱经折磨。布痕瓦尔德坐落在魏玛（Weimar）小镇旁边，因城市是砍伐山毛榉森林[1]建成而得名。布痕瓦尔德集中营是德意志帝国最古老的集中营之一，在纳粹政权刚开始形成时就已经建立。营口大门写着口号"Jedem das Seine"，字面意思是"每人应得到他所挣的那份"，也可以译为"各得其所"。大门上端，另一句口号也反映了所有国人在纳粹主义控制之下必须持有的价值观："我爱祖国，无问对错。"平静安详的魏

---

1. 布痕瓦尔德德语 Buchenwald，英文 Beech forest 本意为"山毛榉森林"。
——译者注

玛本是文化古城，是德国启蒙运动的标志，也是1919年德国第一个民主宪法的诞生地。显然，讽刺的意味在集中营受尽苦难的囚犯身上显现得淋漓尽致：埃特斯山（Ettersberg）山顶上那片森林曾是公爵狩猎场，用山中的木头和石头筑成的集中营就建立在此。从空中鸟瞰，好似动物身上一块兽疥癣。

囚禁在布痕瓦尔德的名囚情况有些特殊，他们的围地距离主营地非常远。设计之初，布痕瓦尔德一部分做集中营，另一部分做党卫队训练中心，还有一部分做纳粹精英的游乐场所——这里有赛马训练场、打猎和放隼狩猎设施，甚至还有动物园。巨大的党卫队营地，乃至所有建筑，都是由囚犯一砖一瓦亲手建成，条件之残酷令人难以想象。主营地是大多数囚犯生活的地方，由电围栏和瞭望塔围住，外面是党卫队住地、武器工厂和囚犯劳作的采石场，均由一群哨兵看守。党卫队驻地中心云杉镇（Spruce Grove）是布痕瓦尔德的特殊领地，被高墙环绕起来，没有人能够从外看到里面，或者从里看到外面。云杉镇还建有许多孤立的营房，关押着集中营众多名囚。

时至1945年4月，集中营囚犯听了几个星期远处传来的隆隆大炮声，认为定能马上获得自由。他们害怕海因里希·希姆莱会在最后时刻处决他们，某些心怀猜忌的囚犯便偷偷运进了武器。同时，党卫队士兵也察觉到末日将近，对他们所管控的一大群囚犯忧心忡忡；与此同时，魏玛的人们还"像惧怕恶魔一样害怕集中营"。

现在，布痕瓦尔德集中营的名囚才第一次得到消息，看到一丝希望。1945年4月3日早晨,布痕瓦尔德与萨克森豪森集中营同时收到命令:准备好,几个小时后转移。除此之外,并无他信。

然而在此之前,布痕瓦尔德最为显赫的一位名囚已提前得知转移的消息。他就是自1943年4月起就被关进来的法国前总理莱昂·布鲁姆(Léon Blum)。对于纳粹来说,布鲁姆"代表他们世上最厌恶的一切,因为我既是民主社会主义者,又是犹太人"。他也一直坚决反对法国的维希傀儡政府。布鲁姆还有几天就要过73岁生日了,但身体状况堪忧,所以年纪大,身体差,能活这么久也是个奇迹了。布鲁姆脸庞消瘦,面色憔悴,留着他标志性的海象胡子。他的眼神明亮而乐观,仿佛能透过圆形玳瑁眼镜看透外面的世界。

布鲁姆没有与其他名囚一起住在云杉镇,他住在党卫队放隼狩猎园中的私人住所。这个奇怪的地方有大型鸟舍、凉亭,还有一座由精雕橡木建造而成的日耳曼狩猎府第,内装巨大壁炉,上面摆满了奖杯,还有风格相配的家具。这里都是为德意志帝国的狩猎大师赫尔曼·戈林(Hermann Göring)建造的。其实,赫尔曼·戈林从未踏足此地,倒是很多德国当地人愿意花一马克的闲钱进来四处逛逛。

莱昂·布鲁姆年轻的妻子名叫珍妮(Jeanne),她还有个更为人熟知的名字——琼(Janot)。琼住在旁边猎鹰人房间。两人就在这没有围栏包围的危险环境中生活。"我们简直与世隔绝了,"莱昂在晚年写道,"所以我们完全不知道,仅仅几百米外发生了令人难以启齿的恐怖之事。"他们还说"晚上经常会有奇怪的味道顺着开着的窗子飘进来,一旦刮相同方向的风,那从火葬场焚炉传来的味道就会伴随我们整夜"。

布鲁姆夫妇提前收到警告,早已收拾好行李,准备于4月3日早启程。一辆车停在了屋外,一名党卫军士兵坐在前座上。布鲁姆饱受坐骨神经痛病症的折磨,这时一阵又一阵的疼痛让他虚弱不堪,连站立都很困难,只能用担架抬到在外等候的车上。虽然他的正直勇敢毋庸置疑,但落在纳粹手中的那段经历让他有时焦虑得有些卑微。他在车后座笨拙地支在琼的旁边,大限将近的念头肯定闪过了他的脑海。

布鲁姆的一生很坎坷。作为法国第一任社会主义犹太裔总理,天主教教徒和反犹极右主义分子一直厌恶他,也因此经历过多次未遂刺杀。正式任总理不久,他就被人从车上拉了下来,差点被打死;但是他向来极度镇定,从未让类似的经历影响对待政治对手的强硬态度。1940年德国占领法国,布鲁姆深陷险境,却从未试过离开法国。相反,他转移到了尚未沦陷的区域,还在那里坚定地反对法国维希傀儡政权。他因叛国罪被告上法庭,却通过此次审判展现了高超又足智多谋的政治家能力,义正词严地做出了一番针对维希政客诉讼的抗辩,赢得了全世界的尊重,也令维希政府和柏林方面非常尴尬,不得不终止了审判。随后,布鲁姆被捕拘禁于法国,随后被转移到了布痕瓦尔德。

琼自愿陪他住在布痕瓦尔德,度过了最艰难的时日。她原名叫珍妮·乐维利耶(Jeanne Levylier),是一位交际花,自称早在 16 岁就已经和爱闹事的布鲁姆坠入爱河。他被捕后，琼花了好几个星期才说服看守，允许她陪着布鲁姆。不久之后，两个人结婚，也可能是唯一一对经由纳粹政权允许，在纳粹集中营结婚的犹太人。琼自愿做囚犯，和她丈夫一样在布痕瓦尔德享有同样的特权，可以自由出入监狱。

布鲁姆与其他名囚一样，可以读书、看法国报纸和听广播，甚至还有一位党卫军勤务兵侍奉。布鲁姆与其他的囚犯一起讨论哲学和政治问题。诺曼底登陆后，布鲁姆非常开心地听 BBC 广播跟进盟军的进军情况，那几个月的确令人振奋。但 1944 年 7 月，当盖世太保把同是法国人的政治囚犯乔治·曼德尔（George Mandel）带走后，他就感到大限将近。被带回法国后，维希政府支持纳粹的准军队人员谋害了曼德尔。德国驻法国大使希望以相似的方式处置布鲁姆。

布鲁姆也深知，即便是在战败时刻，纳粹也有煽动恐怖思潮的能力。他绝望地写道："在这个方面，你们已经成功了；你们成功地向世界显示了你们的残酷和仇恨。"就算已经没有了胜利的希望，纳粹也保持着"虐待狂式残暴"和"惨烈的愤怒"。对此，布鲁姆极为震惊，而且看到"到处都是凶狠暴虐的杀戮"。

党卫队发动汽车驶离营房，载着他和妻子沿着林荫小道离开布痕瓦尔德。开往神秘之地的路上，这些字眼一定装满了他的思绪。

***

同一天清晨，云杉镇党卫队营房拱地中间的一大片空地上，年轻的菲·皮罗兹奥-比罗里（Fey Pirzio-Biroli）收到了令人绝望的命令："收拾好行李！只带能放在大腿上的行李！"在自由好似触手可及的春日清晨，听到这般命令的确令人绝望。

菲年仅25岁，是名囚中的亲属囚犯（Sippenhäftlingen）。亲属囚犯都是德国人，只因与反纳粹政权之人有亲属关系才被囚禁，其中大多都是参与过1944年7月克劳斯·冯·施道芬贝格（Claus von Stauffenberg）阴谋的家人；那场行动中，希特勒指挥部里一枚炸弹爆炸，险些炸死希特勒。另一相关的柏林政变也近乎成功，让希特勒和他忠实的追随者们吓破了胆，却让纳粹展开了恐怖的折磨与复仇行动。

复仇行动殃及家人。纳粹德国株连法（the Sippenhaft law）是一种德国传统，可追溯到燃烧女巫的中世纪，海因里希·希姆莱利用这种貌似合法的刑罚煽动恐怖，执行复仇，无辜的人也因此饱经磨难。

菲的父亲名叫乌尔里希·冯·哈塞尔（Ulrich von Hassell），是一位著名律师，也是贝尼托·墨索里尼（Benito Mussolini）当政时德国驻意大利的大使；但是他对纳粹政权失去了信心，随后加入了施道芬贝格的秘密行动。行动之后，哈塞尔被人民法院判处叛国罪，德国臭名昭著的罗兰德·弗莱斯勒（Roland Freisler）担任庭审法官，判处绞刑。菲与一位年轻的意大利贵族德塔尔默·皮罗兹奥-比罗里（Detalmo Pirzio-Biroli）喜结连理——他当时还在为意大利的反抗而斗争。菲美丽动人，侧着头时娇羞妩媚，微笑格外阳光迷人，露出两个酒窝；实际上，菲外表像个少女，但是党卫队军营八个月的日子让她看上去比实际年龄还老了几岁。

处决乌尔里希·冯·哈塞尔的新闻在广播电台上直播，但菲没有听到，直到一个党卫队军官来到她的意大利别墅时，才知道了父亲的死讯。党卫军很惊讶她尚不知情，很突兀地告诉她："你父亲已经被捕被处决，他已经被绞死了。"菲惊呆了，开始担忧自己的未来，很快也开始为她两个小儿子克拉多（Corrado）和罗波尔托（Roberto）担心起来，两个孩子一个4岁，一个3岁；菲被逮捕的时，两人恐惧安静地看着。母子被迫分开，菲一边强装镇定，一边给孩子们穿上大衣。克拉多很快乱了阵脚，想要从党卫队护士那里挣脱出来。而菲只能呆呆地站着，无力地听着孩子从楼梯口被拖得越远，哭泣声也越来越轻。逮捕军官说对她说，他们被带到了儿童看守所。"他肯定说谎了，"菲后来说道，"只有无休无止的谎言！"

纳粹法律允许党卫队强制分开政治"罪犯"及其子嗣，并且进行"再教育"，使其成为元首忠民（führertreu）。

后来，菲挨过了长途跋涉，穿越了第三德意志帝国的腹地。她身边也有很多囚犯亲属，也很不幸和施道芬贝格行动成员扯上了关系。很多囚犯都是施道芬贝格和格德勒的远亲，即行动领导克劳斯·冯·施道芬贝格和卡尔·格德勒（Carl Goerdeler）

的亲属。如果政变成功，卡尔可能成为总理统领德国。1944年年末到1945年年初，菲辗转于不同的监狱和集中营，目睹了纳粹越发罪恶的暴行。整个过程中她都痛苦异常，不知两个小儿子下落和情况。每天，儿子遭受厄运的梦魇都会惊醒她。

到达布痕瓦尔德后，菲被带到云杉镇，拘禁在高墙环绕的营房中，红墙上还绕着钢丝圈。一次，美国空袭炸弹袭击了隔壁工厂，营房里的地板烧焦了，坑坑洼洼的。那是一间与世隔绝的营房，一层套着一层，菲和十几个囚犯亲属一起被关押在这里。至少，相互的陪伴还能舒缓些许痛楚。

虽然菲与外界隔绝，但是相对于布鲁姆夫妇，在布痕瓦尔德中看到的暴行要多得多。一次她的好奇心作祟，假装牙痛，让牙医带她去了主营。她走过若无边际的营房，看到的情景确认了她最深的恐惧。中途一辆卡车驶过，载着堆叠如山的尸体，却没人露出哪怕是一丝惊讶或关心的神情。回来的路上，她和牙医停在路旁，等待从工厂过来的受罚劳务囚犯队走过。他们身着条纹囚服，如同行尸走肉一般，哪个走得太慢都会被来复枪的枪把抽打，整个队列由演奏着进行曲的囚犯乐队领着。这简直就是菲一生中所见最为暴虐的场景。

但她没有太多时间琢磨这个地狱似的牢房。4月3日星期二早晨，她得知要转移以后，和其他名囚开始收拾行李，大多数人都无视了只带大腿上可放行李的命令。菲在关押期间，每次要转移的时候都听到同样的命令：只带必需品，做好几个小时后就转移的准备。每次菲都尽可能多带东西，塞进她破旧不堪的箱子里，每次转移得几天后才能进行。所以，这次准备也不着急，她和其他囚犯哪里都不想去，熟悉军情的囚犯告诉菲，盟军离这里也就 15 英里了。有消息称，布痕瓦尔德以西不到 93 英里的乌兹贝格（Würzburg）已经沦陷，美国坦克应该已经到达了附近的班贝格（Bamburg）。

夜幕降临，才开始有迹象转移，场面令人担忧至极。一队党卫队军队进入云杉镇，把名囚引出大门。门外，三辆灰色军用大巴已等候多时。一位又高又瘦、穿军装的男人下了车，制服属于纳粹帝国中央保安总局，即可怕的党卫队安全情报分支[1]。他 45 岁左右的年纪，"一双蓝眼睛冷酷无情，颧骨特别高"，看上去令人生厌。

他叫弗里德里西·贝德（Friedrich Bader），是个彻头彻尾的人渣。贝德 15 岁参军，参加了"一战"，随后加入波罗的海地区攻打红军的魏玛准军事组织"钢铁师"，成为一名士官。做了一阵警察后，贝德 1932 年加入纳粹，1934 年转移到魏玛当盖世太保。他随后成为党卫队队员，1940 年又被任命为纳粹帝国中央保安总局的军官。1941 年 11 月，他开始负责驱赶阿尔萨斯－洛林大区（Alsace-Lorraine）中的非德居民，此间还承担了反情报任务。但此次初次见面，还没有一位囚犯认识党卫队下

---

1. 德语是 Sicherheitsdienst，即 SD。——译者注

级突击队领袖弗里德里西·贝德，也猜不到此人会在随后裁决命运之时扮演何种角色。菲的一位狱友名叫伊莎·维尔梅伦（Isa Vermehren），是神采奕奕的26岁卡巴莱歌手兼演员。在她看来，贝德简直是"纳粹德国人的典范"。尽管贝德已到中年，但是还是生的"一双又长又直的腿，窄胯，宽肩膀，脸庞晒得黝黑，宽下巴，直直的嘴巴旁边拉出两条长线，皮革般厚的皮肤紧实地绷在凹陷的脸颊上，绷在稍微有点宽的颧骨上"。他深色的两条眉毛"就像两根粗粗的横梁一样架在了那双又小又机敏的黑眼睛上……这外表可不算多漂亮。人们单是看他，就能感到他内心那股心向杀戮的固执"。

贝德一下大巴就大喊着命令囚犯，让他们收拾好行李马上出发，还警告他们，任何挤不上车的人和物件都会被留在这里。

此前，女囚犯都是由党卫队女军官看守，但是女军官消失不见了，取而代之的男军官开始粗莽地将囚犯推上大巴。最后他们都挎满行李，以各种异常难受的姿势挤上了车。汽车引擎发动准备出发时，夜幕已经降临。

菲乘坐的大巴缓慢驶入了那条联通布痕瓦尔德和魏玛的主道，那是大家口中的血腥大道。她看到成千上万名囚犯在劳动营中劳作，一个个神情呆滞，脸上写满了听天由命的绝望感。菲也意识到，这些名囚亲属们也都带着绝望的神情，然而如果他们知道那位眼神冷酷的党卫队领袖的本性，会更加绝望——囚犯们马上就清楚了。

***

三辆大巴沿血腥大道驶去后，另外一群名囚们仍在等候离开。放隼狩猎厂附近有一条景色秀丽的林荫小道，沿途建着几所漂亮又宏伟的别墅，里面住着集中营的指挥官和高级官员。一次空袭破坏了云杉镇营房后，其中一位军官的别墅就被重新改造成了监狱，别墅的巨大地下室被分成了 12 所牢房，关押着 17 名囚犯。

陆军上尉西格蒙德·佩恩·贝斯特（Sigismund Payne Best）1939 年被捕之前为英国秘密情报处（Secret Intelligence Service，缩写 SIS）担任间谍，他已为离开准备了两天，4 月 1 日，负责看管营房囚犯的党卫队下士西帕希（Sippach）就向他传达了消息。佩恩·贝斯特在狭小的牢房中独坐，等待着转移的最后命令，他能听到远方的枪炮声，美国前线军队已经到达了集中营以西 60 英里的韦拉河（Werra river）。

过去五年，囚禁贝斯特的所有牢房条件都很恶劣，但是这次的牢房是所有监狱中最糟糕、最阴冷的，不过是一个地下盒子，只有一扇靠近天花板的小窗子，还有水沿着墙壁流下。监禁期间，贝斯特总能保持外表一丝不苟，总能补好衣服，最近修补工作还加了一项，去除潮生霉斑。他喜欢戴单片眼镜，只要出门就总会戴好干净的浅顶软呢帽子，系上整洁的领子领带。他那修长优雅的手指间总是夹着根香烟，言语间流露出受昂贵教育培养出来的中上产阶级英音，腔调拖沓得恰到好处。但是他身体状况不太好。贝斯特年近花甲，自从被捕以后体重轻了很多，外形日渐消瘦，神情日渐憔悴，而且还经常生病。

贝斯特因一场失败的希特勒刺杀行动而受到牵连，于1939年11月被捕。那时他在荷兰，而英国大使馆以护照监控办公室（PCO）为掩护进行情报工作，这已经是情报局的标准操作了。贝斯特是英国秘密情报处荷兰分支的Z处处长，这是由秘密情报处建立的影子网络，当主网络被摧毁之时就能派上用场。然而，不幸的是，海牙大使馆护照监控办公室和贝斯特的网络都被德帝国中央保安总局摧毁。1939年11月9日，贝斯特和他的上一级领导理查德·史蒂文斯少校（Major Richard Stevens），还有一名名叫德尔克·可洛普（Dirk Klop）的荷兰情报官员来到了临近德国边境的小镇芬洛（Venlo）。伦敦总部已经向他们通报了情况，让两人和一位反抗德意志国防军的德国反叛将军进行秘密交谈。两个月前，英国就已向德国宣战，但是相互敌对还没真正开始，内维尔·张伯伦首相（Neville Chamberlain）希望永远不会打仗，也急迫地想要寻找任何能够杜绝全面冲突升级的方法。

46岁的史蒂文斯是一位前印度陆军军官（Indian Army officer），既不太熟悉德国，也不太熟悉谍报技术，所以他将经验更为丰富的贝斯特视为天赐之子。贝斯特不太开心，因为这次谈判极其隐蔽，他随后对英国秘密情报处透露，史蒂文斯的要求，加之命令他做的准备工作简直就像一场白厅[1]闹剧。当他和史蒂文斯到达边境站旁边一家不起眼的咖啡馆联络点时，他

---

1. 英文White Hall，即英国政府行政部门代称。——译者注

们被一车伪装好的武装纳粹帝国中央保安总局士兵偷袭，偷袭由党卫军国外政治情报处（SD-Ausland）的瓦尔特·施伦堡（Walter Schellenberg）领导。短暂的枪战后，可洛普被枪击中，贝斯特和史蒂文斯双双被捕，于是便被偷偷带进了德国边境。对于帝国中央保安总局来说，这场行动算是一箭双雕，因为史蒂文斯口袋里装着荷兰境内英国间谍的完整名单。

两个英国人被带到了柏林的党卫军总部，经受了长时间的审讯。贝斯特由帝国安全总局（Reichssicherheitshauptamt，简称RSHA）的局长亲自审问，他是希特勒最具威慑力的亲信莱因哈德·海德里希（Reinhard Heydrich）。对于这些新的战俘，纳粹有着特殊计划。其实引诱他们的阴谋已经得逞了几个星期，但冥冥之中计划总是中断。11月8日，一颗炸弹炸毁了慕尼黑一所啤酒地窖，差点炸死希特勒。此次贝格勃劳凯勒（Bürgerbräukeller）暗杀是由一人单枪匹马投掷的炸弹完成的，他是一位名叫格奥尔格·艾尔塞（Georg Elser）的德国木匠，但是德国情报局中一部分人坚信，英国肯定暗中支持了此次暗杀。即便没有暗中支持，还有谁比两个英国情报人员更适合当替罪羊呢？两人涉嫌暗杀也为几个月以后德国侵略低地国家[1]提供了借口。

贝斯特和史蒂文斯被转移到了萨克森豪森集中营。对于贝斯特来说，刚到集中营的日子格外痛苦，因为他被铐在了牢房墙壁上。除了能闻到从隔壁厕所传来的弥漫于各处的下水道味，

---

1. 荷兰、比利时和卢森堡三国的统称。——译者注

他还常听到酷刑和杀戮的声音。一月又一月，一年又一年，贝斯特的处境总算是好了些，甚至还能到花园里种花种菜。他还能领到双份党卫队军粮，用自己的英国薪水在党卫队食堂买葡萄酒和烈酒。党卫队甚至还在牢房装了衣橱，里面挂满了定制西服。他佩戴单片眼镜，又穿着质量最好的粗花呢衣服，俨然成了萨克森豪森集中营中那惨淡景象中甚是扎眼的一抹风景。

史蒂文斯一直与贝斯特分开关押，他们不得以任何形式相互交流。当时上头的意思是仗一打赢，就举行一场公开庭审。第三帝国会证明英国情报局暗中支持了贝格勃劳凯勒的暗杀行动。最后，史蒂文斯从萨克森豪森集中营转移到了慕尼黑附近的达豪集中营。贝斯特在萨克森豪森被禁五年，短暂地回到柏林以后，就与两个囚犯一起在1945年2月被转移到了布痕瓦尔德。一名是苏联的瓦西里·瓦西里耶维奇·柯科林（Vassily Vassilyevich Kokorin），他与德国战线特殊战队打仗时被捕，有人说他是苏联外交部部长、外交官维亚切斯拉夫·米哈伊洛维奇·莫洛托夫（Vyacheslav Mikhailovich Molotov）的侄子；另一名是34岁的英国特别行动处的特工、空军中队队长休·法康纳（Hugh Falconer），于1943年1月在突尼斯被捕。

虽然囚犯都分开关押着，但是贝斯特利用间谍独有的细心和狡猾，设法见到了布痕瓦尔德牢房中所有囚犯。除了柯科林和法康纳外，这群人里还有出于种种原因背叛了第三帝国的德国军官和公众人物，外加一名纳粹战犯。贝斯特用他一口流利的德语和高超的操控术，从他们身上打听出了很多信息。他成了牢房里的实际领导。

等待离开命令等了将近一天,晚上 10 点左右,贝斯特的牢房外热闹了起来。门被撞开,他得令出去,带上了装着衣箱、打字机、三个大盒子的行李,出去找其他人。他们也带着很多行李,一起走出集中营。囚犯顺着台阶走到了户外,此时,山毛榉森林的黑夜已经降临。

外面,一辆翡翠绿的囚车等着他们,为人熟知的名字叫绿色囚车[1]。车的设计初衷就是能载 8 名囚犯,除此之外,和普通货运火车大小相差无几。今天这一款型号最特别,因为是由燃木引擎供能的。战时德国石油资源紧缺,不得不想出权宜之计,其中之一就是燃烧木料给发动机供能。车尾车厢一大部分都被发动机占据了,还要塞进去 17 名囚犯和行李。

贝斯特宁愿早点归西,也不愿留下任何行李(当他得知囚犯们必须步行转移时,还因为必须丢下宝贵物品生气)。最后,所有人和物品还是被塞进去了,满当当的,简直连一块肌肉都动弹不得。随后,后门被撞上,上了锁。

那时,空袭警报已经响彻整个集中营。囚犯被困在拥挤不堪的囚车中,无能为力地听着守卫跑去躲避。时间一分一秒地过去,囚犯拉长了耳朵,想要听无人轰炸机的声音,等待着爆炸的毁灭。

寂静仿佛凝滞了,最后,解除警报信号声终于响起,刚刚

---

1. 德文 Grüne Minna Green Minna,一种绿色的大型警车。——译者注

是虚假警报。囚犯听到守卫回来，司机和守卫上车的时候，车子动了一下，门又被撞上。引擎隆隆地活了过来，车子发动，但走了不到100码[1]就突然停了下来，一动不动了。很快，他们就闻到了烟味。引擎继续运转着，烟雾变得更浓，味道令人窒息。一位名叫西格蒙德·拉舍尔（Sigmund Rascher）的囚犯吓呆了。他是一位留着红色胡子的矮个子男人，曾是党卫队医生，设计了集中营中的毒气室，还在囚犯身上做惨绝人寰的活体实验。但当他涉嫌金融诈骗和科学实验结果造假之后，职业生涯就结束了。

"天哪，"车里充满烟雾之时，拉舍尔说，"这是辆死亡囚车，我们被灌了毒气！"的确，他应该再清楚不过了，作为希特勒第一份政治公文《最终解决方案》（the Final Solution）的技术撰稿人之一，拉舍尔知道，大屠杀实验早期就使用这类囚车。

贝斯特头脑冷静，他让拉舍尔看从囚车侧壁通风口透过的一丝月光。"毒气室里有这个东西吗？"他问。

拉舍尔必须承认没有。"估计没事吧。"他说。

不论是不是设计好的，烟雾变得越发危险，愈发令人窒息。然而，最后囚车还是缓过来开走了。新鲜空气从通风口流了进来，渐渐冲走了烟雾。囚犯还是能活下来的。

至少，还尚未到大限将至之时。

---

1. 100 码 ≈ 0.0914 千米

Hitler's Last Plot

第三章
阿尔卑斯要塞

名囚从萨克森豪森集中营和布痕瓦尔德撤离的同时,身在柏林的阿道夫·希特勒在阴暗的总理府地堡中发着脾气。他的"三千年帝国"将迎来最后大对决,但即便军队战败,早已消失得无影无踪,他仍在歇斯底里地下达命令。

希特勒更为狂热的追随者也处于密闭空间,因而同样妄想多疑;但他那些不太忠诚的军官正悄悄进行自我营救计划。党卫队编制内无所不能的禁卫军(Praetorian Guard)是元首身边叛徒最多的一支军队,他们担忧自己的未来,开始设计计划,有时自相残杀,会对夹在中间的名囚造成严重影响。

党卫队帝国长官、大屠杀总计划的倡导者海因里希·希姆莱(Heinrich Himmler)是最背信弃义的计划人。他深信自己能取代希特勒成为元首,商讨和平条款,让新德国加入美英阵营,一同对战苏联。从 1944 年 3 月开始,他就通过中立国向盟军示好;首先让富兰克林·罗斯福和温斯顿·丘吉尔知道他已经准备好推翻希特勒。战争形势似乎无力回天后,希姆莱开始私下释放自己管辖集中营中的一批批囚犯;这种行为激起了属下的怀疑,希特勒发现时也非常愤怒。然而,希姆莱用示好姿态讨好英美的如意算盘落空了。

希姆莱两个最高级的副手更加现实，但筹备的计划却与之南辕北辙。几周以来，柏林的党卫队全国副总指挥兼武装党卫军二级上将恩斯特·卡尔滕布鲁纳（SS-Obergruppenführer Ernst Kaltenbrunner）和意大利的党卫队全国副总指挥兼武装党卫军二级上将卡尔·沃尔夫（SS-Obergruppenführer Karl Wolff），两人内心挣扎，到底怎样结束战争才对德国意义最大？两人计划的重中之重是防守纳粹中心地带奥地利和巴伐利亚州（Bavaria）。山脉绵延的阿尔卑斯提洛尔地区（Alpine Tyrol region），跨越奥地利、意大利边境的阿尔卑斯山要塞（Alpenfestung）由设防严密的山区基地网组成，是最后方案的备选地址之一。

卡尔滕布鲁纳和沃尔夫曾是朋友，而后相互敌对，一度恶化到公然挑衅的地步。作为头目众多的帝国中央保安总局领导之一，卡尔滕布鲁纳身材魁梧、脸带疤痕，单看外表甚至能震慑住希姆莱，可谓第三帝国权力最大的军官之一。中央保安总局接纳了盖世太保、刑事警察（Kripo）和情报安全处，组成了纳粹德国绝对极权统治网络。

与卡尔滕布鲁纳截然不同，卡尔·沃尔夫迷人且帅气，带着洒脱的气质。他的人格魅力能俘获所有人，希姆莱和希特勒也不例外（这一点令卡尔滕布鲁纳特别烦恼）。沃尔夫以前从事公关工作，是个技艺高超的接线员，而且不知为何，似乎对野蛮的纳粹主义很冷漠。他曾是党卫队体系的三把手，成为希特勒总部希姆莱的得意副手，但是他"失宠"了。1945年4月他被派往意大利，做意大利德国党卫队的全权指挥，还加了个浮夸的头衔：最高党卫队分区区队长。

总的来说，两人在党卫队体系中地位相差无几，但是影响力不对等。卡尔滕布鲁纳总部设在柏林的普林茨阿尔布切街（Prinz Albrecht Strasse），就位于希特勒总理府转角处，离希姆莱司令部，即度假城市霍亨里亨（Hohenlychen）也不远。卡尔滕布鲁纳几乎每天下午都会在希特勒的地堡中，将位置优势利用到极致，以期摧毁在意大利与世隔绝的对手之地位。

1945年4月，盟军军队已经控制了意大利大半部分，只有伦巴第（Lombardy）、威尼托（Veneto）平原和提洛尔南部山地才能作为保护纳粹巴伐利亚州和奥地利中心地带的最后缓冲区。卡尔滕布鲁纳坚定地认为，两个地方都能够经得起意大利盟军的攻击，但前提是德国军方要坚定信念。他固执地认为，最后的抵抗战役可以在阿尔卑斯要塞这一天然屏障中获胜。

3月15日，卡尔滕布鲁纳和他的属下党卫军二级突击队大队长——意大利和匈牙利情报局局长威廉·霍丁（Wilhelm Höttl）——一起商讨此事。卡尔滕布鲁纳对阿尔卑斯要塞计划的可行性很有信心。赫赫有名的党卫队突击队队长奥托·斯科尔兹内（SS commando leader Otto Skorzeny）被任命协助防御任务。他是希特勒跟前的红人，协助领导1943年空袭计划，成功从山顶监狱中营救出墨索里尼。卡尔滕布鲁纳希望能够利用好他的资源、名声和震慑力，在阿尔卑斯要塞中继续纳粹的反抗，引诱盟军谈和。斯科尔兹内和希姆莱一样，也曾认为盟军愿意接纳新任领导人之下的改革德国,一起建立反布尔什维克联盟。

但即便身为管辖领地与阿尔卑斯要塞地区部分重合地的军官,沃尔夫对成功完成最后抵抗和打赢战争也不抱任何幻想。他与希姆莱的观点越来越趋同。沃尔夫知道德国已经战败了,不可能成功获得最后抵抗的胜利。意大利已经沦陷,更好的选择是尽快撤出德国军队,同时与盟军敲定并签署和平条款。沃尔夫已经准备和军队一起投降,终止战争。

自3月初,沃尔夫就在中立国瑞士与负责美国情报的长官艾伦·杜勒斯(Allen Dulles)谈话,并偷偷地向敌军靠拢。杜勒斯是罗斯福总统在伯尔尼的私人密使,也是美国中央情报局(CIA)的前身战略情报局(OSS)的局长。沃尔夫已经两次偷渡边境,秘密与杜勒斯交谈。虽然交谈过后,沃尔夫会把偷渡行为描绘成无私的举动,称其目的是终止大型杀戮;但实际上,他的宏伟战略只是为了自保,为了在德国战败后给自己寻个好出路。

沃尔夫说服了意大利战区空军元帅阿尔贝特·凯塞林(Luftwaffe Field Marshal Albert Kesselring),让他接受了私通行为背后的逻辑。对于沃尔夫的秘密对话,凯塞林的态度模棱两可,表示默许。凯塞林3月被调离至西部前线之时,行动陷入了危机,但替代凯塞林的海因里希·冯·维廷霍夫上校(Colonel General Heinrich von Vietinghoff)发出了试探性讯号,表示同意沃尔夫的观点,认为已不值得在意大利继续耗下去。为了与在意大利的盟军讲和,沃尔夫、维廷霍夫和几位高级德国官员设计了一场阴谋。

为了不让背叛的消息走漏风声，传到柏林和元首耳中，他们格外谨慎。但在卡尔滕布鲁纳巨大的盖世太保和SD间谍网络之下，沃尔夫的阴谋显得脆弱不堪，所以他的敌人卡尔滕布鲁纳很快发现了反叛计划。卡尔滕布鲁纳非常愤怒，因为他自己向瑞士盟军示好的尝试被坚决地拒绝了。杜勒斯拒绝了卡尔滕布鲁纳的示好，因为他不能像沃尔夫一样在打仗的时候撤出大量的党卫队和国防军。所以，卡尔滕布鲁纳和柏林军队中更疯狂的人就将希望寄托在阿尔卑斯要塞上。

实际上，规模如此庞大的国防系统对于任何国家来说，工程量都是巨大的，让已经奄奄一息的德国建成要塞的希望更加渺茫。但无论如何，工程本身就是极为有利的宣传武器。单单在幅员辽阔、山脉道路狭窄蜿蜒的阿尔卑斯地区建立防御工事的概念，就会在战争最后几个星期逼迫盟军完全改变战略部署。

早在1944年5月，希姆莱就提出此意。但直到同年9月，军队才派遣工程队进行可行性研究。日子一天天过去了，却没有任何一份建造或人员配备的具体计划。一开始，华盛顿和伦敦方面都未严肃对待。但是1944年8月两件事的进展激起了双方对神秘的阿尔卑斯堡垒的兴趣。

一份发往华盛顿的机密美国情报急件报告了阿尔卑斯山中巨大的防御工事，其中建有地下工厂、武器和军需仓库、秘密机场等。急件还怀疑称，1945年春天的军事大溃败后，德国在这里还能再坚持6到8个月。没有任何一位美国指挥官愿意在如此强大的防御工事上造成不可避免的大量死伤。但如果这最后的堡垒不被攻克，纳粹则会继续苟延残喘两年，可能在德国造成大范围的游击战。

做出如此令人担忧的评估后，美国战略情报局研究分析处（the OSS Research and Analysis Branch）研究了德国南部建造防御工事的潜力，其中考虑到党卫队的狂热心态，并指出巴伐利亚州一直是国家社会主义的发源地；而且，不仅是希特勒，许多纳粹领导人也表现出对于南部山脉近乎神秘的向往。

实际上，所有给美国军方规划人员造成影响、令人担忧的信息细节，都来自党卫队保安局的虚假信息传播。许多有关阿尔卑斯要塞的信息都是由位于奥地利城市布雷根茨（Bregenz）的保安局局长汉斯·冈塔尔德（Hans Gontard）发出。他截获OSS 的报告时，对欺骗美国人的容易程度惊奇不已，并给实际掌权提洛尔－福拉尔贝格大区（Tyrol-Vorarlberg）的弗兰茨·霍费尔（Franz Hofer）长官看了一份副本，长官很快利用起盟军的恐惧。在他看来，恐惧心理是阿尔卑斯要塞能够行之有效的证据，所以应当建立要塞。11 月，霍费尔向纳粹党务中心领导人兼希特勒私人秘书马丁·鲍曼（Martin Bormann）发了一份备忘录，建议实施工程。霍费尔提出调遣大量机械、军备、设备与人员，还建议选 3 万名盟军战俘作为人肉防线。

接下来的几个月，这份备忘录默默无闻，但最终被约瑟夫·戈培尔（Joseph Goebbels）看到，他也意识到阿尔卑斯要塞的宣传价值，决定好好利用美国人心中的"要塞歇斯底里症"。

而且，想要达到目的，只需严禁任何德国报纸或出版物提及此地。禁言的消息肯定能传达到盟军情报部门，让他们相信建立工事的消息的确属实。

戈培尔提议后，鲍曼将霍费尔的备忘录呈递元首。希特勒下令马上开始建造防御工事，希望能恐吓盟军做出政治让步。有了希特勒本人的背书，纳粹政党中对立的几股势力用不同的方式进行提议，他们都从自己的利益出发，以自己的方式利用敌人的担忧心理。

1月份，戈培尔设立了宣传部门，专门负责编造有关防御工事建造的虚假消息。结果大获成功。一开始，美国《高利》（Collier's）杂志刊登文章，报道代号为狼人的德国行动，其中包括训练众多游击战队，从贝希特斯加登（Berchtesgaden）附近坚不可摧的堡垒中展开空袭。不久后，一份苏黎世报纸刊登在上萨尔茨山（Obersalzberg）建造大型防御工事的报道。随后1945年2月11日，《纽约时报》发表了名为"纳粹的最后堡垒"报道，描绘了长280英里、宽100英里的防御区，从瑞士最西端延伸到奥地利中部，是一个"极难攻克的堡垒"，这片"巨大山脉"里面，还有着结实的掩体和其他隐藏在岩石中的防御工事。

这篇文章让形势更为复杂。文章将此举描绘为"恶魔般的胁迫"，还写到纳粹掩藏着另一个狡诈的阴谋。"自从诺曼底登陆以来，"文章写道，"所有的盟国政治人质都被盖世太保转移，从德意志帝国各地转移到阿尔卑斯山的矩形地带中。"

文章还点名道姓指出前法国总理莱昂·布鲁姆就是人质之一。

实际上，那时布鲁姆还在布痕瓦尔德的营地中关押着，离阿尔卑斯山还好几百英里。其实除了卡尔滕布鲁纳和希特勒等疯狂纳粹分子的想象之外，根本没有什么阿尔卑斯要塞。但《纽约时报》却无意间正确预测了纳粹高层指挥官的终极战略。

文章发表两个月后，4月初，希特勒下令集结德意志帝国所有名囚人质，让他们向南转移。

Hitler's Last Plot

第四章

一路向南

德国南部，4月4日，星期三

绿色囚车驶离布痕瓦尔德和魏玛，开了一整晚，直到第二天中午才停下来。木料供能的汽油引擎运行得时好时坏，泄露出的尾气还总是隆隆作响。车速根本达不到每小时六英里，还必须每小时就停一次加木料或清理烟道。

陆军上尉西格蒙德·佩恩·贝斯特和其他囚犯挤在一起，显得非常担心，因为尽管通风口的确有空气流进来，但是车里仍然浓烟滚滚，烟味很重。有些囚犯已经感到不适，甚至有几个身体不怎么强壮的囚犯已经开始感到头晕。再加上手臂紧贴身体，行李箱尖尖的棱角扎进腿中，令人感到异常痛苦。

已有三人受不了浓烟的摧残，晕厥过去。其中之一是弗里德里希·冯·瑞本将军（Friedrich von Rabenau），他长着一张棱角分明的脸，是个虔诚的信徒，也是前任将军。他涉嫌参与1944年7月施道芬贝格的阴谋，却从未被正式指控。另外两个人是女性，一位名叫海德·诺瓦克斯基（Heidel Nowakowski），是个年轻、漂亮的德国女孩，出身神秘，被其他囚犯怀疑为盖世太保间谍；另外一位名叫玛戈·赫伯莱恩（Margot Heberlein），是外交官埃里希·赫伯莱恩博士（Erich Heberlein）的妻子，火辣又强势。她也是施道芬贝格阴谋的参与者之一。两人一直一起被关押在布痕瓦尔德地下一间极小的牢房中。在牢车密闭的空间中，其他囚犯希望让晕过去的人舒服些，就用自己手臂支撑他们平躺着。

终于，通风口投入一线光亮，佩恩·贝斯特认出了同伴的脸。大屠杀犯西格蒙德·拉舍尔医生友善的面容显露出来，他对自己犯下的罪行不加掩饰，没有一位囚犯怪罪他。很久以前，他们就对周遭的死亡与苦难司空见惯，除了生存，早已无暇顾及其他。

与拉舍尔相比，德国信义宗牧师迪特里希·潘霍华（Dietrich Bonhoeffer）可能是完完全全不同的人了，他是反对纳粹的基督教抵抗者，也是瑞本的好朋友。潘霍华是新教分支认信教会（the Confessing Church）的创始者，旨在摧毁希特勒建立的纳粹德国国家教会德国福音会的宗教一体化政策。另一位贝斯特十分中意的囚犯是名囚中最为赫赫有名的人——比利时占领区军政府司令官亚历山大·冯·法肯豪森（General Alexander von Falkenhausen），他也间接涉嫌参与了"七月阴谋"。法肯豪森出门在外绝对不会不穿他的深红色内衬披肩，绝对不会落下普鲁士和德意志帝国军队"一战"最高勋章——蓝马克斯勋章（法语：Pour le Mérite），他将它佩戴在脖子上的红绸丝带上。

时间流逝，精疲力竭的囚犯丝毫没合眼，开始想要上厕所，而且越来越急，于是便开始抱怨："我等不及啦！""叫他们停车——我必须出去！"抱怨声越来越大，音调也越来越急，囚犯们就开始拍打车壁。最终，车抖了两抖，停了下来，一名党卫队士兵打开了车后门。

"怎么回事?"他问道。

男士们小心地指出,囚犯里有女士,必须下车私密地如厕。对于这些囚犯来说,死亡和苦难也许早就司空见惯,但是还没落魄到连文明地上个厕所的需求都能被忽视的地步。

党卫队却没那么文雅,直接向两个同伴叫道:囚犯要尿尿。士兵之间争执了一下要不要允许,最后还是开了门。

贝斯特费力地从人和行李当中挤了出来,其他人也跟着他下了车。他们停在了一片空地上,既没有树,也没有树篱。一名党卫队士兵带着海德·诺瓦克斯基和玛戈·赫伯莱恩到远处的矮林去,其他人在路边解决问题,另外两名士兵拿着机关枪指着他们。

新鲜空气和阳光让囚犯的心情好了些,木料燃得差不多了,他们在车里的空间也更多了,在英国特别行动处特工休·法康纳的务实领导下,行李的摆放方式也更加合理了。

吃了党卫军给的面包和香肠之后,名囚们感觉好多了,也开始思考目的地所在。他们注意到了途经的景色。一人称,他认出了一个村庄,应该是来到了布痕瓦尔德以南125英里的巴伐利亚州。有些人被关押在监狱和集中营的时间太长,已经熟悉了党卫队的网络;从地点来看,他们很有可能要去弗罗森堡集中营(Flossenbürg concentration camp)。

大家顿时沮丧起来,希望消失了。弗罗森堡位于以前捷克的边境,距纽伦堡(Nuremberg)和拜罗伊特(Bayreuth)不远,是处死将死囚犯的地方，臭名远扬。

绿色囚车开过了小丘和森林，最后来到了魏登（Weiden）。魏登小镇满是颜色鲜艳的山墙小屋、鹅卵石街道和集市广场，美丽至极。但是这种诱人的魅力极富欺骗力，因为魏登是离弗罗森堡最近的小镇。车停在了盖世太保总部的门口，党卫队进了门，把锁在车里的囚犯放了下来。当他们回来的时候，其中一个较为友好的士兵开了门，说道："你们还要继续走，他们不能让你们留在这里，这儿人太多了。"门被撞上，引擎又启动了。

拉舍尔原本还很失落，现在已经高兴了很多。他有丰富的集中营知识储备，他认为他们还是非常安全的，至少暂时很安全。他想，如果转移本意是为了杀掉名囚们的话，那根本不用再调度了，"弗罗森堡的人向来不多，不可能装不下几具尸体的"。虽然36岁的拉舍尔原来恶迹满满，但是贝斯特还是忍不住喜欢这位年轻的医生。"他是个挺奇怪的人"，贝斯特注意到，"可能是我遇到过的最奇怪的人了。"

事实告诉他们，拉舍尔的乐观坚持不了多久。

***

离开魏登不久，绿色囚车就遇到了几辆停在路边的车，有三辆灰色巴士和一辆小轿车。巴士里面全都是平民，旁边有党卫队士兵看守。小轿车里是布鲁姆夫妇、菲·皮罗兹奥-比罗里、伊莎·维尔梅伦和其他云杉镇的囚犯。

他们的行程要舒服得多，但毕竟长夜漫漫。从布痕瓦尔德驶离以后，大巴就没有停下。来到魏登之后，大多数的乘客已经憋得不行了，很想去厕所。大巴停了下来，但是谁都不能下车。大巴的看守愤怒地回应着囚犯们的请求："你们最好给我小心点，我们随时都能翻脸。"

大巴末端，一个愤怒的女声传来。玛丽亚·冯·哈默施泰因（Maria von Hammerstein）是陆军大将库尔特·冯·哈默施泰因-埃克沃德（General Kurt von Hammerstein-Equord）将军的遗孀。将军曾经是坚定的反纳粹人士，也是那一代最杰出的军人。玛丽亚的意志力和士气与她已故的丈夫不相上下。"你要是现在不让我下车，我就当场在这儿给你造个湖！这可对谁都不太好。"

党卫队士兵无视了她，所以她离开了座位，从已经被行李堆成山的过道挤了过来，结结实实地把挡着门的士兵领导推开。他又恼又扰，最终还是让步，把门打开了。囚犯们只能一个一个地出来，在全副武装的党卫队看守下解决燃眉之急。

这件事让菲感到颇为振奋，也感觉其他囚犯"对其他看守兵的态度"变得"愈发坚定，越来越不客气"。同时，她也很敏锐地注意，时刻保持着小心谨慎的态度——党卫队士兵一个个都脾气暴躁、凶猛成性，一旦逼得他们太紧，就会为了泄愤而开始虐杀。

布鲁姆的车到达之时，大巴才在路边停下；很快，绿色囚车就到了，两辆在大巴后停下。此时，布痕瓦尔德的囚犯第一次聚在了同一地点。

但好景不长，绿色囚车几乎还没停稳，一辆黑色奔驰轿车就尖叫着停在了它后方。下车的人身着党卫队安全警察制服（SS security police）。贝斯特和其他囚犯都能透过后门的小窗户看到这一幕。突然后门被打开，其中一位警察侧进了身，说："穆勒、格雷、利迪格，"他冲三名德国囚犯吼道，"带上行李到我们这儿来。"

三人虽然对于这突如其来的召唤显得极为惊讶，但是还是开始下车。贝斯特绝望地看着他们；虽然这三人格格不入，但是在反抗希特勒上，他们都饱含令人敬佩的勇气，也承受了凡人难以想象的惩罚和虐待。约瑟夫·穆勒博士（Dr. Josef Müller）身上的每根筋肉都透露着对纳粹的仇恨，也是德国境内最坚定地反对希特勒之人。由于身材健壮，他的外号为"公牛"。他一直是一位颇具影响力的政治家和律师，丝毫不吝啬表达他对所仇视的意识形态的批判之声。他保护纳粹政权反对者的行为激怒了纳粹党人，于是他在1943年被捕，关到了柏林的盖世太保地牢，经常被殴打。仅剩下的坚韧让他经受住了长达数月的心理虐待和生理酷刑。他受过的苦难让他很难再相信自己的同胞，所以对于陌生人产生了些许敌对的态度，总是怀疑所有人都会向纳粹当权者吐露信息。尽管如此，他和贝斯特还是在布痕瓦尔德成了很好的朋友。

第二个走下绿色囚车的是路德维希·格雷（Captain Ludwig Gehre）。他是穆勒的狱友，但不是朋友，穆勒一直怀疑他。

格雷是典型的反希特勒者，拥护纳粹德国时期军事情报机构阿勃维尔（Abwehr）的负责人威廉·卡纳里斯上将（Admiral Wilhelm Canaris）。他涉嫌参与最早暗杀希特勒的大型谋杀计划，将大型爆炸物藏在了元首的飞机上。1944年11月前，他一直都能保证先盖世太保一步。但知道自己已经穷途末路后，他枪杀了妻子，还打算自杀，然而只打瞎了自己的右眼。

倒霉三人组中的最后一人是弗朗茨·利迪格（Franz Liedig），他45岁，曾任律师，也是卡纳里斯上将的好友。他身形高大、健壮，胡须刮得干干净净，"一战"时曾为海军效力。他在1944年7月的计划调查中被捕，当时，盖世太保偶然发现了原先夭折的刺杀希特勒的计划，而计划中，利迪格本是杀手之一。

三人下了绿色囚车，行李也被艰难地抬了出来，随后道了别。道别没有仪式，三人只是简简单单地道了声"回见"——尽管所有人都有种莫名的预感，可能不会在这个世界再见到他们。三人上了奔驰车上，车掉头开回了魏登。

绿色囚车、三辆大巴和布鲁姆一家的车再次起程。在囚车中，原本在弗罗森堡不会被行刑的乐观情绪早就消失殆尽了。有些人还假装非常乐观，但是内心深处早已绝望不已。

菲所乘坐的大巴内形势极为紧张。党卫队下级突击队领袖贝德（Untersturmführer Bader）原本打算将囚犯带到弗罗森堡，却遭拒绝，只收到了最为模糊的命令，让他一直向南找个适合收容的地方。他收到的钱和军需根本不足以维持走到弗罗森堡以外，也不知如何是好了。贝德的脾气越来越暴躁，手下的人也越来越紧张、易怒。参与施道芬贝格阴谋的一位囚犯半开玩笑地说他认识这里的人，没准儿能让他们住下。贝德和手下气极了，菲和其他囚犯捂着嘴偷着乐。

绿色囚车里的三个士兵却完全不同。他们没有实权，也不用负责，上级模糊的指令只让他们感觉逃离了枷锁，表现得就好像在和囚犯一起受苦一样。只要囚车一停下来补充燃料，他们就把后门打开让囚犯下车。一次停车时，他们停在了农场旁边，海德·诺瓦克斯基和玛戈·赫伯莱恩被放下车洗漱，男人们在旁边的牧场水管处清洗。农夫的妻子拿出了牛奶和黑麦面包，囚犯一个个早就饥肠辘辘，便心怀感激地狼吞虎咽。

车上已经比刚出发时少了三个人的空位，车窗也敞开，放进了温暖的春风，囚犯的心情稍好了些。

车队到达巴伐利亚州多瑙河边风景如画的小镇雷根斯堡（Regensburg），时近黄昏。贝德希望能在这里找个收容囚犯的地方，却都被残忍拒绝。车队从一个政府部门开到另一个。"如果我们不能让你们在这儿留下的话，"一位党卫队士兵对贝斯特说，"我们也不知道要怎么办。"这种紧张的情绪下，大巴上的一些士兵很有可能会因为未来的不便而诉诸暴力。

在雷根斯堡开了几个小时以后，贝德终于获准将名囚安置在该城的国立监狱中。三辆大巴和轿车先行开到，随后行驶较慢的绿色囚车落了队。从前一晚到现在，他们已经走了180多英里，这些囚犯身体僵硬、疲惫不堪，下车的时候一个个像是被鞭打的老牛一样。菲抬眼看了看丑陋的监狱堡垒，心中满是失望和不祥之感。看管巴士的军官已经穷尽了最后的耐心，开始用枪头推搡囚犯。菲和其他囚犯举起行李，爬上台阶进入入口。

进入后，他们被赶上铁台阶，进到走廊一侧的牢房中；这间牢房只有几个又小又脏的隔间，却要容纳他们几十个人。隔间的门一个个关上，菲听到一名囚犯愤怒地冲着门卫怒吼的声音。迪特里希·沙茨少校（Major Dietrich Schatz）是一位忠诚的纳粹德国国防军，却不幸与一位"七月阴谋"策划人扯上联系；他本来因被捕感到极为愤怒，关在监狱里简直让他忍无可忍。"你们没有权利把我们关起来，像囚犯一样！"他通过狭窄的窗户吼道，"我们不是普通的囚犯！"

贝德的副官和手下也被沙茨的爆发说服了，沙茨的确说到了重点。在一番讨论之后，他们咨询了监狱的主管，但是主管非常固执：牢房的门必须紧闭。不管囚犯觉得自己多么重要，他都不会准许例外。囚犯仍要挤在肮脏的小盒子中，紧紧地被关在铁门里面。

人们从大巴车下了不久，载着莱昂和琼·布鲁姆的车在监狱旁边停下。布鲁姆这位曾经的政治家简直无法忍受漫长的行程，他的健康状况早就不理想，生理、心理都濒临崩溃，而映入眼帘的灰暗、庞大的牢房让他惊愕不已。他被抬上了台阶，独自关在牢房中。他以为已与琼彻底分开，陷入焦虑中，直到琼不久又和他会合，布鲁姆才长舒一口气。

晚些时候,绿色囚车终于到达监狱,开始下人。几个入口周围的监狱警卫开始推搡、霸凌囚犯,但比巴士看守兵心情好些的党卫队水兵却出面阻止了他们。

"他们都是非常重要的人,"他说,"应该尊重他们。"

"哦!又是些达官贵人,"一位军官鄙夷地说道,"嗯,把他们送到二楼,和其他囚犯安排到一起。"

牢房里面摆满了行李,他们上了台阶,一位友好、稍微年老一些的监狱守卫和他们问了好,让他们去了各自的住所。然而这里人太多,只剩下三间牢房来容纳他们14人。

海德·诺瓦克斯基和玛戈·赫伯莱恩住在一间牢房中,剩下的男人都在另外两间牢房挤着。贝斯特和另外几位关系较好的人在一起,包括休·法康纳和法肯豪森。另外一间牢房住着莫洛托夫的侄子、红军中尉柯科林,还有霍斯特·冯·彼得多夫上校(Colonel Horst von Petersdorff),他是一位获得多项荣誉的德国人,却被牵扯进"七月阴谋"。彼得多夫活到现在的唯一原因,是盖世太保没能提供足够证据证明他参与阴谋。五个人被领到三张稻草床垫上,又因为厨房已经关了,所以没领到食物。

经历了如此糟糕的一天,这简直就是压死骆驼的最后一根稻草。他们大声抗议着,与守卫大声争吵,开始齐声呼喊"我们要吃饭!"随后所有的囚犯都一起叫喊了起来。

守卫从来没有遇到过脾气这么大的囚犯,便屈服下来,给每个人拿来(橡子做的)代餐咖啡、一大块面包和一碗汤,贝斯特觉得这顿饭"尚可下咽"。

对于名囚来说，这是绝望的一晚。虽然很多人早就在集中营和盖世太保监狱中服刑多年，但是这里的环境还是很糟，和普通囚犯一样挤在肮脏的牢房当中，磨灭了支撑着他们走过最黑暗时期的自尊。牢房对于像菲一样曾经住在营房区里的囚犯来说，狭小得可怕。但是对于像贝斯特一样长时间经受殴打和折磨的囚犯来说，雷根斯堡只不过是艰苦跋涉的另一步。

***

雷根斯堡监狱，4月5日，星期四

晨曦拉开了帷幕，名囚也欣慰地听到门锁钥匙的转动声和门开时摩擦的吱吱声。典狱长改变了主意，决定让名囚出牢房透透气，在走廊中聊聊天，动动腿。

离开布痕瓦尔德已经两天了，然而各个名囚小团体才第一次见面：英国秘密特务、外国政治家、德国异政官员、反纳粹活动家和阴谋家的亲属。

虽然在众多德国军官眼中，贝斯特只是个空军上尉，军衔远不及其他人，但是他特别费心地去认识所有人。贝斯特的女人缘很好，然而过去几年他要么被孤立监禁，要么只有男性陪伴，这令他对菲·皮罗兹奥-比罗里和伊莎·维尔梅伦两位迷人的德国女性格外注意。他认为菲看上去太年轻了，不像已婚人士，所以得知她与丈夫和两个孩子的故事时很惊讶。金发女郎伊莎外表像个假小子，活泼好动。1933年，还是少女的伊莎就曾惹怒纳粹,只因为同情学校里的犹太同学,拒绝给希特勒敬礼,还因此被开除。成年之后,她在柏林卡巴莱夜总会唱歌拉手风琴,这样颠覆性的角色也带来了盖世太保的审查。尽管如此,她还是逃脱了拘捕,给德国国防军的军队表演。1994年1月时,伊莎的哥哥埃里希时任德国驻土耳其大使馆的随员,由于土耳其叛变到英国阵营,因此她与哥哥和另外一位兄弟麦克都因纳粹德国株连法被捕。

伊莎和菲对于这位比她们父亲还大的英国人印象格外深刻。菲一下子就喜欢上了这位"高大、憔悴、带着独目镜又有点龅牙"的男士。伊莎也和菲一样一下子就注意到了他的龅牙。这口牙是萨克森豪森集中营党卫军牙医的杰作,贝斯特怀疑牙医故意给他整成这副样子,伊莎则认为看上去像口"假的大马牙",又因为贝斯特总是刻意堆出亲切的笑容,龅牙总是露出来,就给人"谨慎可靠,让人不由得信任"的感觉。

名囚们乱闯乱走之时,监狱守卫争执着该如何处罚违规行为。贝斯特听到他们内部建议再次将囚犯锁起来,有时还听到守卫喊道"所有人立刻回到牢房!"却每次都被名囚的笑声和起哄声湮没。

贝斯特去了牢房厕所,设法看到了窗外的火车调车场,这也是他第一次看到雷根斯堡被战争摧残后的景象。"我这辈子都没见过更混乱的地方。"他回忆道。火车道已被掀开,搅成一团,被烧毁打烂的车厢和车头在旁边躺着。

守卫把食物放在牢房,等着囚犯去取时猛地关上门,这才设法将几名囚犯赶回去。但是正当形势对他们有所转机的时候，空袭警报又响了起来。很快，所有囚犯都被带出牢房，用贝斯特的话说，"又乐呵起来了"。更加欢乐的是，警报是假的，虽然头顶上空的确有几百架美国轰炸机飞过，但没扔下炸弹。他们当时的目标是西部和北部的英戈尔施塔特（Ingolstadt）、纽伦堡和拜罗伊特。

名囚们陶醉于违抗纳粹当权者的行为，甚至品尝到了自由的滋味，但是他们还没有意识到，这一切都是假象。他们一点也不自由，甚至处境极为危险。

Hitler's Last Plot

第五章

弗罗森堡集中营

德国南部，1945年4月3日，星期二

英国皇家空军中校哈里·"翼"·戴看着车窗外的德国乡景缓缓后退。已经到了半晌午，火车也行驶了几个小时，将萨克森豪森集中营和被炸得满目疮痍的柏林郊区远远甩在身后。从已获信息来看，囚犯们正朝着西南方向行进，目的地大概是萨克森州和巴伐利亚州。这儿曾是纳粹德国的中心，但现在只能在不断进军的盟军攻击中苟延残喘。火车穿过一个又一个被盟军空袭轰炸后的小镇，一个又一个废弃的德国空军飞机场，停满了因无燃油而毫无用处的轰炸机。

戴、英国空军上尉詹姆斯、悉尼·道斯和莱蒙德·梵·维米尔茨等其他的大逃亡逃犯都紧密关注着可能逃脱的机会。但是到目前为止，机会渺茫。火车继续行进，彼得·莫哈尔巡官和党卫队守卫非常警觉。

囚犯们心怀期待，带着倦怠而惶恐的复杂心情看待转移行动和生存的可能性。冷酷无情、不可信任的苏联伊万·乔治维奇·贝索诺夫将军深信，他们最终的命运就是在德国战败之时被枪决，以作惩罚。而那位好斗又爱舞剑的突击队领导人约翰·"疯狂杰克"·丘吉尔中尉一直想着逃走。但与戴和其他大逃亡逃犯不同，"疯狂杰克"不喜团队作战，也不爱做系统性规划，如果出现任何机会，他一定会当机立断地抓住。

36岁的彼得·丘吉尔空军上尉（Captain Peter Churchill）却更烦躁。他和"疯狂杰克"同姓却无血缘关系，拥有温文尔雅的外表，戴一副眼镜，一看就属于英国上流社会。但他透露出的学者气质和他本人身份完全不搭，他本是专门负责搞破坏的英国特别行动处特工。彼得几次乘降落伞进入沦陷的法国，还协调了特别行动处的纺锤特务网（Spindle spy network），同时还与一位名叫奥黛特·桑逊（Odette Sansom）的法国情报员坠入爱河。不幸的是，纺锤机构被德国情报部门阿勃维尔识破，并抓捕审问了丘吉尔和桑逊。虽然丘吉尔被判了死刑，但抓捕他的人以为他与温斯顿·丘吉尔有血缘关系，这才因为作为价值更高的人质而免于行刑。事实上，他和"疯狂杰克"都与英国首相毫无关系，但是这个姓氏就好像护身符般带有魔力，所以他也成了名囚，送往萨克森豪森集中营中的特殊仓中。

中午之前，火车驶入了位于萨克森豪森以南140英里的德累斯顿（Dresden）火车站。柏林的残破吓坏了很多囚犯，但是他们在这里看到的景象更令人惊愕。不到两个月前，这座古老的萨克森州巴洛克古城已经被盟军的空袭轰炸为一片废墟。这里已经是一片荒凉的废城。每条街每个街区的建筑都成了空壳，在满是碎石瓦砾的街道上站着。满面绝望的人穿过废墟，逃离这里，一群一群地拖着行李爬上已经塞满人的火车车顶。皇家空军对小镇和成千上万的平民施以残酷的暴行，令"吉米"·詹姆斯惊愕不已。"就这样毁灭了一座欧洲最美丽的中世纪城市啊，"他想，"目的何在？"

戴审视着这一片荒芜的景象，心情沉重。看到敌人国土陷入如此绝境，却没给他带来一丝一毫满足感。他痛恨纳粹，也在过去五年半的监禁期间与之战斗，但对于只是深陷仇恨与毁灭大暴乱的普通德国人，戴心中是存有一丝同情的。这一点，他内心非常矛盾。比如，戴觉得德国3号空军战俘营的指挥官是个"彻头彻尾的绅士"，尽管这位富有而贵气的上校对待英国美国囚犯行为尚可，但让苏联的"劣等人种"（Untermenschen）要么蹲大牢，要么饥饿致死。

戴心中对德国人奇怪的态度在萨克森豪森集中营中体现了出来。那时悉尼·道斯给党卫队搞恶作剧，将特殊仓A周围的警告网上的所有骷髅头标志都反转了过来。当时，党卫队指挥官勃然大怒，把高级英国军官道斯痛骂了一番。戴认同指挥官，称道斯的恶作剧是表达逆反的幼稚行径，还因其侮辱了党卫队重视的标志，简短地训斥他一番。但戴也不满指挥官的语气，并且认为逃亡才是报复的唯一方法。戴对他的部下说："党卫队这厮对于英国皇家空军的侮辱、诽谤等行为，我深恶痛绝。"所以为了英国皇家空军的荣誉（奇怪的是，也某种程度上为了德国空军），他认为反抗党卫队非常必要，所以"让我们看看能不能离开"。他们的确逃离了，但是又被捕，最后被莫哈尔巡官救了下来。

五年半以来，戴都承受了巨大的压力。不只是因为他是负责上千名皇家空军囚犯事务的高级英国军官，还因为对于许多年轻人来说，他就像父亲一样。他早期被捕时精神崩溃了一次，接受德国空军的医务后勤兵治疗后康复。在纳粹愈发高涨的野蛮行径下，被俘期间德国空军对于皇家空军战俘的文明态度绝对令人安心，然而这也没能阻止戴逃离集中营，给德国惹来巨大的麻烦。

被囚期间，戴和他意见相同的军官形成了紧密的小圈子，从兄弟情谊当中获得了极大的精神支持。其中，年轻气盛的"吉米"·詹姆斯是最重要的一员。

火车向西驶离德累斯顿，随着黄昏渐暗，夜幕降临，经过了开姆尼茨（Chemnitz）和茨维考（Zwickau），最终到达萨克森和巴伐利亚州边界附近普劳恩（Plauen）小城边缘。火车在这黑夜中纹丝不动，车厢被牢牢锁住，名囚打着瞌睡。突然，他们被空袭警报的嚎叫声惊醒。车厢走廊上，靴子的踩踏声如同打雷一般，警卫冲出去寻求庇护的时候门也猛地打开了。但囚犯车厢的门还是锁着的，他们深知出口已经被远距离的机关枪堵住了。他们束手无策，只能听着远处炮弹轰鸣，希望今晚这段火车道不是皇家空军轰炸机的目标，内心祈祷着轰炸声消逝，希望解除警报铃声响起。幸运的是，这次空袭攻击程度小，持续时间短，只是一队皇家空军"蚊式"轰炸机的精准式袭击，火车附近也没有落下任何炸弹。

第二天早上，火车继续缓慢地向南驶入巴伐利亚。囚犯一直都在猜测最终目的地为何处，但彼得·莫哈尔巡官和他的助手乔治下士仍拒绝透露。这天下午，布痕瓦尔德名囚被拒之门外不久后，火车在魏登小镇停了下来。萨克森豪森的囚犯们被勒令下车。与布痕瓦尔德的囚犯不同的是，他们对这个地方和将要发生的事情一无所知；而且他们也没有被拒之门外，而是在离开从奥拉宁堡驶来的火车后，转移到了一条狭窄的小铁路上。

火车穿过河桥，将他们带到了城外的东边，沿着森林茂密的山谷缓缓地吐着废气。火车道蜿蜒曲折，爬上了连绵起伏的丘陵、林地和风景如画的巴伐利亚农田。最后，虽然莫哈尔仍未透露目的地的名称，但说他们快到了。火车走的路越来越陡峭，周围的山丘越来越高，周围的农田也变成了森林。

火车又行进了大约12英里。夜幕降临，周围的地形变成了一只一英里宽、高山环绕的大碗。火车经过几家工厂，工人都面容憔悴，穿着条纹制服。名囚们猜测他们正在接近集中营。碗的中心坐落着一个小村庄，旁边的一座孤山上俯视着废弃的中世纪城堡。村庄名叫弗罗森堡，周围的山坡由一片巨大的建筑网覆盖，坡顶建有采石场，整片地区都是集中营。此地让臭名昭著的西格蒙德·拉舍尔医生心惊胆战，也是处置无用囚犯的地方。虽然名囚对弗罗森堡一无所知，但整个景象让他们消沉了下来。与到达萨克森豪森之前相比，彼得·丘吉尔现在不祥的预感更加强烈。

弗罗森堡集中营建于1938年，最初用来关押"反社会"囚犯：懒惰成性之人、社会外围人士、酗酒酒鬼、瘾君子等。自那之后，这里规模和关押范围都扩大了。4000多名党卫队监管的囚犯要么在采石场工作，要么为建造梅塞施密特（Messerschmitt）飞机卖命。他们经常被殴打、挨饿、虐待、谋杀。弗罗森堡本不是死亡集中营，因为没有毒气室，但死亡人数高得惊人。新到来的名囚们要是知道拉舍尔医生的心事的话，绝对会更加绝望，自1941年起，这里就是日常法外行刑之地。大多数行刑犯人都是波兰和苏联战俘。但是，仅仅上一周就有13名盟军战俘被处绞刑，所有都是英国特别行动处特工。

名囚分为了几组。希腊人和俄罗斯人被安排住在集中营外围，而越狱鼎鼎有名的英国囚犯则被视为安全隐患，送进了门。

弗罗森堡集中营的入口看上去稀松平常，没有房门，只是在高大电网后的石柱之间立了一个高高的铁门。左边的石柱上刻着一句德语的纳粹口号"劳动带来自由"（Arbeit macht frei）。囚犯们进入铁门，大门关上以后，党卫队就开始"尖声呼喊着仇恨之歌"（彼得·丘吉尔的形容）。乔治下士接过囚犯后，弗罗森堡集中营的警卫开始怒骂他们，像拉牛过街一样将囚犯拽到了集中营医院中。

同时，巡官彼得·莫哈尔已道别，去了集中营的管理区域；直到他正式将囚犯转移到这里以后，他的工作才算结束。这里，党卫队一级突击队大队长马克斯·科格尔中校（SS-Obersturmbannführer Max Koegel）坐在办公室。

科格尔看上去很残酷，头光溜溜的，形状像颗钝头子弹，连着个粗脖子，嘴巴就像被扎出来的伤口一样。他是敬业的反犹分子，自 1933 年，他就在达豪开始了纳粹生涯，成为党卫军，升到了拉文斯布吕克集中营（Ravensbrück concentration camp）和臭名昭著的马伊达内克集中营（Majdanek concentration camp）做统领，而后来到弗罗森堡。他的眼神从手中的文件上移开，瞥了一眼莫哈尔，以示欢迎。"我什么时候能毙了这帮人？"他漫不经心地说道。

"他们不是来行刑的，中校。"莫哈尔说，"他们只不过是为了等待进一步的命令才到这里暂时拘留的。"

科格尔简直不敢相信，"什么？但是集中营已经人满为患了，处死囚犯的速度还赶不上超员的速度。特别行刑的速度根本不够快！"

莫哈尔解释，命令是直接从柏林方面下达的，言下之意是直接由元首下达的。这群囚犯身份特别，是为了与盟军谈判留下的筹码。他们不得免罪，但是应当得到集中营能够给予的最好待遇。如果任何人被处死或是被伤害，都会威胁到和平谈判，甚至科格尔的生命安全。

就算是面临着生命威胁，科格尔也很难理解让囚犯活下来的意义。直到第二天，莫哈尔将他带到纽伦堡的地区党卫军统领处，他才接受了命令。和莫哈尔的短暂交谈过后，科塔尔马上冲到医院去亲眼看看那些"身份显赫"的囚犯。

他们都被引至一间空牢房，在房间里走来走去、上下打量的时候，科格尔冲了进来，满身怒气，甚至撞倒了一位挡在他前面的军医。他看向囚犯的目光中透露着赤裸裸的仇恨。

"你们就一直乖乖待在牢房里。"他说,"动点歪脑筋就等着受罚,逃跑这种事想都不要想,根本就不可能,集中营周围全都埋上了地雷;不要尝试逃跑,一经发现,格杀勿论。"

戴的德语很好,反问他,"这里到底是哪儿?"因为莫哈尔根本没有说。

科格尔似乎对不礼貌的言辞反应极为强烈,但是他克制住了自己,吼道:"你们马上就知道了。"

说完之后,他转过身,走出了房间。

与去往雷根斯堡国立监狱的布痕瓦尔德囚犯相比,这群来自萨克森豪森集中营的囚犯陷入了绝境。

***

统领说得没错,戴和其他人的确没花多长时间就知道这里是哪儿了。名字尽管闻所未闻,但在他们脑海中留下了浓墨重彩的一笔。

弗罗森堡的条件非常艰苦。在萨克森豪森集中营时,戴和其他人根本不用经历集中营惯常的残酷暴行。而在弗罗森堡的医院在斜坡上,下面全都是集中营囚房,所以,他们从医院看到了囚犯每天去菜市场做苦力,路上还被拳打脚踢。每天12小时粉碎花岗岩的工作让饥饿、劳累和谋杀行为把囚犯逼上绝路。医院的位置还在牢房和焚尸炉之间,所以经常能看到两处穿梭往返、令人毛骨悚然的人流。

仅仅几天之后，"吉米"·詹姆斯就下定结论，没有哪里能比得过弗罗森堡集中营地狱般的景象。名囚们常常在医院厕所遇到其他囚犯，一个个"灰黄色的皮肤紧紧地绷在被剃光的头上，深深下陷的双颊上是一双眼睛，透露出被折磨到呆滞的眼神，扣进了深陷的眼窝之中，身上一条条肋骨上满布疮痍"。

但弗罗森堡集中营另一侧是让其臭名昭著的原因。众所周知，如果盖世太保不满柏林"人民法庭"（People's Court）送来的无罪判决，就会不动声色地将摆脱罪名的被告送到弗罗森堡集中营接受死刑。有时，相同的命运也会降临在盟军囚犯身上，比如去年3月被处死的13名英国特别行动处特工。而在这里，处死的方式方法残暴得病态。将死之人被关押在一间自带庭院的狭长、低矮的牢楼之中，条件通常极其恶劣，常常没有食物，一片漆黑。最终被处以绞刑的过程漫长而痛苦至极，行刑者常常用一条"钢琴线"般的特殊绞索行刑。上个月，弗罗森堡集中营处死的人太多，焚尸炉都已经应接不暇，党卫军开始堆叠大量尸体，浸在石油中，随后点燃。

在这种环境下，脾气火爆的马克斯·科格尔和名囚之间，也只有莫哈尔做协调，名囚的的确确陷入了极险之境。

Hitler's Last Plot

第六章
将死之囚

柏林，4月5日，星期四

名囚们转移后的第二天，分别从弗罗森堡集中营和雷根斯堡监狱醒来。这时，远在几百英里以外的德国首都，正在酝酿的祸端可能会对他们带来深远而致命的影响。

1944年"七月阴谋"的调查就要迎来关键突破。因此次希特勒在东普鲁士总部险些丧命的事件，加之柏林政变未遂事件，盖世太保和党卫队展开大规模搜捕行动，上千人被捕。许多人在普林茨阿尔布切街的盖世太保地牢中遭受残忍的虐待，有的被处死，还有的绝望地等待着命运的审判。他们的家人作为囚犯家属正被转移到德国南部。

调查总负责人是帝国安全总局局长兼党卫军副总指挥恩斯特·卡尔滕布鲁纳。4月的某一天，他走入总理府邸花园下的地堡中，参加元首的午间例会。例会结束之后，卡尔滕布鲁纳抓住机会，把他带来的一沓纸交给希特勒。希特勒将头埋进手中的纸，用不太敏锐的眼睛读这份定罪文件，这位脸颊消瘦、棱角分明的奥地利人仿佛体验到了片刻胜利的喜悦。

纸上印着的是纳粹德国军事情报机构阿勃维尔的前负责人

威廉·卡纳里斯上将所写日记的选文。选文证明了卡纳里斯与此次轰炸阴谋的策划者关系紧密。卡尔滕布鲁纳帮着元首翻到了几个重要段落上,正如卡尔滕布鲁纳预期一般,希特勒读了后怒不可遏。自那刻起,卡纳里斯就时日无多了。不出几个小时,处死上将和其亲信阿勃维尔的命令就被下达。

除了卡纳里斯和汉斯·欧斯特(Hans Oster)副官两位领导以外,名单上还有卡尔·撒克军官(Karl Sack)和西奥多·斯特伦克律师(Theodor Strünck),两人都在抵抗行动中非常积极。两天前还是布痕瓦尔德牢房中的囚犯的路德维希·格雷上尉也在名单之上,他是从魏玛绿色囚车下车的三人之一。卡纳里斯团体中最知名的人是牧师迪特里希·潘霍华,他也曾和其他名囚一起在绿色囚车。

另外一份名单在同一下午发布,却没给出同样清晰的处置囚犯方式。除了希特勒下达的处决命令以外,第二份名单是由卡尔滕布鲁纳手下臭名昭著的军官海因里希·穆勒(Heinrich Müller)发布的,他是纳粹德国盖世太保首长,也是镇压一切反对纳粹政权的重要人物。"穆勒密令"(The Müller Order)向达豪集中营长官爱德华·魏特(Eduard Weiter)下达。该令称,根据海因里希·希姆莱的规定,"同时收到最高授权决定"(即希特勒)后,名单上利用价值非常高的囚犯应当集结起来,立刻带到达豪。

这份名单上有弗兰茨·哈尔德(Franz Halder)、乔治·汤玛斯(Georg Thomas)和亚历山大·冯·法肯豪森上将、博吉斯拉夫·冯·博宁上校（Colonel Bogislaw von Bonin）、银行家亚尔马·沙赫特（Hjalmar Schacht）、苏联军官瓦西里·柯科林、敌军特工西格蒙德·佩恩·贝斯特、前奥地利总理库尔特·冯·舒施尼格（Kurt von Schuschnigg）。命令的措辞礼貌至极："就我所知，牢房空间极为有限，请经审查后，将名单内囚犯一同监禁。"

该命令还附有一份副令，与现于达豪关押的囚犯有关。这份代号"艾勒"的命令旨在处置 1939 年在慕尼黑贝格勃劳凯勒刺杀希特勒的格奥尔格·艾尔塞（也是纳粹误解怀疑贝斯特参与的同一事件）。艾尔塞已被关押了数年，原本目的是在德国打赢战争后给予公开审判；仗已经打不赢了，"最高决策机构"已经做出决定终结他的苦难。下一次盟军空袭慕尼黑或达豪的时候，"'艾勒'应假作遭受致命伤"。魏特长官要求道："时机成熟之时，应尽可能谨慎地处死'艾勒'。请注意，得知此事之人越少越好，且务必叮嘱他们对相关事宜缄默……请在得知命令内容并执行之后销毁此信。"

处死卡纳里斯及其亲信的命令，集结关押在达豪的重要名囚和处死艾尔塞的"穆勒密令"，都是在那天下达的。两份都由人亲手送达，没有使用邮政或无线网络，所以不可能被敌军截获。

第二天，处死卡纳里斯及其亲信命令的送信人从柏林出发。慕尼黑党卫队军事法庭的公诉人党卫队旗队长瓦尔特·胡本柯腾（SS-Standartenführer Walter Huppenkothen）是个冷酷、淡漠的反社会分子，在莱因哈德·海德里希和党卫队国外政治情报处瓦尔特·施伦堡（SD-Ausland chief Walter Schellenberg）的栽培下任职于帝国安全总局，并得以高升。就和他两位老师一样，他也有着永不知足的野心：他曾被人描述为冰冷典型的功能主义者，能完成元首独裁政权下达的任何任务，不问任何问题。"七月阴谋"之时，胡本柯腾的任务是针对涉嫌阴谋的叛国贼，施以极端冷酷的问询，并予以公诉，不仅限于卡纳里斯的阿勃维尔。

卡尔滕布鲁纳和希特勒在柏林地堡对话的几小时后，胡本柯腾就收到了命令。第二天，即4月6日星期五，他从柏林出发，首先去往萨克森豪森。那里，第一批毫不知情的囚犯正等着他。

匈牙利著名指挥家多纳伊的儿子汉斯·冯·多纳伊（Hans von Dohn-ányi）与迪特里希·潘霍华牧师上同一所学校并结为好友。他曾是纳粹的支持者，与戈培尔、希姆莱甚至希特勒都成了点头之交，但1934年"长剑之夜"的清算行动令他震惊不已，随后反对纳粹。应征进入阿勃维尔后，他接受任务，完整、翔实地记录希特勒统治下反人类罪行。他将自己的挚友和妹夫迪特里希·潘霍华引荐到反纳粹抵抗行动中。他以阿勃维尔的谍报活动为伪装，将德国犹太人偷偷运往瑞士；然而不幸的是，盖世太保发现并逮捕了他。

多纳伊在普林茨阿尔布切街惨遭酷刑。胡本柯腾及其手下给他施加的刑罚残忍到难以启齿的地步，多纳伊甚至为了能暂时缓解痛苦，吞下了妻子给他的白喉杆菌。细菌感染了他的心脏，让他处于半瘫痪状态，完全无法站立，也无法控制肠胃运动。

多纳伊被送往萨克森豪森接受医治，但他若真认为这种行为能够唤起施暴者的同情，他将大失所望。

4月6日，胡本柯腾来到萨克森豪森，并安排了临时法庭。胡本柯腾像往常一样执行了公诉人的职责。审判过程不长，官员各自入座后，党卫队士兵将躺在担架上那位病入膏肓、半睡半醒、对周遭事物毫不知情的被告带了进来。这场装模作样的戏做完，多纳伊被判有罪，处以绞刑。

胡本柯腾没有留下观看执刑，审判当晚就离开萨克森豪森进驻柏林。午夜过后没多久，他就向海因里希·穆勒报告，还得到了第二天准备前往弗罗森堡集中营的命令。党卫队二级突击队中队长威廉·戈加拉（SS-Obersturmführer Wilhelm Gogalla）收到了"穆勒密令"，将和胡本柯腾一同前去。

命令涉及10位达豪名囚，博吉斯拉夫·冯·博宁上校现在还被关押在柏林的盖世太保总部中。他37岁，英俊潇洒，曾获众多荣誉勋章，其中就包括著名的金质德意志十字勋章（German Cross in Gold），却由于违抗希特勒直接下达的命令而被逮捕。作为德军最高统帅部执行部门的将领，1月份面临强大的苏联攻势，博宁下令允许德军从华沙撤军。第二天华沙被苏联攻下。博宁违背希特勒下达的"拼死搏斗"指令，冒着生命危险拯救了成百上千条性命。盖世太保逮捕博宁也是希特勒的指令。博宁被列为"荣誉囚犯"，因此可以享受符合军衔的特殊待遇，他仍然可以穿德意志国防军制服，甚至还保留了藏在外衣下的武器。

现在，博宁将被送往南部的弗罗森堡，与其他的名囚关在一起。关在盖世太保柏林总部的另外四名囚犯也和他一同被遣送。

看管五人的士兵，即"穆勒密令"的执行者威廉·戈加拉也上了一辆绿色囚车，但幸运的是，这辆车用的是汽油引擎。戈加拉非常期待此次行程，因为这可以让他从柏林一片狼藉的废墟当中摆脱出来。他也很期待和他最喜欢的囚犯重聚，那就是"穆勒密令"名单上的西格蒙德·佩恩·贝斯特。

戈加拉在1939年柏林的一场质询中遇到了佩恩·贝斯特，他被送往布痕瓦尔德之后不久又见了面。戈加拉曾效力于纳粹特别行动队（Einsatzgru-ppen），1939年入侵波兰进行大屠杀，但是佩恩·贝斯特好像总格外偏爱最恐怖的纳粹战犯，他认为戈加拉是一位友善、乐于助人的狱警，还称他为"狱警挚友"。至于这种友好关系是否能够维持到下一次重逢，还尚待分晓。

4月7日，星期六早晨，胡本柯腾和戈加拉在柏林一条被废弃的高速见了面。胡本柯腾当时和怀孕的艾瑞卡坐在自家车内，随后胡本柯腾下了车，上了那辆绿色囚车的副驾驶座位，车后坐着五名囚犯。

胡本柯腾和戈加拉驶离了柏林，带着集结处死众多囚犯的命令，向南250英里以外的弗罗森堡行进。他们能在此时逃离德意志帝国首都实属幸运，因为不到一周后，柏林就会被苏联红军包围。此行，永无归途。

Hitler's Last Plot

第七章
巴伐利亚插曲

雷根斯堡，4月5日，星期四

在雷根斯堡国立监狱二层寒冷、肮脏的牢房中，西格蒙德·佩恩·贝斯特睡醒了午觉。他身下一层薄薄的的秸秆垫又硬又不舒服，还因为和休·法康纳、亚历山大·冯·法肯豪森、瓦西里·柯科林和霍斯特·冯·彼得多夫挤在一起而全身痉挛。

谁都没怎么合眼。所有名囚早上忙着相互交流，空袭警报又让他们几乎一天都待在地下室。刚刚临时聚会的狂欢让他们非常疲惫，大多数人下午都睡着了。

党卫队三级突击队中队长弗里德里西·贝德自见了这群囚犯之后，脾气变得很差，从离开布痕瓦尔德，整个乘车过程中，特别是到他们刚刚欢乐的聚会，他一直气得牙痒痒。下午5点，当疲惫不堪的名囚都想再睡一晚时，他和身后两位党卫军大摇大摆地走进了牢房。"所有囚犯准备立刻离开！"他吼道，穿过牢房重复着命令给囚犯捣乱。他看上去特别开心，为报复他们白天的欢乐聚会，简直小气又傲慢。

佩恩·贝斯特又把他的盒子、行李箱、打字机收了起来，下楼的时候遇到了其他囚犯。把他们从布痕瓦尔德带到这里的车已经等在外面了。亲属囚犯上车时，布鲁姆夫妇被带上了自己的车。车向东南行进，离开了雷根斯堡。

还是没人知道他们要去哪里，贝德缄口不言，甚至他的部下都一无所知。菲·皮罗兹奥-比罗里在大巴上听到了一些似乎从一位守卫兵口中吐出的传言，囚犯要被送往达豪"等待进一步审判"。但还有另外一传闻称，贝德说那里已经满员了。

整个车队沿着多瑙河南岸漫无目的地行进，速度缓慢，特别是那辆颤颤巍巍的绿色囚车。离开雷根斯堡还没多远，绿色囚车就猛地抖了一下，突然停了下来。这些绝望的守卫寻求囚犯的帮助。除了英国特别行动处特工以外，休·法康纳还是工程师，所以他下了车看看能做什么。他马上就发现转向装置坏了，而且普通维修根本不可能修好。

他们掉了队，其他的车毫不知情地向前开去——很显然，贝德根本不在意谁掉了队。守卫拦下了一位路过的骑行者，请求他去找雷根斯堡警察，让他们送辆替换车，这人同意并离开了。

夜色降临，囚犯们在囚车后部静坐。佩恩·贝斯特从小窗看向外面，看到了被轰炸得满面疮痍的诡异景象。他们停在了一条被炸得面目全非的火车主干道附近，道路旁边的田地满是坑，烧得焦黑、锈迹斑斑的车辆外壳躺在路边。天气很冷，马上就要下雨了。贝斯特能感觉出，党卫队的守卫被孤立无援的状况吓到了。

黎明即起，但是根本没有另一辆囚车要来的迹象。这些孤独苦恼的守卫让囚犯下了车，允许他们伸伸腿，舒缓一下坐得疼痛的屁股。他们又饿又渴，但根本没有军需。贝斯特烟瘾又上来了，但谁都没有烟。这条荒凉的路上根本没有车路过。终于，几个小时以后，一辆去往雷根斯堡的摩托车路过，守卫把它拦了下来。这次他们不再冒险，自己将摩托车骑回了雷根斯堡。

守卫回来时，他报告称替换车晚上的时候开了出来，但是司机又回去了，称他找不到坏掉的绿色囚车。守卫兵把事情讲明白了，给了他们车坏掉的具体方位。

中午时分，替换车开到了。名囚简直不敢相信自己的眼睛，来的车不再是一辆破破烂烂的绿色囚车，而是一辆崭新的旅游大巴。但扫兴的是，显然高层通了气，因为开大巴的人是带着机关枪的党卫队骑兵。从现在起，由他们带领囚犯。

虽然这点改变有点令人担忧，但是佩恩·贝斯特、法康纳和其他11名囚犯把他们的行李放上了车，很开心地坐上了宽敞舒服的软垫车椅中。他们开走的时候，佩恩·贝斯特回头看了看原来的三名守卫在破破烂烂的绿色囚车旁边孤零零地站着。离开他们，他还有些难过。

原本痛苦的行程突然变得舒适许多。"车程很令人开心，"佩恩·贝斯特后来回忆道，"我们穿梭在美丽的乡村，开过了农场、田野，还能时不时穿过深绿色的松林。"即便是上了新大巴，整个车程还是很慢，党卫队收到的命令显然是向东开，但是他们却被多瑙河拦下了，因为施特劳宾（Straubing）的大桥已被毁掉。大巴沿河开去，一座座桥都只剩残骸，最终穿过一个临时浮舟做的桥，穿过蜿蜒的乡间小道，开到了拜恩林山（the

Bayerischer Wald)的乡间高地森林中。

新军官对于此次任务的态度很放松，但不像前一班守卫兵对囚犯那样友善。他们在农场停下的时候收到了一帽子鸡蛋，但是他们不给饥肠辘辘的囚犯，还颇具绅士风度地让一群乡下姑娘搭了便车。姑娘们对车上奇奇怪怪的人感到格外困惑，党卫军解释道他们车上载的是拍摄宣传片的演员。

***

大巴沿着绵延起伏、零星散布着田地和浓密松林的丘陵缓慢地前行，令人昏昏欲睡。菲坐着打了盹。绿色囚车意外掉队后，行车大队彻夜前行但进度缓慢，时不时停下补充燃料，让囚犯下车如厕。破晓时分，潮湿寒冷的空气暖了起来，涌入大巴中，掺杂着松树树脂和铁杉的味道。

早上，车队到达了独具魅力的尚贝格（Schönberg）小镇，镇子坐落于两座林山之间的空地，满是拉毛粉饰陶土屋顶的房子；镇四周围着松树，中间教堂针尖一般的顶尖格外扎眼。车队停了下来，囚犯被命令下车。显然，此地是他们的新家所在了。

菲从大巴下来，带着行李，和其他人一起上街，走向一座乡村学校的宿舍。村子来人的消息很快传开，村民们出了门，盯着那些所谓的名囚。这群人看上去苦大仇深，一副没吃饱的样子，可真不像什么重要的人。有些村民上前给了他们一些鲜鸡蛋和水果，囚犯们心怀感激地收下了。贝德的手下没制止村民的好意，从布痕瓦尔德离开之后,他们一直花着囚犯的伙食费,所以吃得一直很好,但目前为止,他们只是时不时给囚犯一些面包和变质的奶酪。

亲属囚犯被安置在了学校一层的几间教室里。菲必须与15个或更多人共享一间教室,其中包括参与施道芬贝格阴谋的囚犯和参与"七月阴谋"并被处死的德国空军上校凯撒·冯·贺发克(Caesar von Hofacker)的家人。除他们外,房间里还有不属于亲属囚犯的弗里茨·蒂森(Fritz Thyssen)和妻子艾米丽(Amélie)。蒂森曾是垄断资本家,早期积极支持纳粹,后因纳粹残酷地对待犹太人而开始抵抗。同时,莱昂、琼·布鲁姆和大多名囚都舒服地住在楼上曾是校领导公寓的房间中。

除了公寓以外,学校里没有其他盥洗设备,党卫军士兵在菲的教室中放了一盆水;最让囚犯担心的还不是简陋的盥洗设备,而是如何在房间里男女混杂的情况下保证隐私和体面。大家达成共识,当女性洗澡的时候男性待在走廊,反之亦然。同时,虽然条件简陋,但是囚犯心情不错,维持了离开雷根斯堡监狱后的团结精神。至少学校干净多了,舒服多了。

名囚们开心地谈笑着,准备各自就位睡觉,但大多数人都还没意识到危险已经降临。

***

第二天下午,坏掉绿色囚车上下来的12名囚犯所搭乘的崭新大巴驶进尚贝格,西格蒙德·佩恩·贝斯特、休·法康纳、特里希·潘霍华、法肯豪森、埃里希·玛戈·赫伯莱恩、海德·诺瓦克斯基和其他人一起,在党卫军安全情报员严密监视下下了车。

这群人带着很多行李走进学校,他们上了楼,进到大房间。在贝斯特看来,房间看上去像医院病房,是"一间敞亮、令人开心的屋子",有十几张铺着厚羽毛床垫和彩色被子的床。周围全是窗户,让房间明亮无比。贝斯特看向窗外的山中小林,景致旖旎。

这群人中有男有女,也面临着隐私的难题。埃里希和玛戈·赫伯莱、海德·诺瓦克斯基睡在了房的尽头,屋主人给了他们一扇屏风,能让玛戈和海德在后面脱衣。

佩恩·贝斯特之前没怎么注意过年轻的海德,现在开始注意到她,但不怎么喜欢她。竟然连大屠杀杀手拉舍尔那样的敌军军官都喜欢她,佩恩·贝斯特又很偏爱女性,这种情况很奇怪。他看不透海德,令他很是不安。她是位年轻貌美的金发女郎,让他感觉她的外表简直"是日耳曼年轻人的典范",是德国的代表。海德说她曾为盟军情报机构效力,却没说明具体做什么工作,只是模棱两可地打马虎眼,所以激起了专业敏感的佩恩·贝斯特的怀疑。她说被捕后,她在拉文斯布吕克集中营遭受了牙刑,被迫住在集中营妓院中。的确,佩恩·贝斯特发现她言语谈吐和举手投足间的确很像妓女。海德一直不停地主动和人搭讪,认为自己魅力不可挡。玛戈·赫伯莱恩试过当她的朋友"不让她陷入麻烦",但都无济于事。亲属囚犯歌手伊莎·维尔梅伦和海德深入接触后,更觉得海德是一位"无法看透、招人讨厌的年轻人",被很多人当作间谍、盖世太保,如果她真曾为盟军效力的话,就是个双重间谍。

安顿下来后,饥肠辘辘的囚犯就向守卫兵要求用餐。守卫兵耸了耸肩,叫来了党卫队下级突击队领袖贝德。

佩恩·贝斯特在雷根斯堡没有见过贝德,现在是两人第一次对话。这位英国人很快就像菲一样,感到贝德是个"久经沙场的恶棍"。他随后得知,这位军官曾在盖世太保行刑部门任职,曾为多个集中营效力。"就像防治虫鼠官员负责扫除鼠害一般",观察力更强的名囚很敏锐地意识到,贝德被选为他们的监狱主管"可不是什么好兆头"。

贝德告诉佩恩·贝斯特,村长拒绝提供食物。这个小地方本来就已经容纳了 1300 名难民,早已人满为患。在村长看来,既然名囚归盖世太保负责,那就应该由盖世太保解决他们的食宿问题。贝德已令一辆摩托车前往帕绍(Passau)寻找必需品。与此同时,囚犯们要么只能挨饿,要么自己去找东西吃。

学校的管理人员可怜他们,给了他们几个煮土豆和几杯咖啡,拉舍尔博士吃了点他从布痕瓦尔德带来的面包。尽管如此,名囚们的心情还不错,主要是因为终于脱离了长期被监禁的窘境,面临险境时大家团结一致,还因为知道纳粹很快就要战败了。佩恩·贝斯特描述他们当时的心情为"紧张却激动",笑声简直"有些歇斯底里"。

那晚,囚犯非常兴奋,期待着太久没享受过的安适。男女分别换衣开始,房间里就开始洋溢着欢乐的氛围,正当玛戈·赫伯莱恩的衣服"脱得差不多"时,海德设法撞倒了屏风,她自己已基本上一丝不挂了。同时,法肯豪森小心地用一件和服样式的衣服盖住自己,但没意识到背后从下摆到领子是敞开的,所有人都看到了他光溜溜的屁股。

大家欢乐地入眠了,所有人都把身子深深地陷在了温暖、柔软的羽毛床垫中。但后半夜却没那么安宁,大家的床一个个塌下来。第一个塌的是霍斯特·赫普纳博士(Horst Hoepner,一位已被处决的"七月阴谋"参与者的兄弟)的床,声音就像鞭炮一样,灯被打开时,他发现自己坐在了床的残骸中,好像陷到了一个坑里。下一张床坍塌时声音一样大,是佩恩·贝斯特的床。大家检查了一圈以后发现,因为全国木材紧缺,有些床的木质底板被换成了威尼斯百叶窗,脆弱不堪。

楼下教室里的亲属囚犯们只能将就睡在地上由秸秆铺成的临时床,但至少夜里床不会坍塌。然而,女囚的晚上也不安宁。

男女换衣时,为避嫌分别走到走廊,安排进展得还算顺利,不过很快就有人违规了。换衣时,长着大鹰钩鼻和蜥蜴一般机敏的眼睛的资本家弗里茨·蒂森还在刮胡子。他称自己年老体弱,求她们允许他待在教室里沐浴更衣,还发誓会一直转过身去。女囚们可怜他,答应了。她们的衣服脱到一半,菲发现这位老人刮胡镜的角度正好能让他看到整个房间。她和女囚又好气又好笑,叫他龌龊老人。他也没有辩驳。他说:"至少应该让个老人体会体会这等乐趣吧。"更恶心的是,随后的每个夜晚他都会偷偷摸摸地来到女囚的寝区，用过时的方式和她们搭讪。

学校的氛围让他们很容易忘记自己身处险境。而到达三天后，囚犯就收到了严厉的警示。

***

尚贝格，4月8日，星期日

这天，迪特里希·潘霍华牧师在名囚的宿舍里举行了一场小型晨祷。他戴着眼镜，金色的头发已开始稀疏，生着一张面善的圆脸。潘霍华只有39岁，但身为反纳粹运动基督教重要的力量源泉，他早已声名远扬。佩恩·贝斯特在布痕瓦尔德牢房中认识了他，加上来到这里的整个行程让他觉得，"我见过的人中，上帝确实与其同在之人，可谓屈指可数，但他是"。

这个周日清晨深深地刻在了佩恩·贝斯特记忆之中。潘霍华牧师向他的11位教徒说的话是："直击每人心灵深处，用恰到好处的措辞表述身陷囹圄时该有的思索和坚定的意志。"佩恩·贝斯特感觉"我们的心都得到了安慰宁静，这一程让我们之间织成了一张坚不可摧的团结之网，完全没有嫉妒、急切或恐惧"。

楼下的教室里，菲·皮罗兹奥-比罗里听到一辆车开到学校的时候正坐在床垫上。她听到撞门声和呼喊命令的声音，随后传来了几双军靴雷鸣一般的踏地声，有人走上了楼。

寝室里，潘霍华牧师祷告即将结束，这时，门猛地被撞开，进来两个平民扮相的人，脸上却写满了敌意，很显然，两人是盖世太保。他们很快扫视了一圈教众，眼神停留在了牧师身上。"囚徒潘霍华，"其中一人说道，"准备跟我们走。"

"跟我们走"这四个字从盖世太保嘴里口中说出，只意味两件事：虐待或死亡。

平静的潘霍华牧师看上去一切了然于胸。他没有慌张，甚至没显现出恐惧，平静地和共患难的囚犯道了别。最后，他抓起佩恩·贝斯特的手，把他拉到了一旁。"结束了，"他说，"但对我来说，只是生命的开始。"他交给贝斯特一封信，求他送到老友奇切斯特主教乔治·贝尔（Reverend George Bell）手中，他一直都是反纳粹认信教会的重要盟友。

盖世太保军官推搡着潘霍华出了房间。菲听到他们的脚步声下了楼，她冲到窗边，看到牧师被推到了一辆大黑车的后座上。

名囚再也没见过他。

Hitler's Last Plot

第八章
死刑犯之殁

弗罗森堡，4月7日，星期六

一辆引擎轰轰作响的绿色囚车缓慢地从弗罗斯村（Floss）蜿蜒的小路驶来，穿过周围的山丘，钻进了小而宁静的弗罗森堡村。村子坐落于茶杯托一般的凹地之中，满是被毁的城堡。随后囚车钻进了上面阴森、漆黑的集中营。

夜幕降临，囚车破损的头灯为前路投下了微弱的光亮。车后党卫队二级突击队中队长威廉·戈加拉从柏林一直不停歇地开车，身心俱疲，盟军的飞机还在上空出没，常从低空轰炸道路和火车道。

戈加拉的公文包中装的是海因里希·穆勒要求将名囚转移到达豪的命令。囚车后坐着两个囚犯，其中博吉斯拉夫·冯·博宁上校的名字被列入命令处决名单之中。其他被列入名单的人，包括亚历山大·冯·法肯豪森、瓦西里·柯科林和陆军上尉西格蒙德·佩恩·贝斯特，都暂时住在尚贝格。除此之外，其他人都在弗罗森堡。

至少，绿色囚车里有一人深知弗罗森堡可怕的名声。36岁的法比安·冯·施拉布伦多夫（Fabian von Schlabrendorff）参与了希特勒抵抗运动，同样非常不幸。他是个体面的律师，从军时当过中尉，出身显赫，富有而保守，看上去不像反抗者。他是德国人，却在战争开始前就致力于颠覆希特勒政权。希特勒得势后，施拉布伦多夫的反抗行动变得更为紧迫。其他谋划者也一样：阿勃维尔负责人威廉·卡纳里斯上将、汉斯·欧斯特；还有德国国防军统领、政治家和外交官，比如卡尔·格德勒、乌尔里希·冯·哈塞尔（菲·皮罗兹奥－比罗里的父亲）和约瑟夫·穆勒博士。

1943年，施拉布伦多夫参与了一次未遂刺杀行动，将炸弹送上了希特勒的飞机；1944年7月初被捕，并被投入盖世太保地牢当中，遭受毒刑拷打。一开始，他们用尖刀扎到了他的指甲中。方法不奏效之后，施拉布伦多夫面朝下地被捆在刑具上，头上裹着毯子，光着的腿套上了满是钉子的筒，筒子被拉紧以后，钉子就扎满了整条腿；最后，施拉布伦多夫被弯着身子捆了起来，经受棍棒鞭打，面朝下摔在地上。

随后他得知，由于盖世太保的一份报告，帝国荣誉法院(Reich court of honor)已经将他从军队当中除名，还被判处叛国罪。施拉布伦多夫终于在法院中扳回一局。他辩称道，腓特烈大帝（Frederick the Great）早在200年前就已废除严刑，而现代，他却仍然经受严刑拷打，显然极不公平。令人震惊的是，他的抗辩得到了充分考虑，终获无罪释放。

在盖世太保看来，此次判决令人无法接受。4月7日周六早晨，施拉布伦多夫从牢房中醒来，由威廉·戈加拉带领出发去往弗罗森堡。他与博吉斯拉夫·冯·博宁、两位斯洛伐克特工和一位名叫卡尔·埃德奎斯特（Carl Edquist）的年轻人一起。卡尔29岁，在这群人中年龄最小，气质很神秘，还有些神经质，很爱做白日梦，经常声称自己是党卫队，还是双面特工。

戈加拉那辆笨重的绿色囚车终于开到了集中营，隆隆地驶过敞开的大门停了下来，后门突然敞开。博宁下了车，身着一身整洁如新的德国国防军军服，显得格格不入，脚踩着马靴，腿上穿一条阔腿马裤，随身武器却被很谨慎地掖了起来。他之后下车的是施拉布伦多夫和三名随从。博宁、埃德奎斯特和其他斯洛伐克人得令回到车上，被关到里面。党卫队将施拉布伦多夫带回集中营的牢房之中，关了起来。

施拉布伦多夫坐在牢房中思索着自己的窘境，感觉听到了英国囚犯的声音。欢快的聊天和哼唱声时不时地回荡在走廊中，显然他们的处境比自己好得多。但他从来没找到声音的源头。

施拉布伦多夫现在尚不知情，但这座长长的坚固建筑中也关押着一些阿勃维尔主要密谋者，包括威廉·卡纳里斯、汉斯·欧斯特和三个从佩恩·贝斯特的绿色囚车中下车，去往魏登的路德维希·格雷、弗朗茨·利迪格和约瑟夫·穆勒。特里希·潘霍华牧师本来也应该来弗罗森堡，但盖世太保在逮捕格雷、利迪格和穆勒的时候忘记把他也带下来。然而这个失误很快会被纠正：已有两名盖世太保被派去，将布痕瓦尔德囚犯和失踪的牧师逮捕归来。

***

柏林，4月8日，星期日

德意志帝国总理府残破的花园中，两位高级官员在交谈。党卫军副总指挥恩斯特·卡尔滕布鲁纳和其下级党卫队集团领袖约翰·拉滕胡贝尔（SS-Gruppenführer Johann Rattenhuber）都想去往元首的地堡紧急出口，在炸弹坑和废墟中呼吸一口新鲜空气。两人本无会面之意，然而他们这次无意的见面，却对弗罗森堡牢房中的一名囚犯产生了深远的影响。

卡尔滕布鲁纳此时担任帝国安全总局局长，负责管理安全部门。同时，身为德意志帝国党卫队保安局[1]（the Reich Security Service）局长拉滕胡贝尔则负责元首的个人安全。虽然他是希特勒最为信任的官员，但在审判反纳粹政治家兼律师约瑟夫·穆勒博士时，拉滕胡贝尔却帮他作证。他相信，很快，这一决定会变得非常重要。

两个人在地下堡垒令人窒息的空气中喘息的片刻，对话就转向了即将打响的战役。拉滕胡贝尔认为战争结果已经显而易见，对于像他们一样的纳粹高层来说，现在能做的只有止损。卡尔滕布鲁纳也同意，拉滕胡贝尔说："如果还有人能帮你，也就只有穆勒博士，他在梵蒂冈有关系——当然，前提是他还活着。"

---

1. 德语 Reichssicherheitsdienst。——译者注

卡尔滕布鲁纳又反复琢磨了他的话，认为还是颇有道理。当然至关重要的是，他必须还活着。卡尔滕布鲁纳回到普林茨阿尔布切街后，立马下达一项指令，延迟穆勒的刑期。

***

弗罗森堡，4月8日，星期日

迪特里希·潘霍华牧师举行弥撒时，从尚贝格学校被抓走，几个小时后，载着他的盖世太保的汽车就穿过了弗罗森堡集中营的大门。转移至集中营领导手中后，他又被锁进了牢房之中。潘霍华早就接受了命运的安排，所以只能为自己不朽的灵魂祈祷。

大约同一时间，另一人也到达弗罗森堡。他骑着自行车，使用的交通方式和他本身的身份相比，实在是太过卑微。党卫队突击队大队领袖奥图·索尔贝克博士（SS-Sturmbannführer Dr. Otto Thorbeck）是住在纽伦堡的法官。他被派往弗罗森堡，审判卡纳里斯及其共犯。他们当天并没走完正当法律程序，只是简易审理。前一天刚刚到达的胡本柯腾和戈加拉将任公诉律师。索尔贝克骑车进入集中营时，胡本柯腾前来迎接他，两个人一起享用了轻松的午饭。

当天下午4时许，第一场审判开始。索尔贝克非常熟悉纳粹的法律体系和程序，清楚该如何行事。他也深知，当胡本柯腾坐在公诉席上审判密谋罪时，审判时长从不超三个小时，常常更短。被告不得请律师，甚至不清楚自己被指控的罪名。审判程序很简单：胡本柯腾会喊出被告的罪名，随后给出很短的时间让被告做回应。通常结果都是判处死刑。

今天的被告是威廉·卡纳里斯、迪特里希·潘霍华、路德维希·格雷、汉斯·欧斯特、卡尔·撒克和西奥多·斯特伦克。他们一个接着一个被抓到法庭上，一个一个地被判叛国罪，一个一个地被判死刑，并于第二天早晨行刑。

没有任何文字记录记载死刑犯的身份，但卡纳里斯是最后的几个，晚上10点左右，他们才回到牢房中。他给隔壁牢房中的犯人丹麦军人汉斯·马蒂森·隆丁上尉传递了最后的讯息。关在牢房的日子里，卡纳里斯和隆丁通过敲管子的方式用摩斯密码互相沟通。当卡纳里斯夜归之时，他敲出："我死期将至，不是叛国犯，已尽德国公民之责，若你活下来，代我向我妻问好。"

第二天清晨，隆丁被牢房外的喧闹声吵醒：叫喊声、敲击声、不停的狗吠声。他透过门缝看到外面庭院中刺眼的弧灯。6点左右，他听到了牢楼中刺耳的声音响起："脱衣服！"

牢房走廊边，牢狱室里的淋浴间中，死刑犯们得令脱衣。潘霍华全身赤裸、双膝跪地向上帝祈祷。隆丁从牢房当中听到了更多命令被喊出，看到赤身裸体的人一个接着一个进入到庭院中。他看到一个惨白色的躯体顶着一头白头发经过，便以为那是卡纳里斯。又有更多的指令传来，但淹没在了警犬狂野的叫声中。

如同一个接着一个被判刑时的情景一样，死刑犯一个接一个地走上绞刑架。每个人都爬上一个好似图书馆前台阶一样的低矮平台上,绞索细绳绕在他们的脖子上,随后,脚下的台面被撤走。

对于六个抵抗希特勒的英勇灵魂来说,这样的结局太过悲壮;而对于仍被第三德意志帝国视为敌人的囚犯来说,也是令人胆寒的警告。

***

弗罗森堡,4月9日,星期一

在牢房医院中,戴向窗外看去。由于医院地势很高,他几乎能看到整个集中营和周遭的全景。陡峭的山坡上,城堡的残骸看上去格外扎眼。最近几年,这座城堡所目睹的暴行,恐怕连城堡建造者,即暴行极为平常的中世纪之人都无法想象。

戴一行人已经来了四天,但对于即将面临何种惩罚仍一无所知。他们被蒙在鼓里五天,只得每天看房间外的暴行,和穿条纹制服、瘦得皮包骨头的囚徒一起在洗浴间交流。

突然,一阵骚动引起了戴的注意,随后,他恶心地叫出了声。"吉米"·詹姆斯、彼得·丘吉尔等人都跳了起来、快步跑到了窗户前。一群所属犹太特遣队(Sonderkommando),被迫处理尸体的囚犯正从这里经过,将三个盖着毯子的担架抬到了火葬场。毯子上还沾着鲜血、人肉和脑浆。

这群英国人认为,他们知道尸体是谁。虽然早晨的杀戮是在完全保密的情况下进行的,但如同任何一个满员的监狱和集中营,弗罗森堡里的流言散布得也很快,信息网非常发达。戴等人都意识到,至少有三位名囚被杀:卡纳里斯、潘霍华和欧斯特;在他们看来,沾血毯子中裹的正是三人的尸体。

牢房中六人已死,几个牢房空了,所以,这天下午,戴一行人就从医院转往这里。囚犯慢慢走向附近的牢房,火葬场的烟囱还吐着一团团刺鼻的烟,弥漫整个集中营。令人敬畏的中尉"疯狂杰克"·丘吉尔一边走,一边用军靴扎着地板。"硬石头。"他失望地嘟囔着。他身边的囚犯懂他是什么意思——根本没可能打地洞出去。

他们被派往死刑犯的监狱,每间两人。戴和"疯狂杰克"·丘吉尔一起被关在最末端的牢房。牢房窗户上面布着电围网,透过电围网,戴能看到采石场;而过去七年,每天都有无数沦为奴隶的囚犯在这里劳作、死亡。

名囚们从未被当作危险人物,戴一行人一直都能在牢房走廊当中自由走动。牢房外有一个四面环墙的活动场地,每天他们都能在这里待上一段时间。他们很快就熟悉了周遭的环境,当守卫走神时,他们就敲牢房门,向其他牢犯介绍自己。多数囚犯都非常绝望,深知自己时日无多。"乐观一点,"彼得·丘吉尔向他们说,"过不了几天盟军就来了。"

"最好快点。"他们大多悲伤地回应着,描述着他们在门上食物槽中看到的景象。"昨天,他们把四个男人和一个女人带到外面的大棚绞死了。"一人这样说,"一个个都浑身赤裸,都那么年轻。那个女孩那么美,走路时仿佛女王一般。"大棚位于活动场的末端,是大多数死刑执行的地方;那些没被绞死的都在脖子后吃了一子弹,这种高效的行刑方式是党卫队最为偏爱的。施行绞刑不过是为了惩罚令纳粹国最痛恨的囚犯,让他们死前受尽苦难。

有些囚犯听到盟军进军的消息非常开心。一人说道:"所以这群猪的处境也不怎么样嘛。"他三天前还提到,党卫队军官打开他隔壁牢房的食物槽时,开枪射杀了隔壁的囚犯的事,而且还打了好几发子弹才杀了他。"我仿佛现在还能听到枪声的回响,还有我那同伴可怜的尖叫声。"

每到一个牢房,彼得·丘吉尔都保持着乐观的态度,用各个囚犯的母语和他们说话。他打开一间牢房的槽,问道:"你是他们要绞死的高级军官吗?"

"我想是吧。"囚犯吓到了,说道,"我叫约瑟夫·穆勒,是巴伐利亚州的总法官。昨天他们把我带到了绞刑棚中,我不愿还没经过军事法庭正式审判就被行刑。"

"很快就结束了。"丘吉尔说道,"美国人已经在路上了。"

"我希望美国人快点来,因为我敢肯定,他们会枪杀我。"穆勒说,"他们两次把我带到行刑棚,我两次都拒绝,不愿未经正式庭审就行刑。"穆勒还没意识到,他的获救并不是因为自己的法律诉求,而是因为恩斯特·卡尔滕布鲁纳的干涉。

"我才不相信你会被杀,"丘吉尔说,"你的朋友已经死了。他们已经在牢房后被烧掉了。"

穆勒对这消息很震惊。那天之后,他才知道可怜的潘霍华、格雷等人都被堆在火葬堆上焚尽了。他闻到了焚尸的气味,也看到了空气中点点灰烬,他认为是飘在空中的人皮,有些还穿过牢房窗户的栏杆飘了进来。"我当时完全忍受不了。我又悲痛又惊吓,忍不住痛哭流涕起来。"

戴和其他囚犯交谈过后,已经能把近期集中营大致的情况搞清:囚犯常常在被关的时候,从牢房被带到洗浴室,在洗浴室里被迫脱得一丝不剩,随后带到行刑棚中。他也知道了杀戮的方式:其他囚犯会再次使用死刑犯的囚衣,他们被迫跪在满是鲜血的布担架上,以便让子弹穿过脊椎,麻利地结束生命;随后,囚犯会倒在担架上,搬运尸体也就更为方便。

他也得知了最近几位死刑犯的身份,其中,卡纳里斯的手下和 13 名特别行动处特工也被绞死,有两名英国人,剩下的大多是法国和比利时人。这些人在一星期前被杀。"吉米"·詹姆斯听说他们死时唱着自己国家的国歌。

负责看守牢房的党卫军放名囚们出来可谓犯了个大错。这些老练的逃犯会说好几门语言,有些人甚至经受过情报等方面的专业培训。除了从其他囚犯获得信息,戴等人和几位被迫在集中营妓院工作的女性聊天。同时,其他囚犯也和守卫聊了聊,悉尼·道斯用他的个人魅力潜入洗浴室,从那里能俯视女人们休息的花园。和她们聊了聊后,他已经知道集中营的运营手段了。

如果他们在这里待足够长的时间,就算不能挖出地道,这些大逃亡逃犯肯定能够造成某种混乱。这可是很危险的游戏:这里没有巡官彼得·莫哈尔来帮他们,而且指挥官很想枪毙他们。

***

即便是参与大逃亡的精明逃犯,也没能发现弗罗森堡隐藏最深的秘密。

与布痕瓦尔德和萨克森豪森集中营一样,这里的党卫队士兵谨小慎微,将最著名的囚犯的身份保护起来。牢房里的人根本不知道在弗罗森堡里秘密关押着几个身份特殊的囚犯。

其中之一是亚尔马·沙赫特博士,他曾担任德国央行行长、希特勒政府经济部部长,多年活跃于抵抗希特勒运动之中;德国顶尖军械专家乔治·汤玛斯将军也是弗罗森堡另一位秘密的名囚;另一位是反对希特勒的陆军参谋长弗兰茨·哈尔德大将,他的妻子格特鲁德自愿和他一起坐牢。几天前,四人还在牢房之中,现已开始准备转移。

1945年4月,弗罗森堡最著名的囚犯是前奥地利总理库尔特·冯·舒施尼格,他的身份是顶级秘密。

作为奥地利法西斯"祖国阵线"政党领袖,舒施尼格1938年任奥地利总理;彼时希特勒刚开始侵略奥地利,旨在将其出生地奥地利并入纳粹帝国。舒施尼格反抗希特勒多月,在国际舞台上也获得了自由捍卫者的美誉,虽然他的政府打压社会主义人士和工会。舒施尼格只有40岁,精干利落,戴着眼镜,时尚阔气,留着一头金色头发,蓄有时髦的铅笔胡。舒施尼格与媒体关系十分融洽,还登上过《时代周刊》的封面,造型格外优雅。但是,1938年3月希特勒威胁入侵奥地利时,舒施尼格终于被迫投降。德国军队吹着胜利的号角行军进入维也纳，舒施尼格当晚就被党卫队逮捕。

最初，舒施尼格被转移至彼时的盖世太保总部维也纳大都会酒店（Hotel Metropole），单独软禁起来。舒施尼格常常经受侮辱，被迫清扫厕所，或做其他低贱的工作。后来，他被转移到几个待遇稍好些的地方。他的妻子薇拉·冯·舒施尼格（Vera von Schuschnigg）和琼·布鲁姆和格特鲁德一样，跟随丈夫一起接受关押。那段时间，她生下了一个女儿，名叫玛利亚·德洛莉丝·伊丽莎白（Maria Dolores Elisabeth），大家都叫她茜茜（Sissy）。

1942年，舒施尼格被转移到萨克森豪森集中营，关押到特殊仓B的一座"别墅"中。那里的生活相对更加舒适，别墅甚至还挂有他们的照片、瓷器和书籍。他们甚至还能用无线设备收听BBC新闻。他们享用的军粮补给和医疗都和党卫队一样。舒施尼格每月还能收到德意志帝国的津贴，他把这笔钱寄给还在慕尼黑私立学校上学的儿子。他甚至设法保住了左轮手枪，如果被党卫军发现了，他们会不怎么乐意。由于薇拉自愿被禁，所以可以随意进出监狱。

1945年2月，舒施尼格被转移到弗罗森堡，集中营中没有专门为名囚设置的监狱，相反，他们在宿舍区分到了一间房间，所以想要将他们与集中营中日常的残暴行为隔离开很困难。两人到达时，马克斯·科格尔中校警告他们，这里容不下孩子。"起风时，你们根本躲不开尸体燃烧的气味。"他说道。所以，在科格尔中校的建议之下,夫妻两人曾尝试将茜茜送往奥地利提洛尔地区的朋友家,但是这个提议被柏林帝国安全总局拒绝了。舒施尼格试过保护茜茜,不让她知道弗罗森堡发生的恐怖现实,但失败了。他们都知道,一定会发生些不好的事情,因为夜晚守卫格外加强看守,让他们老老实实待在牢房,所以一家子只能坐在牢房听凄惨的叫声。

茜茜在这个人间炼狱中度过了4岁生日。一次,有个心软的守卫给她带了洋娃娃,小女孩问他一家人能不能回到萨克森豪森。"那里更好。"她说。

弗罗森堡的名囚本不应知道相互的存在,但是完全掩盖真相是不可能的。舒施尼格以前在萨克森豪森的邻居巴伐利亚王储阿尔布雷希特(Prince Albrecht of Bavaria)和他的孩子,现在被关在几乎正对面的建筑中。他们通过小道消息得知,集中营中还有丹麦、英国和法国名囚,但是有一位名囚的身份,党卫队一直守口如瓶。他和舒施尼格住在同一幢建筑中,相隔几道门。每次他出牢房门的时候,党卫军都会在他周围架起木板。

这样的待遇只激起了其他囚犯的好奇心,特别是舒施尼格。一天,一个友好的党卫队士兵告诉他,神秘囚犯很着急想和他说话,便安排了一场秘密会议。监管舒施尼格的守卫咖啡中被放了一剂镇静剂,他睡着之时,这位神秘囚犯就被带向舒施尼格。他们很快发现,这个人就是黑森家族卡塞尔支族长菲利浦(Prince Philipp von Hessen),也是戈林、希特勒和墨索里尼的密友。

43岁的菲利普是末代德意志皇帝和普鲁士国王威廉二世的

侄子，也是意大利国王的女婿，还是英国维多利亚女王的曾孙。他曾是德国地位最为显赫、家产最位富有、历史也最悠久的大家族族长，也曾是充满热忱的纳粹，德国贵族中最先支持国家"民族社会主义"政权的名流之一。1933年，希特勒当权后，黑森家族很快就在弗雷德里希霍夫城堡（Schloss Friedrichshof）的那童话一般的家族高塔上竖起了万字旗，一点时间都没浪费。菲利普加入了冲锋队（Sturmabteilung），也就是臭名昭著的褐衫队，成了希特勒密友之一。元首还是菲利普一个儿子的教父，戈林也曾让菲利普当他的艺术代理商。菲利普很快便参与了至少两个战争罪犯支持下的纳粹阴谋，一个是艺术品掠夺，另一个是残疾儿童安乐死。他也为纳粹吞并奥地利和捷克斯洛伐克跑过腿。希特勒政权首席建筑师阿尔伯特·施佩尔（Albert Speer）曾写道："他是为数不多的几个，连希特勒都尊敬听从的纳粹追随者之一。"

菲利普的叛变是从意大利和德国关系恶化开始的。希特勒怀疑意大利皇室，认为菲利普一定将敏感信息泄露给了他们。1943年4月，菲利普被软禁，被希特勒当作与意大利谈判的筹码。墨索里尼7月下台之后，佩特罗·巴多格里奥元帅（Marshal Pietro Badoglio）统领下的新意大利政府成立，菲利普的命运就此无法转变。9月初，他被送往了弗罗森堡。

他分到了两间房间，有水池和窗户，可以带三箱衣服，他宝贵的洗漱用品也被送了过去。和其他名囚一样，菲利普的党卫队军粮补给也很丰盛，远比普通囚徒少得可怜的口粮多得多。

他的党卫队守卫甚至在牢房外建了木质隔间，让他能坐下晒晒太阳。这里，他看到了几步之外绞刑架上的处决，也看到了每天送到焚尸炉那些装满尸体的推车经过。

他已经和家人彻底断了联系，很想和外面的世界接触。得知舒施尼格来到集中营后，菲利普就设下计谋见他。他很想知道，爱妻玛法尔达是否安全。不幸的是，舒施尼格对此一无所知，无法帮忙。这样也许最好，因为玛法尔达没有菲利普那么幸运。她被盖世太保的保安局特工抓获带到布痕瓦尔德，冠以冯·韦伯夫人（Frau von Weber）的假名，关进云杉镇的独立牢房中。1944年8月盟军空袭云杉镇，近400名囚犯丧生，玛法尔达便是其中之一。

舒施尼格和菲利普都不会继续在弗罗森堡遭罪了。4月8日周日的下午，卡纳里斯一行人审判进行之时，弗罗森堡集中营牢房里的舒施尼格一家人得到命令，准备离开。

他们带着行李，睡眼惺忪的茜茜蜷卧在薇拉的手臂中，一家子被带到寒冷的集中营街道上。他们被带到党卫队上级突击队领戈加拉的绿色囚车前，上了车。

他们发现，车后已坐着几个人。一位是穿着制服的德国国防军博吉斯拉夫·冯·博宁上校，从前一天到达集中营起就被关在车中，和他一起从柏林来的，还有两个斯洛伐克特工和卡尔·埃德奎斯特。弗罗森堡牢房又来了另外四人：陆军参谋长弗兰茨·哈尔德大将、其夫人格特鲁德、乔治·汤玛斯和亚尔马·沙赫特。舒施尼格太熟悉沙赫特的面容了，舒施尼格统治奥地利时，沙赫特时任德国经济部长和央行行长。两人在这残破屈辱之地上的一辆肮脏的囚车中再次碰面,真是虎落平阳!

他们在车后拥挤不堪的空间里等待,一个又一个小时过去了,车仍停在原地。清晨时分,车子终于开动。

戈加拉将绿色囚车开出弗罗森堡的大门,穿过村庄,下了陡峭的路。他们向南开往距此 100 英里的尚贝格,他得知,有些名囚被关在那里。

***

当天下午 5 点 37 分,党卫队公诉人瓦尔特·胡本柯腾将报告从弗罗森堡发到了武装党卫队中将、集中营审查官理查德·格吕克斯(SS-Gruppenführer Richard Glücks)手中。这份消息由集中营的恩尼格玛密码机加密,被英格兰解密所布莱切利园截获。消息的优先权代码是"Kr",即紧急。恩尼格玛密码的消息只能容纳 250 个字母,所以这份通报分为四部分,布莱切利园解密翻译后如下:

机密。
党卫队中将理查德·格吕克斯。私人信息。请尽快通过电话、电传或信使通报党卫队地区总队长兼警察中将海因里希·穆勒如下信息:
1. 任务已按命令完成,无须确认。

2. 4月9日早4点起,戈加拉继续出发,带三名布痕瓦尔德囚犯。

3. 55名布痕瓦尔德亲属和特殊囚犯和另外12名囚犯在尚贝格……陪同党卫队下级突击队领袖贝德麾下一名魏玛盖世太保突击队员。住所不足。急诊室,前学校。需盖世太保领袖雷根斯堡进一步指示。

4. 若无进一步指示立即前往柏林,将在明早2时到达PA。

5. 截至此时,我未接到无线电或其他信息。

虽然信息的指代仍不清晰("任务已按命完成"),这条消息也向盟军透露了党卫队手中名囚情况的信息。但盟军是否会出手帮助,尚不得而知。

***

绿色囚车离开弗罗森堡时,仍然漆黑一片。但在黑暗之中,车后的名囚感受到了一线光明。

他们发现,党卫队守卫的态度改变了,他们大摇大摆的傲慢不见了。在亚尔马·沙赫特看来,他们的行为举止令人不适,意味着"现在战况一定非常恶化",外国的军队一定前进了不少。

其他名囚也发现看守态度的转变。有些党卫队变得言听计从,不那么威风,还把自己看成了同病相怜的苦难之人。但这也可能让其他士兵变得冷酷无情、血腥暴力。

Hitler's Last Plot

第九章

焚尸炉之杀戮

尚贝格，4月8日，星期一

西格蒙德·佩恩·贝斯特仔细端详着镜中消瘦、棱角分明的脸庞，用剃刀划过了瘦骨嶙峋的下巴。在他身后，其他还没刮胡子的人都排着队，等待使用牢房的水池。这一秩序井然的队列已经成了男人早晨的例行公事。

迪特里希·潘霍华牧师离开后，前一天的气氛一直很悲伤。大家不知他身上发生了什么，但直觉和经验告诉他们，牧师肯定凶多吉少。但当晚党卫军抓捕兵终于带来了食品供给，给他们带来一顿丰盛的晚餐：香肠配上很多面包和土豆。多天饥饿过后，此等盛宴让他们心情好受了些，开心、健谈了些，暂时忘记了早晨的悲伤。

佩恩·贝斯特秉持着注重细节的作风，一丝不苟地将最后一点胡楂刮掉，洗了脸，将刮胡刀放到一边，为队伍中的下一人让了出来。此时，党卫队下级突击队领袖贝德走了进来，带着他一直以来的敌意和怒气。他用冰冷的眼神打量了一番男囚们。"佩恩·贝斯特，"他说，"冯·法肯豪森、柯科林，准备马上离开。"

此情此景简直与前天早上如出一辙：同样简短的话语，同样的称呼形式，同样唐突无礼、令人胆寒的命令。英国特工、德国上将和俄罗斯中尉猜到了等待着自己的命运。

贝德给他们一些时间收行李，其他囚犯也来帮忙。玛戈·赫伯莱恩负责囚犯们的衣物，所以对有些衣服没洗干净心烦意乱。通常毫不服软的她对三人连连道歉。"我帮你保管这些衣服，"她说，"下次见面时给你。"佩恩·贝斯特能从她眼中看出，她知道他们很可能再也见不到了。贝斯特离开的时候，埃里希·赫伯莱恩向他手里塞了一小袋烟草，这是他剩下的所有烟草了。菲·皮罗兹奥-比罗从教室窗户看着三人被带到外面：佩恩·贝斯特又高又瘦，戴着他的浅顶软呢帽和单片眼镜；法肯豪森穿着他的猩红色条纹大衣，脖子上戴着普鲁士和德意志帝国军队"一战"最高勋章——蓝马克斯勋章；年轻的瓦西里·柯科林穿着制服和便服的混合装备。他们都很清楚，自己在向死亡行进。

贝德的两个党卫军看守把他们的行李带到楼下。外面，绿色囚车在等着他们。佩恩·贝斯特认出了站在车旁的人，他曾是佩恩·贝斯特柏林盖世太保总部的监守，党卫队二级突击队中队长威廉·戈加拉。

两人上次见面，还在几个月前的柏林。那时，佩恩·贝斯特被送往布痕瓦尔德前，回到了盖世太保的地牢。他向戈加拉抱怨，那里炸毁的地下室牢房冰冷且黑暗，戈加拉回答道："别怪我们，是你们的人炸毁的大楼。成千上万柏林人都在家的废墟下生活，他们要是有你这么好的条件，肯定高兴坏了。"

戈加拉看到了自己原来的囚徒，不禁笑了出来，友好地向他打了招呼。"你知道吗？佩恩·贝斯特先生，你在柏林的时候我就和你说过，你会被送到比较舒服的地方。现在我要送去你达豪。那里会有更多独立牢房，直到贵军找到你之前会一直待在那里。"

佩恩·贝斯特打量了一番戈加拉的表情。他丰富的阅人经验告诉他，不论面前的盖世太保监守犯下了多么惨绝人寰的反人类罪行，还在纳粹特别行动队中执行了大规模杀戮，对他，戈加拉还是讲了实话。至少，佩恩·贝斯特是这么认为的。

现在，佩恩·贝斯特心情稍稍乐观了些，上了绿色囚车，又很快发现了戴着眼镜、面色凝重的奥地利前总理。他身旁是美丽的金发妻子，生着典型德国人长相，体形健壮，显得有些男性化，眼睛上挑。她看上去筋疲力尽、憔悴不堪，大腿上坐着留一头波浪金发的小女孩，穿着粗糙的军大衣和军靴，显然尺码太大。车里还有其他人，包括几个穿着制服的德国高级军官。

佩恩·贝斯特笨重地爬过大家的腿和堆叠的行李，在最角落的地方坐了下来。法肯豪森和他对面坐下。年轻的柯科林没有座位，只好坐在行李堆上。

库尔特·冯·舒施尼格饶有兴趣地打量着信赖的人。这位消瘦、戴着单片眼镜的人向坐在身边冷漠古板的亚尔马·沙赫特介绍了自己。"我叫佩恩·贝斯特。"他操着一口口音浓重的德语说道。"沙赫特。"这位银行家简短地回道。沙赫特和法肯豪森热情地互相问好，显然两人是旧友。随后，沙赫特扮演了主人的角色，介绍了所有人：前总理舒施尼格、陆军参谋长弗兰茨·

哈尔德大将、乔治·汤玛斯和博吉斯拉夫·冯·博宁上校。

介绍完毕后，佩恩·贝斯特拿出了赫伯莱恩给的一小包烟草，卷了一个寒酸的烟卷。他点燃后吸了一口，享受了一下烟气过肺的感觉，随后传给了法肯豪森。他也吸了一口，传给柯科林。

薇拉·冯·舒施尼格看着他们传烟卷，不禁笑了出来。她从包里拿出红皮烟盒，翻开盖子，露出了很多烟。她给每个人都传了一根。

这样开始行程，无疑是个好兆头。佩恩·贝斯特在随后的日子里会很喜欢薇拉·冯·舒施尼格，她也会被人称为"集中营天使"。他完全不能用语言完美地形容对"美丽动人、魅力十足而又勇敢的女性"的感谢；她自愿经历磨难，但从来没有失去幽默感。

虽然从来没有人把去达豪看作好事，但对于经历了数月乃至数年的恐惧、囚禁甚至折磨，每天都可能面临处决的10个绿色囚车名囚来说，暂时得知性命能保已经足够。

佩恩·贝斯特和沙赫特聊起来，谈到政治经济和纳粹战败后欧洲的未来。他们也相互聊了聊柏林盖世太保总部和其他集中营的经历。沙赫特给贝斯特的印象是毫无感情的人，在讨论经济时显露出来的感情也是"完全理性，冰冰冷冷"，但贝斯特越了解他，越觉得那只不过是他给自己内心世界铸成的保护盾，实际上沙赫特"害羞又敏感"。

车行驶着，弗罗森堡的囚犯开始禁不住疲惫了，毕竟他们从凌晨4点开始就一直走在路上，极不舒服。博宁等人从柏林离开的前一天凌晨开始就在车里。小茜茜早就忍不住了，烦躁地哭着,喊着什么时候才能到。"妈妈,我们去的监狱好吗?"她一遍又一遍地问道,央求着想知道他们为什么不能回到萨克森豪森的好房子里。可怜的孩子,除了集中营,什么都没见过。最后,她终于哭累了,在母亲的大腿上睡了过去。薇拉也被晃荡的车摇得小憩了一会儿。

对于佩恩·贝斯特来说,这次行程与布痕瓦尔德的行程相比短多了。这辆绿色囚车用的新装备,比上一辆木头供能的车子快多了,不需要经常停下来维修。即便如此,行程也花了数小时。虽然一开始他比较乐观,一部分是因为自己内心对于生的期盼,但佩恩·贝斯特也并不完全相信戈加拉的话,他的乐观情绪没有持续全程:"谁都不能完全相信别人的话。"

当晚后半夜,他们终于到达了目的地。如戈加拉承诺的一样,的确是到了达豪,至少在这点上,他没有说谎。

***

达豪是德意志帝国最古老的集中营,希特勒控制德国之后,仅用两个月就在1933年建成该营,的确属于鼻祖。集中营建在中世纪古镇达豪的边缘地带,位于慕尼黑的外围。这个希姆莱的"模范集中营"原本是"一战"之后荒废的军械工厂。第一批囚犯是纳粹政治对立派,大部分都是民主社会主义人士。

集中营建在城镇与牧场交界处,在曲折蜿蜒的安珀河旁,早些年间快速扩建,现在已成为党卫队军事营地、住所和其他设施齐备的建筑群。达豪集中营没有萨克森豪森或者布痕瓦尔德的宏伟设计，只是党卫队建筑群东边的简单矩形围地，被电网和看守塔包围起来。集中营中央大街两侧有两长排牢房，种着高高的冷杉树（党卫军喜欢用树和整齐修剪的草坪来装点屠杀中心）。点名广场在一端，还有行政营房和处罚营房。

从一开始，达豪就因残暴和杀戮而臭名昭著，甚至还被当作德国国家恐怖的代名词。直至1945年，大约3.9万人在此丧生。现在，敌军前线日益逼近，党卫队的士气已经下降，但处决与虐待也随之加剧。

4月9日晚9点左右，党卫队二级突击队中队长威廉·戈加拉的囚车开进达豪闸门控制室，控制室是个很简单的两层白灰泥小楼，上面盖着一个木制看守塔。拱门为大钢铁闸门，中间有个小三柱门，上面用弯曲的铁丝写着熟悉的口号"劳动带来自由"。

大门打开，绿色囚车开了进去，随后停下来。车中的囚犯听到了声响，听到了大门关上、车后门打开的声音。他们下了车，一个个身体僵硬疼痛，筋疲力尽。一群人被带到了闸门控制楼中，大厅很大，没有供暖，非常寒冷。他们被丢在这里好像几个小时，饥寒交迫，甚至没有地方坐下。

***

名囚等待时，戈加拉忙着完成他从柏林带来的任务。他向达豪集中营领导党卫军上级突击队大队领袖爱德华·魏特报告，并传递了盖世太保统领海因里希·穆勒的秘密通报。魏特一接收到穆勒的命令和名囚，戈加拉的任务就算完成了。

他在领导办公室找到了魏特，年纪大约55岁，看上去身材矮小但捉摸不透，还有些发福，对于他应当扮演的无名角色倒是很合适。他曾经是个书商，在巴伐利亚警局和军队高级司令处做过机关办事员，随后加入纳粹党。他声称自己没有什么政治信仰，是个不具个人身份的官僚。虽然身为达豪统领，却很少现身。

从戈加拉手中接到穆勒的信后，他通读了一番。第一部分还很简单，根据希姆莱的命令和"最高层决定"，10位犯人必须立即入住达豪，关进囚房中，有些囚犯用代码命名。舒施尼格的代码是"牡蛎"，而且在达豪注册的时候要用这个假名；他的妻子是自愿入狱，所以可以"像以前一样享受自由"。命令还要求哈尔德、汤玛斯、舒施尼格和法肯豪森的待遇要好，而且要特别关照博宁，因为"现在是名义监禁，他仍然列在现役名册中，而且很可能继续保持这样的状态。所以请您对格外关照"。

该命令的第二重点，代号为"Eller"的格奥尔格·艾尔塞，1939年，他试图在慕尼黑刺杀希特勒。命令要求尽快尽早处死他，并将其死因归于盟军的空袭。

这对于魏特来说令人愤怒，今天早些时候，慕尼黑周围曾受过空袭。他想了想，牢房中的房间已经很少了，现在又要有新的囚犯住进来。他决定不等敌军飞机飞过，直接加快处死的命令。戈加拉到达还没有几分钟，魏特就已经开始运转起达豪的死亡机器。

阴谋开始时，负责焚尸炉的警佐党卫队上级小队领袖西奥多·博戈尔兹（SS-Oberscharführer Theodor Bongartz）叫起了他的手下。博戈尔兹也叫了被人称作"达豪绞刑手"的埃米尔·马尔（Emil Mahl）和两个将尸体搬运到焚尸炉的"绿三角"囚犯（囚犯是通过制服上的不同颜色标志辨别的）。博戈尔兹警告他们，可能当晚晚些时候需要他们。同时，魏特也派遣党卫队下士弗兰茨·克萨韦尔·莱克纳（SS corporal Franz Xaver Lechner）去牢房将艾尔塞带来。

五年来，艾尔塞一直都被秘密监禁。大部分时间，他都在萨克森豪森牢房中囚禁（与西格蒙德·佩恩·贝斯特是同一幢楼），后来才在1945年年初来到达豪。相对来说，他的待遇算好，有三间住所，有特别警卫照顾他，还有一件车间。艾尔塞是个能工巧匠（所以他才在希特勒原本要做演讲的慕尼黑啤酒大厅的柱子里放藏了一颗大炸弹），并把自己大部分的时间都花在做家具和齐特琴上。艾尔塞是个非常特殊的囚犯，本应在战后的公开庭审中表现元首的胜利，在全世界面前展示盟军对他的刺杀是如何失败的，展示这个始作俑者。英国特工西格蒙德·佩恩·贝斯特和他的同事理查德·史蒂文斯少校也会和艾尔塞一起被列为同谋。但是现在，战败已经在所难免，计划已经泡汤，所以希特勒只能通过处决他来实施报复。

莱克纳和另外一名叫弗莱兹的党卫军下士在他牢房旁边的

工作室找到艾尔塞。"我们得令,将你带到焚尸炉,"莱克纳说,"营头想让你修扇门。"

艾尔塞被叫走去修理集中营,所有囚犯都学会立刻遵守命令,不问问题,即便是在午夜时分。他没怎么多加思考,仔细地扫了下工作室板凳上的木屑,擦干净他的刨子,摘下围裙,穿上夹克就跟随两个党卫军出去了。

他们离开牢房,沿着已经废弃的点名广场边走过,通过铁门,他们沿着连接集中营和党卫军驻地的大道走。没人说话,党卫队守卫的脸如磐石一般,谁都不喜欢刚才欺骗艾尔塞的行为。莱克纳是个音乐家,很崇拜艾尔塞会做乐器,所以现在感到恶心头晕,然而艾尔塞对此毫无察觉。

焚尸炉室就在路尽头那片绿葱葱的林中空地中。外面有一片被包围的地,常有罪犯在此被处决。通常,囚犯从脖子后方被枪决,低矮的砖房内部是个毒气室。几个绿三角囚犯从焚尸炉室出来,看到莱克纳和弗莱兹,突然定住,用手抓着帽子让他们通过。他们都认出了这个乐器制造家。在焚尸炉室里,党卫队上级小队领袖西奥多·博戈尔兹已经等候多时。莱克纳和弗莱兹合着博戈尔兹的一声"元首万岁",撞击脚跟向后转,让艾尔塞接受命运的安排。

两人走回集中营的路上,莱克纳对弗莱兹说:"我太讨厌这次处决了。"

"恶心至极。"弗莱兹盯着地面说道。

"他是好人……"

他们回到闸门控制室的时候,听到了背后黑暗处一声枪响。

埃米尔·马尔和抬担架的囚犯小步跑到焚尸炉室,看到了博戈尔兹脚边空地上躺着的尸体。他们将艾尔塞的尸体抬到担架上,抬到了焚尸炉室中。

回到牢房里,悔恨不已的党卫队下级小队领袖弗莱兹来到艾尔塞的工作室。他的目光停在了齐特琴上,他用手指划过琴弦,一阵清脆的和弦声萦绕在房间内。然而弗莱兹很快发觉,制琴人已不在这个世界上,这样做非常不妥,很快闷住了琴弦。一时冲动,他抬起琴出去了。

回到焚尸炉室,他看到艾尔塞满身是血的尸体,面朝下躺在推车中。头骨的后面已经被博戈尔兹的子弹击穿,血肉模糊。另外两具尸体也是同样的情况,被丢在焚尸炉旁。弗莱兹默不作声,将齐特琴放在了艾尔塞的尸体上,转过身离开了。没过多久,尸体被投入到火焰中。

***

当格奥尔格·艾尔塞的生命被默默终结之时,新到达的名囚们已经在闸门控制室等了几个小时了。终于在午夜时分,魏特才亲自来迎接他们。他热情好客地向每一个人介绍自己,甚至拿起了薇拉·冯·舒施尼格的手想要亲吻,她冰冷地拒绝了。魏特对于名囚们经受的不适和延误表示抱歉。"我很抱歉,"他滔滔不绝地说，"达豪现在人满为患，而且很难为各位这样声名显赫的客人提供合适的住所，我已经尽我所能了。但是即便如此，我也知道我要带你们去的地方肯定远不及各位所期，但是我们尽力了，希望各位能原谅住所的简陋。"

魏特叫来了一些囚犯，搬起了名囚的行李，跟在魏特身后，沿着点名广场和厨房的路走，也就是不久前格奥尔格·艾尔塞走过的相反的路。绕过厨房和行政楼，他们来到了牢房。

牢房在人们口中被称为"地堡"，正式名字是"Kommandaturarrest"（拘留所），牢房是个又长又窄的一层楼建筑，有整个集中营那么宽，前方的楼很好地掩盖了牢房，从集中营其他地方根本发现不了。这栋楼包括中间的营房，供党卫军作为看守室、行政办公室和审讯室；楼分为两翼，两边都是牢房。

名囚们已经习惯了其他集中营的恶劣环境，对于地堡的环境感到开心。与其他监狱不同，这里的牢房大小不一，有些还有几间房间，有些甚至还有厕所、带自来水的水池和木地板。如果不是钢铁门和残酷的装饰，这里甚至能称得上破旧的酒店。名囚们没有看到——至少现在还没看到——这里的囚犯经历的残酷折磨，但他们能猜得出。

库尔特·冯·舒施尼格和薇拉是最尊贵的囚犯，所以分到了两室牢房。佩恩·贝斯特的牢房有个连接另外一间牢房的通讯门，法肯豪森上将就住在旁边。他们一点都不感激现在所处的境地。所有人，特别是从最远的地方过来的人，都已经饥寒交迫到近乎崩溃；除了疲惫以外，佩恩·贝斯特还拉肚子（他将其归罪于前一天在尚贝格吃的坏香肠），所以他也是分到了厕所的囚犯。事实上，他得了痢疾，要花上小一个星期才能康复。

虽然厨房已经关门了，但是一位监狱看守还是做了一些热胡萝卜汤。佩恩·贝斯特觉得"还不错"。名囚们的肚子填饱了，瘫倒在行军床上，在臭名昭著的达豪集中营中睡过第一晚。

Hitler's Last Plot

第十章

内鬼

达豪，4月10日，星期二

第二天早晨，贝斯特在牢房中醒来，感觉休息过来了些，但仍然不太舒服。白天的牢房比第一眼的景象还令人心旷神怡，甚至还有一扇窗。他转开把手大大地敞开窗子，新鲜空气混合着春天的花香涌了进来。虽然窗外有铁栏，但至少是个正儿八经的窗子，能看到整洁的草坪和花坛，甚至还有些花园椅和长凳。长凳上面坐着一位漂亮姑娘，她正在和一位党卫队士兵聊天。

佩恩·贝斯特将这美好的景致尽收眼底，要不是因为党卫军身上的纳粹标志、窗外的铁栏和几英尺外草场另一端的电网，此情此景甚至颇具田园风情；他想到那阴湿狭小的布痕瓦尔德地下牢房，潮湿得沿墙流着水，天花板附近的小窗外什么都看不到，不禁对现在小小的奢侈心存感激。

早餐是黑面包配果酱。名囚饭还没吃完，看守就沿着走廊进来，下令准备检查。他们从没上锁的牢房走出，发现一位党卫队军官已在走廊上等着他们了。

他说，他是党卫队上级突击队领袖埃德加·斯蒂勒（SS-Obersturmführer Edgar Stiller），是负责该掩体的军官。他还说，名囚们可在楼里随意走动,但要合规。"你们随时可以去花园,可以和那里的任何人交流,但要注意,"他严肃地说,"你们绝对不可以和这里的其他囚犯交谈,一经发现,负责的军官一定会采取相应措施。"

名囚们会在接下来的几个星期深入了解斯蒂勒,对他的第一印象也会得到证实。他留着一头深色头发,忧郁的眼睛深深嵌在眼窝中,棱角分明的下巴瘦长且突出,剃完胡子的乌青色很重。用管理集中营的纳粹骷髅旗队(SS-Totenkopfverbände)标准来看,斯蒂勒的确算是人道、善良之人。他曾是奥地利警察,从1941年起在达豪工作,其职责之一是管理集中营员工的社会福利。名囚到了以后,他的主要职能变为维持名囚与负责其关押事宜的保安局之间的联络。佩恩·贝斯特认为斯蒂勒"是个本质善良慷慨、随和厚道的人,但很是软弱、优柔寡断",他"对其负责的囚犯极富同理心,尽自己一切职责和所能为囚犯服务"。毫无疑问,佩恩·贝斯特的判断因其个人经历和对德国人的喜爱有所偏差,其他名囚对埃德加·斯蒂勒的看法截然不同。

熟悉了周遭环境后,佩恩·贝斯特意识到他们牢房如此舒适的原因:几人住在掩体中央部分旁边的特殊区域中,剩下的长走廊被一道钢门隔开,长走廊上的都是普通牢房,关押着普通囚犯,贝斯特通过侧门走向花园时看到了他们。

由于独立牢房的环境太好,库尔特·冯·舒施尼格对达豪的看法甚至更加歪曲。他对达豪的第一印象是"打理良好的乡村居舍",日记中描绘成"整洁坚固的建筑,石子路两侧还种着花"。

然而他也意识到这地方并不能完全代表集中营全貌。看向远方后，他看到了"守望塔、高墙、高压围网，还有'劳动使人自由、清洁近乎神圣'的浮夸铭文……嗯，没什么新鲜的。囚禁八年，早就见怪不怪了"。

然而，还没有一位名囚看到了达豪真正的面目。在点名广场的北面，有两排长长的营房大楼，占据了集中营围地大部分面积，关押着大多数集中营囚犯。两排建筑之间的宽阔树荫大道是人们口中的自由街。几个营房已经不再是牢房了，变成了妓院、车间，还有西格蒙德·拉舍尔负责执行惨绝人寰的医疗实验用地。1945年4月，这些营房中早已人满为患，超出限额一半。每天还有更多囚犯到来，因为德意志帝国的其他集中营都已因为盟军进攻而提早疏散了。现在，达豪囚犯人数已超6.7万，营房内部的环境极为恶劣。穿着肮脏、满是虱子的白蓝囚服的囚犯挤得透不过气，饥肠辘辘，疾病缠身，时日无多了。斑疹伤寒肆虐，却没有药物可以医治，从1月至今，近1.5万个囚犯的生命惨遭残害。

在幽闭的掩体中，新来的名囚没有经受这些痛苦。亚尔马·沙赫特作为纳粹政权一分子，认为"这里的确是集中营关押最重要的囚犯的地方，我们看到，这座建筑与集中营其他地方完全隔绝开来"。库尔特·冯·舒施尼格在花园中踱步，对"半秃的草坪、一片生菜菜地和一角脆弱的小水仙"并不满意。但想到1938年至今的一切经历，他也深知，这里给薇拉、茜茜和他的待遇前所未有，连萨克森豪森也无可比拟。"我们是特殊的囚犯。"到来几天后,他在日记中写道。

佩恩·贝斯特入狱后遇到的第一人是一位囚官,名叫保罗·瓦屋尔(Paul Wauer)的耶和华见证人(Jehovah's Witness)教徒。1940年,佩恩·贝斯特在萨克森豪森被关押时就认识他,那时他是集中营的理发师。他们重聚时非常激动,谈了很多。瓦屋尔告诉他,格奥尔格·艾尔塞在名囚到来前已被枪决。佩恩·贝斯特意识到,这是他们在门口屋子中等待时间如此之长的原因。瓦屋尔非常悲伤,他在萨克森豪森的时候就认识艾尔塞,还每天为他刮胡子。他死亡的消息是经过了很多人才传到瓦屋尔耳中的,因此听到了些不实细节:艾尔塞是被另一个囚犯枪决的,而那位囚犯也很快被处死了;枪刑是在掩体外面的花园中进行的,而且是在党卫队上级突击队领袖埃德加·斯蒂勒的看管下执行的。

佩恩·贝斯特无法评判消息属实与否,但是听上去的确很可信。他也听说,海因里希·穆勒给突击队大队领袖魏特的命令先秘密地传到斯蒂勒手中(不实消息),斯蒂勒又把它交给了魏特。佩恩·贝斯特因此认为,虽然斯蒂勒军衔相对较低,但"手中实权超过了其他军官"。虽然贝斯特看到了他温和的性格,但由他负责名囚实在不妙。

瓦屋尔判定艾尔塞是在花园中行刑的,其实是基于达豪的惯例。虽然名囚认为花园精致而优美,佩恩·贝斯特却从另一个掩体花匠囚官那里听到黑暗的历史。他叫威廉·维辛泰纳(Wilhelm Visintainer),曾是马戏团小丑,"是个特有意思的小子"。他称,以前花园一直是处死掩体囚犯的地方,另一端还曾有一个绞刑架，虽然大多数的囚犯都是被枪决的。后来，处刑就停止了，一些掩体中曾经的名囚反对之后，绞刑架也被挪走了（佩恩·贝斯特这时意识到，他们应该不是唯一一群被关押在这里的名囚）。维辛泰纳还告诉他，将处刑场转变为花园的过程中，挖出了150磅[1]重的子弹。花园另一端的墙上有着数以千计的弹孔。他还说了最后一个令人胆战心惊的细节：那些被枪决和绞死的囚犯曾经的牢房，就是贝斯特和其他名囚现在的住所。

第一个星期，佩恩·贝斯特的痢疾让他身体虚弱到无法双腿直立，但是他享受在花园中，或已被他们当作公共休息室的空牢房中，与朋友一起度过的时光。薇拉·冯·舒施尼格和吉塞拉·罗德（Gisela Rohde）在此期间看护他，吉塞拉的丈夫是科学家洛塔尔·罗德（Lothar Rohde），盖世太保怀疑他使用科技装备进行间谍行动。罗德一家人和新到的名囚们住在掩体的同一区域，是唯一一对允许和他们交流的人。薇拉和吉塞拉（"迷人姑娘们"）"无微不至"地照顾佩恩·贝斯特。她们是自愿入狱的囚徒，因此可以去慕尼黑带些食物回来。瓦屋尔拿了些炭药，佩恩·贝斯特"吃了很多"，洛塔尔·罗德给了他一张电热暖垫。

慢慢地，佩恩·贝斯特恢复了健康。4月14日，即来到达豪的第五天，他身体已经好到可以和其他朋友一同庆祝60岁生日。

---

[1] 1磅≈0.4535千克

党卫队上级突击队领袖埃德加·斯蒂勒给了他们一瓶红酒,在公共休息室中举行了一场规模不大却十分欢乐的派对。

***

名囚安顿了下来,但对掩体中关押的其他名囚却仍然一无所知。虽然其他囚犯有的时候会看到他们出入牢房,却不能相互交流。

这些神秘的名囚中有两个捷克法西斯分子——一个电影制片人及一个反犹记者,几个南斯拉夫人和意大利人[其中一位是著名的朱塞佩·加里波第(Giuseppe Garibaldi)的孙子],四位神职人员,包括著名的U形潜艇军官,后转信义宗牧师的马丁·尼莫拉(Martin Niemöller);还有一位前荷兰国防部长,一位波兰流亡将军瓦迪斯瓦夫·西科尔斯基(Władysław Sikorski)的副官,一家不承认希特勒的德国贵族,以及一位声名显赫的法国戴高乐主义秘密军事组织(Gaullist Armée Secrète)将军。

但在佩恩·贝斯特看来,有一位囚犯格外引人注目。他在花园中散步时,时不时能看到走廊远处一个熟悉的身影,他认出,那是秘密情报局理查德·史蒂文斯少校,也曾是贝斯特执行任务的同事。五年前,柏林盖世太保总部的芬洛被捕以后,两人就再没碰过面。虽然贝斯特很是好奇,却遵守了命令,没有试着上前交流。

但一些都在贝斯特生日派对后变了。那时公共活动室中有一桶啤酒，举办了另一个小型派对。其中，党卫队下士弗兰茨·克萨韦尔·莱克纳带来了他的一位同事，用鲁特琴弹奏歌曲。他们告诉佩恩·贝斯特，他们曾是专业音乐人，两人都在正统军队服过役，在战争中负伤之后，就被派遣到了骷髅旗队中。佩恩·贝斯特觉得他们是"善良、行为检点的人"，对待名囚很有礼貌，比其他任何看守的距离感都小，其他看守看上去"有些邪恶"。现在，掩体好似一个国际大熔炉一样：国家领导人和小丑、间谍和鲁特琴手共处一室。佩恩·贝斯特虽然已与瓦屋尔和维辛泰纳聊过天，却不知道实际上是莱克纳把艾尔塞带向死亡的。

酒过几巡，宴会散了以后，一位看守在佩恩·贝斯特耳边低语，说道："一会儿留下来。"其他人狂欢过后就回到了自己的牢房，直到只剩佩恩·贝斯特一人。几分钟过后，莱克纳又出现了，旁边是理查德·史蒂文斯。

两位特工五年后第一次面对面。史蒂文斯的眼睛一下亮了起来，冲上前去，猛地一下抱住了原来的同伴。"能再见到你真是太高兴了，太……太开心了。"他一次一次地重复着。佩恩·贝斯特退了一步，上下打量了几下史蒂文斯，却没有看到他有任何改变。佩恩·贝斯特自己老了很多，瘦了很多，他的脸已经消瘦下来。史蒂文斯看上去却健壮且健康。与佩恩·贝斯特典型的冒险军官形象不同，史蒂文斯看上去更像官僚或银行家：又矮又壮，一只大肉鼻子下垂着的双下巴上留着黑色的胡子，以及梳得油亮的分头。

史蒂文斯一遍又一遍地说着他多么高兴又见到老友，然后坐下来交谈起来。莱克纳给了他们一瓶红酒，警告史蒂文斯他们两人不能久留。党卫队上级突击队领袖埃德加·斯蒂勒和掩体军官绝不能得知这次会面。

两人谈了谈被捕之后各自的遭遇。虽然史蒂文斯看上去极为热情，贝斯特总觉得他掩饰了许多。同一天，他从掩体秘密关押的另一名囚犯那里收到了生日礼物。约翰·麦克格拉斯中校（Lieutenant Colonel John McGrath）是位友好的爱尔兰军官，曾在皇家炮兵部队服役。得知佩恩·贝斯特到来之后，麦克格拉斯通过一位军官给他送去一篮红十字会提供的食物。贝斯特发现篮子中夹着一封信。

虽然他们从未谋面，麦克格拉斯却在来达豪前——身处萨克森豪森的日子里，早已听闻佩恩·贝斯特的大名，并认出了他。他在萨克森豪森就希望能和佩恩·贝斯特取得联系，却从未成功。这封信中讲述了他的遭遇。

麦克格拉斯的遭遇比贝斯特还要奇怪。1940年6月，他在英国远征军（British expeditionary force）服役时被捕。起初，他被关在巴伐利亚的一个战俘营。德国军队制订了计划，利用爱尔兰人对英国人的敌对情绪，将麦克格拉斯作为可能招募的人选，并给了他一项提议。德国人让他开始管理在勃兰登堡（Brandenburg）附近弗里萨克（Friesack）关押爱尔兰人的特殊营。计划的意图是要说服爱尔兰战俘，针对英国执行间谍或破坏任务。麦克格拉斯三番几次拒绝了，最终他却被另一位英国军官即陆军准将克劳德·尼科尔森（Brigadier Claude Nicholson）说服，他说可以用这种方法摧毁德国的行动，让囚犯遵循德国军队计划行事，却不真正付诸实践。

信中，麦克格拉斯描述他是如何遵循了尼科尔森的建议，将爱尔兰战俘变为破坏者，摧毁了几个德国的计划。的确，在他的管理下，几个人都逃走了。德国人发现后，把他送到了萨克森豪森，还警告他，除非他透露逃走的囚犯的身份，否则就会被枪决。麦克格拉斯拒绝从命，后被德国人带到达豪。

信的最后写下了他衷心的警告："私下向你透露，我一点也不信任和你一起来的史蒂文斯，我觉得他是我见过的最大的叛徒。"令佩恩·贝斯特惊讶和失望的是，信中开始描述麦克格拉斯与一位"一直追踪你，知道一切"的德国军官的对话，这位军官向麦克格拉斯透露了理查德·史蒂文斯和盖世太保的诡计：

> 毫无疑问，史蒂文斯滔滔不绝地说了很多，交代了一切，当然，结果就是德国人要继续利用他。似乎他们已经放弃从你身上榨取情报了，就当是失败放弃了。史蒂文斯到这里时，他几乎完全自由，可以随处出没，甚至还配有自行车。实际上，他基本上什么都不缺。他们完全控制了他，在盖世太保的专业指引下，他去慕尼黑拜访一位女孩，待到了凌晨2点，而且情况越来越糟糕，在纸上写根本写不完。我不知道这人是疯了还是只是个危险的傻子。几个星期以前，有几个女孩被指控盗窃。他给她们写了信，后来还被发现到了她们的牢房里面和她们亲热。他的卑鄙行径被发

现以后传得沸沸扬扬。我对此感触颇深，简直是耻辱。

这个人太会说谎，我能不和他交流就不和他交流，骂他干的那些蠢事，但他太卑鄙，没有什么能控制他。我只是觉得你应该知道这些情况，我也知道你会保密。

佩恩·贝斯特对麦克格拉斯的描述可能并不惊讶，但细节还是出乎意料。长久以来，他就认为他这位前SIS同事没有忍受严刑拷打的毅力，也没有承受多年单独监禁的心理素质。

现在，佩恩·贝斯特面前正是这个人，和他仿佛至亲兄弟一样，热情地探讨着一起承受的苦难。不会有人知道史蒂文斯如何背叛了自己的国家。佩恩·贝斯特是否屈从了盖世太保的审讯，透露了多少信息，也将永远石沉大海。但这份怀疑让名囚周遭的氛围又一次凝重起来，也成了纳粹狡猾且险恶的残毒。

***

达豪掩体中的名囚人数越来越多，佩恩·贝斯特、舒施尼格等人所坐的绿色囚车到来以后，又有一小群匈牙利人到了，一位是匈牙利前总理米克洛什·卡洛伊（Miklós Kállay），另一位米克洛什·"尼基"·霍尔蒂（Miklós "Nicky" Horthy），霍尔蒂将军摄政的儿子。匈牙利曾经是德国的盟国，但1944年，卡洛伊预见到德国会战败，就向盟军投降；希特勒因此吞并了匈牙利，颠覆其政权。卡洛伊及其随从在本国被监禁，后在奥地利毛特豪森集中营（Mauthausen concentration camp）被监禁一段时间，随后便被带到达豪。

"尼基"·霍尔蒂来到达豪的时候，还穿着一年前被奥托·斯科尔兹内的党卫队突击队绑架时的毛呢夹克、灰色法兰绒男裤和绒面革鞋子。然而，他看上去仿佛和刚从裁缝店出来一样整洁，就连身上的衬衫看上去也是干干净净的，仿佛新的一样。

卡洛伊对达豪的第一印象和佩恩·贝斯特一样，都是"有大窗户、弹簧床、扶手椅、桌子，有供应冷水、热水的舒服牢房……有独立厕所……食物都很好，我们还没到呢，看守就问我们想要从食堂拿淡啤酒还是黑啤酒"。由于卡洛伊身上没有现金，他想试试能不能从隔壁牢房中借点钱，结果那人正是莫洛托夫的侄子瓦西里·柯科林中尉。这位年轻的俄罗斯人同意了。

虽然达豪名囚距离其他囚犯非常之近，但两者的生活截然不同。普通囚犯饥肠辘辘，病痛缠身，一群群死去。但随着时间的推移，一些名囚懈怠了。佩恩·贝斯特担心，虽然戈加拉保证过名囚在被释放之前一直会关在达豪，但盖世太保可能无意遵守诺言。他思索，把名囚关押在这里是否另有所图？

Hitler's Last Plot

第十一章
终极集结

弗罗森堡集中营，4月15日，星期日

"翼"·戴静静地听着远方大炮的轰鸣声，每天都好像更近一些。前一天他和年轻体面的党卫队行刑官一起在活动场中站着，看到了美国 B-17 空中堡垒轰炸机飞过上空，留下一条长长的白烟。"你看！"戴说道，"美国人马上就来了。"

这位党卫队军官什么都没说，只是望着上空敌军飞机留下的一条大大的白色尾迹，在蓝天的衬托下甚是引人注目。"美国人可不喜欢党卫队，"戴淡淡地对他说道，向处刑兵点了点头，"要是我们这里一切顺利的话，美国人来的时候我们也许还能给你们说说好话……"

党卫队军官看了看戴，耸了耸肩说："我也不愿做我的工作，但职责就是职责。"

这一切都在前一天，那时戴敢肯定，自由不远了；但今天，一切都变了。夜幕刚降临，英国名囚得令准备好，马上转移。他们走到外面，发现庭院中停着三辆车：两辆三吨篷布卡车和一辆绿色囚车。英国囚犯到了后，来自萨克森豪森的希腊和俄罗斯囚犯也来了，还有 15 个一直在牢房中关押的囚犯，弗罗森

141

堡其他牢房的囚犯也来了,包括黑森家族卡塞尔支族长菲利浦和被盖世太保打得鼻青脸肿的约瑟夫·穆勒博士。

夜幕即将降临,现在大炮的隆隆声已经非常近。弗罗森堡在 24 小时内即将变成战场,党卫队士兵已经开始疏散集中营人员了。

"翼"·戴认为,现有情况下应当反抗,他便与面色凶恶、负责监狱疏散的党卫队高级突击队领袖(SS-Hauptsturmführer)直接对峙。"简直卑鄙,"他是指那些停着的车,"我是由德国空军逮捕的囚犯,从未乘坐过如此低级的交通工具。你要和指挥官说我拒绝,我们又不是罪犯。"

尽管"吉米"·詹姆斯、悉尼·道斯和莱蒙德·梵·维米尔茨这些戴的英国皇家空军伙伴也发声支持他,但他们因这次草率的对峙得到了警告。然而,党卫军军官看上去十分欣赏戴自信的领导力,便同意与指挥官协调。

一切发生时,"吉米"·詹姆斯的注意力被另一位身着条纹囚服的囚犯吸引住了。这名囚犯一直观察着牢房的疏散情况,现在正慢慢接近名囚。党卫队军官一走,他便来到英国人面前,小声低语道:"我是来自英国驻保加利亚大使馆的沃迪姆·格林威治(Wadim Greenewich)。"他很快解释道,为了不让他落入盟军手中,党卫队本来要将其枪决。戴、詹姆斯和道斯想都没想就将他拉了进来,给他穿上一件波兰军队大衣,盖住囚服,用英国皇家空军的军帽盖住了他剃秃的头发。不论发生什么,他们都不会放弃一位英国公民。

那位党卫队高级突击队领袖带着指挥官的答复回来了:"如果你们不立刻上车,我们就会动用武力。"

罢了,至少值得一试。囚犯们开始上车,戴和詹姆斯想要通过开放的车尾看清他们的位置和路线,因此爬上了一辆卡车。这是个明智的选择,因为绿色囚车是燃木动力的。

三辆车一同从弗罗森堡出发,沿着国道驶向魏登。接下来的五天里,数以千计的囚犯将会被残忍地逼上同一条路。名囚离开八天后,美国军队4月23日到达弗罗森堡时,只有1500名因病重无法转移的囚犯还留在集中营。

向南之行漫长难耐。夜晚,一辆卡车坏掉了,上面的囚犯必须要上另外两辆车。21人挤在容载量8人的绿色囚车里,英国特别行动处特工彼得·丘吉尔也是其中之一,坐在了车辆燃木堆上,闷热至极,木堆包裹里满是又硬又尖的三角形木料。即便是10分钟换一次姿势,坐着也十分痛苦,所以他半蹲半站,心里暗暗希望不要随着车辆的颠簸撞到头。

卡车里的情况也不乐观,囚犯浑身发冷,身上盖着一层厚厚的灰。几个带着机关枪的守卫坐在他们中间,因此不可能逃跑。无论如何,彼得·丘吉尔现在坐在"吉米"·詹姆斯旁边,给他写下了自己的名字、电话号码和他被党卫军从萨克森豪森转移出来时一起的囚犯信息,随着车向前开,时不时把纸片扔到车后。

黎明时分,空袭再次开始。他们选择的路恰巧经过从西边撤离的德国军队队尾,遇到了军事交通堵塞。喷火式战斗机和"野马"战斗机在上空巡视道路,低空轰炸行驶缓慢的车队。每当战斗机从树上掠过时,党卫队士兵就从卡车中冲下来,在路旁的矮沟中寻求庇护。他们的确恪尽职守,即便是在寻求庇护时也不忘用武器看管车辆。囚犯们只能承受被机关枪和空中火炮枪击轰炸的双重危险。

车队通过雷根斯堡时,上空倾下的威胁变得更危险。他们刚刚离开小镇,大规模空袭就开始了。从车的尾部,"吉米"·詹姆斯看到了400架B-17空中堡垒轰炸机,旁边还有250架"野马"战斗机,轰炸了小镇中的铁路货运编组站和火车桥;随后战斗机又转向轰炸附近的机场。"吉米"发现很多德国空军飞机因缺少燃料停在机场,变成了一堆废铁。

夜深时分,距离车队离开弗罗森堡已超过24小时,卡车和绿色囚车停在了一幢"外观不妙的庞然大物"之前。詹姆斯抹掉了眼睛上的灰,看到了一幢由泛光灯照亮的白色建筑,两旁树立着高耸的铁丝网,远处还有看守塔。

他对两位看守中一位更和善的士兵问道:"这座集中营叫什么?"他用德语问。

那人开心地回答道:"达豪。"

弗罗森堡的党卫队高级突击队领袖安排接洽,花了很久的时间。在他们等待之时,"吉米"听到了绿色囚车里传来的反抗歌声。他们虽然十分痛苦,累得半死不活,但是精神上仍然不屈不挠,彼得·丘吉尔、一位名叫汤玛斯·库什(Thomas Cushing)的爱尔兰士兵幸运儿和南斯拉夫空军指挥官辛科·德拉吉克-哈乌尔(Hinko Dragic-Hauer)等囚犯开始唱起了老歌大串烧。

终于，大门打开，车开了进来。囚犯们下车时，有很多党卫队骑兵带着机关枪和狂吠不止的警犬看守。一片黑暗之中，彼得·丘吉尔与约瑟夫·穆勒说了话。穆勒虽然侥幸逃过了弗罗森堡，但心中仍然满是不祥的预感。"我不会和你们一起过去，"他说，"他们会把我关进特殊牢房之中。我只想告诉你们，一旦我像预料的一样被处死，我将永远怀念你和你朋友美妙的歌声。"他看上去苍老而悲伤，抓住丘吉尔的手又说："再见了，我的朋友。"

他们分别之时，丘吉尔猛然意识到，就算集中营中关押着数以万计的囚犯，"也会孤独地死去"。

新到的囚犯没前往掩体，而是去了相反的方向。他们沿着点名广场，走过排着两排树的中央大街。在集中营的最北端，有一片伫立着几座建筑的地带：左边是菜园，右边是矩形营地，比其他的建筑都小，而且有铁丝网围着。他们走向这座建筑。

目前为止，这座建筑是第 31 号营房，也是集中营的妓院。希姆莱最初为鼓励工作，1943 年在几座集中营中设立了妓院。努力工作的囚犯能赚取分数，购买烟草，享受其他奢侈的待遇，其中就包括召妓（但犹太囚犯不享有此项特权）。在此工作的女性得到随后被释放的承诺，起初以"志愿者"的身份被骗入妓院，然而通常承诺都无法兑现。

达豪的妓院营房现在已经停止运营，变成了关押特殊囚犯的牢房。已经有囚犯住在这里了，大多数都是从掩体转移出来的德国名囚。

戴及其伙伴被安排到一间很小的隔间，戴感到有人将手放在了他的胳膊上。他回头看到了一位党卫队军官。他瘦长的下巴棱角分明，眼窝深嵌，嘴巴紧闭。这就是戴对于党卫队上级突击队领袖埃德加·斯蒂勒的第一印象。与佩恩·贝斯特不同，戴认为他气质凶残。

斯蒂勒看向戴的制服，说道："你是英国中校，没错吧？"

"是的。"

斯蒂勒显然对于他在弗罗森堡出发时与党卫队的对峙有所耳闻。他一边敲着枪套中的手枪，一边强调："但在这里，命令就是命令，不接受任何抗议。"

***

尚贝格，4月16日，星期一

经历了几个月的监禁时光，菲·皮罗兹奥－比罗里第一次感到自由。虽然说服的过程极为艰难，但党卫队下级突击队领袖贝德最终决定，允许名囚们在村庄附近自由行动。名囚非常开心，尚贝格周边绿茵茵的草地盛开着美丽的花朵，鸟儿也歌唱着。村民对囚犯们也非常好，给他们食物当作礼物。在这片巴伐利亚州的森林中，战争似乎非常遥远。

然而菲并不能尽情享受，她担忧的思绪还萦绕在孩子身上。克拉多只有4岁，罗波尔托1月份才满3岁，那时菲还在布痕瓦尔德。她还能见到孩子吗？如果能的话，他们还会记得她吗？

她深感无助,但还是尽其所能不在其他囚犯面前表现出来:"我一直对自己说,一定要挺下去。"

在尚贝格,菲的一位密友康特·亚历山大·冯·施道芬贝格(Count Alexander von Stauffenberg)突然收到一则惨痛的消息。亚历山大是个历史学家,也是主导"七月阴谋"的克劳斯·冯·施道芬贝格之长兄,虽然亚历山大与阴谋本身毫无关系,但他还是因株连法被盖世太保逮捕。他的夫人梅丽塔(Melitta)是天赋异禀的德国空军试飞员,也和他一起被捕。她因其祖先有犹太血统,先前接受调查,所以有双重嫌疑。然而,因梅丽塔在开发德国先进飞机项目中扮演至关重要的角色,很快就被释放,回到了工作岗位上。

她从未接受过亚历山大入狱的事实,一直在尝试和他保持联系。4月初,盟军进军之时,梅丽塔担心丈夫在党卫军手中的安危,便开始寻找他。她和另一位试飞员朋友胡伯·冯·帕蓬-科尔宁恩(Hubertus von Papen-Koeningen)驾着比克尔"贝斯特曼"轻型飞机(Bücker Bü 181 Bestmann light aircraft)飞向魏玛,在布痕瓦尔德集中营上空低空盘旋,也在亚历山大被俘的时候飞过几次,方式类似。这次,她十分恐惧地发现,虽然集中营其他地方还运营良好,云杉镇似乎已是一片凄凉了。即便在空中,梅丽塔还是能闻到集中营尸体的臭味,看到尸体堆。梅丽塔害怕亚历山大也在其中,便在魏玛降落;在帕蓬-科尔宁恩的帮助下,她用电话与集中营取得联系,以希姆莱的名义要求获取信息。他们得知,名囚已被转移,并且已经到达雷根斯堡附近的施特劳宾。

梅丽塔为躲避美国战斗机，等到黄昏才从魏玛起飞，向南飞去。到了4月8日，几次降落并与死神擦肩而过后，她发现亚历山大和其他的亲属囚犯都在尚贝格。流言称他们已经落入了盖世太保处刑队伍的手中。

梅丽塔第二天清晨起飞飞向尚贝格，为躲避盟军战斗机，只能沿着多瑙河和铁路，贴着树顶飞行。她飞过施特劳宾，飞到了离尚贝格不到30英里的施特拉斯基兴村庄（Strasskirchen），然而她的好运用尽了。她被一架美国P-47雷霆式战斗机（P-47 Thunderbolt fighter）飞行员发现，错将"贝斯特曼"轻型飞机认作福克-沃尔夫战斗机（Focke-Wulf fighter），于是他飞到同一高度，飞到她飞机后方，开了两轮机关枪。地面上，一位当地工人看到一架小型飞机向左偏，随后旋转着坠落到田地里。梅丽塔·冯·施道芬贝格在一片废墟中活了下来，但伤势很重，几个小时后便一命呜呼。

消息四天后传给亚历山大时，菲正和他在一起。贝德把他叫出教室，当他再回来的时候脸都吓白了——"他过去的一切都毁于一旦了。"菲"为这位绅士而高尚的男人感到遗憾"。亚历山大从最初的惊愕中回过神来之后，他把菲和姻表妹伊丽莎白·冯·施道芬贝格（Elisabeth von Stauffenberg）叫过去，想要和他亲密又能理解他的痛苦的人在一起。菲试着安慰他，但他已经痛不欲生，她意识到亚历山大比什么时候都更需要她。从那时起，两人的友谊变得更为亲密。

接下来的几天，战争抵达尚贝格。随着前线越发逼近，难民和撤退的士兵开始涌入村庄，贝德意识到名囚们已经不再安全，便宣布他们必须转移。

囚犯又一次打包好行李，上了那辆熟悉又肮脏的卡车，布鲁姆一家上了轿车。保安局士兵回到他们的驾驶座上，引擎发动了。夜幕即将降临，小车队又一次穿过森林丘陵，这次他们向慕尼黑西进。

夜行的一路迎着空袭的光亮，黑夜的天空零星闪烁着炮火，地面也被火焰和炮弹点亮。黎明时分，车队穿过兰茨胡特（Landshut），前一天，"吉米"·詹姆斯看到袭击雷根斯堡的军队就轰炸了这里的铁路货运编组站，整个小镇便成了一片烈火焰焰的废墟。菲和其他人从巴士窗户中向外望，看到了一片梦魇般的惨状。"马的残肢和燃烧的汽车封堵了道路，流离失所的人毫无目地走着。我们的巴士就像鬼车一样慢慢驶过。"

慕尼黑也是同样的光景，从远处看，菲以为整座城市完好无损，然而她很快意识到，建筑内部已空，只剩下燃烧殆尽的空壳，无窗遮蔽，毫无生机。菲的家人曾经住在离这里不远的地方，她很担心家人的安危，也曾想过逃跑去寻找家人，但被关押的时间太长，她已经失去了离开朋友的勇气。

当车队在达豪的大门前停下时，贝德前去报告，囚犯待在车里。时间慢得磨人，一小时、两小时、三小时……虽然刚4月中旬，太阳却热得要命，巴士里的氛围也变得压抑至极。

伊莎·维尔梅伦对她同伴逆来顺受、听天由命的顺从态度感到格外震惊。他们静静地坐在车中，英格博格·施罗德（Ingeborg

Schröder）4岁的女儿西比尔－玛丽亚（Sybille-Maria）会时不时打破寂静，英格博格的10岁儿子哈灵（Harring）也和她在一起。英格博格的厄运源自身为德国国防军的父亲，他在东部前线加入了由俄罗斯支持的反元首叛军。伊莎能时不时听到英格博格安抚小女儿的声音。

几个小时过去了，人们开始紧张愤怒，但不能下车舒展肢体，呼吸新鲜空气。更令他们尴尬的是，一些囚犯甚至不得不在原地如厕。

终于，贝德回来了，身边还有党卫队上级突击队领袖埃德加·斯蒂勒，随后囚犯下了车。伊莎·维尔梅伦对斯蒂勒的第一印象是"行为举止令人感到不适"。接下来的日子里，两人之间的关系也会让囚犯倍感怀疑。斯蒂勒是中尉，军衔比身为少尉的贝德要高；然而贝德表现得好像他是负责人，一直利用斯蒂勒较为软弱的性格；个中缘由可能更为邪恶。虽然两人都是党卫队军官，但贝德是盖世太保官员，盖世太保的威慑力盖过一切，甚至超过普通的党卫队军官。

囚犯被带过大门，又在烈日下躲在点名广场的边角处等了一个小时。菲已无心观察周遭环境了，她既绝望又口渴，瘫软下来，在行李箱上颓然地坐着。

他们等待时，斯蒂勒突然重新出现，下令让德国的男性和女性分开，沿着厨房大楼的墙站成一排。他告诉他们，因其德国人身份，他们已经被编入人民冲锋队（Volkssturm），而早已弹尽粮绝的军队六个月前就在德国领土上的最后战役中被取缔了。青壮年成群地入编，只用最基础的武器为保卫祖国战亡。只有65岁以上的男性才得以幸免。菲等人非常惊愕，因为他们饥肠辘辘，极其疲弱，根本无法战斗。男人们离开了，剩下的女人们开始哭泣。在远处战斗中战死的可能不是她们唯一的恐惧，她们也知道，这也可能只是在集中营处死囚犯的借口。

中午时分，女性和老人喝到了咖啡，让他们多多少少放心了些许。不久，一顿少得可怜的午饭也缓解了一些沮丧的氛围。1点左右，琼·布鲁姆和莱昂·布鲁姆终于从炎热的轿车中出来，被带到了掩体中。

下午，马克沃特·冯·施道芬贝格（Markwart von Stauffenberg）、艾米丽·蒂森和弗里茨·蒂森等其他人也被带了进来。他们被引向分离掩体和厨房维修营房的狭长区域，走过小花园。小花园里，两个带着行李的怪人孤苦伶仃地站着，向他们招手：一人穿着便衣，高高瘦瘦，头戴浅顶软呢帽和单片眼镜；另一人是身穿深红色条纹大衣的德国将军。

西格蒙德·佩恩·贝斯特和亚历山大·冯·法肯豪森上将那天早晨从牢房中被赶了出来。掩体中所有囚犯都准备好转移到另一个地方。然而，这是个虚假警报，囚犯也回到了自己的牢房中，除了佩恩·贝斯特和法肯豪森。他们的房间现在分给了莱昂和琼·布鲁姆。两人无家可归，垂头丧气，只能带着行李在花园中等待了几小时。

斯蒂勒保证给他们找新的住所。佩恩·贝斯特和他关系不错，提出建议，让他放弃遵守上级下达的名囚命令，只要让他们等到美国人来即可，斯蒂勒显然动摇了。佩恩·贝斯特看得出这位党卫队军官"很害怕"盟军，但更害怕被发现违背军规。斯蒂勒没给出回复，也没说明命令离开了，承诺肯定在晚上给他们找一个住处。等到他们在掩体中不同的地方住进新牢房时，已时至夜深。

同时，菲等其他人还在点名广场边等待，魏特指挥官出现接待他们时，天已经开始黑了。他说，刚刚有些误会。那些男人还是不会加入人民冲锋队，甚至不会和她们分开。魏特向囚犯表示同情，称他理解长途跋涉以后一定非常劳累，然而菲能感受到他的虚情假意，简直矫饰至极。菲一点也不信任他："我和党卫队打了太长时间交道，没办法信任他们。"

女囚犯终于和男囚犯重聚，被一起带到住所，他们住在集中营外的党卫队营地里的一对营房之中。他们又饿又累，吃了顿俄罗斯囚犯从集中营带来的热乎晚餐。不同寻常的待遇很快令谣言四起。有些人猜测，党卫队已经准备投降，希望向美国人展示他们的确曾经好好对待重要人士。其他囚犯甚至称，他们将会成为盟军手里交换德国高层囚犯的筹码。

不论党卫队的计划究竟为何，至少有一件事情是确定的——几年的奔波、分离、转移、被慌忙地疏散之后，这些希特勒的名囚终于集结到了同一个集中营。特工、学者、官员、士兵、妻子、政治家、名人，还有大多欧洲敌对国的无辜儿童组成了大概140人的队伍，他们很快就会知道未来的终极命运。

Hitler's Last Plot

第十二章

开始撤离

虽然现在转移的流言四起，党卫队似乎更倾向于将名囚留在达豪。

掩体中，洛塔尔·罗德向佩恩·贝斯特讲述他从小道消息听到了三种不同的情况，每个的可能性都极高。第一，名囚会被带到瑞士，随后交到国际红十字会手中；第二，他们最终会被送到位于德国和瑞士边境的博登湖（Lake Constance）；第三，有流言称，他们会穿过奥地利，穿过布伦纳山口进入意大利。这些理论都不涉及处死，因此既令人安心，又令人困惑。

同时，没有任何迹象表明他们会被转移，而留给党卫队的时间已经不多。名囚在萨克森豪森走过的通道已经越来越窄。柏林已经被包围，俄罗斯人也接近德累斯顿。他们穿过的很多地方已经落入了盟军手中：开姆尼茨、拜罗伊特和普劳恩在美国人手中；布痕瓦尔德集中营已经在4月11日被乔治·巴顿将军（General George Patton）的第3集团军第6装甲师解散。现在美国第7集团军正向南进军，巴顿将军向东南进军，两军穿过了图林根（Thuringia）、萨克森（Saxony）和巴伐利亚。纽伦堡和斯图加特（Stuttgart）受到了威胁，只要几个星期甚至几天光景，美国人就会行军抵至达豪和慕尼黑。

德国军队的行动自由在东部也越来越受限。红军已经占领匈牙利和斯洛伐克，正在横扫奥地利。他们已经占领维也纳，很快就会向奥地利西部山区行进。同时，意大利盟军也向北部的提洛尔地区进军。现在，党卫队处理名囚的方式越来越少。

***

名囚尽其所能在囹圄中生存。转移的流言四起，有些囚犯尝试在盟军到来之前原地待命。佩恩·贝斯特想要说服斯蒂勒违背军令的尝试失败了，但是其他人将命运掌握在了自己手中，其中之一就是"翼"·戴。

这位经验丰富的大逃亡逃犯总是留意逃跑的可能性。在达豪妓院的第一晚，附近有两场空袭：其中之一在北部的机场，另一场在慕尼黑。"吉米"·詹姆斯太过疲惫，已经无暇关注，整幢大楼随着远处爆炸声而震动的时候就睡着了。戴欣然地看到党卫队对美国空军的接近表现出明显的恐惧。

睡觉之前，戴与"疯狂杰克"·丘吉尔和英国特别行动处的彼得·丘吉尔私下开了会。他说，他不会再转移到另一个集中营了，如果党卫队再准备转移的话，戴会躲藏起来，等待解放。他在厕所的天花板找到了活动天窗，能够通到屋顶椽子下方的阁楼，虽然阁楼里没有窗户也非常狭小，但足够让一个人躲起来。

***

达豪，4月17日，星期二

他们到达达豪的第二天早晨，戴和其他人开始和住在牢房里的其他囚犯交谈起来，其中，有从掩体中转移出来的爱尔兰中尉约翰·麦克格拉斯，还有几个贵族，如普鲁士王子弗里德里希·利奥波德（Prince Friedrich Leopold of Prussia）和波旁-帕尔马的哈维尔王子（Prince Xavier of Bourbon-Parma），以及一组违抗希特勒的神职人员，如克莱蒙费朗主教、慕尼黑副主教约翰·纽豪斯尔（Canon Johann Neuhäusler of Munich）和一位信义宗牧师马丁·尼莫拉。

"吉米"·詹姆斯和尼莫拉握了手，深感他"性格温暖，非常坚强"。他身材矮小，体格普通，年龄50来岁，充满活力的脸上发际线靠后。戴着钢丝框眼镜，生着一双大耳朵。尼莫拉很晚才任神职：他在"一战"时是U形潜艇军官，后来才变成信义宗牧师。他是保守派人士，曾经支持希特勒，随后才慢慢对其迫害基督教徒和犹太人的行径大失所望。深刻反省之时，他写下一小段话，世界也因此记住了他：

> 当他们关押社会民主党人，我保持沉默——我不是社民党员。
> 当他们来抓工会会员，我没有出声——我不是工会会员。
> 当他们来抓犹太人，我保持沉默——我不是犹太人。

当他们来抓我——再也没人为我说话了。

为腾出更多空间，还有一位掩体中的囚犯转移到了这里，有佩恩·贝斯特的朋友玛戈和埃里希·赫伯莱恩，还有曾试图炸掉希特勒飞机的法比安·冯·施拉布伦多夫；几个丹麦人也和英国人一起，从弗罗森堡来到大牢房；除了在弗罗森堡被关在卡纳里斯上将隔壁的汉斯·马蒂森·隆丁上尉外，还有几个丹麦反抗人员，外加四位英国特别行动处丹麦分处官员。

囚犯中，最让英国人印象深刻的就是桑特·加里波第将军（General Sante Garibald）和大卫·费雷罗中校（Colonel Davide Ferrero），两位意大利军官极富人格魅力，宗教信仰坚定，也有着同样热忱的爱国情怀。桑特·加里波第 69 岁，是统一意大利的传奇革命家，也是意大利国父朱塞佩·加里波第的孙子。战争开始前，加里波第是一位反对墨索里尼的创业家和政治家。他在法国试图组建加里波第军团，却失败了。盖世太保监视他一段时间后，在 1943 年送他进入达豪。

大卫·费雷罗是个强硬的意大利老兵。他身材高大，肌肉发达，面色红润，留着一头黑色卷曲的头发。加入意大利游击队之前，他曾服役法国外籍兵团（French Foreign Legion），获得过很多勋章。彼得·丘吉尔很欣赏他在喧闹拥挤的妓院中平静抽烟的样子，"好像全世界都耐心挤在拥挤的俱乐部中，等待世界高尔夫冠军开球一般"。

同一个清晨，新来的囚犯还在熟悉环境时，副主教纽豪斯尔和其他神职人员得到命令,立即转移。吃过早饭后,纽豪斯尔主持了大弥撒,其他神职人员开始准备离开。

然而,马丁·尼莫拉拒绝和他们一起走。他反抗情绪强烈,固执地坚持,不能被带到自己的"卡廷惨案"中(惨案指的是1940年,苏联对2.2万名波兰战俘进行的有组织大屠杀)。尼莫拉已被囚禁了八年,他的一个女儿去世,一个儿子也被残杀。那天星期二早晨,他神经紧绷得好像钢琴线一般。他的妻子艾萨(Else)会在星期四抵达达豪,也会非常担心他被突然遭离。尼莫拉坚持留在达豪。

其他人也开始紧张起来,有流言称,离开掩体的匈牙利名囚已被集体屠杀。原妓院中囚犯的紧张情绪并没有缓和,因为他们时不时从集中营其他地方听到枪声。很多人由此认为,大家一直以来害怕的大规模集中营囚犯屠杀已经开始了。

南斯拉夫空军军官辛科·德拉吉克-哈乌尔特别害怕,1941年,南斯拉夫惨遭纳粹德国侵略,变成轴心国,之后他就反抗纳粹,曾因告发一位德国特工而赢得很高的荣誉。德拉吉克-哈乌尔曾经尝试加入纳粹党,加入党卫队军队,但悬在他头上那个大大的问号一直没有散去。1943年,意大利与盟国停战后,他因胃溃疡报告生病。德国人认为,他只是想要等待盟国战胜后战争结束寻求安全,于是逮捕了他。现在听到枪声,他央求"翼"·戴给他件英国空军外套。戴同意了,但这位南斯拉夫人认为这件破旧的衣服能保护他,戴感到好笑。戴和所有人都说不要担心,他敢肯定,枪声是左轮手枪练习。但随后焚尸炉上空吐出黑烟,不能安抚众人之心。

下午 5 点,党卫队上级突击队领袖埃德加·斯蒂勒来到了妓院,宣布囚犯必须准备转移。斯蒂勒那天要从尚贝格迎接亲属囚犯,而集中营早已人满为患,他想让名囚们住得舒适的压力越来越大。空间已经快要耗尽,佩恩·贝斯特观察到,斯蒂勒非常担心盟军的到来。将囚犯转移到德国领地更深处的达豪分营地行动已经开始。

戴知道,如果想要避免转移,就必须尽快执行计划。悉尼·道斯请求加入他。在彼得·丘吉尔和"疯狂杰克"的帮助下,戴和道斯搜集很多面包碎渣,能让他们撑过躲避的日子。妓院早已陷入一片混乱,囚犯们收拾行李,戴和道斯进入了厕所。爬上洗浴隔间就可以进入活动门。里面非常安全,两个空军士兵躺在黑暗的托梁上,等待着自由的到来。

当意大利游击队员大卫·费雷罗听到他们的计划之时,一向处变不惊的泰然态度不见了。两人已经躲了起来,令他极为震惊。"老天啊!"他向彼得·丘吉尔说,"让他们下来,狗一下子就能闻出他们在哪儿,就算没发现,他们也会因斑疹伤寒流感病死的。告诉他们,我们要去意大利。我向他们保证,那里我们很安全。只要跨过边境,游击队就会给我们自由的!"

现在已经快到晚上了,尚贝格来的亲属囚犯已经到了集中营大门,而被选中离开的名囚,大多是英国、意大利和希腊战俘,已经集结起来。彼得·丘吉尔被费雷罗的警告吓到了,意识到了戴所订计划的疯狂。该计划不只对他和道斯非常危险,对名囚们也一样。谁知道斯蒂勒要是发现两个囚犯消失了，会做出什么报复行为呢？

丘吉尔冲到厕所，爬上隔间，将活动门升起。他看到"翼"·戴和悉尼·道斯苍白的面孔，二人蜷缩在一起。他重复了费雷罗的话。二人拒绝出来，也十分厌烦计划被一个曾不知情的外国军官阻挠。在丘吉尔的辩解劝说下，两个人最终极不情愿地离开了躲藏地，加入了其他囚犯的队伍。

对于戴来说，让他动摇的理由是费雷罗保证前往意大利。他能与游击队员取得联系，并且立刻获得指挥官的营救。

在妓院外集结后，名囚们走过前一晚的同一条路，沿着点名广场的大街走出。现在这个广阔地带慢慢站着成千上万名穿条纹囚服的战俘，为了晚间点名依军衔排成队。他们走过的时候，英国战俘向那些瘦弱不堪、眼窝深陷的囚犯竖起大拇指。突然，中间有一人大喊："鲁尔！"

彼得·丘吉尔的心跳漏了一拍——"鲁尔"是他在英国特别行动处法国分处时的代号。这群人里面有人认识他，是那时的法国或者德国特工。丘吉尔疯狂地搜寻那些面孔，希望能在人群中看到认识的人，希望那人再叫一次他的名字。但是囚犯被这吼声扰乱，众人低语的声音盖过了任何其他声音。丘吉尔又气又恼，脑海中只能浮现出他的朋友在人群中绝望消失的样子。

三辆巴士早已在门口等待多时，里面坐着的显然是刚从尚贝格到达的亲属囚犯。这里，又有30名从掩体中转移出来的囚犯，加入了住在妓院的战俘队伍。

站在巴士旁边的是负责转移的士兵，领导人是熟悉的党卫队上级突击队领袖埃德加·斯蒂勒，他会亲自监管转移行动；还有一个新面孔：党卫军中校路德维希·罗特梅尔。陪同他们的是贝德麾下20名保安局士兵。他们全副武装，包围了囚犯，开始将他们带上巴士，整个过程对他们大吼大叫。上车、抬行李只花了几分钟，巴士就启程了。很快，他们就离开了集中营外围，驶向了慕尼黑大道。

"吉米"·詹姆斯想到，今天是他30岁的生日，也是他作为战俘的第五个生日。他思索着还能不能挨到31岁。他坐在法比安·冯·施拉布伦多夫旁边，开始交谈起来。这个嘴巴紧闭的德国人透露了他的过去，称涉嫌设计害死希特勒。詹姆斯觉察到"他那富有贵族气质的矜持藏匿着一段苦难的过去"。

车队开过慕尼黑时，囚犯们被一片荒凉震惊了。没有一间完整的房子，只有废墟之中炸成锯齿状的断壁。纸板盖住窗户的电车仍在废墟之中行进，人们在车站排起队。对于囚犯来说，能在这片废墟之中生存简直是奇迹。彼得·丘吉尔心想，这些人住在哪里？登上电车以后又要去哪里？

白天过去了，夜色被盟军的飞机划破，车队两次停下，在树中寻求掩护。当夜幕真正降临时，火焰和爆炸的亮光再次点亮地平线。可以说，巴士是向南行进，又有人说他们要去奥地利的因斯布鲁克（Innsbruck）。费雷罗保证的目的地可能性越来越渺茫，盟军的进军也离北部地平线越来越远，"翼"·戴非常后悔他离开了原来的躲藏地。而且，费雷罗都不在这里，尼莫拉、几位其他神职人员、加里波第和他都被留在了妓院。

黎明时分，巴士离开了巴伐利亚州来到奥地利。第一线光亮照亮了弥漫着雾气、宽广深陷的山谷，陡峭的绿色丘陵被一片松林覆盖，山顶戴着雪帽子。这是水流湍急的因河（Inn）河谷。北边就是奥地利阿尔卑斯山，这片区域就是阿尔卑斯要塞，即疯狂的党卫军和纳粹政权给他们安排的最后居所。

＊＊＊

在达豪，余下的名囚继续被集中营管理人员调换住所，以便解决人员过剩问题。他们看到新的面孔，也很难分辨出他们到底是新到的囚犯，还是在某个遥远、拥挤、臭气弥漫的牢房秘密关押的囚犯。

佩恩·贝斯特很开心地看到赫伯莱恩一家与休·法康纳、西格蒙德·拉舍尔和谜一般的海德·诺瓦克斯基一起从妓院转移回了掩体。

所有人中，拉舍尔博士肯定最不希望回到这个犯下违反人道恶行之地。佩恩·贝斯特发现，和其他被关起来的名囚不同，拉舍尔和海德被带到掩体主走廊中的牢房中。佩恩·贝斯特还发现，瓦西里·柯科林爱上了小海德，看到她又回到掩体的时候"高兴坏了"。但是他完全无视了柯科林的问候。看上去她和拉舍尔已经成为恋人。

柯科林陷入了绝望之中，佩恩·贝斯特认为那对恋人还是和其他人分开比较好。他本来很担心柯科林，因为他在萨克森豪森曾几次试图自杀。但在晚上，当佩恩·贝斯特到走廊去看柯科林的时候，发现他睡得像婴儿一样熟。第二天，柯科林已经完全恢复过来，心情愉悦。不过究竟是他已不再爱海德了，还是他有自信能够赢回她的芳心，却无从而知。

柯科林像个小孩一样，佩恩·贝斯特很喜欢他。英国特工佩恩·贝斯特认为他是一个"非常可爱的孩子，仍然保持着天真烂漫"。他的情绪好像一个还在上学的孩子。他说话也像个孩子："斯大林长得特帅，很爱我的妈妈。"事实上，他的母亲好像是斯大林众多情妇之一，而且还是他最愿意信任的人。"她每天都找他吃完饭，"柯科林曾说过。整家人住在红场，有八间房和两个仆人。如果他们想用车，克里姆林宫就会给他们派车。柯科林形容斯大林是个"懒惰"的人，喜欢好吃的食物和酒，还喜欢美女，是个爱笑的"帅哥"。柯科林的舅舅莫洛托夫却很忙，"他做的事情斯大林都不喜欢，所以不喜欢他的人喜欢斯大林"。

佩恩·贝斯特问他为什么斯大林要让朋友的孩子去冒战争的风险。柯科林答道，斯大林几乎谁都不信，只能依赖他的家人和最忠实的副手来执行最困难的任务。然而，柯科林失败了，"斯大林对于我被捕非常气愤，"他说。他也解释道，他本应战死疆场。与其他的俄罗斯人一样，他的未来和其他囚犯相比更不可预测，因为自由就意味着危险。他很可能会被送到劳动营枪决。

亲属囚犯在铁丝网外面的营房之中，没有经受过在其他营房内的房间调配。然而，菲·皮罗兹奥－比罗里一天比一天悲观。她和脾气暴躁的玛丽亚·冯·哈默施泰因喜欢在空袭之中躲避党卫军看守，以示反叛。玛丽亚和菲不去寻求庇护，而是躲到营房后面。但她们的反叛也渐渐消失了。一次空袭之后，玛丽亚自己主动去了掩护所，让菲自己一人躺在床上。大炮在耳边轰鸣之时，菲的勇气消失了。声音和孤独令人无法承受，她吓坏了，慌忙穿上衣服，跑到掩护所去。里面一个守卫看到了她狼狈的样子，明白了一切，只是残忍地对她微笑。她只能呆呆地盯着地面，身体控制不住地颤抖。

随着战争升级，她对孩子的担忧愈发严重。德国已经变成了废城、残村和燃烧小镇的地狱，上百万人被杀害。在这片地狱中，她的两个孩子还有希望吗？他们那么小，那么无辜脆弱。菲必须压制住她逃跑去寻找孩子的欲望。她感到被困了起来，孤独无助，对希特勒给德国和她的家庭带来的一切痛苦感到极为愤怒。

有时，达豪以外的梦魇也会回来。一天早上，菲和朋友在营地外的庭院之中，看到布痕瓦尔德的女守卫。拉佛特小姐曾是个残忍的狱卫。现在，这个骄傲、专横的女人已经瘦骨嶙峋，她的制服也破烂不堪，脸非常憔悴。她向菲描述布痕瓦尔德落入美国人手中时，眼中透露着恐惧。

掩体封闭的环境中，尽管很多人都已经绝望，但有些名囚的生活仍然脱离现实，特别是那些身份最高，活在最舒适宽敞的牢房、装潢得和普通房间没什么区别的人。最为舒适的就是两个政治家——库尔特·冯·舒施尼格和莱昂·布鲁姆·舒施尼格，他们的思绪还停留在重大事件上。掩体中的生活多姿多彩，也和谐安详。"没人问太多过去的事情，"他在日记中写道："没人担心当下，但所有人都担心未来。"而萦绕在他思绪之间的，不是个人的安危，而是整个世界的未来。"我们深知，除非各国人民能够抛下仇恨，放下胜利复仇的情结和谐相处，否则所有的一切都将是徒劳。"

他和德国囚犯相处得很融洽，和他们一起度过了"许多愉快的时光"。佩恩·贝斯特4月14日生日时，他和舒施尼格、银行家亚尔马·沙赫特和法肯豪森上将一起在花园当中静坐，享受落日的最后一丝阳光。沙赫特突然开始用流利的希腊文吟诵荷马《伊利亚特》的片段，四个经受过良好传统教育的高雅人士都听得懂。他们一同和着，又吟诵维吉尔和歌德，"直到我们停下来，才发现又回到了现实——达豪和阿道夫·希特勒"。

舒施尼格认为，亚尔马·沙赫特是他"认识的最聪明的人"，也揣摩过其内心，他现在一定非常后悔给希特勒创造了经济条件，助他发起世界战争。

所有的同伴中，舒施尼格对莱昂·布鲁姆感到最为好奇，也最为欣赏。他们曾在1935年见过一次面；那时，舒施尼格还是奥地利总理，到法国进行国事访问。那时，布鲁姆是个激进的社会民主人士，还没当上总理。如果那时告诉舒施尼格，布鲁姆会以达豪（那时达豪更为臭名昭著）囚犯的身份见到这位右翼总理，甚至成为朋友，似乎都显得太过不可思议。不论如何，库尔特和薇拉·冯·舒施尼格与莱昂和琼·布鲁诺花了很长时间交谈，谈话也总会回到政治。虽然两人都对政治饱含浓厚兴趣，却很少能有共通的观点。"必须承认，我必须感谢盖世太保，让我认识了莱昂·布鲁姆，"舒施尼格说道，"我遇到的是一位伟大的欧洲人，对我来说更重要的是，遇到了一位优秀高尚的人物。也许两者可以画等号。"

舒施尼格最想念、最渴望的就是书籍，也是唯一一件纳粹禁止他在监狱中获得的物品。佩恩·贝斯特给了他一本《简明牛津词典》时，他极为感动，这是他多年未看书之后的第一本书。他和佩恩·贝斯特第一次见面就认出了彼此，20世纪30年代，舒施尼格的脸庞和肖像在常常出现在媒体刊物上，纳粹报纸也在贝格勃劳凯勒刺杀行动之后，经常印刷被捕的英国特工照片。

4月18日，名囚被带上巴士的第二天，党卫队上级突击队领袖埃德加·斯蒂勒及其手下罗特梅尔回到达豪。他们在奥地利安置名囚的地方暂时还不为达豪的囚犯所知。两人是应罗特梅尔的要求回来的，谁都不想被派到阿尔卑斯要塞。

掩体中，有两位新到的重要人物：约瑟夫·穆勒和弗朗茨·利迪格。他们自从弗罗森堡转移到此以后就被关到了其他地方，穆勒也不知道，自己是因为梵蒂冈才得以获救，仍非常困惑为何没与卡纳里斯、潘霍华等人一起被处死。他和利迪格穿得都更为残破，忍受了饥饿和殴打，穆勒经受的残害尤甚。佩恩·贝斯特可怜这几个人，将罗德夫人给他的半瓶鱼肝油给了他们，罗德夫人原本担心佩恩·贝斯特太瘦。他们的食品中油水太少，

"油吃上去就和蜜一样"。穆勒和利迪格五分钟内就喝完了鱼油，称这是他们"喝过味道最好的饮品"。

达豪的情况越来越糟，越来越拥挤，疾病蔓延，缺医少药，食品也越来越紧缺。慕尼黑副主教约翰·纽豪斯尔和随行神职卡尔·康克（Chaplain Karl Kunkel）从妓院营房走到行政楼中的图书馆，惊讶于短短的距离中遇到的尸体数量。他们大多都因斑疹伤寒而命丧黄泉，脚趾上系着名牌。

随着一切的崩塌，党卫队变得越来越紧张，他们很怕盟军到来，害怕愤怒好斗的大群囚犯。4月19日，星期四，名囚们意识到了党卫队残存的那丝无法预测的残酷。其中一名神职囚犯，曾经的克莱蒙费朗（Clermont-Ferrand）主教加百列·皮戈（Gabriel Piguet）正主持弥撒。当天早晨，教徒有查理·德莱斯特兰将军（General Charles Delestraint），一位曾是戴高乐流亡政府的副手的勇敢老兵。德莱斯特兰在组织里昂法国反抗行动时起了关键作用，直至被发现反叛了盖世太保。举行弥撒的过程中，斯蒂勒的高级副官，即党卫队突击队领袖弗里茨·蒂森突然冲入，身旁还有其他党卫队士兵。弗里茨下令，德莱斯特兰做好准备，半小时内离开集中营。他会和另外六名囚犯乘车去因斯布鲁克。

在大多教众看来，强闯很是冒犯，而且有的人抱怨他们打断了宗教仪式。德莱斯特兰是虔诚的天主教教徒，每天都去参加弥撒，弗里茨允许皮戈给他行圣餐礼，让他可以带着上帝的祝福出发。

卡尔·康克帮德莱斯特兰收拾好两件行李，党卫队突击队领袖弗里茨拿走他的一件行李，说他会两小时之后拿第二件的时候，卡尔已经开始怀疑，因为和德莱斯特兰半小时离开的命令互相矛盾。弗里茨什么都没解释，便带走了德莱斯特兰。

随后几个小时，满心忧虑的神职人员一直在询问集中营领导，但都一无所获。当天晚些时候，掩体花园工作的小丑威廉·维辛泰纳告诉他们一则令人震惊的消息。德莱斯特兰被带到焚尸炉，执行了枪决。

德莱斯特兰的死让剩下的名囚感到更为不安恐惧。他们随时准备接受死刑。两天之后，斯蒂勒告诉他转移之时，佩恩·贝斯特也以为他的大限已到。他想，是不是他与理查德·史蒂文斯的不当交谈引起了怀疑。当他与朋友道永别时，所有人都以为再也看不到他了。

佩恩·贝斯特回到牢房中收拾行李，见到了马丁·尼莫拉，他向佩恩·贝斯特保证只不过是回到了原来的妓院营房。佩恩·贝斯特刚要回新的住所，空袭警报就响了起来，强迫他去寻求庇护室。在这次空袭中，111架美国B-17空中堡垒轰炸机向慕尼黑的铁路货运编组站投掷了成百上千吨炸弹。这是一次不精准的临时空袭，炸弹是通过地面雷达辅助，穿过厚云层投掷的。炸弹的威力如此之强，庇护所像暴风雨中漂泊的小船一样来回摇动。佩恩·贝斯特差点失去了双脚。这已经是48小时内第二次重大空袭。

随后，他就在党卫队的看守下出发，一位囚犯拿着他的行李。

在走向原来妓院的路上，他们经过了很多被铁丝网环绕和被携带机关枪的哨兵看管的营房。他的党卫军守卫解释道，这些是为斑疹伤寒采取的防治措施。营房里躺着几个皮包骨头的人，但是佩恩·贝斯特看不出他们是死是活。

在他新的住所中，佩恩·贝斯特怀念掩体花园的自由。被铁丝网绕起来的妓院只能容下两人并肩行走。他也很快和这里的名囚熟络起来，有苏联人、斯堪的纳维亚人和意大利人。其中包括加里波第将军和极富人格魅力的费雷罗中校。苏联人非常友好、慷慨，斯堪的纳维亚人比较喜欢独处，但也很友好。俄罗斯人听到柯科林在达豪出现的消息时非常兴奋，还告诉佩恩·贝斯特，斯大林的儿子已在萨克森豪森死亡。

莱昂和琼·布鲁姆也被转移到了妓院大楼中。佩恩·贝斯特被他们展现出的庄重、慷慨和勇敢所折服。他们对其他囚犯非常友好，行为举止也好似看守是透明人一般。"两人从没显示出一丝一毫的恐惧，甚至好像没意识到自己是囚犯。"

所有其他名囚都清楚自己身处何种境地，许多人很恼怒，盟军方面好像没人担心他们。营救去哪了？士兵们很确定，如果有一营伞兵降落到了达豪或者慕尼黑周边地区，那他们很容易就能杀出集中营。然而佩恩·贝斯特知道，集中营守卫是唯一附近的军队，他们并不是士兵。

佩恩·贝斯特和洛塔尔·罗德博士讨论过和多瑙河的美国军队建立联系的可能性。罗德声称，自己认识愿意帮助他们跨过边境的德国人。如果佩恩·贝斯特能够写封信，就可以向美国人证明德国密使的真实性。佩恩·贝斯特很是怀疑。罗德值得信任吗？佩恩·贝斯特只知道罗德的一面之词。最后，他们达成了妥协，佩恩·贝斯特允许他使用自己的名字，并且提供能够确定其身份的 SIS 代码。

转移到妓院不久后，他就从罗德那里得知，他的人已经"几乎肯定"联系上了美国人。罗德也打算出发。在斯蒂勒的手下党卫队中校路德维希·罗特梅尔的陪同下，罗德可以出入集中营。他与罗特梅尔交谈，罗德梅尔很怕被派到前线，因此同意和他走一遭。两人一起就很容易跨过边境。罗德只能默默地等待，静候机会的到来。

同时，罗德的人到达美国人那里后，佩恩·本斯特发现飞过的盟军飞机多了，明显是在做空中侦察。所有的名囚都很兴奋，认为离脱困已经不远了。

Hitler's Last Plot

第十三章

进入棱堡

达豪，4月24日，星期二

佩恩·贝斯特听到战斗机飞过集中营时，大约是下午3点30分。那时，他在收拾行李。早些时候，斯蒂勒来警告住在妓院中的名囚，他们要从集中营疏散，5点之前离开。

几天以来，盟军的火力越来越接近达豪，到了极为危险的地步。就连祈祷解放的囚犯们也开始担心，可能会被吞入一场不分敌我对错的大屠杀。他们第一次能从通过大炮的轰鸣和烟火从地平线上辨认出前线的位置，而且战火不断向他们推进。似乎达豪集中营作为党卫队交通、技术和设备枢纽，已经变成战争的焦点。空袭警报昼夜鸣响，几乎没有停过；同样，盟军飞机的声音也一直盘旋着，要么在远方低鸣，要么在上空轰鸣。美国人的战略目标不多了，开始将他们的重点放在前线的策略支持上。空气和地面都随着炸弹震荡。名囚越来越紧张，已经到了不可忍受的地步。党卫队面对盟军的进攻，好似钳口中的猎物一般，每一天都以肉眼可见的速度苍老，在集中营中漫无目的地疾走着，好像本能地寻找出路一般。

佩恩·贝斯特停下收拾行李的手，来到窗前，对头上飞得格外低，声音格外大，呼啸而过的战斗机很是好奇。他看到六架闪烁的飞机在集中营上空俯冲飞行，向地面看不到的目标发射机关枪，子弹飞过党卫队大楼，掀起火焰，烟灰四起。加里波第将军也到窗前和他一起向外看，他熟悉整个集中营的结构，认为他们在攻打交通园区。

战斗机最后用尽了弹药，决定返程。它们从烟雾和火焰的竖柱飞走，飞入上空，在蓝天的衬托下逐渐消散成点点黑斑，飞机引擎的轰鸣声也逐渐减弱，被集中营的喧闹掩盖。

不久，住在妓院的囚犯收到消息，原本安排的巴士在空袭中炸毁，所以转移推迟到下一天。囚犯的希望再次燃起，佩恩·贝斯特开始相信，罗德的手下一定成功地传递了信息。摧毁交通设施也许是为救援行动打前战。

4月25日，星期三，即第二天下午，佩恩·贝斯特、加里波第和很多囚犯都走近窗户，希望能看到或听到战斗机回来。替代的车辆已经派出，他们计划5点离开。如果真要执行救援行动，则必须现在进行，否则车辆将会被摧毁。卡尔·康克在日记中焦急地写道："我们一直希望看到低空飞过的战斗机……但是天气不好。"5点到了，但杳无音信。

5点，一位守卫进来，要求他们把行李带出去，两辆卡车已经在外等候。他们心情沉重地将行李箱包带出大楼，搬上车。卡车只用来装行李，载囚犯的巴士还在路上。他们还在快速装行李时，听到了熟悉的低空战斗机的嗡鸣。

佩恩·贝斯特领着这群名囚冲回大楼。这次飞来的战斗机更多，佩恩·贝斯特认为，可能有10架之多。飞机俯冲到交通园中，开始机关枪扫射和投弹轰炸。这些大型双发战斗机，可能是英国皇家空军的"蚊式"轻型双发快速轰炸机，或美国的P-38"闪电"双发平直翼亚音速战斗机。火焰再次燃起，黑柱一般的浓烟滚向天空。

五辆巴士中，三辆已被摧毁的消息又传了过来，13人死伤，然而死伤的究竟是党卫队士兵还是劳动囚犯还尚未可知。似乎今天也不会转移。佩恩·贝斯特和他的朋友们高兴得简直要手舞足蹈。按照这样下去，美国人肯定会在党卫军能转移名囚之前到来。

然而，被盖世太保囚禁了如此之久的聪明人不应低估德国人的决心和智慧，特别是当他们被逼无奈之时。庆祝的时光非常短暂，6点左右，又下达一则命令：准备立刻转移。妓院大楼的欢乐气氛就像被泼了一盆冷水一般被浇灭了。两辆巴士没被空袭摧毁，三辆卡车也从慕尼黑赶过来替代被摧毁的那辆卡车。不仅仍要转移，而且对一些囚犯来说，还要坐在冰冷且敞开的卡车硬板凳上长途跋涉，前往目标地点。他们只知道，目的地是提洛尔的阿尔卑斯要塞。

准备步行跟随行李卡车前往营地大门之时，刚刚搬进来的其他囚犯也加入了妓院大楼名囚的队伍。其中之一是马丁·尼莫拉牧师，他已经接受了不能再继续等妻子的事实。慕尼黑副主教约翰·纽豪斯尔和随行神职卡尔·康克走到掩体，询问他是否一同出发(亲属囚犯和住在掩体中的囚犯仍暂时留在达豪)。

在达豪一起度过的时光中，神职人员组成了紧密的宗教团体,虽然大多都来自基督教不同教派,有些人对他人的教派并不友好,但不论发生什么,他们都要一起面对。尼莫拉同意了,前提是他们能保证党卫队下级突击队领袖贝德会留在达豪。

尼莫拉为妻子艾莎写了张明信片:

> 我已经开始向南转移,仍不知目的地。为了孩子勇敢起来吧。希望伟大的上帝能保佑你!若在这尘世之中无缘再见,那我们也会在上帝之国再会。我内心十分平静,但周围十分混乱……向朋友问好,代我亲亲孩子,我仍对一切心怀感恩。
>
> 永远爱你的马丁

几十位原来就囚禁在达豪的"老"名囚也要转移。除了加里波第和费雷罗以外,还有55岁西班牙王位继承人波旁-帕尔马的哈维尔王子。直至1940年,他一直在比利时军队做军官,随后加入了法国反抗军,1944年7月被俘。另一人是普鲁士王子弗里德里希·利奥波德,他因收听BBC被俘。还有著名的罗马天主教报纸编辑约瑟夫·诸司(Joseph Joos),奥地利作家康拉德·普拉克斯马拉尔(Konrad Praxmarer),以及理查德·施密茨(Richard Schmitz)——一位基督教社会党人士,曾短暂担任过奥地利副总理,直至德国吞并奥地利前,一直任维也纳市长。因为在过去两天才被划归名囚的队伍,所有长时间住在达豪的名囚都穿规定的条纹集中营囚服,只有施密特和诸司穿着早已变形、打着黑白条纹补丁的便服。

希腊前陆军总参谋长亚历山大·帕帕戈斯走在前面，领着队伍从妓院大楼出发。名囚甚至都没瞥一眼党卫队。许多普通囚犯都直起身子注视他们经过，但大多只是聚成了一片白蓝人海，一个个脏兮兮、饿唧唧，注视着名囚离开。

佩恩·贝斯特觉得，哈维尔王子和理查德·施密特看上去"又瘦又疲惫"，但在集中营食堂一直工作（一份能获得额外军粮的工作）的弗里德里希·利奥波德身材保持得很好。这位王子身上有种不屈不挠的气质，在集中营中是个名人，其他囚犯给他起了个爱称"帕特"。名囚走过人群之时，很多囚犯看到帕特都挤上前来，试图握手和他道别。

卡尔·康特一边走一边在手中拿着紫色的祭祀手套，给人群中大声呼喊"蒙席，蒙席！"的人带去祝福。其他人向维也纳前市长大喊"施密特！"囚犯沿街而站，相互握手，诸司也拥抱加百列·皮戈主教。约瑟夫·诸司发现，党卫队并没有阻止这一人性的闪光时刻，好像就连他们也意识到，这些死囚应该最后体会一下人性的温暖。所有人都认为这些名囚将走向死亡。

施密德心情沉重地走着。作为奥地利基督社会党（Christian Social Party）领导之一，他是反纳粹的极端分子，也是屈指可数的提出反对德国占领奥地利的人。他被关在达豪长达七年，如今担心最坏的结果。有人告诉他，他的名字列在了希姆莱亲自写的"特殊名单"上。两天前，他也得知自己要"离开"，这个词注定意味着死亡。

两位掩体狱卫也加入了这群平民、士兵、神职人员和王子组成的大杂烩：曾经的小丑威廉·维辛泰纳和理发师保罗·瓦屋尔。瓦屋尔设法拉关系与名囚一起冒险，不管他们可能去哪里，会经历什么风险，两人都觉得要好过这个疾病肆虐、饥荒横行的人巢。到了点名广场后，他们的想法很容易理解。整个维修和厨房营房都堆满了尸体，臭味令人作呕。

名囚不是唯一一群离开的人。还有成千上万名筋疲力尽的囚犯步行被引出集中营，一边走一边忍受党卫军的殴打和鞭打。根据希姆莱的命令，达豪的疏散才刚刚开始。很多可怜人已经从其他集中营走了上百英里，已经开始了最后的死亡征途。

大门前只有三辆车等着名囚，两辆免受空袭攻击的巴士看上去还算舒适，还有一辆普通军事卡车，似乎没那么舒适。佩恩·贝斯特和帕特王子一起走，直径向最近的巴士走去。他感觉太过脆弱，病得太严重，根本忍受不了篷布卡车的长途颠簸。但正当他要上车时，党卫队上级突击队领袖埃德加·斯蒂勒拦下了他。

"你去卡车里。"他说。

佩恩·贝斯特不愿意，并指出他年事已高，而且最近病重。不可否认，虽然他看上去穿戴不错，但瘦弱不堪，脸颊干瘪，眼窝深陷。斯蒂勒却很固执，他必须上卡车。他不愿意地服从了，后来却发现理查德·史蒂文斯已经在巴士上。斯蒂勒一定要遵守分开两人的命令，一点没意识到两人已经谈过好几次话。

艰难地上了卡车以后，佩恩·贝斯特找到了一个离末端较近的座位，至少可以看到外面。约瑟夫·穆勒和弗朗茨·利迪格坐在他两旁，好像从魏登与路德维希·格雷一起被盖世太保逼上绿色囚车离开时的情景重演。他们都躲开了厄运，也许是个好的兆头。几个高级俄罗斯官员也上了车，佩恩·贝斯特和几人在妓院大楼中关系很好。是他们把他带到了广场，邀请他去房间抽烟喝酒聊政治聊战争，一聊就是很久。他们反了斯大林向德国人投降，如果被遣返到苏联，则可能被处死。柯科林上车时，佩恩·贝斯特介绍了他们。他们听说过柯科林在达豪一直很想见见这个血统高贵的人物，虽然他与斯大林有血缘关系，军衔却一直很低。让佩恩·贝斯特失望的是，柯科林一见到苏联人就开始"用俄语交流"，完全回归了自己的文化环境，佩恩·贝斯特随后就"没怎么再和他交流过"。

那是一个气候宜人的夜晚，晚上8点左右，以卡车为首，两辆巴士紧随其后，两辆行李卡车断后的车队终于出发了。巴士驶离集中营时，尼莫拉牧师和纽豪斯尔副主教大声说话，故意让斯蒂勒听到。"约翰，我们还是没从烟囱逃离达豪啊。"他说道。

其他人并没得到慰藉。亲属囚犯和几个住在掩体的囚犯还留在那令人痛苦、逐渐分崩离析的达豪，其中就包括舒施尼格一家。

两位牧师看到曾经风光无限的慕尼黑现在成为一片废墟，兴奋的心情顿时沉了下来。这里的环境比一周前经过时更加恶劣。市中心和铁路货运编组站周边的区域一次又一次被轰炸，炸弹倾倒进残骸之中，夷平一切断壁残垣，倾翻着上一次空袭留下的瓦砾。小车队驶过燃烧的石堆和砖堆、碎木料、玻璃碴和尸体的大街。浓烟悬在空中，久久不散。

"一战"前，西格蒙德·佩恩·贝斯特还是小伙子的时候，曾住在慕尼黑。他曾是小提琴家，天赋极高。他放弃经商，在慕尼黑大学读音乐系，追求音乐梦想。慕尼黑市中心对于他来说就像个老友一般，他熟悉每一条街、每一条小巷、每一幢建筑。现在，他只能看到层层废墟上面楼房的空壳。司机在一片残骸当中艰难行进，卡车也随之摇摆颠簸，在碎砖和已经填满的炸弹坑中跌撞地前行。

驶离慕尼黑后，佩恩·贝斯特观察行驶方向。如果他们向东南行进，开往希特勒的藏身处贝希特斯加登（Berchtes-gaden），那党卫队和希特勒青年团口中的最后据点在哪里？他们会向西开往博登湖的瑞士边境吗？路旁平行流淌着一条河流，佩恩·贝斯特认出这是伊萨河。这就意味着他们正向南开往沃尔夫拉茨豪森（Wolfratshausen），南部就只能是因斯布鲁克和阿尔卑斯山。

然而，佩恩·贝斯特这次错了。这条河不是伊萨河，更可能是勒查赫河（Leitzach），向东南前往罗森海姆（Rosenheim）。夜深时分，他们到达了赫尔曼·戈林出生的小镇。罗森海姆坐落在因河（Inn）西岸，面积很大，遍布山墙式联排别墅和洋葱式圆顶教堂，是典型的巴伐利亚小镇，宁静而美丽。但名囚们在一片漆黑中却看不到美景。车队驶过时，空袭警报再次悲号起来。开第一辆卡车的司机被警报吓到，转错了弯，开到了一座被炸毁的因河桥上，只有几个残破的砖石墩子。

大车在狭长的道路上很难转过来。卡车里所有人得令下车，显然，士兵们认为名囚能帮忙指引司机转弯。所有的党卫队司机好像完全不会开车一样，无法将卡车转过来，警报的嗡鸣声加上愤怒的骂人声，党卫队士兵朝司机大吼，让他们加快速度，赶紧离开这个鬼地方，不然敌方飞机就要飞到这里，所有人都不能幸免。

佩恩·贝斯特发现道路旁边有一块空地，上面还有一片森林。一片黑暗之中，士兵的注意力又在别的地方，现在悄悄溜走，躲到树林里逃跑非常容易。但他遏制住了逃跑的欲望。他必须要考虑斯蒂勒和贝德对其他囚犯报复的可能性。

终于，车转了回来，名囚又上了车。司机带他们重新回到了既定路线，找到了离开小镇的正确方向。他们几乎还没驶到城外，第一颗炸弹就落下了，雷电一般击打着夜晚。

车队又驶入一片黑暗，向南朝奥地利行进。道路逐渐蜿蜒，沿着因河盘入阿尔卑斯山脚。司机笨拙地转来转去，坐在硬板凳上的佩恩·贝斯特因营养不良而瘦骨嶙峋的屁股变得极为痛苦。一次，车重重地撞向了路边的山墙，佩恩·贝斯特以为车要翻了。白天可能会有更惨的厄运。美国和英国军队在所有通向阿尔卑斯山的道路上都施行连续攻击，希望能切断德国军方向阿尔卑斯要塞的供给。

卡尔·康克在巴士中舒适多了，看着窗外的景色，很担心阿尔卑斯山后等待着他们的是什么。"我们在阿尔卑斯山的高地上停了一下,"他在日记中写道,"巨大的阿尔卑斯山在月光的照耀下美丽至极,冰川闪闪发亮,看上去如此静谧。这里会是我们的长眠之地吗?我们心里都清楚:我们是以人质的身份转移的。也许战争还会为我们延长。"

副主教纽豪斯尔很熟悉这片区域。午夜过后,他们穿过了尼登多夫(Niederndorf)、上奥多夫(Oberaudorf)和米尔巴赫(Mühlbach),米尔巴赫属于他曾经管辖的教区。"保佑住在这片我曾经工作的地方,这里的人,保佑在这里去世的人。"他在日记中写道。

理查德·施密特已多年没见过自己的祖国。回到家乡,他极为感慨。当他看到清晨第一缕阳光洒向熟悉的奥地利提洛尔之时,他感到心跳漏了一拍。很快,因斯布鲁克的天际线露了出来,城市坐落在宽广、陡峭的阿尔卑斯山谷,因河蜿蜒的流水环绕,周围是长有浓密森林的山坡。在如此背景的衬托下,景色煞是好看。

车队跨过河流,隆隆地穿过还在沉睡的清晨街道。所有车上的人都认为这里是他们的目的地,都看向外面。他们惊讶地发现,他们穿过了小城南郊,进入一片平坦的平原。佩恩·贝斯特想着他们是不是正如费雷罗所说,前往布伦纳山口(Brenner Pass)或是意大利。城外不远处,车队下了主路,上了小路,在一道铁丝网环绕、由党卫队哨兵看守的高耸大门前停下。大门油漆标志标明这里是赖兴瑙岛劳动教育营(Reichenau Work Education Camp)。哨兵打开大门,车队开了进来。名囚们到达了他们神秘的目的地。

Hitler's Last Plot

第十四章
因斯布鲁克特殊仓

奥地利赖兴瑙岛，4月26日，星期四

卡车的后门砸了下来。佩恩·贝斯特四肢疼痛、疲惫不堪，从车上爬下来。他周围的人也下了车，困惑、惊愕地看着四周。这是个营地，但与原来他们见过的所有营地都不同，没有看守塔，而且面积很小，只有十几幢楼，像是荒废了一般诡异且恐怖。

赖兴瑙岛劳动教育营坐落在因斯布鲁克外围，紧靠因河南岸，成立之初曾是盖世太保拘留所，也是奥地利"反社会"囚犯劳改营。赖兴瑙岛最近才被清空，重新划归到广阔的达豪下属的分营地系统之中。现在正式改名为党卫队因斯布鲁克特殊仓（SS-Sonderlager Innsbruck），主要目的只有一个：容纳从达豪疏散来的名囚。自北至南，阿尔卑斯山的美丽景色和阴冷、荒凉的营地反差极大，好似被巨大的堡垒墙壁包围起来。如果佩恩·贝斯特得知今天洛塔尔·罗德终于在罗特梅尔的帮助下成功脱逃了，一定十分开心。但现在，即便他成功见到美国人，又有何用呢？

下车之后，名囚们被带到大门旁边的士兵食堂。他们吃了面包和香肠，就着随处可见的德国榛子咖啡。太阳刚刚升起，囚犯经历了一夜奔波和压力，已经太过疲惫，无法做任何事情，只能瘫软地趴在桌子上，无心再担心自己的安危。他们睡了几个小时，最后被叫到屋外。

他们跟跟跄跄地站起，走到了屋外美丽的春日清晨光景之中。山上的天空蔚蓝而清澈，气温已如仲夏一般温暖。因斯布鲁克的教堂尖顶在绿茵山坡的衬托下清晰可见。佩恩·贝斯特闻到了一股恶臭，发现食堂对面就是厕所。他看见一位"稻草色头发，穿着卡其色衬衫和裤子的人"进去了。外表如此奇怪的人只能是英国人，于是佩恩·贝斯特上前介绍了自己。

这位稻草色头发的囚犯就是"疯狂杰克"。佩恩·贝斯特从未见过他，但在德国报纸中读过他被逮捕的报道。报道错将这位突击队队长当作英国首相的近亲，高歌称赞逮捕他为巨大收获。

两位英国最为著名的间谍特别行动处人员在天气爽朗、景色优美的集中营厕所外的奇妙会面突然被打断了。两人只简单聊了两句，给对方讲了讲他们如何过来，随后守卫命令佩恩·贝斯特回去。

***

"疯狂杰克"·丘吉尔回到营地，说来了一群新名囚。"翼"·戴、"吉米"·詹姆斯等其他大逃亡人员，彼得·丘吉尔等军队囚犯，以及曾经的英国驻保加利亚大使馆职工沃迪姆·格林威治，已在此停留八天。他们到达时，山间清晨的景色很美丽。仓促改名的党卫队因斯布鲁克特殊仓大门上仍刻着原本的名字。厕所只是挖开的地坑,味道极臭,在春天阳光的照射下臭得令人无法忍受,恶臭的气味弥漫营地。营房中满是老鼠,床垫和床单上也爬满虱子。

戴和同伴刚到这里时,常住的囚犯不到50名,所以整片营地荒凉得令人绝望。党卫队上级突击队领袖埃德加·斯蒂勒对这里的环境感到厌恶,花了很长时间和当局辩驳,用电报和电话联系达豪,要求转移关押地点,但毫无用处。他最终放弃了,也因害怕被派遣到阿尔卑斯要塞而回到了达豪。第一晚,囚犯通过唱歌来给自己打气,讽刺地庆祝乔迁新家,但他们的庆祝被暂住在旁边隔间的保安局守卫巨大的拍墙声打断。一个声音从薄薄的隔断后传来:"闭嘴!唱得这么难听还让人怎么睡?"

"疯狂杰克"·丘吉尔也敲墙回礼。"你也闭嘴!"他吼道,"你们唱进行曲唱到战败了吧,也该让你们听听怎么好好唱歌了。"

他们彻夜高歌。

赖兴瑙岛就像缩小版的弗罗森堡集中营。常住囚犯人数相对较少,每天清晨送去劳动,天黑后回来时累得几乎站不起来。他们常常挨饿,经受鞭打,待遇甚至还不如牲畜。

接下来的一天,"翼"·戴仔细揣摩了他们的境况。虽然党卫队系统正分崩离析,纪律逐渐散漫,但党卫队或希特勒突然决定大规模屠杀名囚的可能性却也只增不减。盟军进军越接近,纳粹越可能被逼上绝境,这种可能性更大。以戴多年抵抗战俘营体系的囚犯反抗经验和直觉来看,应当越早越狱越好。

然而，计划的问题在4月26日时显露出来。那天，几十名神职人员、律师、被贬的皇室人员等人来到了达豪。戴在达豪的妓院大楼、弗罗森堡和萨克森豪森都简短地和他们碰过面，在他看来，这群人似乎和那群英国盟军军事人员不太一样。他们都"不想逃跑"。大多数囚犯经历了太久的折磨和恐吓，让他们几乎每个人都只能想到两种被动的结果：要么服从党卫队，要么被盟军解放。

而且，他们大部分人都曾离死亡非常近，所以很不愿意再去冒险。正如费罗拉所言，如果只有几个人逃跑，则剩下的人很可能被报复，但所有人的大规模逃亡操作起来非常困难，几乎不可能鼓动所有囚犯。如果他们被带到意大利南部的提洛尔地区，可能性或许更大，因为那里包围着费罗拉的游击队友军。但"翼"·戴看来，似乎太不切实际，而且他越来越怀疑费罗拉保证游击队员能拯救他们的可靠性。

***

新来的名囚住进牢房后，佩恩·贝斯特来到了"翼"·戴暂居的营房，向他们介绍了自己。他已经见过"疯狂杰克"，于是便向英国特别行动处特工彼得·丘吉尔和"翼"·戴，"吉米"·詹姆斯、悉尼·道斯和莱蒙德·梵·维米尔茨等大逃亡囚犯，一些希腊前陆军总参谋长亚历山大·帕帕戈斯的军官、四位爱尔兰士兵和曾经服役于英国皇家空军特殊行动中两位波兰空军简·伊茨伊奇（Jan Izycki）和斯坦尼斯瓦夫·延森（Stanislaw Jensen）介绍自己。

佩恩·贝斯特见到他们非常开心，特别是见到英国人再聊上一整天。五年半来，他第一次有机会自由地、面对面地和他自己国家的人交流，但是他也深深地震撼于囚犯之中极富战斗精神的英雄们。虽然他们对佩恩·贝斯特这位年迈的特工很好、很友善，但贝斯特心底还是很羞愧。那些囚犯一次又一次越狱，而"我除了在自己牢房里好吃好喝，活得好似贵宾犬以外，什么都没做"。"翼"·戴等人没有和他大谈特谈，相反，一直询问贝斯特在萨克森豪森牢房中的经历。他怀疑他们只是假装显露出兴趣，便愈发感觉抬不起头了。

一位集中营囚犯带来了晚饭。佩恩·贝斯特看到晚饭是由集中营花园里的浇水推车运来的，是标准的水煮甜菜和其他蔬菜。随后，他们睡觉了。营地里的人太少，每人都能分到一整张床铺。佩恩·贝斯特似乎一直不怕虫蚊叮咬，是唯一一个经受住虱子骚扰还能入睡的人。第二天早晨，法肯豪森及其隔壁房间的汤玛斯将军都埋怨，简直要被虱子吞噬了。

接下来的一天，佩恩·贝斯特在赖兴瑙岛四处打探。长期住在这里的囚犯人员混杂，非常奇怪。就他所知，大多都是因法国反抗行动被捕的人员，所有人都衣衫褴褛。女性占大多数，似乎非常精神，对待守卫的态度非常恶劣，公然顶嘴。她们看到新到的名囚，也大叫着埋怨他们整洁、完好的衣着。

佩恩·贝斯特注意到另一群囚犯在被围起来的厨房花园中工

作。格林威治设法和他们搭上了话,发现他们是美国空军,在击落之后被俘。他们成为劳改营囚犯的原因仍令名囚们困惑。党卫队对待美国人态度极为恶劣,他们通常忍饥挨饿。看到他们瘦骨嶙峋的身体痛苦且缓慢地在花园中劳作,令人心痛,好像最轻微的动作也会消耗掉他们身体中所剩无几的能量。

与很多同伴一样,他们还没意识到,这些美国人只不过是党卫队在集中营关押、虐待、杀戮的众多美国盟军囚犯中的一小部分。

***

达豪,4月26日,星期四

第二次转移车队离开之后,几十名名囚仍滞留在达豪,其中包括掩体大楼、妓院大楼和大多数住在党卫军营房中的亲属囚犯。

囚犯们心情复杂,一边是盟军不断进军的希望,一边是党卫队日渐高涨的焦虑和恐慌,他们不知道未来究竟会如何:获得营救还是遭到报复?地平线上炮弹不断的巨响和闪光以及滚滚的浓烟告诉他们,如果战争在达豪上空打响,解放可能对他们只是噩耗。

前奥地利总理库尔特·冯·舒施尼格在他掩体房间中打开日记本,读了读过去几天的日记。"没人告诉我们,他们会如何处置留在达豪的人。"他在"翼"·戴离开后的一星期前时写道,"有人说,我们也会被撤离;还有流言称,国际红十字会会占领整个集中营。当然，这种情况最为理想，但是我已经吃够了高兴太早的教训，不敢相信。"

两天之后的4月22日，星期日，"我们在等待"。

4月25日，星期三，当第二拨囚犯离开时，"我们仍在等待"。

同一天的晚些时候，舒施尼格翻回同一页，又写下两个字："疏散！"

同一天早晨，党卫队上级突击队领袖埃德加·斯蒂勒开始集合最后即第三批从达豪出发的名囚。任务本就极为复杂，被达豪逐渐崩溃的管理体系搞得更为艰难。几天以来，美国人一直都在其以北25英里的地方进行袭击。每天撤离上千名囚犯的工作让整个集中营陷入大混乱，党卫队的工作人员开始放弃。一组人燃烧了党卫队自己抓来使用的红十字会包裹之后逃跑了。在愈发杂乱混沌的状态下进行转移本身就是一场恶战。

除了库尔特、薇拉和茜茜·冯·舒施尼格以外，在达豪的还有莱昂和琼·布鲁姆、埃里希和玛戈·赫伯莱恩、弗里茨和艾米丽·蒂森、格特鲁德·哈尔德，加上几位亲属囚犯，包括吉塞拉·冯·普利登堡女伯爵（Countess Gisela von Plettenberg）和伊莎·维尔梅伦。留在掩体中的还有西格蒙德·拉舍尔博士，他格外害怕被盟军"解放"。

在铁丝网外面的医院营房中，亲属囚犯们能看到更多营地活动，在过去几天目睹了种种可怕的景象：从布痕瓦尔德来的众多疏散的囚犯在路上死亡，到达豪时只剩尸体；上千名刚到的囚犯被迫走出大门继续南进。菲·皮罗兹奥-比罗里思索着，这惨绝人寰又毫无用处的虐待目的是什么？她和其他囚犯本以为，达豪已被完全包围，除了等待美国人的到来，也没什么其他可做的了。又一则转移的命令到来时，菲简直不敢相信自己的耳朵。"准备疏散！"贝德的手下叫喊着，"只带上能带的行李！"

亲属囚犯疲惫地收起最珍贵的行李，放在用床单临时系成的包裹之中。菲极为疲惫，拖着脚步蹚过党卫队营房走到集中营大门，整个过程宛如炼狱。他们走过一排又一排瘦骨嶙峋的囚犯，那些人准备好走上死亡的征途，困惑地看着宛如游牧民族沙漠的车队一般的名囚队伍。名囚们肩上扛着的锅碗瓢盆，撞得叮当作响，党卫队在队伍后吼叫着，逼着他们前进。

类似的队伍也从掩体走到大门。每个人只带能带的物件。母亲用手牵着孩子。当他们来到点名广场时，名囚见到一大批已经排好队列的囚犯在党卫军的带领下走向大门，好像一群战败的幽灵军队一般，穿着破烂不堪的鞋子或者木屐，散发出一阵没有清洗过身体和衣服的恶臭。"我们能时不时听到此起彼伏的交谈声，"舒施尼格回忆道，"听上去好像是暴风雨最后的嗡鸣，或者前兆。"门外没有车等待着这些可怜的人们，只有漫长痛苦的征途，许多人都挨不过，任何掉队或走偏的人都会被枪决。舒施尼格发现很多人都是奥地利人，那些曾经受他统治的人民（舒施尼格也曾是法西斯，所以也有许多曾受他压迫的人）。

党卫队将名囚指引到人群旁边的一段狭窄的露天过道上，他们走向大门。两群人经过时，舒施尼格发现"一只累得颤颤巍巍的手从人群中伸了出来,有个熟悉的脸庞看着他露出了疲惫的笑容",那是只表达问候的手。"他们是我们的朋友,"舒施尼格随后写道,"是人类……是男人、女人……是奥地利人。"和本国人民互动的记忆令他刻骨铭心:"可能是多年来令我最难以忘怀的时刻。"

大门外,三辆巴士成排等候。到处都忙乱不堪,党卫队士兵来来去去,摩托车和汽车奔驰过附近的铁路转运货运院。囚犯的行李堆积起来,士兵的包裹也堆在旁边,还有一堆军火箱。军队大楼旁的一辆卡车上正装载大盒子,士兵称,里面装着他们的食品,然而名囚再也没见过这辆卡车。

亲属囚犯到达大门的时候,掩体囚犯基本上已将车填满。他们必须挤满所有空间。菲被举到卡车尾门处,那里的人已经多到只能在板凳之间站立,俯着身子防止头撞到撑着篷布的横梁。

三辆巴士和一辆卡车在所有囚犯上车之前就已经爆满,然而已经没有其他车辆给他们使用了。斯蒂勒的守卫扯下了一些年轻力壮的人,让他们回到大门里面跟普通囚犯一起行进。其中就有卡尔·格德勒22岁的儿子莱茵哈德·格德勒(Reinhard Goerdeler)。他被迫和母亲、姐妹分离,被派到了注定走向死亡的人群中。玛丽亚·冯·哈默施泰因的儿子弗朗茨也被带走,还有24岁的小马克沃特·施道芬贝格陆军少校迪特里希·沙茨(Markwart von Stauffenberg Jr. Major Dietrich Schatz),他是一位忠诚的纳粹军官,曾在雷根斯堡大声愤怒地反对被俘。现在,他也加入到死亡征途之中。

菲惋惜地看着这些年轻人离开，斯蒂勒手下一支特遣队看管着他们。她不知道是否还会见到他们。人群向外走的时候，车没有走动。菲看到几个太过虚弱而无法继续行进的囚犯跪了下来。党卫队士兵冲他们喊叫，用来复枪枪把击打他们，好像如果他们站不起来，就会朝他们的脖子后方开枪一般。年轻的亲属囚犯比大多数人都更为健壮，但如果他们跌倒了，恐怕也会像其他人一样吃子弹。菲强忍着呕吐的欲望，心想，党卫军会怎么处理这些早已被毁掉的人？

希姆莱的计划是将他们带到奥地利提洛尔的厄茨山谷，去战斗机试验基地劳作——最终，只会有几个人真正踏上奥地利的领土。

所有名囚们聚齐，前方道路清空之时已经将近午夜。菲非常痛心地看到"卑鄙的贝德"（"囚犯们觉得他什么事情都做得出来"）和更友好的斯蒂勒也要和他们一起去。茜茜在库尔特和薇拉·冯·舒施尼格的旁边，倒在薇拉的大腿上昏昏欲睡。夜晚太过黑暗，很难认出谁是谁，人们非常安静。而行李卡车中的情况不同，伊莎·维尔梅伦和其他几个党卫队士兵坐在行李箱和包裹堆中，还有威廉·维辛泰纳和保罗·瓦屋尔两位监狱职工，他们本来自愿去第二批转移队伍，但在最后一刻被叫了下来。维辛泰纳被叫来做厨师，但是他有种极为不祥的预感，他可能撑不过整个行程。他在达豪的日子太久，知道太多可怕的秘密和暴行。"我知道的太多了。"他向伊莎说道，"他们也对此了然于胸。"

从党卫队大楼离开向南行驶，车队驶过了一群筋疲力尽的人。玛丽-加布里尔·冯·施道芬贝格（Marie-Gabriele von Stauffenberg）看到了和他们一起行进的五名名囚，她也和菲一样，心想他们的命运如何。一个小时后，车队才到达宽敞的大路，驶过行进的人群。

名囚在一片漆黑之中，没有看到慕尼黑一片狼藉的景象。后来，他们比前两队的人经受了更多苦难。小型车队缓慢稳健地向阿尔卑斯山行驶，与第二批转移人员走相同的方向，穿过罗森海姆。路上全是无尽的难民和囚犯。头上还时不时飞过轰炸机，他们经过的每一个小镇都已是一片废墟。盘桓上山时，道路变得更窄、更陡，虽然名囚们看不到外面的景色，却能感受到阿尔卑斯山冷峻的空气。超载的车辆必须常常停下，有时前进太过艰难，囚犯必须下车，在车旁走路行进。还有一次，他们必须把车推上陡峭的山坡。

借一次走路的机会，菲和库尔特·冯·舒施尼格攀谈起来，他可能是希特勒名囚中最声名显赫的一位，菲却觉得他有些少言寡语，感觉好像隐藏着一段极为痛苦的时光，希望能帮他走出来。然而，他虽已与世隔绝多年，灵光的头脑却仍然好奇地探索着。舒施尼格已经被关七年，菲本以为他对世界的观点和信息早已过时，但她发现他仍然紧跟时事，完全敏锐地洞察纳粹战败后欧洲面临的种种困难。苏联最近针对欧洲的袭击令他困扰，毕竟苏联一旦入侵欧洲，就不会再离开。

舒施尼格向菲坦白，有时他会抑郁；她也猜测，他的妻子一定给予了他很大的慰藉。菲认为薇拉很坚强,一直保持乐观的心态,人也极为慷慨。两位女士一边拖着疲惫的身躯上山一边交谈。薇拉还抱着茜茜,向菲讲述,她是如何在丈夫被俘的情况下产下孩子,又是如何跟随丈夫来到萨克森豪森的。她也坦白,在转移到弗罗森堡,接触到外面可怕的暴行之后,她开始紧张起来。他们的大楼离行刑棚不远,常常能听到士兵命令囚犯脱衣服,囚犯祈求帮助和慈悲,以及最终被枪决的声音,随后陷入一片死寂。

菲作为大使的女儿,很喜欢与正直、伟大的人打交道。那一晚,她向莱昂和琼·布鲁姆介绍了自己。令她欣慰的是,布鲁姆一下子就认出她的娘家姓:哈塞尔,还回想起了她的父亲——德国驻意大利前大使乌尔里希·冯·哈塞尔,1944年9月,他因"七月阴谋"被枪决。菲注意到布鲁姆看上去很苍老,因为有坐骨神经疾病,腿脚瘸着,只能靠拄拐走路。她也震惊于布鲁姆的谦虚、谨慎和平易近人,震惊于琼和薇拉·冯·舒施尼格一样,愿意跟随丈夫一起被关押的奉献精神。虽然布鲁姆是犹太人,对德国人却并无敌意,他认为德国只不过是染上了纳粹主义的疾病,和欧洲其他几个国家一样,和他自己的同胞一样。相较于右翼思想的舒施尼格,身为社会党的他对欧洲未来较为乐观。只要将重点放在国际合作,纳粹主义和法西斯主义就会消失。

终于,劳累的攀爬结束,开始了下山的路。清晨的阳光照亮了阿尔卑斯山美丽而动人的景色,慰藉着名囚疲惫不堪的双眼。菲太过劳累,她在板凳上几乎直不起身子。

清新、晴朗的春日早晨，气温已经温暖如夏日，车队穿过因斯布鲁克，开到了赖兴瑙岛的大门。大门敞开，车队驶入集中营。菲已基本没有力气从卡车上下来。她发现自己置身于臭气熏天的石子庭院中，几十人站在那里看着他们。菲认出那群人里，有在尚贝格学校认识的人。两群囚犯愉快地和对方打招呼。对菲来说，感觉好像是"生日惊喜派对"一般，守卫也没有阻止他们。

老友重聚，新人相见。萨克森豪森的战俘犯比其他的名囚们更与世隔绝，于是见到了许多新的面孔，也对见到库尔特和薇拉·冯·舒施尼格和原来在特殊仓的秘密邻居蒂森一家人感到格外开心。

彼得·丘吉尔数了数人，得出不太精准数量：名囚总共132名，来自22个国家。一直留意名囚的"翼"·戴得出了与彼得稍微不同的结论：总共136人。事实上，名囚一共139人，每人都是无价之宝，但是每人都是第三帝国的人质。短暂集结之后，名囚总算第一次完全聚在一起。

***

实际上，并不是所有名囚都在赖兴瑙岛。达豪第三批转移队伍离开之后，西格蒙德·拉舍尔博士一人被留在了掩体牢房中。大楼已被疏散，虽然达豪其他地方仍然喧闹不断，但被两条长长的铁门隔绝的走廊，荒凉、安静得十分诡异。

当天早些时候，拉舍尔注意到包围其他名囚离开的人群，开始询问处死格奥尔格·艾尔塞、对佩恩·贝斯特十分友好的音乐爱好者莱克纳，自己是否会和他们一起走。莱克纳说，如果拉舍尔走的话，定会告诉他；然而时间过去了，拉舍尔牢房外的声音消逝了，也没有人前来释放他。时间一分一秒地流逝。

晚上 7 点左右，第三次撤离还在门外进行之时，掩体的电话响了。莱克纳拿起话筒，听到了党卫队上级小队领袖西奥多·博戈尔兹令人胆寒的声音，他是焚尸炉的管理人员，也是格奥尔格·艾尔塞的行刑官。他命令莱克纳将除拉舍尔以外的所有囚犯引到花园中，莱克纳说不可能，他是唯一一位值班守卫。有些名囚还在前往巴士的路上，还有上千名在点名广场上等待的普通囚犯。

过了一会儿，博戈尔兹来了掩体。即便是最好的状态，他看上去也是丑陋至极：皮肤光滑，恶魔一般的脸上长着一只又长又弯的鼻子，一双眉毛十分浓密，嘴角总是下垂，眼神就像两颗潮湿的石头一样又亮又凶。和他一起来的是臭名昭著的墓地管理人员埃米尔·马尔。他是达豪的绞刑手。博戈尔兹在莱克纳面前将子弹上了膛，声音很响，再次要求莱克纳把掩体里所有囚犯撤离走，只留下拉舍尔。

莱克纳再次拒绝了，因为他无法保证看守囚犯的安全。博戈尔兹亲自审视了情况以后，理解了他的难处。他下令，让莱克纳将拉舍尔带到走廊最东侧，即分割其他房间的大铁门后面。这次，莱克纳已经很清楚博戈尔兹要做什么了。

拉舍尔听到急促的脚步声和牢房门吱呀打开的声音，吓了一跳。他站了起来，莱克纳将他带出牢房，沿着走廊前行。博戈尔兹和马尔紧随其后。他们穿过了铁门，走进了东侧尽头的空隔间中，推了一把拉舍尔，将他锁进了最远处的牢房。博戈尔兹命令莱克纳离开。

莱克纳走出后关上铁门。他完全清楚会发生什么。他透过门上的窥视孔看到马尔打开了牢房的送餐口，博戈尔兹把枪放了进去。三声震耳欲聋的枪声回响在幽闭的房间里。博戈尔兹倚着送餐口说："你这个猪头，现在终于尝到报应了。"（他的蔑视更可能是源自拉舍尔对纳粹政权的背叛，而非他犯下的反人类罪恶。）两人打开牢房大门走了进去，博戈尔兹提了提死尸，命令马尔燃起焚尸炉。

西格蒙德·拉舍尔死在达豪党卫军手下，结局适得其所，甚至有些古怪。他曾在这里以研究的名义残害了太多无辜的囚犯。虽然拉舍尔犯下过滔天罪行，西格蒙德·佩恩·贝斯特得知拉舍尔死亡的消息之时心中还是五味杂陈。毫无疑问，他清楚拉舍尔的确应当为他犯下的罪行受到惩罚，如果落入盟军手中，恐怕也是绞刑的命运，然而佩恩·贝斯特依然为一起坐过牢的狱友感到心酸："我们一起经历了太多苦难，他总是举止绅士而礼貌，也一直是我们忠实的同志。"人类经历极端痛苦时，的确会产生如此奇怪的情感。

Hitler's Last Plot

第十五章
离开德意志帝国

奥地利，4月27日，星期五

明媚白昼的最后一抹阳光在阿尔卑斯山间隐去，长长的卡车巴士车队驶离宽广的因河河谷，经过两侧高耸的山墙挤出的锡尔河河谷，山路蜿蜒且陡峭。

名囚坐在车中回顾一天的经历，心中惋惜与思念交杂。这一天，大多数人倍感惊喜，而一些人的愉悦和开心中掺杂了些许恐惧。所有囚犯都聚集在了赖兴瑙岛营地，认识、熟悉新朋友，与老友和熟识的面孔重聚。然而，最终，他们又要紧急上车，被转移到另一处。

这次，他们收到的通知信息比以前更少。夜晚时分，党卫队上级突击队领袖埃德加·斯蒂勒要求他们转移。不到15分钟，他们就被赶上了几辆巴士和卡车，有些是从因斯布鲁克开来的，后面跟着一辆军需卡车。

装货时间拖得很长，名囚烦躁起来。佩恩·贝斯特下定决心，不会再让自己多坐在卡车硬座上一秒，与斯蒂勒争吵起来；斯蒂勒仍执意让他与史蒂文斯分开，而狡猾的特工史蒂文斯早已很快上了一辆舒适的巴士。佩恩·贝斯特坚决指出，史蒂文斯比他小10岁,这次应当让他挨一挨木板凳的苦。约翰·麦克格拉斯中校也支持贝斯特,最终斯蒂勒同意了。史蒂文斯被移走,佩恩·贝斯特终于心满意足地将身子陷到柔软、奢华的座椅上。囚犯生涯让他瘦骨嶙峋,如果再让他坐在硬板凳上的话,恐怕骨头都要穿破皮了。

名囚史诗般艰苦跋涉的最后一章蒙上了一层紧张、迷惘和不祥的迷雾。当天,神秘消失的党卫队下级突击队领袖贝德及其20名士兵突然出现在赖兴瑙岛。与斯蒂勒从达豪带来的30余个骷髅旗队士兵不同,虽然骷髅旗队的名字听上去可怕,却相对冷漠、克制。贝德带领的士兵却被视为行刑兵,是名副其实的死亡之队,所有囚犯都害怕他们。威廉·维辛泰纳听到一位名囚害怕地担心会被关在赖兴瑙岛数月时,说:"别担心,之前他们就把我们枪毙了。""吉米"·詹姆斯看到贝德的手下时,觉得维辛泰纳的猜测不无道理。佩恩·贝斯特也很难相信,唯一职责就是残杀无用囚犯的死亡之队被派来时,党卫队的本意还是给名囚留条活路。

下午,不祥的预感更强烈了。贝德到来后,晚上接到上车的命令之前,名囚突然被锁在营房内。两小时寂静后,他们又突然受命出了营房。后来,他们发现三名奥地利反抗带头人被执行绞刑。名囚重新聚在一起时,死亡将至的感觉再次燃起,他们上车时也忧心忡忡。"翼"·戴和"吉米"·詹姆斯发现党卫队军需卡车上装上了几箱手榴弹;如果几颗手榴弹投到车队中,就会很快让他们走向黄泉路。有些手榴弹的确被放上了巴士。伊莎·维尔梅伦带着她宝贝的手风琴上车时，发现车上至少有一箱。

菲·皮罗兹奥－比罗里和舒施尼格一家、布鲁姆一家、马丁·尼莫拉、博吉斯拉夫·冯·博宁等亲属囚犯登上了同一辆巴士。菲花了整个下午疯狂地询问德国囚犯关于她的孩子的下落。她只能姑且认为两个儿子还在党卫队手中，但囚犯对他们的下落和情况一无所知。她只知道了一则令她更为痛苦的消息：党卫队把一些孩子关在了特殊机构中，有时会把他们的名字换掉，送给忠贞的雅利安纳粹家族寄养。最后，菲不再问了，她不仅什么都问不到，而且能感到，其他的囚犯每人都有难处，不愿再因别人而烦扰了。

彼得·丘吉尔和菲坐同一辆车，也整天搜寻情人奥黛特·桑逊的消息，她是英国特别行动处的法国情报员，和他一同在法国被俘。伊莎·维尔梅伦的话让他开始寻找奥黛特。伊莎听说，名囚中有两人叫丘吉尔，就向彼得介绍了自己，并问他的妻子是否在拉文斯布吕克集中营，伊莎在拉文斯布吕克集中营被关过一阵。她向他描述了一位在集中营认识的法国女性，党卫队给她起了假名"舒尔女士（Frau Schurer）"。然而这位女性称自己的真名是奥黛特。从她的描述中，丘吉尔肯定一定是她。伊莎称，就她所知，奥黛特"身体很健康，精神也好"，但另一位卡纳里斯反抗队伍中的名囚威廉·冯·弗鲁格（Wilhelm von Flügge）知道得更多，他曾一直被关在拉文斯布吕克集中营，因此更熟悉奥黛特。丘吉尔在赖兴瑙岛和他住在同一营房的不同隔间中，已经认识他。

他在营房中找到弗鲁格，给他看了一张随身携带的奥黛特照片。这是弗鲁格认识的舒尔女士吗？

弗鲁格仔细看了看照片，但摇了摇头，递了回去。"抱歉，"他说，"她不是我认识的那位女士。"他看到丘吉尔失望的神情时，又把照片要了回去。"对，对，"他说，"可能是她……关在监狱里的人样貌会大变的……原谅我，亲爱的丘吉尔。"说完后，他就把照片递了回去，站起身，不悦地走出了房间。

丘吉尔孤零零地坐着，脑中满是恐惧，担忧逐渐转为失望。盖世太保带她走后，分隔两地的不安心痛涌上心头。战争即将结束，他无论如何都要找寻到她，虽然他对此既渴望又害怕。他对自己说，不论对奥黛特还是自己，沮丧、苦恼都没有好处。他试想，如果她还活着，至少还能照顾她，帮她忘记让她变得与照片如此不同的惨痛经历。

库尔特·冯·舒施尼格在赖兴瑙岛的一天喜忧参半，被俘以来，他第一次踏上奥地利土地。他试着克制自己仔细端详奥地利美景的欲望，只因激起的情感会打破他的自控力，粉碎他顽固的尊严。

赖兴瑙岛的名囚中有许多他的老友，最开心的莫过于与理查德·施密茨重逢，和他再次握手。舒施尼格惊讶地看到，长久的监禁让这位前市长变得如此衰老和疲惫。"看到他们和我的老友，"他在日记中写道，"我不得不联想到这些年来，成千上万人经历着类似折磨与苦楚。"他也反思，虽然自己和家人等名囚仍然活着，但"更多人、有太多人已不在人世。与人类永无止境的痛苦相比,我个人太过渺小、微不足道"。

夜晚,车队沿着锡尔河蜿蜒前行,逆着流水开上了高耸的阿尔卑斯山。巴士拥挤不堪,时速从未超过 15 英里,艰难地爬着陡峭的山路。路上走着许多意大利奴役和逃犯,个个冒着死亡的风险长途跋涉,向家乡的方向走着。同时,德国难民和逃兵向着相反的方向行进。

名囚与背井离乡的意大利人一起,朝着连接奥地利和意大利,形状宛如长刀一般的布伦纳山口前进。对于斯蒂勒来说,他要绝望地借此行在幽灵一般的阿尔卑斯要塞中寻找藏身之地,等待决定名囚命运的军令。德国军队已经全面崩溃,从盟军进攻的一面撤退,就会遇到另一波进攻。

盟军为防止德军撤至阿尔卑斯要塞,一次又一次轰炸通往意大利的路。接近山口时,路上挤满了向两个方向行进的难民、士兵,还堵着许多巴士、卡车和各式军车。车辆挨得太近,一名党卫队士兵在两辆车擦过时,擦掉了半只胳膊。

虽然命运未卜,但与菲和舒施尼格一家在一辆车上的英国囚犯却设法营造出欢乐的氛围。这些永不屈服的战士对战争即将结束感到非常欣慰,也通过唱歌给囚犯打气。伊莎·维尔梅伦拿出手风琴,奏出一个个和弦,爱尔兰的汤玛斯·库什中士一边领唱,一边敲着盆子、锅子,结果听上去好似一场带有柏林卡巴莱风情的英国海边远足。

车队刚驶到布伦纳山口时已经接近凌晨,惨白的月亮洒下月光,照亮山间,也给布伦纳山口马特赖(Matrei am Brenner)

村庄的一片废墟照出了诡异之影。那时，歌唱的巴士快要坏了，于是整个车队停下来。那辆车一直拖着另一辆很重的客运拖车，已无法在陡峭的路上承受重量。

巴士在路边停下，菲看着诡异月光下，一个个难民的身影在她眼前一步步走过。在她眼中，这光景只有荒凉和悲伤。

***

车队艰难地爬向布伦纳山口时，最后一群囚犯撤离达豪。第二天晚上之前，达豪集中营会一直回响空袭警报，这次不仅是宣告盟军轰炸机的到来，也昭示着美国陆军在接近。上级突击队大队领袖爱德华·魏特及士兵已经逃离集中营，美其名曰应帝国安全总局局长恩斯特·卡尔滕布鲁纳的命令，在阿尔卑斯要塞集合，但更迫切的原因是自保。

4月28日星期六晚间，管理集中营并准备应对盟军到来的国际囚犯委员会成立了。第二天下午，美国士兵终于到达达豪。第一位进入集中营的是亚历山大·帕奇将军，随后是美国第7集团军、第45步兵师、第157步兵团、第3营的士兵。当天下午，第42步兵师中另外几组小队也抵达达豪。

他们眼前是一片人间地狱。甚至在还未进入集中营前，他们就看到货运火车车厢中堆满2000多具尸体。集中营里更是尸横遍野。还有3.2万名幸存者，许多都濒临死亡，解放后也撑不了多久。

目睹达豪惨状的美国大兵们永远忘不掉此情此景。"这景象令人作呕，"一位美国军官写道，"景象简直太过疯狂，我们除了握紧拳头，什么都做不了。"

***

布伦纳山口，4月28日，星期六

时近清晨，车队仍停在路边，等待替换车辆的到来。天气十分寒冷，因河山谷春日的温暖已被高海拔四季如冬的寒冷取代。

巴士里，英国囚犯仍然高歌着。伊莎·维尔梅伦艰难地挤出《梦碎大道》几个忧郁的起调和弦，《梦碎大道》是康斯坦斯·贝内特（Constance Bennett）在1934年的电影《红磨坊》中唱的一首浪漫咏叹调，曲调伤感、悲戚。突然，巴士黑暗的角落中传来了库尔特·冯·舒施尼格尖锐而愤怒的声音，打断了歌声："这节骨眼上你们怎么还唱得出来？"

英国军官可以轻而易举地回答他的问题，但没人吭声。突然一片寂静，曾被歌声减缓的焦虑又开始侵蚀他们的心。他们静静坐着，看向外面被月光照得惨白的村庄废墟。走过废墟、如幽灵一般的难民，后背被肩上的行李和包裹压弯，有些人推着手推车，只有几个幸运儿有马和骡子。

一片寂静中，坐在大巴前部的彼得·丘吉尔听到贝德与另外几个满面刀疤的士兵和司机的谈话。他们谈论着，柏林现在一定是一片惨状。士兵越来越生气，说如果元首在战争中被杀，就在名囚身上报复。他低吼着:"把他们一个个杀个精光。"虽然丘吉尔和大多数名囚已从保安局士兵的脸上看出了这种情绪,但听他们说出口还是令人胆寒。他们只能暂时希望希特勒还活着。

其实,这种谈话不是第一次,博吉斯拉夫·冯·博宁上校和威廉姆·冯·弗鲁格也听到两位党卫队下士之间低沉的只言片语。一人问:"怎么处理等待处决的囚犯?"另一人说:"嗯,我们已经得令,在巴士下方放炸弹,要么早于……要么晚于……"接下来就听不到了。

神职人员卡尔·康克和慕尼黑副主教约翰·纽豪斯尔从巴士上下车,开始四处观察。他们与正在撤离的德国士兵交谈,得知向南行进非常不利。美国人已经到达特伦托,就在其南边90多英里,而且进军速度很快。康克和纽豪斯尔没有回到车上,在这诡异的废墟中缓慢行进;两人利用机会入住了仅存不多、没被炸毁的小楼,走进一家名叫韦斯罗索(the Weisse Rössl)的当地小旅馆。旅馆店主给了他们红酒、面包和香肠,得知他们的困境后,要求两人要么住在他家,要么就逃走。纽豪斯尔回答,不论最后结局如何凄惨,他都愿意和其他囚犯一起共担苦难,直至最后。

几个英国军官获得批准下车舒展筋骨。佩恩·贝斯特在被轰炸的混凝土掩体附近闲逛。在此战略的瓶颈时期,空袭每晚进行一次;有流言称,名囚是被故意被留在这里等待下一次空袭的,如此这般,士兵就能将他们都处死,然后将死亡归因于空袭。

"翼"·戴和"疯狂杰克"·丘吉尔对流言尚不知情，还站在路旁，认真地讨论逃跑的可能。最终，他们决定不逃跑，除了押送者可能会在其他囚犯身上施加报复以外，更重要的原因是他们已经走在逃跑机会最大的一条路上。

　　走回巴士时，戴发现党卫队上级突击队领袖埃德加·斯蒂勒站在车门旁。"希望你走得不错，飞机指挥官。"他讥讽地说道。戴觉得这句话语气与其说是质询，不如说是讥讽。

　　戴能感到斯蒂勒和贝德都不知道他们要怎么做，或该去哪里。理论上，两人的责任分配非常简单。斯蒂勒负责转移、安排牢房和名囚的总监管，所以应当做指挥。贝德只有一项职责：等柏林下达最终命令时，执行命令，最可能行刑。现在长官的命令是不要让名囚在任何情况下落入盟军手中。但与柏林的任何通信手段都已断开，党卫队困惑而混乱，很可能冒极大风险杀死囚犯，以便执行现有命令。

　　两人中，贝德算是更老练、冷血的杀手，似乎更可能毫不犹豫地将撤离行动变成大规模处刑行动。斯蒂勒的立场更为模糊。佩恩·贝斯特不是唯一一个建议他违背军令，将车队带向盟军前线的人；理查德·史蒂文斯也对他提出过相同建议。他们离开达豪时，史蒂文斯向斯蒂勒说："如果你搞得清状况，就把车队开向最近的美国军队，把我们平平安安地交过去。"但没有这么容易。斯蒂勒不需要史蒂文斯提醒，如果他穿上党卫队制服，被美军捉到，"他们一定会活剥了你的皮"。斯蒂勒考虑过史蒂文斯的建议，回答道："看看路上情况如何吧。"

而现在他们就在路上,大半夜车坏了。斯蒂勒将囚犯带到盟军的可能性已经微乎其微。虽然名义上说他的军衔高过贝德,但意志力没有那么坚定;相对于贝德的行刑兵来说,斯蒂勒的党卫队士兵不可靠。

终于,凌晨1点30分,因斯布鲁克的后备车到达,又花了两个小时才让所有掉队的囚犯集合并带上车。

阿尔卑斯山际线东方既白之际,车队开到了山口顶部,开始了意大利提洛尔地区漫长的下山之途。

Hitler's Last Plot

第十六章

黎明阴谋

从布伦纳山口撤退的德国军队来看，德国在意大利的军队比预想的顽强。盟军的进军进度也不像流言传得如此之快。在布伦纳山口马特赖，与卡尔·康克和纽豪斯尔交谈的士兵获得的信息有误；美国人还远远没到特伦托，而且每一步的前进都如履薄冰。

葡萄弹行动（Operation Grapeshot）是4月6日开始，由盟军第15集团军发起的春季攻势，战线从意大利西海岸的比萨以北地区延伸至东海岸的拉韦纳（Ravenna），穿过博洛尼亚（Bologna）以南地区和佛罗伦萨以北地区。美国第5军团（Fifth Army）和英联邦第8步兵师开始了针对性大规模攻势，旨在驱车深入伦巴第和威尼托，穿越亚平宁山脉北侧（Apennine mountains）和提洛尔阿尔卑斯南侧山脉（Tyrolean Alps）之间的广大平原。

第5军团一小队士兵冲上了西海岸的狭窄平原，英联邦第8步兵师在拉韦纳遇袭，美国主力仍滞留在意大利中部，停在博洛尼亚、摩德纳（Modena）和加尔达湖（Lake Garda）正对面的平原上。

美国军队在波河（river Po）附近受阻，但仅在短短几天内，向西北方向的布雷西亚（Brescia）和东北方向的帕多瓦（Padua）、威尼斯猛攻。中部地区，美国第85和第88步兵师左侧加入美军陆军第10山地师（the 10th Mountain Division），准备向北部的维罗纳和加尔达湖进军，笔直地进入党卫队关押名囚的南提洛尔地区。

4月26日，最后一批囚犯已从达豪撤离，前往南部的奥地利阿尔卑斯山。此时，美国第85"卡斯特将军"步兵师正轻而易举地经过德国在提洛尔南麓的维罗纳北部前线，但美军陆军第10山地师的任务是进军至布伦纳山口，却在离开亚平宁山脉时遇到了迄今为止最难以攻克的阻碍。德国士兵已炸毁主要通道，到了4月28日，第10山地师意识到如果不从北部通过陆路绕过加尔达湖，不可能到达布伦纳山口。那形状宛若枪尖一般，卧在山谷间的湖泊直指博尔扎诺和布伦纳，如果不能拿下加尔达湖，行军目标就将注定失败。

周六下午，运载人质的车队还在南下布伦纳山口时，第10山地师已经使用 DUKW 两栖装甲车和英国第178中型炮兵团的炮火攻占了加尔达湖。然而，军团还要两天才能到达湖的另一端，开始向第一个大型市镇特伦托进军。

行军进展已缓慢下来，只要名囚和盟军前线之间战火不停，他们的生命就时刻处于危机之中。

***

1945年4月28日,即盟军占领加尔达湖的同一天,对意大利人极富历史意义。这天,他们自封为"领袖"(duce)的前国家领导人死了,死得极其血腥残暴、屈辱不堪。贝尼托·墨索里尼和情人克拉雷塔·佩塔奇(Claretta Petacci)在意大利西北角、临近瑞士边境的科莫湖畔村舍中,被共产党游击队枪毙。两人原本希望通过安全路径到达西班牙,却在前一天试图穿过瑞士时被俘。两人的尸体被带向南部的米兰,在洛雷托广场(Piazzale Loreto)的人行道上陈列示众,随后倒吊在一废旧的埃索加油站大梁上。摄像机将整个过程记载在胶片上,昭示世界。

同时,仍被德军占领的意大利已垂死挣扎,名囚即将面对决定他们生死的重大事件。德国与盟军指挥官共同结束意大利战役的密谋即将拉开序幕。

1945年3月起,意大利高级党卫军军官与党卫队副总指挥卡尔·沃尔夫就开始秘密与盟军谈判,提出安排德军统一投降事宜。这些秘密往来均由几位密使完成,在中立国瑞士和德国占领意大利边境的几个隐秘处进行。其中两个极为隐秘的行动中,沃尔夫自己也伪装成平民,穿过瑞士边境,直接在波恩与美国中情局局长艾伦·杜勒斯对话。

虽然此举有拯救自己和提高个人地位之私心,但是沃尔夫也冒了极大的个人风险。在杜勒斯的要求下,他不遗余力地在党卫队意大利总部阁楼上安插一位美国战略情报局(OSS)无线电报务员,以此与杜勒斯和盟军在意大利的最高指挥官陆军元帅哈罗德·亚历山大(Field Marshal Harold Alexander)时刻保持联络。被指派的无线电报务员是捷克人,只知其名为"瓦里"(Wally),是曾经的达豪囚犯。瓦里收到一件党卫队军服和许多支香烟,便开始工作。他支起天线,与位于卡塞塔(Caserta)的盟军总部建立联系。唯一能够证明这位沃尔夫党卫队总部工作人员存在的证据,就是房间外的"未经党卫队副总指挥许可,不得进入!"标志。

杜勒斯和沃尔夫讨论了政治囚犯事宜。杜勒斯询问还有多少位囚犯被囚禁在意大利,沃尔夫不知情,但猜测大约有"几千名"不同国籍的囚犯。杜勒斯问,如果德国战败或投降,战俘的命运如何。"他们有可能被处死。"沃尔夫答道。杜勒斯确定了美国战略情报局已经获悉的事实:希特勒和希姆莱已下达密令处死政治囚犯,而非让他们活着回到盟军手中。"你会遵令吗?"杜勒斯问道。

沃尔夫起身,在会议室外的露台上踱来踱去。一会儿,他转过身回答:"不会。"他以自己的名誉担保,不会遵守任何一个处死囚犯的命令。然而,这与发誓保护囚犯不同,因为处死名囚的命令不会下达到他这里,而是直接下达给党卫队上级突击队领袖埃德加·斯蒂勒。

几位高级德国官员和军事指挥官已经知道卡尔·沃尔夫接近盟军,尤其是杜勒斯。他们根据此举的有利程度来决定是否支持沃尔夫。

其中一人是意大利战区空军元帅阿尔贝特·凯塞林，1945年3月转移指挥西部前线前，他一直是德国驻意大利军队C集团军群（Army Group C）的总指挥官。顶替他的海因里希·冯·维廷霍夫上校、其副官汉斯·罗蒂格少将（General Hans Röttiger）、马克西米利安·冯·玻尔空军上将（General Maximilian Ritter von Pohl）和提洛尔－福拉尔贝格大区的弗兰茨·霍费尔长官都知情。同时，德国驻意大利大使欧托·哈恩（Otto Rahn）也知情。

这些高级军官中，玻尔上将、罗蒂格少将和大使哈恩一直支持沃尔夫尽快停战。其他对沃尔夫无过多好感的人很快意识到，他秘密进入敌营的举动已经开始令事态复杂起来。恩斯特·卡尔滕布鲁纳仍然坚决抵抗盟军到最后一刻，当他得知沃尔夫的阴谋时通知了希姆莱，并威胁报信给希特勒。希姆莱对沃尔夫的公然背叛惊愕不已，命令他不得再踏出意大利半步。希姆莱为强调事态的严重性，将沃尔夫全家关押起来。

沃尔夫仍然一直与盟军保持交流。美国战略情报局称这个计划为"日出行动"（Operation Sunrise），让他的处境愈发危险。1945年3月的会议后，即日出行动开始时，这段变数满满的时期总是充斥着耽搁与犹豫。德国人无法细致地列出想从盟军手里获得什么，也害怕被判处叛国罪。美方与英方都很怀疑德国此举的意图，也意识到，这可能是纳粹离间盟军与苏联的诡计。然而盟军也相信了纳粹在阿尔卑斯要塞上做的虚假宣传，非常急切希望达成决议，防止对如此强大的要塞诉诸武力，避免损失过重。

空军元帅阿尔贝特·凯塞林的转移抢走了沃尔夫大部分盟友，而接替他的海因里希·冯·维廷霍夫上校是一位呆板守旧的贵族，缺乏违抗军令或独立采取行动的动力和性情。沃尔夫没有其他选择，只得拖着他参与谈判。

但沃尔夫越是拖延，他与杜勒斯和盟军的谈判筹码就越少。4月初，德国军事情况已经严重恶化，加之意大利墨索里尼的尸首示众，意大利对盟军的吸引力已经大大减少。第15集团军群攻势已获得进展，德国的C集团军群被迫放弃一个又一个阵地。

不论如何，沃尔夫还是取得了振奋人心的进展。曾撰写1944年报告并建立阿尔卑斯要塞的弗兰茨·霍费尔长官，对元首执行的无能感到失望，于是有意谈判解决。4月13日，沃尔夫突然被希姆莱毫无根据地传唤至柏林。他到时很快发现，上级已经知道他去瑞士的情况。卡尔滕布鲁纳极为愤怒，希姆莱却不以为然。他希望自己能够秘密地与西线盟军达成协议，所以不知是否应当处罚沃尔夫，还是利用其在波恩的关系。直到最后，希姆莱也不知该如何处理，让沃尔夫直接报告希特勒。

于是，随后4月17日和18日两天，元首地堡一直在开会。以希特勒现有心态来讲，这些会晤对沃尔夫本应是致命的。地位较低的人可能直接被判叛国罪执行枪决了，但希特勒却对沃尔夫的行为大加赞赏，称之为与美方保持"高级别"联系的创新举措。但当沃尔夫试图得到元首支持，继续保持交谈时，元首却给予警告。他坚信，西线盟军与苏联的联盟太过脆弱，已处于崩溃边缘。联盟一旦解体，盟军就彻底松散，德国便可以选择更有利的一方进行谈判。

4月19日，大多名囚还在达豪忍受煎熬，第一拨囚犯已经踏入赖兴瑙岛时，沃尔夫已经到了加尔达湖的总部，对希特勒极为失望，下定决心要与盟军谈出一份协议。

然而，杜勒斯联合参谋长委员会的顾问已经确信，沃尔夫的行为证明纳粹意图在西线盟军与苏联之间造成隔阂，这对沃尔夫和名囚的人身安全极为不利。显然，他们与希特勒的观点相同。而且，杜勒斯方面也对第15集团军的进军愈发自信。维廷霍夫上校率领的武力仍然面临着极大的阻力，但是战争势头已经偏向盟军一边。

日出行动的德国军官已经在加尔达湖东部山脉的雷科阿罗（Recoaro）总部会过面，同时美国军队也在波河遇到了阻力极大的德国抵抗势力。现在沃尔夫即将回到瑞士，但究竟他会向杜勒斯提出什么要求还尚未明确，因为每方都有着不同的需求。但最重要的是，无论沃尔夫决定向杜勒斯要求什么，动作都越快越好，讨价越狠越好。4月23日星期一，沃尔夫前往瑞士，他手下的维克多·冯·施维尼茨中尉（Lieutenant Colonel Victor von Schweinitz）和其副官党卫队突击队大队领袖尤金·温纳（SS-Sturmbannführer Eugen Wenner）也一同前往。

一路终究是徒劳，杜勒斯已接受军令，不可与德国人和谈。在任何情况下，他们都没有其他的筹码可谈。当盟军进军穿过波河以后，德国第14步兵队受到了致命一击，第10军已被完全歼灭。虽然有的师仍在某些地方进行着激烈的顽抗，但面对盟军的重兵，C集团军群已经无法再实施抵抗。而且，游击队的攻击还常常尾随着德国军队，沃尔夫总部被迫从加尔达湖转移至博尔扎诺。沃尔夫已经没有选择，只能回到意大利，让施维尼茨和温纳来继续谈判。

4月27日星期五凌晨前，名囚还向布伦纳山口进发时，沃尔夫就已经到达博尔扎诺的新总部。第二天清晨，他在维廷霍夫的总部与维廷霍夫、罗蒂格、弗兰茨·霍费尔长官，欧托·哈恩大使和沃尔夫温文尔雅的党卫队联络员尤金·多曼（Eugen Dollman）会面。沃尔夫向他们说，现在除了无条件投降以外，已经没有其他现实可行的方法。霍费尔很害怕无条件投降，在一阵激烈的争吵后，冲出了房间。会议在日出时结束，几个人没有达成任何协议。

同时，沃尔夫也等待着瑞士两个密使的消息。他也不会等太久了，当天中午，施维尼茨和温纳就已在法国安纳西（Annecy）附近的飞机场登上了空军元帅亚历山大的飞机，向意大利卡塞塔的盟军总部进发。施维尼茨拿到了维廷霍夫的书面投降授权。

***

如果名囚知情，那毋庸置疑，他们会庆祝事态的发展，除了一小群心如死灰、极为敏锐的犬儒主义者以外，大多数人对不远的未来还持十分乐观的态度。也许除了游击队队长大卫·费雷罗中校以外，谁都没有意识到意大利已经陷入了一片暴力肆虐、纷繁慌乱的局势中。

德国控制下的意大利已经正式提出投降。而战场前线却一片混乱，事态复杂，德国军队完全忽视了投降，意大利游击队挑起暴力攻势，不仅针对德方，还互相内斗。

这种情况下，139位名囚正走向纳粹的疯狂士兵。纳粹发誓，如果希特勒战败，就会让这些名囚变得像高速公路上乱闯的小鸡仔一般，死得非常难看。

Hitler's Last Plot

第十七章
死亡之约

布伦纳山口，4月28日，星期六

一位党卫队士兵骑着摩托车，从布伦纳山口蜿蜒的山路顺势而下。他骑得很慢，艰难地穿过向奥地利行进的德国撤退军队、走下山的意大利难民和双向行驶的车队。他身后十几英尺，几辆巴士平稳地以每小时15英里的速度慢慢地前行着。摩托车时不时提高引擎转速，加速勘查前路的情况。每个路口，摩托车骑手都会停下，挥手示意。车队停下后，贝德和斯蒂勒就会下车与骑手商讨。他们手指来指去，头摇得厉害，还无奈地耸肩。最后，两位军官又上了车，车队便继续开始行程。

在名囚看来，似乎党卫队军官也不知目的地为何方，两人已经和柏林断了联系；而贝德性情如此多变，斯蒂勒性格太过软弱，无法控制贝德，因此对于名囚的人身安全来讲，都不是什么好兆头。

有些名囚确信二人清楚目的地所在。马克沃特·冯·施道芬贝格（Markwart von Stauffenberg），菲口中的"圆胖叔叔"[1]告

---

[1] 原文 Uncle Moppel，Moppel 是德语巴哥犬的小后缀，通常用来形容圆胖的小孩。——译者注

诉她，车队一定会去布伦纳山口以南 50 英里的博尔扎诺，因为武装党卫队（Waffen-SS）原计划在此设立最后的阵地。他在赖兴瑙岛劳动教育营时，听到因斯布鲁克一地方长官已前往博尔扎诺。菲的心一沉：“活了这么久，丧命于大战最后一仗岂不是太讽刺了？！”

至少，周遭的景致能给予些许慰藉。清晨的日光洒向大地，照耀着幽绿、深邃的狭长山谷和凹凸不平的岩石地表，一条条、一块块松林和清幽的阿尔卑斯农场好似针线补丁一般，将山谷与岩石缝了起来，像一件松垮的旧衣。山间绿色森林的断层之上，可以依稀看到白雪皑皑的石头山尖。高高的山口，河谷倾斜得陡峭险峻，山间的褶皱中，道路蜿蜒曲折。

库尔特·冯·舒施尼格仔细端详着这番景致，眼中露出还乡的幽思。他 1898 年的出生地就在加尔达湖旁的一个村庄，是个土生土长的提洛尔人，非常熟悉这里每一个小镇、每一座村庄。他小时候，这里还一直属于奥地利。提洛尔曾是位于奥匈帝国中心的古老藩国。1918 年，"一战"同盟国（the Central Powers）战败，奥匈帝国解体后，奥地利变成了附属地。《圣日耳曼条约》（Treaty of Saint-Germain）签署后，提洛尔南半部分被割让给意大利帝国。舒施尼格仍将这里看作家乡，极不情愿地承认，"从政治角度来讲"南提洛尔已是意大利领土。在提洛尔，不同的文化共生，几乎每一村户都有德语和意大利语两个名字。

很快，舒施尼格意识到，目的地肯定不是博尔扎诺。穿过福尔泰扎小村（Franzensfeste），布伦纳山口后深深的山谷开始延展开来。车队向右转,穿过群山中一缺口,驶向多洛米蒂山(the Dolomite range)东西向的阿尔卑斯山谷普斯特-塔尔(Puster-Thal)。舒施尼格知道,普斯特山谷最终指向奥地利属东提洛尔。他告诉了佩恩·贝斯特等人,给了他们新的揣测方向。

当天早晨9点,天气阴沉而潮湿,瓢泼大雨倾泻而下,给森林高地蒙上了一层雾霭。车队已经行进30英里,刚刚驶过蒙圭尔福-泰西多(Welsberg-Taisten),领头车辆在高速公路旁标有布拉埃斯湖(Pragser Wildsee)旅店的地方下了高速主路,在铁路十字路口处很快停下。名囚又看到斯蒂勒和贝德下车,淋着瓢泼大雨,就接下来该怎么办争论不休。最后,巴士又转身从辅路回到高速路上,司机停下了车,关掉引擎。

他们停在阿尔卑斯一片草场中,路的两侧倾斜而上,引向浓密的松林。路旁的一条铁轨和高速路一样,望不到尽头,沿着树林茂密的山坡消失在一帘雨雾中。

静谧的景致会让人安适下来,忘记危险,但这只是幻觉。经历了五年战争的北意大利已突然陷入一片屠杀与报复之中,而这天晚些时分的贝尼托·墨索里尼之死也是各种缘由之一。三天后,即4月25日,意大利反抗运动的伞状组织米兰民族解放委员会(the National Liberation Committee)宣布大规模起义,呼吁北意大利游击队开始在德国后防指挥区域袭击。各个村庄、小镇、城市都成为反抗者们与德国警察和军事部队的针锋相对的战场。游击队在农村四处游荡,屠杀纳粹、法西斯分子和任何涉嫌共谋之人。通常,他们使用的方法也和曾经的统治者一样残暴。游击队也相互攻击。复仇的情绪越发高涨,党卫队和保安局的士兵都非常希望摆脱人质,或在人质身上复仇,名囚陷入了前所未有的危险境地。

尼莫拉牧师发现,有些守卫从路旁村庄中搜刮了烈酒,喝得酩酊大醉。他提醒"翼"·戴,党卫队醉酒通常是施暴的前兆。尼莫拉不是唯一一个有此预感的人。戴也发现,在集中营待过很长时间的名囚坐在停于路旁的车中等待时,变得"非常紧张"。

斯蒂勒向他们告知情况后,稍稍放下了心中的最大的担忧。他甚至有些抱歉地解释:他本想带囚犯去布拉埃斯湖旅店,但被三位德国空军将军和手下占用了,只能去寻找其他住所。但因为他们的车汽油所剩无几,所以没有其他的选择。他们必须在这里留一会儿,让他去寻找其他的住所。

虽然名囚们对看守极为担忧,但这一情况也激起了抗议。名囚忘记了他们身处险境,开始大声说出自己最迫切的担忧。他们能不能吃到早饭,或至少喝点东西?他们昨天只喝了咖啡和行军配给军粮,女人们很担心孩子、老人,所有人都因舟车劳顿而愤怒、疲惫,也受够了看似毫无目的的寻觅。特别是一群曾在战场中指挥过大型军队的将军,对斯蒂勒和贝德的组织能力感到失望恶心。一切都安排得极为混乱,斯蒂勒在抗议之下,又下了车和贝德交流起来。

同时,名囚获准下车,伸展筋骨。雨停了,但仍然潮湿、阴冷。路的两旁,每隔五英尺就有党卫队和保安局守卫守着,机关枪时刻备好。

佩恩·贝斯特利用这个机会，三番几次单独询问斯蒂勒的计划，并揣摩他的心情和性情，但结果很令他失望。他现在沿着路溜达，和几个在尚贝格学校囚禁期间认识的贝德手下、保安局士兵攀谈起来。

他毫不怀疑，若这些士兵得令屠杀人质，会毫不手软。然而，攀谈过程中，他并未感到屠杀的欲望。甚至有一人还认为，现在杀掉斯蒂勒和贝德似乎不错。佩恩·贝斯特想要鼓动这一行为，不过似乎并未奏效。

在佩恩·贝斯特看来，鼓动斯蒂勒违背军令拯救名囚更为可行，这样，当他迟早落入盟军手中时，就有希望得到优待。在达豪时，贝斯特就已经向他说明此意，但没说服他，现在似乎也没有转变。斯蒂勒是个胆小鬼，无意僭越贝德。尽管斯蒂勒手下30名党卫队数量多过贝德的保安局士兵，但后者更积极，更容易采取突然暴力行动。斯蒂勒的大部分手下都不杀人，他们很多是被迫加入党卫队的德国国防军。

佩恩·贝斯特希望给斯蒂勒施压，便趁亚尔马·沙赫特和弗里茨·蒂森在巴士旁溜达的时候和他们交谈。作为"我方财阀"，贝斯特认为他们应该大手笔贿赂斯蒂勒，比如用10万瑞士法郎贿赂他，把人质带到瑞士。两人都摇头，拒绝参与如此危险的计划。佩恩·贝斯特试着说服他们，但失败了。他对两人的胆怯感到既困惑又愤怒，最终放弃。

有些囚犯被困在这里，看到武装守卫用威胁的姿态站在路的两侧，着实越来越害怕。流言称，一辆巴士放着盖世太保的军令,要求党卫队在到达目的地后枪决所有人质。他们等待的时间越来越长,似乎大限真的要来临了。

同时,好奇的意大利农民向他们走来,但被守卫挡住了,他们却向这群陌生人挥手,认出了一些知名面孔,猜测其中定有阴谋。车队也激起了过路人的好奇心。一辆坐满德国士兵的卡车驶过,士兵嘲弄囚犯,大肆喊出辱骂之语。他们似乎把名囚错认为面对逼近的盟军落荒而逃的纳粹党员(Parteigenossen),囚犯也深觉讽刺。

最终,这场"表演"让名囚破了局。几个平民骑车,走向一英里外的尼德多夫(Niederdorf)。他们认出库尔特·冯·舒施尼格,于是骑到村庄之时,将这一消息报告给了地方当局。很巧的是,博尔扎诺高级代表处的意大利军需官那天正好在尼德多夫。安东·杜契亚(Anton Ducia)本是工程师,负责在南提洛尔安排德国军队的临时驻地,还负责照顾许多百姓难民。他听说名囚被困在车上,就过来查看。

杜契亚衣着得体,接近中年,生着一张警觉聪明、和蔼可亲的面孔。他向舒施尼格介绍自己,向斯蒂勒主动提出在尼德多夫为囚犯提供食宿。斯蒂勒很害怕局势不再受自己所控,不愿让意大利人插手此事。杜契亚希望提供帮助,在村子和停车地之间来来回回好几次,提出疑问和临时安排,希望能说服斯蒂勒。但斯蒂勒和名囚都不知道,杜契亚除了负责安置纳粹士兵以外,还是当地意大利反抗网络的领导人之一,所以可以趁机从名囚身上获利。

在明显合理的安排面前,斯蒂勒的权威开始受到威胁。名囚或单独或成群结队地开始自己做主。副主教纽豪斯尔公然无视德国守卫,带着一小撮神职人员前往尼德多夫,他们希望能带来所能搜集的所有军需,给妇女和孩子填饱肚子。甚至连贝德手下的保安局士兵都丝毫不反对。

在这一片混乱中,另一拨囚犯趁此机会从人群中溜走。桑特·加里波第将军和大卫·费雷罗中校发现,也许费雷罗早知道,一位铁路工人运营附近道口,住在旁边一个小型高山村舍中,他也是游击队领导,军衔类似中士或下士。加里波第和费雷罗请彼得·丘吉尔、两名意大利勤务兵阿米西(Amici)和巴尔托利(Bartoli)随他们同去。

从车队溜走后,他们在铁路工人村舍受到了热烈欢迎,还有一顿丰盛早餐的款待。简简单单的农家饭,在很长时间没吃过一顿好饭的彼得·丘吉尔眼中好似盛宴。而在车队中,伊莎·维尔梅伦见到一只刚宰杀的新鲜羔羊被带到了村舍中,思索着发生了什么。

斯蒂勒眼见事态逐渐不受控,便质问了越来越抵抗的囚犯,向他们保证不会再让其等待。所以,他向尼德多夫走去,显然意在解决危机。

事实上,尼德多夫村子不小,有潺潺的小溪蜿蜒流过,建有美丽的巴洛克风格的教堂和几间极具魅力的酒店、酒馆,迎接着旅客。不久前,尼德多夫还是个安宁、祥和的地方,只在假日才忙碌起来,然而如今已满是难民和士兵。斯蒂勒看到整齐的中央广场军车堵塞不堪,人行道上也聚集着许多人。他找不到电话或电报办公室和上级沟通，当他遇到德国国防军分遣队寻求帮助时，他们却拒绝帮助党卫队军官。德国军事力量架构逐渐崩塌，国防军和党卫队之间的敌意也愈发明显，希姆莱高层使用的恐怖手段对普通士兵的作用已经逐渐消失。

他走向广场角落灰石白浆的市政厅，才找到乐意接待他的人。市长耐心地听完了斯蒂勒对其所处困境的描述，一段谈判过后，终于答应囚犯可以住在市政厅。其他人只能住在当地旅店和私宅里。

但当斯蒂勒和安东·杜契亚说明情况时，这位意大利军需工称他也陷入了僵局。尼德多夫所有的村庄都是满的，当地所有住所都是军队、后勤兵和医疗兵，还有从炸毁医院和学院中逃出的平民。普斯特山谷和南提洛尔地区都已住满。

绝望之中，斯蒂勒提起了提洛尔-福拉尔贝格大区的弗兰茨·霍费尔长官的名字，他接受希姆莱的直接领导。霍费尔曾经承诺斯蒂勒，在布拉埃斯湖旅店为160多名囚犯和60名守卫提供住所。杜契亚听到长官的名字十分震惊，斯蒂勒也强调了这一点，提醒杜契亚他手下有几十名保安局和党卫队士兵，还说："如果这些囚犯没有地方住，恐怕最糟的事情就会发生。"

杜契亚知道他必须快速决断，一定要快速撤离住在布拉埃斯湖旅店的德国空军将领。他向斯蒂勒保证，会处理好一切。同时，市长也承诺当晚配合斯蒂勒的一切需求。

铁路道口处，五辆巴士中不满的乘客还在阴冷、潮湿的环境中，忍受着悬而未决和不适的煎熬。大多数人都已回到车座坐下，在车里挤着总比在外淋雨强。上午 11 点，神职人员从尼德多夫回来，带着咖啡、人造黄油和奶酪，足够给最需要的囚犯一顿小餐，但对于剩下的人来说，时间一分一秒流逝，饥饿之感越来越强。

仅大约 100 英尺外的火车工人的村舍中，气氛却混杂着庆祝、阴谋和好奇——彼得·丘吉尔、朱塞佩·加里波第、大卫·费雷罗中校和意大利勤务员享受着游击队男主人准备的盛宴。不久，其中一位勤务员巴尔托利离开村舍，走回大巴，他小心翼翼地接近"翼"·戴和"疯狂杰克"·丘吉尔。"加里波第带来问候，"他说，"我的将军希望能尽快在村舍与你们见面。"

巴尔托利回到村舍，几分钟后，戴和丘吉尔也悄悄地从车队溜走，向同一个方向走去，悄悄地溜进房门。

他们看到自己的同伴也坐在厨房桌周围，这里还有一大壶红酒和吃了一半的烤羊羔。加里波第作为东道主，邀请两位英国军官坐下。他热情地用意大利语欢迎他们，彼得·丘吉尔做翻译，又邀请他们分享羊肉，喝基安蒂酒。"先生们，"加里波第说，"我请你们来，是为了告诉你们我们眼中的局势发展，也因为费雷罗中校承诺过，一到意大利就能找到逃跑的方法。"

戴一直记得他的承诺，也记得因为受其影响而放弃了和道斯一起躲在达豪天花板空隙中的计划，还因此追悔莫及。

"水平十字路口外 50 英尺的森林深处……"加里波第继续说道，"……就是自由。"他依赖于火车工人提供的信息：附近的松林布满了南提洛尔游击部队，总计近 1000 人。火车工人可以提供几辆车，把屋中的军官带到那里。

"所以我们的立场是，"加里波第说，"游击队已邀请我领导他们，如果我们加入，则可包围车队，拯救所有囚犯。反之，若我们不加入，所有留下人的生命都可能受到威胁。在此情况下，我可以安排游击队队员单独包围车队。"加里波第等待彼得·丘吉尔翻译完，说："'翼'·戴中校，请问你怎么看？"

戴对于逃跑和采取行动的想法感到一阵激动，但他还是保持了理智。他听了一下，说："总体来说，第二份计划对大多数人风险更小。我们之中有很多妇孺老人，所以必须给予他们足够的保护，让他们免遭伤害。所以我认为，应当回到车队，这样在游击队袭击的时候我们就能压制住党卫军。"

加里波第又问"疯狂杰克"·丘吉尔，"请问您怎么看？"

杰克又以充满敌意的眼神看了眼加里波第。他与在场的其他人不太一样，也毫不顾虑其他囚犯的安危，更遑论解放囚犯。"我认为应该趁时机有利时逃跑。"他说。

"谢谢。"加里波第说。随后他询问了身经百战的游击队队长费雷罗。

"我同意'翼'·戴中校的观点。"费雷罗说。

加里波第环顾桌边人的脸，说："先生们，大多数选票投给了第二份行动方案。"

在戴的建议下，大家同意将袭击日期定在第二天，即4月29日星期日，此时名囚应该已经住在更安全的住所之中，人身安全更有保障。与党卫队相比，在露天空地上针对车队的袭击可能会对囚犯的伤害更大。所以袭击开始时，坐在桌边的密谋人士、空军中尉悉尼·道斯、英国空军上尉伯特伦·"吉米"·詹姆斯和其他英国人会从党卫队后方袭击。

加里波第结束了会议："我们都同意这份计划，那么现在开始执行。感谢大家。"

彼得·丘吉尔离开村舍时，很佩服加里波第和费雷罗的无私精神；他们完全可以偷偷逃到村子里，加入游击队，让其他囚犯听天由命。丘吉尔思考过他在类似情况下会做何决定，若他在经历了多年囚禁后回到德国占领的英国，发现一队英国游击队听他调遣，还会像意大利人做一样的决定吗？

"疯狂杰克"的想法不同。他们淋着雨回到车队时，他告诉戴，很可惜他们错过了逃跑的绝佳时期。但他也没因此伤心苦恼，他向戴透露，他准备当晚"置计划于不顾"，自己作战。他们回到巴士，发现几小群年轻男囚犯都自己走向尼德多夫，戴和"疯狂杰克"·丘吉尔也决定开始向村庄走去。

斯蒂勒艰难地在小镇中组织住所，然而同时，不同的囚犯成群结队地乱逛。贝德只身前往尼德多夫，希望施以些许控制。他冲到一个又一个地方，非常愤怒。当卡尔·康克等神职人员在一间酒馆找到住所的时候，他又将他们轰了出来。

在街上，康克看到乔治·汤玛斯将军、青年律师法比安·冯·施拉布伦多夫和英国陆军上尉西格蒙德·佩恩·贝斯特走进村庄。佩恩·贝斯特对施拉布伦多夫感到很好奇，因为他主动参与刺杀希特勒计谋，经受了盖世太保的酷刑，却活了下来，实属凤毛麟角。三人感到无聊透顶、饥肠辘辘，一直在寻找食物。正当他们沿街走向村中央，穿过一群难民和德国士兵时，一人大喊道："汤玛斯！汤玛斯！"一直站在一旁的德国将军冲向前拥抱汤玛斯，他们是旧友。

一直观察着这场相遇的卡尔·康克注意到党卫队上级突击队领袖埃德加·斯蒂勒也在冷眼观察，脸上的神情已经说明了一切：他深知，自己已经失去了控制。

佩恩·贝斯特与施拉布伦多夫走着走着，撞见了安东·杜契亚，杜契亚又叫了几名闲逛的囚犯，将他们带到高登纳斯特恩旅馆（Goldener Stern Hotel）吃饭。佩恩·贝斯特对再次前往酒店感到欣喜若狂，这里既干净又温暖，一名友好又亲切的女主人还很快过来照顾他们。洗漱完毕后，囚犯们被带到长桌前，女服务员身着鲜亮、美丽的提洛尔风格长裙，为他们奉上蘑菇炖肝。"先生们想喝些红酒吗？"答案是肯定的。很快，他们又像一群度假的游客般欢乐地畅谈起来。

然而巴士上既无开心欣喜，也没有欢声笑语。大多被士兵吓到，抑或是身体不够强壮、康健，无法在冰冷的瓢泼大雨中徒步去村庄的名囚仍在车上。除了寒冷不适，他们也愈发饥饿和恐惧。

村舍会议结束后，彼得·丘吉尔回到大巴，发现一场小型"起义"。一名看管大巴的保安局守卫和党卫队下级突击队领袖贝德一样，不停地喝烈酒。在其他囚犯的煽动下，他快喝完一瓶，已快酩酊大醉了。一位囚犯抽出他的钱包，里面装着折得整整齐齐的、希姆莱柏林办事处发来的文件。文件下达军令，点名要求处决28名名囚，其中包括所有英国军官和其他军事囚犯。

Hitler's Last Plot

第十八章
处决计划

尼德多夫，4月28日，星期六

车队中的处决命令给名囚造成了不小骚动。威廉·冯·弗鲁格报告，他早些时候在巴士上打了盹，听到斯蒂勒和贝德讨论他们收到的"到达后当场处决名囚"的命令。

然而，库尔特·冯·舒施尼格和其家属担心的不仅仅是流言蜚语。党卫队下级突击队领袖贝德已经给他看过了处决名单。舒施尼格在日记中将其描述为"一份根据希姆莱特殊军令制成的待处理人员名单。妻子和我的名字都在名单上，白纸黑字地印着。我在达豪就知道这份名单的存在了，现在给我们看文件是为了镇镇我们的威风"。舒施尼格已对一切麻木，所以毫不畏惧这份名单。

同时，名囚和守卫的几次谈话也显示了两阵营间越来越大的分歧与鸿沟。一方是深深受控于元首的疯狂的纳粹分子，他们对挚爱祖国的战败感到愤怒不堪，冷酷无情的贝德和不择手段的恶棍手下至少包括在内，执行处决时定是不假思索；另一方是比斯蒂勒同理心更强的手下，他们过去从未真正享受过自己残暴的职责，也开始担心自己的未来。

党卫队下级突击队领袖贝德属于哪个阵营？答案显而易见。

最大的问号悬在埃德加·斯蒂勒，这位不愿采取行动、心态矛盾的名义上级党卫队、上级突击队领袖头上。佩恩·贝斯特感觉斯蒂勒"不仅什么都做不了，而且不愿采取行动，似乎他更愿对贝德处死所有囚犯的命令采取被动抵抗态度"。斯蒂勒在他眼中枯燥无味、软弱无力、不可信任，基本只想着自己的存活。因此，贝斯特才无法让沙赫特和蒂森贿赂他。

名囚中至少有一个德国人愿意采取行动。博吉斯拉夫·冯·博宁上校一听守卫钱包中拿出的处决令，就决定找电话，与意大利德国军队总司令海因里希·冯·维廷霍夫上校总部取得联系。

虽然博宁只是上校，却曾任职于军队高位。他不仅熟稔高级指挥官间的沟通，也熟识维廷霍夫上校。他曾任德国非洲军团（Afrika Korps）的行动指挥官，也曾在第14装甲师和步兵登陆舰装甲师工作，后在军队高级司令部行动处任处长。他和威廉·冯·弗鲁格一起从大巴上下车，沿着公路走向尼德多夫时，斯蒂勒和贝德的手下都想阻止他。

到了小镇，博宁和弗鲁格一起进入主广场上的巴赫曼旅馆（Hotel Bachmann），这里已经人满为患。人群中，他们发现斯蒂勒和贝德和其他党卫队军官坐在一桌，大快朵颐地吃着香肠，喝着啤酒。贝德怒瞪了一眼两位名囚，但短暂停留后，便继续吃饭了。博宁和弗鲁格继续前往高登纳斯特恩旅馆，发现其他德国囚犯和西格蒙德·佩恩·贝斯特吃着奢华的一餐。博宁太过饥饿，面前的食物又如此诱人，最终还是决定暂时搁置命令，坐下吃些东西。

吃到一半时，乔治·汤玛斯将军带着很多新消息进来。将军在街上一直与挚友聊天，恰巧这位朋友是尼德多夫镇驻军军官。他非常希望尽其所能地帮助囚犯摆脱困境。情况极为危急，到处都是混乱的斗争。同时，德国驻意大利高级指挥官在和盟军进行停火谈判。佩恩·贝斯特向汤玛斯指出，若人质受到任何伤害，都应是指挥该行动区域的德国将军负责。

汤玛斯称自己不认识指挥该地区的维廷霍夫将军，博宁找好时机加入对话。一番讨论后，他们决定，博宁和汤玛斯两人都应和驻军军官一起试着让博宁致电维廷霍夫。

他们走后，"翼"·戴和"疯狂杰克"·丘吉尔也加入了午餐队伍。两人和博宁与弗鲁格一样，都去了巴赫曼旅馆，发现那里人满为患，他们还发现希腊前陆军总参谋长亚历山大·帕帕戈斯及其手下在"大快朵颐"。两人找不到坐的地方，就穿过马路来到高登纳斯特恩旅馆。他们看到一群斯堪地维尼亚、斯洛伐克和匈牙利名囚与德国亲属囚犯。亲属囚犯中还有与吉塞拉·冯·普莱顿堡坠入爱河的空军中尉悉尼·道斯。

吃过午饭，戴听到博宁一直尝试致电维廷霍夫。他同意这种做法，认为博宁是个"即活跃又出色的联络员"。从布伦纳山口下山后，戴一直思考，如果他是一位德国将军，那一定会抓住"天赐良机，摆脱这群杀人灭口的党卫队守卫"。

虽然戴很开心地看到德国囚犯终于采取了些决策行动，但还没决定是否支持他们。佩恩·贝斯特愿意帮助他们谈判，但他不认为自己是个"积极推动者"。他相信，最好的解决方法是迅速救援，而不是被动地等待谈判协议。虽然很危险，但他更倾向于加里波第和费雷罗的袭击计划。谋划人暂时还尚未把秘密计划告诉其他囚犯。

一拨拨名囚终于吃完午饭，他们沿着森林公路走回停靠在铁路线旁的巴士上，显得惊人地顺从。有些人的全部家当都在这些大巴上，他们不愿舍弃；其他人已经被长期关押驯化，习惯了监禁的生活；还有人担心，就算只有一人逃跑，守卫也有可能对剩下的人进行报复。

***

囚犯回到巴士时已接近晚上，其他人变得越来越焦躁、沮丧。斯蒂勒艰难地控制着囚犯，他们一天只吃了一顿冰冷的面包奶酪早餐，耐心已经用尽，要求车开到市镇。斯蒂勒一再告诉他们，住所很快就会安排好。囚犯却提醒斯蒂勒，他曾许下承诺，不让他们在寒冷的大雨中等待。最终，他提出带妇女和孩子去尼德多夫。男囚只能在车上过夜。

慕尼黑副主教约翰·纽豪斯尔代表所有人坚决地拒绝了。斯蒂勒任性地告诉他，如果男囚想去城镇，就必须自己徒步。但因为莱昂·布鲁姆等人年老体衰，还忍受了拥挤大巴的折磨，纽豪斯尔也拒绝了这一荒唐的提议。

最后，斯蒂勒妥协了，下令让五辆大巴驶向尼德多夫。他们发动了引擎，阴郁的白日逐渐转变为漆黑晦暗的夜晚，车队开始沿路行驶。命中注定一般,闹剧重演,队尾的大巴行驶了大约100英尺后减速停了下来。车的燃料耗尽了。巴士上的人必须下车,另一辆车开了回来将其拖走。佩恩·贝斯特是这辆大巴上的乘客,对延误感到焦虑急切不已,很想看看汤玛斯和博宁到底有没有联系上德国国防军。

最后,几辆大巴驶进尼德多夫时,已经接近午夜。年纪更大的名囚身体状况很糟,莱昂·布鲁姆已经快被疲惫、痛苦、饥饿和寒冷折磨得近乎崩溃。名囚的到来也在这个小镇造成了不小的轰动。南提洛尔人从未见过这种景象。一位曾是政治家,名叫赫尔曼·庞德(Hermann Pünder)的名囚描绘了当时的场景:"男士们穿着将军裤,却配着平民夹克和松垮的帽子。女士们穿着长筒军靴,还有人没有大衣穿,在寒冷中冻得瑟瑟发抖,最多围个暖和的围脖。年迈的绅士身上背着破旧的帆布包。"当地人同情这些不幸之人,市长也设法说服市民给名囚提供住宿。

住所的情况完全不同,有的人更幸运。大多数更健壮的名囚睡在了市政厅二层临时铺成的草垫上,这些最活跃的军人构成了主要安全威胁。斯蒂勒在市政大楼周围布满了健壮的守卫,他和贝德的手下把守在出入口和内部重要交通点。其他名囚主要是妇女和孩子,在各个酒店和家庭旅馆安顿下来。住在尼德多夫精致酒店的名囚最幸运。那一晚,巴赫曼旅馆和高登纳斯特恩旅馆接待了最为声名显赫的囚犯,包括奥地利前总理库尔特·冯·舒施尼格和妻子薇拉,希腊将军和几位匈牙利部长。莱昂和琼·布鲁姆和蒂森一家都住在了当地教区主教家中。菲·皮罗兹奥－比罗里等年轻女孩睡在了酒店地板的床垫上。

佩恩·贝斯特的大巴被拖着，远远地落在了其他人后面，当时帮助市长安排临时住所的安东·杜契亚接待了他。佩恩·贝斯特很幸运，法肯豪森上将请汤玛斯将军和他在巴赫曼旅馆一起住。约翰·麦克格拉斯中校的爱尔兰士兵安德鲁·华尔士下士（Corporal Andy Walsh）自愿侍奉佩恩·贝斯特，将他的行李送进房间，让他更为舒适。佩恩·贝斯特很想和汤玛斯或博宁说话，但听说他们一起去吃午饭了，所以没人在房间里，他大失所望。

他又听说，要是能和旅店女主人搭讪一下，就能喝点红酒，佩恩·贝斯特便和麦克格拉斯中校去厨房找。他们在厨房明亮的灯光和锅碗瓢盆的碰撞声中撞见了守卫。其中一位名叫弗里茨的守卫是达豪的军需官中士，也是斯蒂勒更具人性的手下。至少，佩恩·贝斯特是这么想的。弗里茨的同伴是贝德手下的保安局士兵，他们一直在喝红酒，快要喝醉了。佩恩·贝斯特认为这是套话的绝佳机会，便与他们攀谈起来，麦克格拉斯中校不讲德语就只身离开，错过了"二战"期间最特别的一次对话。

这位保安局士兵眼神呆滞，快要晕过去了，而弗里茨要么一直流着眼泪嘟囔着可怜的老婆、孩子，要么乘酒假气桀骜不驯地一再强调敌人不会活着逮捕他。

"你真是个好人，"佩恩·贝斯特和他说，"你对我们一直很好。"

弗里茨颤抖地看了他一眼，说："我把你当挚友啊。"他含糊不清地嘟囔着，"为兄弟情谊干杯！"

佩恩·贝斯特和他敬了兄弟情,也向他保证:"你落到我方军队手里之后,我会为你美言两句的。"

这句话激起了一阵爆发式的咆哮。弗里茨大肆吹嘘他会杀死多少英国兵,一再强调英国人不会活捉他的。最终,吹嘘的声音渐渐平静下来,说:"没错,我知道你是我的朋友,也会帮我,但前提是你得活着。"他笨手笨脚地在军服胸袋里摸寻出一张印着字的纸,挥舞着说道:"这就是处决你的命令,你活不过明天了。"

佩恩·贝斯特试着掩盖他的惊愕:"说什么胡话?"他说,"肯定没人会傻到在战争达到这个节骨眼,对我们执行枪决吧!为什么?一两天之后,你们所有人都会变成囚犯。"

弗里茨摇了摇头。"不,肯定的。"他一边挥着纸,一边说,"你看,白纸黑字印着呢。"他把纸放到佩恩·贝斯特眼前,而贝斯特读不到全部,但是能看清楚,这的确是一张柏林帝国安全总局下达的军令,附有一份不能落入盟军手中的名囚名单,所以一旦危险情况发生就必须被处死。佩恩·贝斯特设法看到了名单上一部分名字,有舒施尼格、布鲁姆、尼莫拉、沙赫特、穆勒和法肯豪森上将、汤玛斯和哈尔德大将,名单上还有理查德·史蒂文斯少校;当然,还有他自己。

他表现出一副不可思议的样子说:"你不是和我说斯蒂勒不会傻到真的去执行军令吗?"他告诉弗里茨,他敢肯定,斯蒂勒会把他们留在尼德多夫,在美国人到达之时移交人质。

"斯蒂勒!"弗里茨轻蔑地啐了一口口水,"你别搞错了,贝德才是拍板钉钉的人，他决定处死所有囚犯。"

弗里茨还说，贝德3月前就收到了这些命令，计划是预谋好的：名囚要么被押为人质，要么被处死，没有任何自由的可能。"贝德永远尽责执行军令。"他说。

佩恩·贝斯特问弗里兹，到时他会不会参与处刑：他会枪决一个刚刚与他敬过兄弟情谊的人吗？

"会的啊，贝斯特先生，但我又能怎么办呢？"

弗里兹说，约莫第二天，名囚就会被车带到附近山中的旅店内，用机关枪枪决，再火焚旅店。"我完全不想这样做。"他说。与其说他反对屠杀，不如说反对屠杀的方法。过去的经验告诉他，所有守卫使用的标准MP40机关枪杀人效率都不高，发射极不精准，子弹威力也不够。"开火的时候，很多人都没有真正死亡。"他说。

弗里兹停了一下陷入沉思，同时佩恩·贝斯特也在消化刚刚听到的消息。最后，弗里兹继续说道："贝斯特先生，你是我的朋友。我告诉你我们要做什么。他们开始扫射的时候，我给你做个手势，你就能站在我旁边，我直接在你脖子后开枪。这是最好的死法了，你什么都感觉不到，我是神枪手，从来没打偏过。"

弗里兹详细地描述了后脖颈的枪决方法，枪要对准头骨底部，枪口绝不能碰到囚犯的皮肤，否则他们吓到就瞄不准了。想要一击毙命，就必须瞄得非常精准。弗里兹执行后颈枪决的经验很丰富。"我几乎可以闭着眼行刑。"他从手枪皮套中抽出瓦尔特P38手枪（Walther P38），不稳地挥舞着，"你转过身，我做给你看。"

佩恩·贝斯特很快拒绝了。"别傻了！我怎么知道你在我背后做什么？"

弗里兹点了点头，"你……"他向保安局的伙伴说道，"转过去，我要给贝斯特先生展示一下怎么行脖刑。"

他的朋友已经完全醉了，傻傻地看着弗里兹，又开始嘟囔："全都毙了……啪、啪啪……"他用手臂画了个大圆，红酒瓶和酒杯都砸在了厨房地板上。后来他把头躺倒在桌子上，开始打呼噜。

弗里兹现在喝得太多，注意力无法集中，又开始叨唠老婆和孩子，说他们完全不知道自己杀了上千号人。他又说，这场惨痛的世界大战是由英美犹太人挑起的，元首是个平和的好人。

佩恩·贝斯特决定，该走了，便丢下弗里兹和他沉睡的朋友回到楼上。法肯豪森一人在屋中，看不到汤玛斯或博宁的身影。佩恩·贝斯特不希望在人质中煽动恐惧的情绪，便没提及他和弗里兹的对话。如果其他名囚得知，连斯蒂勒原本更为平和的手下都变得敌意满满，则会激化囚犯的恐惧，转为恐慌。如果佩恩·贝斯特知道其他英国囚犯身上发生的事，可能会更为担心。

**

尼德多夫市政厅变成了国际旅店，也变成计划阴谋的温床。在市政厅顶层，桑特·加里波第将军已开始建立自己的游击队总部。所有装作当地平民,向著名同胞致以敬意的当地抵抗人员一整晚都在见他,接收命令。

获悉加里波第袭击计划的"吉米"·詹姆斯,看到这人潮攒动的景象感到非常敬佩。加里波第神奇地丢掉了集中营的条纹囚服,换成了意大利将军的淡蓝色军服,还佩戴上奖章。他设法在被禁期间完好地保存了军服。加里波第气质雍容,监督袭击准备工作时,宽脸庞上的表情严肃但和蔼,高高的厚鼻子下,笑起来时牙齿稍稍突出。

自从听到博宁与维廷霍夫讨论释放囚犯的计划后,加里波第就决定暂停袭击。"翼"·戴和其他英国囚犯不情愿地同意了,坚持延迟的期限必须短暂。比如,詹姆斯希望采取行动,他不喜欢"坐着干等贝德一行人执行屠杀"。他们也不喜欢依赖德国人解放。戴在囚禁期间结识了许多德国朋友,也尊重德意志民族,但在如此紧张的情况下很难相信他们的言语,特别是在还包括一名与盟军战斗的将军时。

而且,斯蒂勒和贝德的手下已知道博宁的计划,并极为痛恨,简直火上浇油。党卫队不愿听到自己手下的囚犯越过他们,自行与德国国防军将军取得联系。佩恩·贝斯特的酒友弗里兹下士这样评价博宁:"我们应该先把这个叛国贼毙了。"

市政厅中,匈牙利名囚和德国亲属之间也产生了矛盾。匈牙利前总理米克洛什·卡洛伊和前国务秘书安德里斯·赫拉特基(Andreas Hlatky)一直住在巴赫曼旅馆,前内政部大臣彼得·什尔男爵(Baron Péter Schell)希望和英国战俘一起住在市政大厅,他们的草垫已经在理事会议厅和宴会厅铺好了。剩下的六位匈牙利高级官员和米克洛什·"尼基"·霍尔蒂的秘书都没有住的地方。进入市政厅时,他们带着满是红酒、雪茄和精致美食的行李箱子,发现人和行李都没有多余的安置地后,进入理事会议厅;里面几个男性亲属囚犯已经住在这里,并强硬地赶他们走。匈牙利和曾经德国盟友之间的敌意发酵得越来越浓。由于几人本身不是战斗人员的亲属囚犯,只能在强硬的军官面前退缩了。

"翼"·戴听说了两方的矛盾,很快介入调解。他在什尔男爵的陪同下走向会议室,室内早就挤满了囚犯,堆满了匈牙利军官的行李。戴提高嗓门叫了一声,吸引大家的注意力,坚定地对匈牙利人说:"现在马上出去,不然我就亲自把你们和行李一起丢出去。"什尔男爵也支持他,用本国语言怒骂同胞的屈辱行为,听上去语气很重。效果很好,匈牙利人收拾行李,退到了另一间只有松垮草堆做床的房间里。

终于安置完散布在尼德多夫各处的名囚。很多人坐了太久,终于躺下,他们为此感到十分欣慰,即便床只是稻草铺成的。但有些人意识到,形势的紧张程度正在逐渐升级。彼得·丘吉尔和大多英国囚犯一样,也是其中之一。他大半个下午都与法比安·冯·施拉布伦多夫交谈,内容引人入胜。施拉布伦多夫向他讲述了自己的军人生涯和1943年轰炸希特勒的密谋。丘吉尔崇拜这位德国人,意识到如此吐露心声需要多大的信任。他们分开后,施拉布伦多夫说:"我们还没脱离险境呢,丘吉尔,我感觉今晚会非常危险。"

***

人质里已有一人不愿再忍受紧张的局势、不适和囚禁了——"疯狂杰克"·丘吉尔下定决心,立即采取行动。

他和"吉米"·詹姆斯都坐在理事会议厅的草垫上,突然,"疯狂杰克"简短地说道:"我出发了,吉米,我受够了这群人,你来吗?"

"吉米"·詹姆斯作为大逃亡逃犯,逃跑的直觉很准,但他习惯于系统性规划。"不,"他说,"这次不来了。"他解释称,他们翻过第一座山之前,战争肯定结束了。

"疯狂杰克"不认同他。他已经受够了佩恩·贝斯特和德国朋友掌握一切的样子。他们总是夸夸其谈,大做规划,却总不做实事。"疯狂杰克"·丘吉尔极为好斗,喜欢打仗。单独囚禁的九年已经将他的耐心和脾气消磨殆尽。他不仅对受困于此烦躁不已,还很渴望回到战场,然而时间所剩无几了。

他与"翼"·戴商量此事后,也得到了同样的回应:戴拒绝和他一起走,虽然他的理由和詹姆斯不同。首先,戴已承诺过加里波第和英国军官,游击队员来时,帮忙制服党卫队守卫,协助袭击。更重要的是,他实质上是英国囚犯的领导者(除了自己行动的佩恩·贝斯特),而如果他消失了,肯定很快会被发现,其他的人质会因此遭殃。

虽然他不愿和丘吉尔一起走,但戴也认同此次尝试,希望给他援助。戴和"吉米"·詹姆斯给了他闲置的暖衣,戴送了他半程。他们一起离开市政厅，沿着广场走，在巴赫曼旅馆向左转，进入了漆黑狭窄的大街，走向小镇边缘。

戴已想好为"疯狂杰克"的失踪开脱的理由。他计划好，如果党卫队士兵真的枪杀英国囚犯，就当着贝德和手下的面，宣布丘吉尔中士带着党卫队和保安局的名单逃跑了，如果他们屠杀囚犯，就会在被俘的那一刻被枪杀。事实上，这份为丘吉尔的行动开脱的计划站不住脚。几人已经拒绝单独逃跑，因为这样做有激怒贝德的风险，会对留下的人造成威胁，特别是妇孺老人。当晚的尼德多夫，党卫队面临着大灾变，许多士兵带着复仇的欲望酩酊大醉，情况从未如此危险。

小镇边缘的火车道上，戴祝福"疯狂杰克"好运，看着他在黑暗中穿过铁轨，走向浓密的松林。佩恩·贝斯特随后听到"疯狂杰克"·丘吉尔逃跑，他感到既愤怒又恶心。"我觉得他的行为极为懦弱，即便最勇敢的人也犯这种毛病。"彼得·丘吉尔也不认可他的行为，训斥了他。他们担心，一旦党卫队士兵发现"疯狂杰克"消失，会造成严重后果。实际上，逃跑不是懦弱，而是自私，因为"疯狂杰克"·丘吉尔自己无法控制加入即将收尾战争的冲动。

戴目送他消失在黑暗中，丝毫不知"疯狂杰克"毫无代表囚犯联系盟军的愿望，因为他只在乎自己。

戴回到市政厅，走过前门时，很警觉地发现入口大门站着15名身背机关枪的党卫队士兵。贝德上下来回来去踱步，显然心情很糟。彼得·丘吉尔与戴同时进来。贝德走向他，问道："你表弟哪儿去了？"

彼得·丘吉尔已经习惯德国人将"疯狂杰克"（实际上是温斯顿·丘吉尔的表弟）错认为他的表弟。他对逃跑毫不知情，只是耸了耸肩。"我不知道，"他说，"可能他已经在楼上睡着了吧。"在他身边的"翼"·戴顿时紧张起来，脑子开始飞转。他们已经开始找"疯狂杰克"了吗？他离开的时间太短，根本不够让别人发现逃跑啊。

"嗯，"贝德说，"我给英国军官在广场对面预留了一间特别的房间。"

戴虽然不喜欢这说辞，但还在临危时刻保持了外表的镇定。他说："我们不想要什么特殊房间，和丘吉尔中士等一起凑合一晚就好。一切都安排好了。"

平淡的回答让贝德有些不知所措，但似乎也不愿再继续催促，便离开了。

贝德走出听力所及范围之外，听到这番对话的匈牙利前总理米克洛什·卡洛伊与彼得·丘吉尔低语道："上天保佑，今晚别去什么特别的房间，他们正伺机攻击你呢，我能感觉出来。"

"感谢。"丘吉尔说，"但别担心，我们也察觉到了。"

戴和丘吉尔尽可能表现得正常，从市政厅的主楼梯走上楼。戴不知所思，贝德想要上楼检查"疯狂杰克"的行踪轻而易举。如果他们已经抓住了他，那贝德只是简单地判断戴是否参与进来了。最重要的是，戴感到党卫队肯定已经知道了加里波第会议，而且猜到英国囚犯也参与了进来。那么把他们一同安排在一个房间只是为了隔离，最终消灭威胁吗？

党卫队和保安局士兵又警觉了起来（至少那些还清醒的人警觉了起来）。斯蒂勒和贝德显然下定决心，要在失控的一天后重整秩序，而他们的手下则紧张不安。当时情况极为不稳定，事态本身的复杂性又让形势变得更为危急，囚犯们分布在小镇四周，太多人希望自行其是。德国人警觉着包围村落的意大利游击队及其袭击的可能，他们的手指时时刻刻扣在扳机上，等待一切危险或抵抗的讯号。

同时，随着时间的推移，名囚也艰难地入睡了。市政厅每排床尾都坐着一名守卫，大腿上架着机关枪。所有入口和楼梯都在监视之下，德国巡逻兵在阴暗的走廊中走来走去。楼外，一卡车手榴弹在镇广场中央停着，昭示着不幸。附近更加严密武装的德国士兵在阴影中如隐若现。几百英尺以外，山里森林中，游击队员时刻观察着，等待复仇的时刻。

没人听到博宁和汤玛斯与德国高级指挥官的谈判，然而，这是和平解决问题的唯一希望。

Hitler's Last Plot

第十九章
死亡之日

柏林，4月29日，星期日

在德国愈发荒乱的首都地下元首地堡中，第三德意志帝国的末日以充满了复仇、背叛和残暴的"死亡闹剧"形式上演了。

午夜刚过，希特勒和他一直以来的情妇伊娃·布劳恩（Eva Braun）举行了婚礼。疲惫憔悴的元首换上常穿的制服，新娘穿上他最喜欢的黑色塔夫绸新娘裙。只有几名忠诚、值得元首信赖的人参加了婚礼：约瑟夫·戈培尔夫妇、马丁·鲍曼（Martin Bormann）、希特勒的秘书格尔达·克里斯蒂安（Gerda Christian）和特劳德·荣格（Traudl Junge）。

前一天，希特勒通过瑞士广播得知，希姆莱与盟军私下谈判，他被"忠诚海因里希"的背叛彻底击垮。希姆莱的副官赫尔曼·菲格莱因（Hermann Fegelein）在总统府花园接受审讯后被枪毙，一名下属也被派遣去追踪希姆莱叛国贼的行踪，让他得到惩罚，并确保他不会取代希特勒成为元首。

即便是再疯狂的纳粹分子，也意识到战争已无力回天，希特勒也开始考虑怎样自我了断——不到36小时，他便会命归西天。对于党卫队军官弗里德里西·贝德和埃德加·斯蒂勒来说，从柏林接到命令或指令是不可能了,他们只能完全依靠自己,而人质只能完全依靠德国人的仁慈。

***

尼德多夫,4月29日,星期日

清晨的时光走得很慢,住在巴赫曼旅馆和高登纳斯特恩旅馆的幸运名囚没有受到贝德和斯蒂勒手下太过严密的监视。但他们还是感到极为不适,轮流守夜,互相照应。很快,行刑的流言让他们不敢放松警惕,也丝毫无法打消恐惧。

除英国人外,神职人员、格德勒与施道芬贝格家族最为危险。所有人质中,希特勒最痛恨他们。神职人员在村北边、广场一条街外的天主教教堂神父住宅中得到了庇护。那里,约瑟夫·布鲁格神父(Father Josef Brugger)很热情地为这群名囚敞开大门,卡尔·康克觉得他是个"热心的人"。慕尼黑副主教约翰·纽豪斯尔更希望能和其他囚犯一起住在市政厅,他认为在一切未知多变的情况下,大家应该在一起。但他被劝进了神父家中。"党卫队士兵很容易生气。"两位神职人员告诉他。他们听到希特勒已自杀的流言,如果流言属实,那恐怕贝德的士兵会怒不可遏,开始复仇。

副主教纽豪斯尔去找斯蒂勒,用尽自己的决心告诉他:"我们现在要去神父家里住,别给我们找麻烦。"简短的争论后,斯蒂勒妥协了。纽豪斯尔还有最后一个诉求。第二天是星期天,他一定要举行弥撒。"请您允许吧,"他请求斯蒂勒,"我会与牧师安排好一切的。"斯蒂勒抵制了一会儿,但最终同意了。午夜时分,12名神职人员和格德勒与施道芬贝格家族走向牧师家,布鲁格十分周到地招待了他们。纽豪斯尔熬到了凌晨2点30分,与格德勒与施道芬贝格家族的人谈话。卡尔·康克在食品储藏室中收拾出个床铺,用毯子和大衣裹住身体抵御寒冷。当晚,谁都睡不安稳、睡不踏实。

凌晨3点左右,在巴赫曼旅馆一直等待得坐立不安、辗转反侧的佩恩·贝斯特等到了突然归来的乔治·汤玛斯。

汤玛斯解释道,博宁已经找到了村里的德国国防军指挥所,他身着上校军服,毫不费力地说服负责人致电维廷霍夫总部。但因为军队撤退,通讯非常繁忙,博宁等了好几个小时才打通电话。当他终于和维廷霍夫的参谋长汉斯·罗蒂格少将取得联系时,已过午夜。博宁解释了当下名囚所处的困境,希望维廷霍夫能够帮忙。罗蒂格告诉他,维廷霍夫不在,但承诺转达上校,让他回电。

博宁又等了两个小时,终于维廷霍夫在凌晨两点左右回电了。

他对名囚所处的困境深表同情,也承认意大利战争实际上已经结束。他得到的军令是撤到名囚现在所在的阿尔卑斯地区的多洛米蒂山,并且誓死保卫那里。同时,他也尝试与盟军谈判结束敌对状态(大概36小时前,他的信使飞去与陆军元帅哈罗德·亚历山大会面)。他承认,任何在他执行区域被处刑的名囚都由他负责,并且承诺派遣一支国防军军队来保护名囚的安全。他还承诺会通知该地区的美国兵，在本人无法进行抵御的情况下采取措施。理论上，计划非常周密。两周前，贝尔根·贝尔森集中营（Bergen-Belsen concentration camp）也建立了类似帮助解放的中立区。但那是西部前线，情况并非如此混乱，还因一场斑疹伤寒将人都挡在了外面。

博宁刚放下听筒，就看到党卫队上级突击队领袖埃德加·斯蒂勒和几个随从作为高级官员全副武装地冲入房间。斯蒂勒花了大半个晚上寻找博宁，他现在非常愤怒。博宁不喜欢一名党卫队军官用这样的口吻对他讲话，于是两人激烈地争吵起来。斯蒂勒威胁博宁，因尝试逃跑，要对他立即行刑。指挥所的指挥官对博宁非常愤怒，因为博宁没说他是囚犯。

虽然博宁自己身处险境，但他很同情他们。作为军官，他却违背了斯蒂勒的军令，而且完全误导了国防军军官。对峙稍稍平息了些后，博宁又回到了自己的住所，和其他囚犯重聚，还告诉他们，国防军已承诺尽快给他们自由。

佩恩·贝斯特感到如释重负，终于沉沉地睡了个安稳觉，尽管他的呼噜"大得像一头豪猪"，不断吵醒法肯豪森上将。其他散布在尼德多夫各处的名囚并不知情，整晚都在恐惧中度过。

***

周日的清晨寒冷且阴郁。充分休息的陆军上尉西格蒙德·佩恩·贝斯特、曾任纳粹德国时期军事情报机构阿勃维尔军官的弗朗茨·利迪格和博吉斯拉夫·冯·博宁上校走出巴赫曼旅馆，每一步似乎都洋溢着春日的喜悦。

三人已经举行了"战争理事会"，会上决定，准备权力移交最重要的工作是让斯蒂勒"担惊受怕"。幸运的是，他们走出旅馆时，遇到了站在楼前鹅卵石小广场上的斯蒂勒。佩恩·贝斯特告诉他，一起去室内聊个天。

显然，斯蒂勒不愿意，但三人似乎态度坚决。他环顾四周，确保他与贝德的手下都不在附近，跟着三人进入旅馆，上楼进入佩恩·贝斯特的房间。斯蒂勒非常紧张，但根本猜不到他已陷入了多么危险的陷阱。博宁在夹克下藏了一把手枪，三人也同意，如果斯蒂勒冥顽不化，"就无法活着离开房间"。

佩恩·贝斯特、博宁、利迪格和斯蒂勒围桌而坐，佩恩·贝斯特先发制人。他先谈及两人在达豪掩体里的对话："上级突击队领袖先生，你曾说你接到命令，是在把我们移交给盟军之前确保名囚的安全。我们最近听到了很多流言，表明你要么不愿意，要么不能执行此令，还制订了处死所有囚犯的计划。"

贝斯特对斯蒂勒承诺的概括实际有些偏差，但斯蒂勒并未过多争辩。"不，贝斯特先生，我真的只希望你们得到最好的待遇，你不必害怕我。"斯蒂勒提醒佩恩·贝斯特。理查德·史蒂文斯认识他很久了："他能告诉你，我是怎么善待囚犯的。"斯蒂勒将责任全都推给贝德，说："我昨晚和他大吵一架，我告诉他，我不会让你们任何一个人受伤，然而他威胁杀了我……你要相信，我一定能尽己所能来帮忙，但对贝德爱莫能助。"

佩恩·贝斯特不买账。"你说你想帮忙但帮不了,所以对我们没用,"他说,"我们当然不会让任何人杀了我们。所以,我们要从你这里接过控制权。"斯蒂勒对这番过分的要求感到震惊,却默不作声。"你同意吗?"佩恩·贝斯特问,"我能信任你会与我们忠实合作吗?"

斯蒂勒夹在贝德和三位严肃坚定的军官之间痛苦地意识到,现在这个地步,他没有真正的选择权,于是他从惊讶中恢复过来,表示同意。但他仍然坚称对贝德和保安局士兵束手无策,他们是党卫军一级突击队大队长库尔特·萨维茨基(SS-Sturmbannführer Kurt Stawitzki)的特殊分遣队,专门执行屠杀。

库尔特·萨维茨基是盖世太保最残酷无情的杀手,贝德是他最冷酷的手下之一。斯蒂勒指出,贝德已经知道,如果自己落入盟军手中,必定在劫难逃,即便救了139位名囚,也无法得到绞刑豁免。

佩恩·贝斯特向斯蒂勒说了维廷霍夫上校的承诺,如果贝德拒不从命,就派德国国防军步兵连前来处理。他要求斯蒂勒转告贝德,并召集所有名囚中午在巴赫曼旅馆开会,宣告贝德正式将领导权移交给佩恩·贝斯特。

斯蒂勒被逼无奈,也完全不知佩恩·贝斯特无法完全掌握局势,所以同意执行两份指令。会议结束了。

博宁、利迪格和佩恩·贝斯特很高兴地看到形势有了进展,便下了楼,出了旅馆。小广场中,他们遇到了"翼"·戴和约翰·麦克格拉斯。贝斯特非常开心,告诉他们一切尽在掌握之中,过些时候就能取得控制权。

"噢,你被落下太多了,贝斯特,"戴说道,"都安排好了。"他告诉三位惊愕的军官,加里波第已经利用游击队员组织援救。意大利士兵会杀掉守卫,占领尼德多夫,"带所有人上山"。袭击计划就在今晚执行。

***

博宁、利迪格和佩恩·贝斯特强硬地对峙斯蒂勒时,"翼"·戴从市政厅理事会会议厅被召唤到顶层的桑特·加里波第总部。

他和麦克格拉斯上楼,发现房间里已经挤满了意大利人,身着蓝色军服的加里波第神采奕奕,主持会议。大卫·费雷罗中校也设法偷了一套合适的衣服,身着剪裁得当的卡其裤配武装带,游击队领队风范十足。戴心想,他们是怎么得到这些物件的,又是如何在党卫军鼻子底下穿上,还毫发无损的?

懂意大利语的彼得·丘吉尔不在,沟通变得比较困难。不过幸好,戴也会说一点法语和德语,而加里波第和费雷罗的法语说得很好。

会议主题是计划当晚袭击。虽然加里波第曾做出妥协,让博宁尝试联系维廷霍夫,才同意推迟前一晚的袭击计划,但是现在袭击计划又重启了。不仅如此,计划正向极为令人担忧的方向发展。现在,加里波第和费雷罗希望屠杀所有留在尼德多夫的德国人,不仅是党卫队和保安局的守卫,还有德国人质。

只有妇女、孩子才能逃过一劫,和名囚一起被带入山中。

戴为麦克格拉斯翻译的时候,这位爱尔兰人"差点气炸了"。他被这份计划吓坏了,当机立断决定退出如此可怕的行动。

戴和意大利人激烈地争吵起来,麦克格拉斯也坚定地支持戴。最终,加里波第同意放弃部分计划。戴认为他心底还是个"善良的好人",相信符合道德的理由能说服他;无论如何,如果英国人不参与进来,计划很难成功施行。

经历了反复磋商,计划终于得以展开。英国小分队的任务是等到意大利游击队开始突袭,就杀死市政厅中的党卫队,其他地方的守卫也会被单独解决。一旦村落被拿下,就可集合囚犯,将其带入山中。费雷罗能亲自领导袭击。戴非常信任费雷罗的能力,认为他是"个性鲜明、聪明透顶、带兵经验丰富"的天生领导者。

戴很清楚行动的危险性,害怕女人和孩子会被乱弹打伤甚至打死。他能想象出他们被困枪战中的恐惧。但是,他认为既然"战争已经打响,就无路可退。有人杀戮,也有人死亡,主动出击总强过听天由命"。对此,他开心不起来,但也相信他、麦克格拉斯和意大利人的决定是正确的。"如果坐以待毙,那我们就好似两个该死的懦夫。"戴后来回忆道,"我不想让费雷罗看低我。"

佩恩·贝斯特得知计划时惊愕至极,他觉得自己竟然天真地以为一切尽在掌握之中。他也见过加里波第"所谓的游击队员",他们在他眼里不过是一群脖子上围着红围巾的"农村青年",

他完全不相信他们有能力打击党卫队，镇压保安局的士兵，同时还能保证100多个分散在各处、惊恐且担忧的男女老少的人身安全。他认为最重要的事情莫过于用和平或暴力手段，在贝德做出任何争夺权力行径之前杀死他。

佩恩·贝斯特能感到事态已不再受自己所控。贝德还没死，斯蒂勒转交控制权的承诺也不可靠。现在已经快10点了，领导安排中午开会，佩恩·贝斯特只有两个小时的时间处理危机，"镇压武装起义"。他坚持要与加里波第碰面，便在戴和麦克格拉斯的陪伴下向市政厅出发，他委婉地表示不会将自己的意志强加给任何人；相反，他们之间应形成国际联盟，决定最佳行动方向。

三人前往加里波第的总部，找到他和费雷罗。佩恩·贝斯特会说多门语言，沟通毫无障碍，他坚定地说他们的计划不会成功。他压倒了费雷罗愤怒的抗议，以民主的名义说服加里波第11点举行一场会议，包括在场的五人，外加博宁、利迪格、副主教纽豪斯尔、詹·斯塔内克少校（Major Jan Stanek）、帕帕戈斯总参谋长和皮由特尔·普里瓦洛夫少将（Major General Pyotr Privalov）。

11点会议开始。佩恩·贝斯特因他人的语言障碍主导了会议。普里瓦洛夫除了自己的母语外只会说德语，帕帕戈斯只会法语。佩恩·贝斯特将大部分精力放在加里波第身上，因为他才是最需要说服的人，他是否准许能左右游击队的行动执行。

面对费雷罗强硬且激烈的反对，佩恩·贝斯特迎合加里波第的政治敏感度和爱国主义情怀来支撑自己的观点。他指出，南提洛尔曾是奥地利领土的一部分，而人口大部分都属于德意志民族。南提洛尔在战后有被归还给奥地利的风险，而一旦意大利游击队的暴力袭击杀死了布鲁姆和舒施尼格等著名政治家，则风险会更大。

加里波第考虑了良久。"我热爱和平。"他说道，也承认他更倾向于非暴力解决方案。

费雷罗愤怒至极。他冲出房间，高喊着他不管委员会怎样安排，都会继续袭击计划。

佩恩·贝斯特说服加里波第后，询问了其他人的想法。麦克格拉斯和戴都说他们不信任德国人的承诺，但也承认佩恩·贝斯特最适合评判德国军官是否值得信任。其他人没有提出反对。在帕帕戈斯的建议下，佩恩·贝斯特同意联系国际红十字会，请他们出面干预。

＊＊＊

名囚军官们互相讨论、制订计划时，其他希特勒囚犯的周日平和而安详。

名囚中有许多虔诚的基督徒，包括几名天主教徒。4月29日是复活节后的第四个周日，今早举行弥撒，会给他们带来慰藉。前一晚，斯蒂勒同意慕尼黑副主教约翰·纽豪斯尔举行弥撒，允许当地人都来参加；所以早晨10点，当佩恩·贝斯特刚刚得知游击队袭击计划，忙不迭地去找加里波第时，信徒和非信徒都聚到了尼德多夫的圣斯蒂凡大教堂（Church of Saint Stephen）。

这座巴洛克风格的教堂庄严而美丽，坐落在村落边缘，距小广场不远，墙壁明亮、白净，顶着两个对称的赤褐色穹顶。前克莱蒙费朗主教加百列·皮戈在随行神职卡尔·康克的帮助下做了弥撒。他谈到相信主的指引和大家相互的手足之情。

许多天主教徒和希腊东正教徒吃了圣餐，其中包括年轻的英国空军上尉伯特伦·"吉米"詹姆斯。随后，许多人前来忏悔。参加这神圣典礼的人内心平静安宁，尽管变幻莫测的局势还令他们焦虑。教堂外，尼德多夫将要展开的事端将会决定他们的未来，决定他们未来24小时的生死存亡。

***

佩恩·贝斯特、博宁和加里波第不是唯一一群解决危机的人。意大利军需长、秘密游击队队长安东·杜契亚也在努力。

杜契亚是职业工程师，曾在法国俱乐部当过滑雪教练，英语、法语都说得很好。在"翼"·戴看来，他是个"很好的小伙儿"。杜契亚去了博尔扎诺，并带着他的助理赫伯特·塔尔哈默博士（Dr. Herbert Thalhammer）归来。阴郁的周日早晨，他们到达市镇广场时，100多名穿着各式服装的男女老少被党卫队和保安局守卫围起来，德国士兵正用车阻止尼德多夫村民接近囚犯。整个早晨，党卫队担心安全问题，尽可能聚集了所有名囚，安置在同一地点方便看守。

杜契亚意识到形势的严峻程度。他找到斯蒂勒，解释道，因为囚犯待在许多不安全的地点，可能有游击队员救援囚犯。他也知道名囚听说了处死他们的计划，担心他们可能试图逃跑。如果做了类似的计划，斯蒂勒说，他的屠杀指示是容不得半点质疑的。

杜契亚深知任务棘手，如果得知加里波第计划袭击，佩恩·贝斯特与斯蒂勒达成协议，或者博宁联系维廷霍夫总部，人们会更加焦虑。现在的形势昭示着灾难降临。还有几周，盟军可能就要到了，他必须安抚囚犯，避免他们鲁莽地对待守卫。

眼下最迫切的，是安抚党卫队集中所有囚犯的焦躁情绪。他们应该回到原来的布拉埃斯湖旅店。虽然他也不知道德国空军将军占领了酒店后还能不能完成这一任务，但是杜契亚承诺过斯蒂勒，人质最晚会在第二天转移到酒店。

获得斯蒂勒准许后，杜契亚向所有在场囚犯保证他们的人身安全，请求他不要鲁莽行事。他随后找到了刚与加里波第成功谈判的佩恩·贝斯特和博宁，他们请杜契亚参加中午巴赫曼旅馆的大会。

同时，杜契亚开车去往只有 15 分钟车程，7 英里以外的布拉埃斯湖旅店。

旅店坐落在蔚蓝平静的布拉埃斯湖畔并因此得名，背后连绵的雪山壮丽巍峨，形成了绝美的背景。杜契亚很快找到店主兼主管艾玛·海伦史坦纳（Emma Heiss-Hellenstainer），告诉她必须赶走三名德国空军将军。当他告诉她取而代之的客人会是一群不同国籍的名囚时，身材矮小、有些阴郁、留着背头的白发女士非常兴奋，甚至开心得从椅子上跳了起来。

女士很快安排杜契亚与最高德国空军军官汉斯·施莱默（General Hans Schlemmer）谈话，也同意与他的同事阿尔弗莱德·布洛维乌斯和汉斯·乔丹（Generals Alfred Bülowius and Hans Jordan）商量。他们被杜契亚队尼德多夫危险形势的描述说动了，原则上同意离开旅店，但是坚持要从维廷霍夫获得一份书面或电话军令。

杜契亚承诺今天晚上把军令递到，便出发前往尼德多夫参加大会。

***

时针指向中午，尼德多夫的名囚聚集在巴赫曼的餐厅。139名囚犯全员到齐，阵容惊人，有将军、政治家、神职人员、步兵、空军、特工、学者、艺人、以及他们的妻子和孩子。杜契亚到达的时候，房间里几乎爆满，洋溢着兴奋、期待的氛围。

囚犯安静下来后，党卫队上级突击队领袖埃德加·斯蒂勒神情阴郁，气馁地宣布，他不再负责主管囚犯。他还威胁道，因此他也不负责保障囚犯的安全，正式将控制权移交给德国国防军，暂时由博吉斯拉夫·冯·博宁上校主管。完了他说，"贝斯特先生再讲几句。"

大家同意博宁和佩恩·贝斯特共同领导，佩恩·贝斯特已经变成了盟军囚犯的实际高级代表，而博宁虽然不是他们中最高级的德国军官，却是唯一一位荣誉囚犯，原则上讲仍在服役。两人之中，佩恩·贝斯特做主。两人都踏上一张桌子，开始向各自的同胞讲话。博宁讲德语，佩恩·贝斯特讲英语和法语。从此刻起，他们自由了，他们说，名囚们现在是客人，不是囚犯。但是，还应该牢记，他们现在仍处于战争区。

安东·杜契亚强调了佩恩·贝斯特的话，向众人说，他们必须将自己视为提洛尔的客人，提洛尔的人民只希望尽可能帮助他们。他还寻求信任，请求众人不要采取"罗曼蒂克"式的行动，因为会威胁同胞和自身的人身安全。他已安排囚犯转移至更为安全的住所，受国防军的保护。

同时，佩恩·贝斯特的领导会由博宁、利迪格、副主教纽豪斯尔支持。此时，一阵热烈的掌声响起，在这短暂的时刻，佩恩·贝斯特和博宁沐浴在囚犯的赞美之中。

大会后名囚开始吃午餐，杜契亚前往博尔扎诺的 C 集团军群。虽然听到了这么多抚慰人心的话，但名囚还没有脱离险境。贝德被孤立起来，党卫队和保安局的士兵现在越来越难以控制，国防军队也没有派遣小分队保护名囚，杀戮随时可能发生。

尽管杜契亚已针对加里波第的计划采取了防范措施，但意大利游击队也是个随时可能引爆的炸弹。杜契亚听说计划后，就准备动员当地的提洛尔地下兵（Standschützen），地下兵曾属奥匈帝国，可召集几百名军人。虽然加里波第信口雌黄，但杜契亚相信加里波第手下只有不到 80 人。一旦加里波第展开袭击，几百名军人就会包围尼德多夫，防止将囚犯带到山中。

国防军、党卫队和保安局的军人都参与进来，而名囚成为其中的目标，地方内战正在爆发，构成了真正的威胁；然而，囚犯忙着享受名义上的自由，无暇意识到这一点。

经历了长时间动荡不安后，庆祝的氛围实在浓厚。约瑟夫·穆勒、乔治·汤玛斯、沙赫特一家人和舒施尼格一家人享受着巴赫曼厨房送来的浓汤盛宴，其他神职人员去往牧师家中，享用蒂罗尔饺子和火腿切片。随后，卡尔·康克和加百列·皮戈出去散步，欣赏多洛米蒂山脉的美景，然后在教堂祭坛祈祷。

当晚，名囚忽视了佩恩·贝斯特和杜契亚不要远离房间的警告，安静地游逛尼德多夫街道，有些人在当地的餐馆吃饭，一名党卫队士兵还请伊莎·维尔梅伦喝了一杯红酒。当晚，维也纳前市长理查德·施密茨七年来终于第一次睡在一张真正的床上，非常开心。在巴斯曼与好友一起喝完红酒后，尼莫拉牧师终于在凌晨2点躺在了舒服的床上。

安东·杜契亚警觉的副官赫伯特·塔尔哈默博士召集了一群提洛尔地下兵，组成了"尼德多夫射击手"来监视囚犯。他们整晚保持着警惕。

但当晚也并非一夜太平。博宁邀请了几个客人到他房间做客，包括几位将军、佩恩·贝斯特、薇拉·冯·舒施尼格。正当他们静静地思考未来时，一群党卫队士兵撞开了门，带着愤怒与酒气冲进来，挥舞着枪。博宁很快站起身，拿出被捕后一直藏着的手枪。他的神情冰冷而轻蔑，把武器指向不速之客，他们很快投降，消失在夜幕中。

Hitler's Last Plot

第二十章
党卫队对决

南提洛尔，塞斯托（Sexten），4月30日，星期一

多洛米蒂山上太阳升起，第一缕阳光照亮提洛尔美丽的小村塞斯托。德国国防军上尉维夏德·冯·阿尔文斯莱本（Captain Wichard von Alvensleben）离开总部，与司机和一位士官上了军车。车驶离村庄，开向高速主路，向尼德多夫出发。

前一晚，阿尔文斯莱本忙了很多事，所以此时才前往尼德多夫。这一遭会让他从勤勤恳恳、默默无闻的国防军军官转变为双方的英雄；这一遭也是他在几个小时里第二次去尼德多夫，而且会将局势引向危急的境地。

一切都从前一晚开始，参加完名囚中午举办的周日大会后，安东·杜契亚立即驱车，驶过60多英里绵延拥堵的山路，去往博尔扎诺的驻地。到达后，他直接去了C集团军群；多亏博宁牵桥搭线，维廷霍夫的联络军官雷赫尔（Major Reichel）告诉才杜契亚，维廷霍夫指挥官已知晓尼德多夫的局势。在确保能与指挥官开诚布公地交谈后，杜契亚被带到了海因里希·冯·维廷霍夫上校处，他的幕僚长汉斯·罗蒂格少将同样在场。接下来的三小时内，杜契亚说明了名囚的处境，三人讨论了最佳行动

方案。维廷霍夫同意下令将德国空军将军从布拉埃斯湖旅店中疏散出来，并承诺向那里输送食物和军需供给。他一再承诺从C集团军群派遣国防军步兵分遣队，解除贝德与斯蒂勒手下的武装。

当晚11点后，阿尔文斯莱本就接到了罗蒂格少将的电话，获令负责该行动。阿尔文斯莱当时在尼德多夫以东10英里的塞斯托守岗。他作为C集团军群总部守卫连的指挥官，来到塞斯托是为了监督维廷霍夫上校总部博尔扎诺的转移行动——很快，美国军队就会从加尔达湖进军至此。

阿尔文斯莱本经历了一场鏖战。他是普鲁士贵族著名军事世家之子，曾分别在波兰、法国、苏联、美国和意大利服役。在东部前线受重伤后，他被授予铁十字勋章（the Iron Cross），成为维廷霍夫上校的部下。希特勒德意志帝国的崩塌给他一记重击。1945年1月，红军军队到达坦克科塞根费尔德（Tankow Seegenfelde），劫掠了他的家，烧了他们的城堡，于是他的妻子饮弹自尽。但阿尔文斯莱本是基督教徒，也是最古老的天主教修道骑士会圣约翰骑士团（Order of Saint John）成员之一，他虔诚至极。他得令调查尼德多夫情况，负责囚犯的食宿。

阿尔文斯莱本周日晚上第一次前去时，已超过晚上10点，村庄一片漆黑。很巧的是，他很快就碰见了出来散步，呼吸新鲜空气的党卫队上级突击队领袖。阿尔文斯莱本很快意识到，这位党卫队军官一定与人质有关，就向他介绍自己，但未告诉他自己来尼德多夫的真实原因。这位党卫军军官是埃德加·斯蒂勒，几分钟后，斯蒂勒好似丧失了自控力一般，开始向他倾诉起自己的感受，描述自己所处的艰难困境。两人随后一起前往一间小餐馆，一边喝着咖啡，斯蒂勒一边告诉阿尔文斯莱本名囚的始末和他作为守卫指挥官的事实。他也坦白，他与保安局士兵的领导合不来，因为这位领导告诉他囚犯将被枪杀，因此在囚犯中营造了焦虑和惊恐的氛围。斯蒂勒还说，囚犯因此尝试逃跑，"费了很大力气才镇压下来"。虽然当天中午会议已经达成协议，但屠杀还很可能发生，因为贝德没意识到权力已被转移，会毫不眨眼地冷血屠杀所有囚犯。

阿尔文斯莱本对这番言论震惊了，但掩饰住了内心的感受，他不想让斯蒂勒对自己来尼德多夫的原因产生怀疑。他编了个理由离开了，当天采取行动已经太迟，所以他回到了塞斯顿，打算明早再回尼德多夫。

现在的情况让阿尔文斯莱本陷入两难境地，因为与维廷霍夫向杜契亚承诺的相反，汉斯·罗蒂格少将并未授权他采取任何反对党卫队的行动。若尚未获得最高授权采取行动，将严重违反国防军和党卫队之间的行事程序。

周一早晨，阿尔文斯莱本与自己的司机汉斯·谢弗（Hans Schäfer）和副官埃米尔·朗格陵（Emil Langeling）一同出发，回到尼德多夫。朗格陵和阿尔文斯莱本一样都是虔诚的教徒，开始服役前不久刚刚成为天主教祭司。他们两人都需要主的引导，才能处理即将踏入的险境。

一个小时左右，阿尔文斯莱本一行人就驱车行驶10英里来到尼德多夫，穿过狭窄主路上拥堵的军车，到达时已是早晨8点。很快，这支国防军小分队就在主广场遇到了难缠的党卫队下级突击队领袖贝德，他身边还有几位女士。

阿尔文斯莱本猜测此人是斯蒂勒的副手，便开始与他攀谈起来，同样没有暴露自己的目的。虽然这位党卫队军官没有介绍自己，但很显然，他的确是斯蒂勒恐惧描述的保安局军官。在阿尔文斯莱本看来，党卫队下级突击队领袖贝德的第一印象很是不善，让阿尔文斯莱本想到了臭名昭著的罗兰德·弗莱斯勒——那位凶狠残暴、冷酷无情的人民法院纳粹法官，绝大多数德国人都痛恨他、害怕他。

阿尔文斯莱本尝试巧妙、婉转地让贝德透露囚犯的信息，但是贝德守口如瓶。最后，阿尔文斯莱本只能直截了当地询问。贝德不愿过多透露，只说他们现在已经前往布拉埃斯湖。阿尔文斯莱本继续问下去的时候，贝德说只要名囚都死了，他的任务就完成了。

阿尔文斯莱本最害怕的事情得到了证实，他必须尽快采取行动。他告诉贝德，他是C集团军群指挥长的密使；同时，他的军令和任务已经完成。阿尔文斯莱本很清楚自己已经越权，他其实没有权力向一位党卫队军官下这样的命令，但除此之外，他无路可走。他还说，贝德应该没有任务了，要求他留在镇中，听自己指挥。这是极为大胆的说法，贝德这样的人是很难轻易接受一位年轻国防军官这样对自己说话的，即便是军衔高过他的人，也难以接受。贝德很愤怒，轻蔑地拒绝了阿尔文斯莱本的指令。

阿尔文斯莱本深知自己身处险境，他自己身边只有一名军队祭司和司机，面对几十名全副武装、暴躁凶猛的党卫队士兵，他必须立即获得支援。阿尔文斯莱本很快撤退，离开了怒不可遏的贝德，立刻给塞斯顿的大营总部发电报，要求派遣战斗队。

紧张的45分钟过后，15名中士下士组成的小分遣队带着机关枪到达尼德多夫。阿尔文斯莱本下令要求他们在市政厅前的广场上候命，党卫队把总部设在这里的市长办公室，党卫队和安保队都集结于此。虽然分遣队到了，但兵力仍然远远不够，因为他们的职能可能很快从保护变为攻击。阿尔文斯莱本决定加派更多支援。但这次，他并未等待塞斯顿的士兵，而是叫来了距尼德多夫只有2.5英里的多比亚科村的驻扎军队。他一边等待士兵到来，一边去往不同的旅店酒店，开始善意地平复名囚焦虑、紧张的情绪。

由于阿尔文斯莱本行为思维缜密、小心谨慎，佩恩·贝斯特和博宁都不知道他的存在，所以他们变得越来越焦躁。博宁今早给维廷霍夫打了几次电话，却只知一支队伍在他令下赶来。但目前为止，从C集团军群运来的只有一箱意大利白兰地和一箱阿斯蒂起泡葡萄酒。不论怎样，佩恩·贝斯特都相信，名囚的士气总体不错。

阿尔文斯莱本遇到囚犯时，却与佩恩·贝斯特不同，没有他想当然的乐观。虽然统领权已被交接，但很多人仍然非常紧张，担惊受怕。他也曾试图说服他们，说自己会保护他们，贝德和斯蒂勒的手下不会再伤害他们，但收效甚微。名囚太了解贝德，所以得知国防军阵容如此之小后，就深知这位年轻国防军军官不太可能胜过保安局和党卫队士兵。

博宁最终遇到阿尔文斯莱本时，也表达了同样的想法。他对这位军官并不买账，因为阿尔文斯莱本承认自己没有指挥党卫队的权力。更令人担心的是，以博宁犀利的眼光看来，阿尔文斯莱本性格太过软弱，不可能战胜贝德。

紧张的两小时后，从多比亚科出发的分遣队才到，队伍由150位步兵训练营兵组成，虽称不上是身经百战的战斗军队，但人数足够，还带来两大箱沉沉的机关枪。阿尔文斯莱本将队伍部署在广场周围，在市政厅操练武器。现在，他在军事上终于处于上风，有信心战胜贝德和斯蒂勒。他命令二人留在市长办公室，保安局和党卫队的士兵在任何情况下都不能离开市政厅附近。

名囚看到国防军的强势军力，心情好了很多，终于安心地到街上散步，互相或和当地人聊天。同时，阿尔文斯莱本也重新开始向名囚介绍自己，拜见布鲁姆、舒施尼格一家人、玛丽亚·冯·哈默施泰因、马丁·尼莫拉牧师、普鲁士王子弗里德里希·利奥波德和弗朗茨·利迪格。

阿尔文斯莱本自以为是地认为已处理好党卫队的事宜，完全不知道名囚内部也开始麻烦重重。其实，他并非唯一一个拜访舒施尼格一家的人。中午时分，大卫·费雷罗中校叫了他曾经的总理和总理夫人到巴赫曼旅店，向他们做出提议。

费雷罗因游击队袭击行动终止而大发雷霆后，也最终接受了保证舒施尼格安全对意大利属南提洛尔是至关重要的说法。

所以，他说服舒施尼格，让他和家人接受其游击队保护。游击队总部设立在尼德多夫以南 20 英里的科尔蒂纳丹佩佐滑雪场（Cortina d'Ampezzo）。费雷罗已经安排好带一家人前往此地的交通。他指出，现在尼德多夫的形势依然极不明朗，舒施尼格应该尽快做出决定。但舒施尼格没有接受，因为他向名囚许下了承诺。他说，一个人逃跑会给剩下的所有人带来恶果。

同时，阿尔文斯莱本也知道，直至贝德与斯蒂勒的士兵被完全取缔之前，他都无法安下心来。但必须要获得博尔扎诺上级的批准，才能将他们驱逐出尼德多夫。他进入市政厅，致电罗蒂格少将，询问此事。幸运的是，有权直接取消党卫队军官命令的党卫队副总指挥卡尔·沃尔夫当时就站在他旁边。对于年轻的阿尔文斯莱本来说，当罗蒂格将听筒递给沃尔夫时，非比寻常又令人胆寒。阿尔文斯莱本解释了尼德多夫的紧张形势，沃尔夫也仔细地倾听。沃尔夫完全同意撤回贝德和斯蒂勒的军队，又说："把他们叫到博尔扎诺来！"阿尔文斯莱本悬着的心放下了。

阿尔文斯莱本却不清楚，其实沃尔夫和名囚一样陷入困境。未经柏林同意，沃尔夫和维廷霍夫已和意大利德国军队一起投降。中止敌对状态协议已在前一天签署，两天后的 5 月 2 日正式生效，随后投降。同时，海因里希·希姆莱和盟军谈判时也耍着自己危险的计谋，要手段谋取德意志帝国的控制权。他的立场非常重要，元首已得知他的阴谋诡计，希姆莱却不知沃尔夫和维廷霍夫的投降协议，但他知道沃尔夫去了几次瑞士，也知道他的妻儿被党卫队"保护性监禁"。同一天,沃尔夫的密使刚从前线另一端卡塞塔盟军总部回来,正式投降。但令沃尔夫失望的是,柏林的军官剥夺了他的授权,因为柏林要阻止任何仓促的停战。维廷霍夫和罗蒂格已经失去了指挥权,沃尔夫的命运落在了卡尔滕布鲁纳手中,所以沃尔夫或维廷霍夫的军令能维持多久还尚未可知。

阿尔文斯莱本还不知道事态急速发展的走向,发现自己陷入危机之中。贝德和斯蒂勒两人都被剥夺权力、困在市政厅后变成了一根绳上的蚂蚱。阿尔文斯莱本打电话时,两人逃跑了。他们抢了辆车飞快地开走,但在阿尔文斯莱本手下设置的障碍物处停了下来。两人不得不转过身,回到市政厅,气得咬牙切齿,当阿尔文斯莱本还在和沃尔夫打电话时冲进屋子,打断他的对话质问他。

就连通常意志力薄弱的斯蒂勒都开始威胁起来。他们警示道,如果阿尔文斯莱本手下胆敢使用武器,那么党卫队和保安局也会以彼之道,还施彼身。

稍稍走错一步,形势就会完全失控,朝暴力的方向发展。阿尔文斯莱本必须快速解除危机,不然尼德多夫的公民和名囚都会陷入危险之中。他向贝德和斯蒂勒保证,如果他们能让他打完电话,就不会诉诸武力,造成流血事件。很显然,解决党卫队的速度必须加快,但解决党卫队的方法仍然尚不明朗。他手中虽握有武力,但力量不足以讲条件。

阿尔文斯莱本和博宁、利迪格和佩恩·贝斯特一起召开会议,然而会议毫无成果。佩恩·贝斯特对这位年轻的国防军军官的印象不太好；他是个"非常有魅力、行为举止正派的年轻军官"，但似乎很紧张，"不愿做采取任何明确行动"。当时他们争论应该做什么，阿尔文斯莱本对他们的建议显得毫无热情。博宁身为德国军官，称他会对一切后果负全责。阿尔文斯莱本松了一口气，得到党卫队副总指挥卡尔·沃尔夫和一位国防军上校的支持，他做好一切准备面对可能发生的事情，回到了自己的军队。

小镇广场上正在紧张对峙。国防军已经包围住了整块地方，部署了机关枪。保安局的士兵也拿起他们的武器，全副武装地聚在市政厅的卡车前，激烈地讨论该做什么。佩恩·贝斯特和博宁（公然带着枪）接近了保安局士兵。

在广场边上，"翼"·戴和一些其他盟军囚犯屏住呼吸，看着对峙展开。他们感觉到，这是重要的时刻，要么是继续和平，要么就开始炮火互袭。

佩恩·贝斯特将保安局的注意力吸引到指向他们的几十把机关枪、来复枪和手枪上。"放下武器，"他说道，"不然我就开枪了。"

保安局士兵定睛一看，似乎才意识到对方武力之强大。他们是行刑军，并非战斗士兵，真正上战场时，没什么自杀式最后一搏的英雄主义。佩恩·贝斯特惊讶地看到，他们慢慢静静地放下了武器，卡车旁边渐渐摆满了机关枪、随身武器、弹药和手榴弹。

贝德终于收回利爪，傲慢、尖锐的态度突然不见了。他卑微地请求佩恩·贝斯特和博宁利用其影响力搞些燃料,让他和手下离开小镇。博宁对这厚颜无耻的行为非常愤怒。他气愤地威胁要枪决贝德和所有的党卫军和保安局士兵。他们搜索卡车,发现车中的凳子下120件国际红十字会战俘包被盖在布单下时,博宁和所有人更加怒不可遏。名囚整途挨了多少顿饿,如此丰厚的食物却被党卫队士兵独占。

说服博宁不要处死贝德和士兵花了很长的时间和精力,但是他直截了当地拒绝给贝德提供任何燃料。

随后,贝德还是搜寻到些许燃料,大多守卫都坐巴士和卡车,向布伦纳山口出发。11人留了下来。其中包括斯蒂勒,因为相比贝德,他更信任国防军和名囚。其他人出于个人意愿留下来。随后的情况表明,那些留下来的士兵做了正确决定。流言称,逃跑的党卫队和保安局士兵被埋伏在尼德多夫不远的游击队袭击,逮捕后被绑在路边的电话杆上。贝德是否也在其中尚未可知。

同时,虽然危险情况差不多完全解决。名囚们仍然四散在尼德多夫各处,风险很大。他们必须马上离开。

Hitler's Last Plot

第二十一章
天堂危机

布拉埃斯湖，4月30日，星期一

普斯特山谷的南侧，多洛米蒂山脉高耸，仿佛一面18英里宽的巨屏。在其众多山峰中，宽广形如铁锹的塞科费尔山（Seekofel）高耸在绿色深邃的冰川山谷之中；山脚处，盘卧着长椭圆状，形如锯齿燧石刀片的布拉埃斯湖，意大利人称之为拉戈迪布莱斯（意大利语：Lago di Braies，意为澄清蓝绿湖）。布拉埃斯湖被视为多洛米蒂山脉的明珠，在当地民间故事中的地位举足轻重，据说，湖南岸与塞科费尔山山脚的交汇处是通往阴间之门。

湖的西北岸，松林覆盖的陡峭岩坡顺势而下，舒展成更平缓的绿山，山上建的就是布拉埃斯湖旅店，这是奥匈帝国的鼎盛时期建造而成的雄伟高山大楼。楼上的三面三角墙在屋檐下，久久注视着湖对岸的塞科费尔山。

很久以来，布拉埃斯湖都是富有、显赫的欧洲人的度假胜地，奥匈帝国王储弗朗茨·斐迪南大公（Archduke Franz Ferdinand）被刺之前就在酒店建立初期逗留。

1945年4月末，周一下午，刚用完午餐，一辆车沿着尼德多夫方向的高速公路驶上绵延林路，穿过松林，停在酒店外。车中人是弗朗茨·利迪格，他代表名囚前来确认酒店是否能够招待139位新客人。

利迪格身边陪着两位最适合评判住宿恰当与否的女性亲属囚犯。一位是伊丽莎白·凯撒（Elisabeth Kaiser）女士，她的父亲雅各布·凯撒（Jacob Kaier）是社会主义政治家，参与了抵抗希特勒的密谋；自从他被逮捕后，伊丽莎白与母亲特蕾莎（Therese）、叔叔约瑟夫和阿姨凯特·莫哈尔一起被捕入狱。陪伴利迪格的另一位女士是凯西·古詹（Käthe Gudzent），她在被捕后与孩子分开，忍受了几个月妻儿离散、音讯全无的日子。

旅店店主艾玛·海伦史坦纳很满意地看到几位德国空军将领总算收拾好行李离开了酒店。但是旅店长时间不对公众开放，人手不足，导致内部环境恶化严重。供热设备冬天被冻住，现在水管都炸裂漏水，燃料供给也不充足。虽然现在春季过半，但身处阿尔卑斯山高海拔地区，气温如冬天般寒冷。凯撒和古詹女士开始做安排，至少确保年迈的名囚能住在温暖的房间。接下来几天，两位女士会成为旅店的支柱。

海伦史坦纳女士找到几间最温暖的房间，按照凯撒和古詹女士的安排，把第一层留给年纪更大的蒂森一家、格德勒一家、施道芬贝格一家、沙赫特一家和希腊将领。赫伯莱恩一家、舒施尼格一家、马丁·尼莫拉、大多爱尔兰人和英国人分在第二层，第三层分给了布鲁姆一家，以及剩下的奥地利人、捷克人、丹麦人和匈牙利人。一人从村里带回供水、艾玛·海伦史坦纳女士烧起了炉子,开始为很快到来的客人准备粗麦粉浓汤。

尼德多夫的危险仍未消除。虽然佩恩·贝斯特自己对形势的管理和卸下党卫队武器很满意,但"翼"·戴等其他人却仍感焦虑。市政厅现在完全被加里波第占领,挂上了意大利旗帜。费雷罗仍对取消袭击心怀嫌隙,领导一群市镇东部的游击队前往塞斯顿和圣坎迪多(San Candido),追赶撤退的德国军队,将战俘和一大堆缴获的兵器放在市政厅,分发给其他游击队。

虽然名囚不再受党卫队控制,但继续战斗的逃兵和疯狂的纳粹仍会对他们造成威胁。德国名囚危险特别大,因为费雷罗等游击队员一直惩罚他们眼中值得受罚的人。原来看守他们的党卫队守卫中,11名留在尼德多夫,加入名囚的阵营,因为名囚答应他们,盟军来时会替他们说好话。党卫队上级突击队领袖埃德加·斯蒂勒没与名囚在一起,他非常渴望去布拉埃斯湖,但害怕一旦被盟军逮捕受到报复,也害怕落入盖世太保手中后,因伙同敌人而受到惩罚。博宁、杜契亚和佩恩·贝斯特都试过说服他,说他们完全愿意让他加入名囚的行列,但他不敢。一位在尼德多夫和妻儿团聚的斯蒂勒手下也面临着同样的困境。

虽然危险依旧,但村民和名囚还处在虚假的安全感中,自由地四处走动。"吉米"·詹姆斯、空军中尉悉尼·道斯、伊莎·维尔梅伦、吉塞拉·冯·普莱顿和前内政部大臣彼得·什尔男爵沿普斯特山谷散步,这群通常从未在一起的人一同散步的场景显得非常奇怪。

午后,名囚登上了车,满怀希望地踏上监禁生涯中最后一程。

虽然严格来说他们不再是囚犯，但对四周变化无常的武装军队来说，他们却仍然是人质。尽管阿尔文斯莱本的国防军部队表面上保护他们，但在如今的混乱形势下，没人能保证他们不会突然开始杀戮。

轮番接送名囚花了接近整整一下午，对一些人来说，登上市政厅外的卡车时很不愉快，因为留在尼德多夫的贝德斯蒂勒手下唾骂侮辱他们。一些原来的守卫对发生的一切怒不可遏，因为在他们看来，德国名囚是叛国贼，要为希特勒战败和自己陷入绝境负责。"要不是因为这群人，希特勒就胜利了。"一位党卫队士兵说，"然而他们现在要坐车去大酒店，我们却留在这里担惊受怕。"

去往布拉埃斯湖旅店的过程也同样可怕。虽然接送车辆大多平安抵达，但一辆巴士在攀爬陡峭绵延的山路时坏在了半山腰。"吉米"·詹姆斯和车上的其他乘客一起走上了山。他注意到了海拔的变化，他和女士们在低海拔山谷中爬山时，天气晴朗如春，但登上了狭窄的布拉埃斯山谷之后，变得更寒冷，开始下雪。但当他们走过最后一个转弯，看到塞科费尔山时，云开雾散，阳光洒向了松林，照出"一片闪闪发光的冰雪世界，将这山间美丽、宁静的天然露天剧场打亮，显得更为美丽。我看了这么多年铁丝网、守卫塔和监狱四壁，此情此景简直如美梦一般"。

他们到达时，房间已经安排好，但大楼冰冷异常，艾玛·海伦史坦纳在门口迎接了他们，为酒店还没有供暖设施道歉。

虽然室内寒冷，菲·皮罗兹奥－比罗里却非常开心。数月以来,她第一次有了自己的房间,在经历了布痕瓦尔德和达豪以后,布拉埃斯湖旅店如同人间天堂一般。她在窗口站了几小时,只为欣赏山景。其实,吸引她的不仅是美景,她深知山背后不到 60 英里就是布拉柴(Brazzà),她和孩子被捕前曾住在这个乌迪内(Udine)附近的乡间别墅中。她也知道,孩子已经不住在那里,但她感觉布拉柴在召唤她。上次在因斯布鲁克看到克拉多和罗波尔托还是七个月前,她的脑海中还总响起克拉多被带走时的哭声,每次快要睡着的时候,声音就会再次回响起来。菲渴望独自出发回到自己家中,但做不到:"我太软弱,对自己没有信心。人在一切都由他人做决定的群体里久处后,就失去了独自行动的勇气。"

第一晚,只有厨房和旁边的大房间有供暖,大房间暂时成了大家的活动和进餐地。佩恩·贝斯特觉得整个房间就像个"名副其实的冰箱"。好像很快又要下雪了。

安全保障也得到了重视。两名来自阿尔文斯莱本家族的军官负责国防军队。在尼德多夫的对峙过程中,一名摩托车骑手骑车单枪匹马地进了城。一片混乱中,没人注意到维夏德·冯·阿尔文斯莱本的表亲格布哈特·冯·阿尔文斯莱本(Gebhard von Alvensleben)。他来尼德多夫纯属巧合,因为他原本要去找米兰西南集团军群(Army Group South West)的妻子,但因为加尔达湖周围的战乱,两人无法取得联系,只好作罢返回。维夏德在尼德多夫看到他时,强行将格布哈特拉入帮助名囚的队伍,命令他负责 80 名士兵看守布拉埃斯湖,维夏德自己则率领另一支队伍留在尼德多夫。两地都有人看守很重要，因为如果布拉埃斯湖想和外届取得联系，只能通过尼德多夫进行通讯。格布哈特同意了，他被委任助理军官，负责维夏德和名囚之间的通讯。

保护旅店并非难事。雪山的半山腰只有一条狭窄而蜿蜒的路通往旅店，宛若天然屏障。格布哈特在旅店要地部署了四架重型机关枪，在旅店屋顶又部署了另外一架。虽然名囚看到守卫措施会安心，但防御圈外，其实形势非常危险。除了游击队，充满愤恨的党卫队和保安局士兵可能随时前来报复。

事实上，第一晚，斯蒂勒和至少两队士兵都来到旅店，但不是来报复的。斯蒂勒回心转意，希望接受博宁、杜契亚和佩恩·贝斯特给予的住所。艾玛·海伦史坦纳对如此庞大的军队吓坏了。

利迪格给予警告，于是仿佛昨日的对峙情景重现一般，党卫队和保安局的士兵又被请出门外，只不过这次他们身上没有武器。双方互相辱骂了三小时，但最后这群被拒之门外的叛徒消失在黑暗中，没人知道他们会不会回来。

※※※

布拉埃斯湖，5月1日，星期二

与世隔绝、宛若人间仙境的雄伟旅店之中，还有一座私人教堂。5月之晨，此地举办了一次特殊的弥撒。

七苦圣母教堂（Our Lady of Sorrows）是座规模很小的石砌教堂，坐落在旅店几百英尺外的湖边，周围风景如画。名囚之中的神职人员从尼德多夫祭司口中听说过七苦圣母教堂，但眼前的美丽、肃穆超越了祭司的任何赞美之词。教堂主人给了他们红酒做圣餐，一回到酒店，名囚立刻开始做准备。艾玛·海伦史坦纳帮助他们带衣服、高脚杯、祭坛华盖、蜡烛，以及教堂冰雪小道上铺的布。当晚，教长还写了一份布告，通知第二天举行弥撒的具体安排。

神圣仪式是唯一平静、和谐之刻。许多名囚已不再是囚犯，开始维护自己的权利。他们陷入了虚假的安全感中，认为这里风景宜人，与世隔绝，战争的车辆和暴力都侵害不了他们。许多人开始争吵、抱怨甚至偷盗。住所是按需分配的，但惹恼了一些人。几个盟军军人被安排在三层狭小的仆人房间，对此满腹牢骚，抱怨住所应该根据战争胜利的一方分配。是德国人引战的，也是德国战败，所以盟军应该住在最好的房间里，德国名囚应该睡在仆人住的阁楼中。抱怨和争吵越来越激烈。"翼"·戴作为英国军队中的高级军官，被叫来做裁决。他驳回了盟军囚犯小气的请求，决定住所的安排不得改变。

苏联维克托·布罗德尼科夫中校同样满腹牢骚。他称自己被捕以后所有东西都不见了，只剩下他身上这件制服。他写了一份需求清单："一双鞋、一件带领衬衫、一条内裤、一双袜子、一块手帕、一个自带刀片的刮胡刀、一把刮胡刷、一块海绵或一张毛巾、一块肥皂和一个牙刷。"

艾玛·海伦史坦纳原本很开心迎接声名显赫的客人，但很快发现，这些人非常贪婪。第一晚，三层所有的软枕头和鸭绒被都不见了,这也令盟军士兵更为沮丧。原来,希腊将军的下属把它们藏了起来。在第一天晚餐的时候,她发现,尽管晚餐分量足够,许多名囚还是偷偷将食物带回卧室。她将这些行为归因为"囚犯思维方式",让他们总是藏些东西,为更艰难的时光未雨绸缪。但是当她发现,她慷慨地打开酒窖让囚犯尽情品尝时,15加仑[1]红酒凭空消失,她就不再如此慷慨了。

经历了数月乃至数年的监禁剥削后,突然暴饮暴食也稀松平常。但几个人如此肆无忌惮地享用女主人款待的美酒美食,意味着从那天开始,所有食物和红酒都会严格按量分配,重启监狱伙食。

每人都以自己的方式对待毫无领导的新形势,几个人试着重振原本的权威,约翰·麦克格拉斯中校认为应当重新整顿军队纪律。他换上了保存得完好如新的整套英国军服,带上英国皇家炮兵团(Royal Artillery)的猩红色丝带军帽,虽然他没有控制权,却对所有人都散发出一种"军队气质",但不是所有人都对此开心。佩恩·贝斯特本来很喜欢麦克格拉斯,但"认为他给我们愉快轻松的生活安排军队的做法有点烦人"。

对有的人来说,集中营的氛围没有完全退却。显然,英国特别行动处特工和无线电专家休·法康纳搞到的收音机让这种气氛更浓。收音机非常老旧,修修补补以后才开始运转,但是很

---

1. 英制1加仑为4.546升,美制1加仑为3.785升。

快收到了 BBC 的直播讯号盟军网路的讯号。大多名囚非常希望听到外界新闻，也希望听到鼓舞人心的新闻，但陪伴名囚的党卫队士兵没有放弃原来的规矩和态度。其中一人发现法康纳听 BBC，非常愤怒。他怒骂法康纳，坚持囚犯不能收听无线电，听外国直播是违规。他固执己见，而且快要暴力行事，还好博宁出现，让他放规矩些，紧张的局势才平缓下来。

对于身处险境而声名显赫的前囚犯来讲，外界形势并不乐观。德国军队慌乱撤军，涌向通往布伦纳山口的公路，发生了很多惨痛的事件。还有流言称，提洛尔 - 福拉尔贝格大区的弗兰茨·霍费尔长官组织了一支强大的武装党卫队，在博尔扎诺附近行动。另一流言称，他已经创建自己的提洛尔游击队运动，从布伦纳山口向南进军。森林中还有一群群德国逃兵和掉队兵，用"吉米"·詹姆斯的话说，会"为了一套衣服或者食物割别人的喉咙"。有些叛徒国防军和武装党卫队的外国队伍，大多都是前红军士兵，为了不在战俘营中饿死，选择为德军效力。他们为获得平民服装，掩盖叛国证据，愿意做任何事。

除了这些武装党卫队甚至国防军的叛兵以外，很多游击队派系也在北意大利进行恐怖统治。现在德国已经战败，认领领土和政治权的行为通常以暴力的形式进行。5 月 1 日当天，南斯拉夫游击队进入意大利城市的里雅斯特（Trieste），给当地人民带来恐慌。同样的对峙也在提洛尔出现，复杂的德国意大利历史让此地变成了派系主义的温床。相互对峙的军队武装全副武装，无组织无纪律，很容易暴力开火，其中不乏共产党员、意大利国家主义者和保奥地利的士兵，每人都坚决占领南提洛尔，互相的仇恨甚至高于对纳粹的仇恨。来自不同国家、政治背景复杂的名囚中有很多一方痛恨、另一方欢迎的人，一旦被发现，可能会被当作奖杯或傀儡。

不同的派系都得到了退军丢下的大量武器，让名囚的处境更为危险的是，维廷霍夫和罗蒂格许诺给阿尔文斯莱本的支援部队连影子都见不到。

游击队、逃兵、党卫队敢死军也不是唯一在乡间游走的人。几个别有所图的名囚消失得无影无踪。加里波第和费雷罗带着游击队熟悉尼德多夫，在一家德意混血姐妹艾玛和特蕾莎·瓦塞尔曼（Emma and Theresa Wassermann）家中设立前哨。一片混乱中，两姐妹开门迎接一位党卫队士兵，在厨房短暂逗留，随后迎接两位比自己的军队进军快得多的美国军官。

赢得很多男性名囚好感、引起一群人怀疑的海德·诺瓦克斯基和显然想着再逃亡的莱蒙德·梵·维米尔茨中尉到达布拉埃斯湖不久后一起消失。这对恋人发现了一辆废车，并将其开向一片冰天雪地，开始浪漫的冒险。名囚们再也没有见过海德，她的私奔很可能促使另一个追求她的瓦西里·柯科林接受了地方共产党游击队的提议，和他们一起藏入山中。

其他苏联士兵对解放感到恐惧。伊万·乔治维奇·贝索诺夫将军从加里波第的游击队员手中买到了德国手枪，只身一人走进山中。他坚信，如果他等到了解放，他会被交到苏联人手中处死。"苏联人不承认囚犯，"他说，"被俘后没有回国这一说。

我们知道美国人的把戏，他们会问，'这是谁？'我说我是俄罗斯人后，就会在我的屁股上贴一张25美分的邮票，把我寄回国，处以绞刑。"

他说得没错，他的同胞皮由特尔·普里瓦洛夫少将和苏联维克托·布罗德尼科夫中校也心知肚明，但是他们好像已经失去了勇气和求生的欲望，只想留在布拉埃斯湖，等待命运的审判。

只有几位名囚听取了阿尔文斯莱本请求他们安全留在旅店里的命令，而他们的安全感也很快消失了。除了外部威胁以外，食物供给也在日渐减少。尼德多夫的村民热情、慷慨地给了名囚食物、红酒和住所，但这些食物都是多年来贮藏的。尼德多夫的食物也快消耗完了，却没有任何再补给的迹象。

***

然而，名囚对最危险的威胁却浑然不知，也无法猜到。5月1日，星期二，在不到20英里以外的奥地利小村锡利安（Sillian），距意大利边境城镇圣坎迪多和塞斯顿不远的地方，一位地方盖世太保长官汉斯·菲利浦（Hans Philipp）收到了来自盖世太保总部克拉根福（Klagenfurt）的加急电传通讯。军令要求他马上前往布拉埃斯湖逮捕名囚，很快就有几辆大巴等着他，带他前往奥地利边境。军令没有明确规定处决所有囚犯。但菲利浦不是很想进入北意大利的炼狱，所以拖延了军令，思考怎么处理。

同一天，安东·杜契亚来到布拉埃斯湖，看望原来的囚犯和安置情况。他带来了两条消息，一条鼓舞人心，另一条令人极为担心。午餐时分，他来到旅店，发现名囚都在餐厅。他在门边长桌旁的一边坐下，坐在"翼"·戴身边：美国人终于快到博尔扎诺了，走陆路不到60英里。而坏消息是，意大利游击队赶在了美国人之前。当他们与南提洛尔奥地利游击队遇上时，就会有一场恶战。杜契亚预想了混乱而残暴的惨淡景象：杀戮、强奸、纵火和偷盗。很快，这波恶战就会殃及布拉埃斯湖，国防军军力不够，无法阻止悲剧。在杜契亚看来，唯一拯救名囚的方法就是直接向盟军总部请示，解释所处困境，希望能够派来支援。由于现在一切无线电通讯都处于混乱之中，唯一能与盟军取得联系的方法就是亲自前去。

"疯狂杰克"·丘吉尔逃离尼德多夫只过去三天，他可能已经到达了盟军前线，如果真是如此，那支援可能已在路上。但一切尚不明朗的情况下，必须再尝试一次。

杜契亚本已做好准备，踏上穿过敌军的危险征程。戴对这个想法激动不已，对于他来说，历史上最大战争即将结束时，和一群老幼妇孺留在度假旅店冷眼旁观实在令他沮丧得无法忍受。他后悔没与"疯狂杰克"一起走，也一直想着前往尼德多夫去找费雷罗，但现在他终于找到了一个切实可行的方式，来为触手可及的胜利做些贡献。

他很快请缨陪同杜契亚。"我陪你去，托尼。"他说，"把我带到前线吧，我会找个法子过去，你可以和我一起。"

不能浪费一分一秒了，一小时内，他们必须出发。

Hitler's Last Plot

第二十二章

夹道受敌

南提洛尔，博尔扎诺西北部，5月3日，星期四

温暖的阳光洒在约翰·"疯狂杰克"·丘吉尔中尉的脸上，他心满意足地沿着森林茂密的提洛尔山脉中隐秘的山涧、小径走着，明亮却冷酷的眼睛扫过地平线，寻找任何危险迹象或盟军军队的踪迹。他希望能碰到盟军，但直到现在，他只能看到德国士兵。

自他与"翼"·戴在尼德多夫的火车道边别离，已过了五天。丘吉尔向南出发，翻山越岭，穿过森林；黎明时分，他已经进入多洛米蒂山脉南部的普斯特山谷。高高矮矮的山脊延绵不绝，一望无际。足智多谋的突击队员丘吉尔在每个山谷都找到了农场、湍流的小溪，也常常找到大道。小溪为他补充水分，农场为他补给蔬菜，然后他将食物放在包里；但主路太危险，国防军车队常常沿着主路走。

丘吉尔决定跟着主路的方向，但与其保持一定距离，紧跟小山坡旁边蜿蜒曲折的山间小径，隐藏在森林中。从远处看，根本注意不到他。他穿上囚禁时搜寻出的英国空军制服，制服的颜色和剪裁属于盟军军服中军事色彩最淡的，而且他还做过

改动，看上去更像平民的衣服了。不过，如果他直接接触德国人，还是会陷入麻烦。

他没有什么计划，只是在出发前找到了张地图，猜到加尔达湖和通向布伦纳山口的山谷是盟军的进军主路，便决定向特伦托和维罗纳大方向前进。

戴走了几天，只做短暂休息，吃些所剩无几的蔬菜，但是明媚的阳光洒向大地，驱除了寒冷。他的心情也因乡间之景色、声音和味道而愉悦起来，想到可能随时遇到英国或美国军队，结束永久的痛苦，便又动力满满。他决心沿着山路走，与主路保持距离的方法让他向西偏离预定的方向。苦旅已经过去四天，夜幕渐渐低垂，他穿过博尔扎诺西北部宽阔河谷旁陡峭的山坡，河谷和田野纵横交错。

正当丘吉尔沿主路三分之一英里的树下跋涉时，听到了附近军车车队呼啸而过的声音。他躲在树冠看向主路，看到坦克、坦克歼击车和运兵车。至少，他能看到有些车上似乎插着印有白星的美国军旗。

"天呐，"他对自己说，"我是已经遇到美军了吗？"

他意识到，这些可能是被俘的车队，便尽快跑下山坡，想要看得更清楚些。这些士兵戴的是美国头盔还是德国独特的煤桶形头盔？距离如此之远，光线如此之暗，很难分辨出来。他快速滑下山，距离主路200英尺时确定了是美国头盔。

"疯狂杰克"兴奋地丢下了食物包，疯狂地跑下主路。整个车队已经快走过，队首已经呼啸驶进山谷，队尾只剩下一辆卡车和另外三辆坦克。丘吉尔猛冲过最后一段，上了主路，这时卡车刚刚走过，他冲卡车挥手大喊："停下！我是英国人！刚刚逃脱的英国军官！"

后面的卡车和坦克震了一下，停了下来。最近的坦克中一位突击士兵从炮塔门中探出身，大喊："你是逃跑的英国军官？"

"是的！"丘吉尔回喊道："我一直向南走。"

"我们要尽快进军。"坦克突击士兵对任务被打断显得不耐烦。

"我能加入你们吗？"丘吉尔问。

"当然，当然，"突击士兵说，"上来吧，坐进坦克里。"

"疯狂杰克"踩上了脚蹬，钻进坦克里。引擎发动，车出发了。他紧紧抓住坦克，虽然跑得气喘吁吁，但脸上挂着笑容，因为他已找到盟军了。

或者说，他是这么认为的。他当时不知情，其实他碰到的是汤普森特遣部队（Task Force Thompson），深入德国占领区的全副武装的小型部队，隶属美国陆军第 10 山地师第 86 山地步兵团第 3 营。前一天，当第 3 营收到停火开始的消息时，还和 86 步兵团一起在加尔达湖托尔博莱。意大利战争已经正式结束。今早，第 86 团得令召集快速行动军队，沿主路全速赶往并守卫意大利、奥地利和瑞士边境交界处雷西亚（Resia）。雷西亚和布伦纳是通过阿尔卑斯高山的主要通道，也是意大利盟军和从德国南下的美国第 7 军团会合之地，所以必须保卫两地的安全。

尽管意大利战争已经结束，但其他地方仍在打仗。虽然汤普森特遣部队目前为止遇到的德国军队总让他们通过，并未过多为难，但有时似乎极不友好。美国军队也不认为德国军队认可停火，甚至可能都不知道停火。

他们沿着高速公路隆隆前进，坦克指挥官冲丘吉尔喊了几句，随后倾过身子，说："你吃了没？"

"没有，当然没他妈吃过！"丘吉尔喊道，"而且为了跑最后200英尺，我还丢了食物包。"

"嗯，那你想不想吃些肉丸意大利面或者喝点橙汁？我们可以开一盒。"

"不用特地开新的，你们没有已经开过的盒子或者罐头之类的吗？我什么都吃。"

英国人的礼貌引得美国士兵大笑起来，笑声对于趴在坦克前端饥肠辘辘的逃犯来说如此格格不入。"喔，我们开箱新的吧，反正多得是。"他递下一个罐头，"疯狂杰克"接过后狼吞虎咽地吃起来，对美国士兵的慷慨感动不已。他觉得，这罐食物是他一年多以来吃的最美味的一顿。

黑夜降临，车队第一次在策略行动中打开了前灯，对停火毫不知情的丘吉尔吓坏了。他紧紧抓着坦克，看着夜晚被灯光打得一闪一闪的。

他太累了，在五天内跋涉了近百英里的蜿蜒山路，胡须凌乱，半饥半饱，完全不知道美国人正带着他回到原来的地方。他只在乎和盟友在一起，即便深入德国占领区也在所不惜。

当军队被德国反坦克部队的88毫米口径枪瞄准，堵住了前路时，他们的处境更为危险。德国军队在此防守从北部南下的美国第7军团，不愿看到队尾受到敌人的威胁。想要盟军军队通过，需小心谈判才可。

南提洛尔的形势非常复杂：意大利北部东部边境外的战争仍可能渗入，重燃国内的战火。

"疯狂杰克"·丘吉尔继续夜行，却从来没想过和美国士兵提及仍在德国军队手中的130名男女老少，他们会非常希望从危险当中解脱出来。在丘吉尔看来，自己已经抓住了逃跑的机会，他们没有。现在，他们只能依靠自己，小心保命。

***

布拉埃斯湖，5月1日，星期二

"疯狂杰克"还独自一人在普斯特山谷以南翻越多洛米蒂山脉时，曾经的同伴却置自己逃跑的机会不顾，更担心名囚中男女老少的安危。

"翼"·戴和安东·杜契亚已敲定计划，很快开始准备穿过德国占领区，向美国前线前进。根据杜契亚提供的信息，美国军队将占领德国军队放弃防守的博尔扎诺。

计划非常简单，他们会坐杜契亚一款奇怪、独特又破旧不堪的大众汽车。杜契亚的身份是德国地区宿营管理军官，有权各处移动，而且他带着南提洛尔大区长官盖章授权的文件，应在任何德国占领区都安然无事；同样，地下民兵组织的身份也

309

会在遇到游击队时确保他的安全，只要遇到的是友好的军队。一旦遇到敌方游击队，说一口漂亮英语的杜契亚就会假装成逃跑的英国特别行动处特工彼得·丘吉尔。

计划远比两人想象中危险得多。不仅因为停火还没真正实施，而且杜契亚获得了错误信息，盟军军队离博尔扎诺非常远。实际上，还有另一流言，称霍费尔长官可能和一支巨大的武装党卫队在博尔扎诺可能才是真的。

佩恩·贝斯特后悔他的身体状况太差，无法参与行动，他帮助戴做好伪装，在他破旧不堪的英国空军上衣和裤子上盖上他"颇为考究"的黑大衣，再戴上黑森家族卡塞尔支族长菲利浦给他的软毡帽；等到戴做好准备离开时，这位自豪的英国空军军官、被授予"一战"英雄、多次英勇逃脱敌军关押的老兵，看上去像个"第三帝国二流镇员"。

下午1点左右，两人准备离开。蓝天晴好，但空气仍然寒冷。戴挤进小车副驾驶，杜契亚猛地踩下突突的小引擎。他们开车穿过白雪覆盖的森林山谷，到达三天前车队停下时，火车道和高速公路的交会点，那是他们开始漫长难挨的旅途之地。杜契亚向左转，向西行进。戴想起来，开车向尼德多夫驶去的时候，也路过了同样的村庄。

离开布拉埃斯湖，戴并不后悔，他对一些名囚偷窃争吵的自私行为感到失望，因为绝大多数人的勇敢、高尚都被玷污了。最重要的是，可能再次逃脱的想法让他非常兴奋，而这次，他们真的可能到达盟军前线。

普斯特山谷大街上没遇到多少车，但又走了35英里，到达布雷萨诺内（Brixen）连接博尔扎诺和布伦纳山口的南北方向高速主路。两个方向都已堵死，向南走的是上千名回家的意大利役工，憔悴、饥饿的男女老少排成了长队，挤满了主路，好似人类一条永无止境之苦难锁链。有时，这条锁链会摇动弯曲，为从北方开来的德国军车让路，挤到路旁。德国人很缺汽油，所以每辆车都至少拖着另一辆，几十辆小车、卡车和装甲车都废弃在路旁，要么损毁，要么缺汽油。

这辆小型大众汽车穿过人潮，花了三个小时走完通向博尔扎诺剩下的30英里，下午5点左右，戴和杜契亚进入了博尔扎诺外围。

博尔扎诺又称"多洛米蒂山大门"，是坐落在碧绿、宽阔的盆地之间的大型城镇，几座山谷在此交汇，盛着两条小河流过来的河水。戴和杜契亚小心翼翼地驶过中世纪风格街道，发现人们读着的报纸上的粗体横幅标题。戴停下来捡起一份，发现阿道夫·希特勒已经死了。对于生活已被搅得天翻地覆的戴来说，这条消息的影响太过强烈。

很快，两人发现德国军队已经放弃了博尔扎诺；显然，他们只想把这座城市当成中心通讯点。这里军队数量只够震慑游击队攻击，却完全抵抗不了盟军的袭击。不过，也没有任何盟军袭击的迹象。

他们必须继续向南方的特伦托前进，但必须获取官方支持。杜契亚带着戴来到博尔扎诺地方行政长官办公室，是一间摆着大桌子的昏暗房间。卡尔·廷泽尔（Karl Tinzl）看上去更像当地普通人，而不是德国军官和提洛尔反抗军的领导。另外一位名叫埃里希·阿蒙（Erich Amonn）的当地反抗军领袖也在场。杜契亚告诉两人他和戴的任务，他们同意帮忙。随后，他带着戴去往另一幢楼，去见博尔扎诺市长安德里斯·弗里茨（Andreas Fritz），他承诺将两人的通行资格安排好。

三人等待时，戴和杜契亚去往小城外围的现代街区的杜契亚公寓。他的夫人在因斯布鲁克，所以两个男人只能随便找点东西凑合一顿。吃过一顿饭后，有消息称，美国军队实际上在特伦托至少30或40英里以南的地方。他们决定尽快赶去。

大众汽车没有足够的油开去特伦托，所以杜契亚只能去搜寻更多燃料，找到后，天色已晚，他将宝贵的汽油倒入油箱，可靠的小车又运转起来。

两人离开博尔扎诺，沿着蜿蜒的阿迪杰河（river Adige），攀着宽广农场山谷巍峨、峻峭的西崖向南山脚行进；两人在昏暗又挤满军车、士兵和废弃车辆的主路上小心地行进。夜幕降临，即便痛苦地开了几个小时，目的地似乎还遥不可及。

当两人遇到严重拥堵时，杜契亚深信，一定接近了特伦托。他们下了车，和一群德国士兵一起站在路上，能听到前方某处来复枪的枪声和爆炸声。迫击炮的轰击声很明显，更远处传来更大的大炮的震荡声。那是前线吗？听上去好近，实际上，距离近到有时飞出的大炮炮弹越过头顶，直直地掉到主路旁爆炸开来。德国士兵看上去并不担心，将一切视为玩笑一般。杜契亚问他们发生了什么，他们解释道，只不过是游击队在特伦托自相残杀。德国士兵只是等着一方弹火用尽，再歼灭所有人。

大约一个小时危险且无果的等待后，杜契亚提议更合理的做法是回到博尔扎诺，在他公寓中度过一晚。虽然情况沮丧至极，但戴不得不同意，堵塞如此严重不可能通过，他们又回到大众汽车中，掉过头，原路返回。

***

博尔扎诺，5月2日，星期三

戴和杜契亚第二天清晨起了床，焦急地赶路。戴看到博尔扎诺南边山谷没怎么经受炸弹轰击。他也发现，德国士兵似乎沿着山谷挖防御阵地。这天本是停火生效的第一天，但从当场军事活跃程度看，根本猜不出协议已生效。

博尔扎诺以南几英里以外，汽车停在了防守严密的检查站通向奥尔（Auer）小村的转弯处。好斗的德国军士要求他们交出车，他要用车。杜契亚拒绝让他碰自己的宝贝车，开始愤怒地和他争吵。戴坐在副驾驶，把菲利浦族长给的帽子压得很低，试着不引起注意。他看着一群无事可做的德国士兵在路边发射装甲拳反坦克榴弹玩耍。游戏的确好玩：每颗榴弹嗖地射向天际，留下一条烟雾，砰的一声巨响，炸在几百英尺以外的主路上，将滚滚烟尘送向天空。德国士兵此类武器的供给似乎无穷无尽。

一段时间后，杜契亚似乎已说服了脾气火爆的德国人，他胡乱地挥手让两人通过。车慢慢从检查站驶出时,有一段令人极为紧张的间隙,让车成为德国致命榴弹的完美目标。戴和杜契亚准备好任何时候听到榴弹的发射声,立刻在地球上消失。不过最终汽车驶离了装甲拳反坦克榴弹射程,戴在心中默默感谢上帝。

离特伦托不到 3.5 英里,这辆经历了几年鏖战却仍然坚固可靠的小车开始失去了动力。车疲软地抖动着,随后停了下来。杜契亚打开后门,发现引擎烧着油,冒着烟,完全报废。

冥冥之中好像有邪恶力量阻止他们到达目标。他们悔恨地将汽车抛下主路,开始走路。"我再也看不到这辆车了,"杜契亚悲伤地说,"肯定会被偷。"

两人接近特伦托外围时,很惊讶地发现没人找麻烦。所有街道几乎荒废,一片寂静有时会被远处的枪声打破。两人站在一个离市中心不远、僻静而美丽的小广场中坐在长凳上休息,考虑接下来的行动。两个平民快速冲过广场,杜契亚叫住他们,问发生了什么。他们说,除了主路仍在德国手中以外,整个城市都在游击队的控制之下。他们听到的枪声来自游击队报复敌人,为合作方伸张正义。

戴和杜契亚都不想受牵连。现在被错认为德国军队或德国合谋分子,比落入国防军和党卫队手中更糟糕。戴抛弃了他的大衣,露出了英国空军的上衣,也将软毡帽换成了军便帽,一看就知道他是逃脱的盟军战俘。从现在开始,杜契亚也会假扮彼得·丘吉尔。

他们换装正合时宜,因为见到的下一群人就是两个戴臂章红围巾的游击队员。戴叫住他们,解释了自己的身份,要求带两人去见领袖。如果戴和杜契亚想避免和德国士兵混为一谈,则需要帮助。

游击队总部离主街很远,是一幢有着马厩和围栏的二层独立小楼。今天以前,这里还是当地盖世太保的总部,原来的主人已经在夜间逃离。戴和杜契亚被引到一间满是意大利人的房间里,每个人都全副武装,兴奋不已。总指挥是个看上去有些像墨索里尼的年轻人。杜契亚开口介绍自己叫彼得·丘吉尔,并说了戴和自己编造的故事。他们说,两人从因斯布鲁克旁边的盖世太保营地逃出,走了一个星期,而且有重要的情报,有责任尽快告知美国士兵。他们偷了辆车,但是被迫丢在了城镇外,问游击队能否帮他们到美军前线。

故事的确可信,戴的制服的英国元素也加深了可信度。游击队员简单讨论后,同意帮忙。美国人可能距特伦托以南50英里(实际上真正的距离只有一半,在加尔达湖北端的东北处)。德国军队只控制了主路,游击队员控制山。他们只要沿着小路走就能绕过德军。

游击队不仅愿意帮忙,他们对冲过危险区,为盟军提供重要信息感到很兴奋,于是当场就有十几名自愿陪着"翼"·戴指挥官和"丘吉尔特工"执行任务。

不到一小时,他们就得到了一辆旧车,在戴看来,比大众汽车还要小。游击队员并没被吓住,而是和戴和杜西亚一起挤进车里,枪管戳到了对方的后背和脸上,还掉了手榴弹,在车上滚来滚去。戴很惊讶,竟然没人在引擎发动前就死伤。

游击队员挤进车里,或是像法国马基[1]一样踩在脚踏板上后,小车的引擎发动起来,颤颤巍巍地走了 100 英尺,随后在剧烈震动和一阵刺耳的尖叫声中停了下来,引擎卡住了。启动多少次都无济于事。游击队员下了车,奔回总部,要求再给这些英国军官找一辆车。

一小时过去了,他们找来了另一辆车,至于是偷来的、征用的还是换来的,是怎么填上汽油的,戴无从而知。虽然这辆车比另一辆车要大,但大得不多。游击队员又挤了进来,继续行驶。这一次他们只超过了城镇外围半英里,车又停了下来,车轴坏掉。戴和杜契亚和开始沮丧的同伴们又一次走回城镇。

戴等待第三辆车时,很钦佩形似墨索里尼的队长的耐心。这时,两人已经成为游击队的荣誉队员,还戴上了猩红色臂章。最终,另一辆车来了,比原来两辆车大得多,而且车的质量很好,戴怀疑这辆车一直被存起来。这次他非常坚定,只允许四名游击战士通行,其中一名还是车主。游击队队长同意了。

车里只有四个人和随身兵器,他们毫无阻碍地出发了。向东北方向离开特伦托,爬上山。他们本想在东南走弧形绕过德国军队,走向美国主力。虽然这辆车走的路坑坑洼洼、陡峭不平,但撑了将近两小时才坏掉。

---

1. French Maquis,法国反抗军的农村游击队。——译者注

把车丢给车主后，戴和杜契亚带着剩下的三名游击队员步行出发。在接下来的苦难中，戴会和其他三人变得亲密；即便如此，在他记忆中，三人也最为神秘：戴只知道其中一人叫埃齐奥·加纳佩里（Ezio Caneppele），是名司机。游击队是一群奇怪的理想主义战斗人员，致力于保卫祖国的山中家园。马里奥·德爱尔莫（Mario dell'Elmo）是年纪最大的，50岁左右，行为举止很像律师，"衣着非常像城里人，不属于农村"。但他很容易赶上年轻人的步伐。米歇尔·穆奇（Michele Mucci）对乡下最为熟悉，也是最好的向导。意大利人对此次任务抱有很高的希望，想象着自己能将"翼"·戴指挥官带到盟军手中，乘着第一拨美国坦克胜利地回来解放特伦托。

几个人又沿着崎岖的山路跋涉了几个小时，在陡峭的山坡上上下下，穿过森林和冰雪，一路向东后转东南向的山谷并肩行走，该路通向小镇佩尔吉内瓦尔苏加纳（Pergine Valsugana）和卡尔多纳佐湖（Lake Caldonazzo）。几人随后开始爬山，蜿蜒着向上穿过森林。温度极冷、路途艰难，戴很快开始感到很痛苦。年轻壮实的杜契亚开战前曾做过10年滑雪教练，而三名游击战士虽然并不算年轻，但战争中吃得也算好。"翼"·戴虽然只有46岁，但作为多年营养不良的囚犯，感觉自己年事已高、疲惫不堪，整个行程对他宛若地狱一般。几人沿着危险的山路匍匐，穿过森林的下层灌木和崎岖的沟壑，他几乎赶不上。几小时过后，他已经不再关心前进方向了，只想不再受折磨，但还是咬牙前进。

杜契亚带了些烈酒，让戴喝一口驱走寒冷。其实戴只是非常疲惫，并不寒冷，但是他还是接受了。杜契亚经常喝一口酒，戴对他的酒力感到震惊。如果戴一边走一边喝这么多酒，一定马上烂醉如泥。

走了六小时后，黄昏降临，他们终于走到山洼中一幢高山式宽屋檐大楼，旁边围绕着几座小木屋。他们到达的是维特里奥洛（Vetriolo），大楼其实是特伦托大酒店。酒店已经停止营业，但店主还是出来问候他们。他好像认识游击队员，便邀请他们留宿，开了酒吧，提供意大利酒。

他叫乔凡尼·奥斯（Giovanni Oss），也是"翼"·戴的救命恩人。奥斯好似善良、慷慨的化身，他为客人们安排了舒适的房间和烤肉配当地红酒的晚餐，这简直是戴吃过的最美味的食物。他停下后感到了寒冷，也尽情享受温暖、好好休息。五人与店主度过了友好的一晚，最终，戴陷到了大床柔软的床垫里，钻进布制被子中，宛如天堂一般。

戴不知，北部30英里左右，"疯狂杰克"·丘吉尔还在向西步行前往博尔扎诺，希望随时遇上美国军队。他也不知，当天，没什么效力的停火协议已经开始生效。

毫无疑问，这是"翼"·戴离开英格兰以后最为舒适的一晚。但与"疯狂杰克"不同，戴的梦满是对其他名囚的担心和焦虑。这是他离开布拉埃斯湖的第二晚，时间无情地奔走流逝。

***

特伦托东部，5月3日，星期四

"翼"·戴被杜契亚叫起时，还漆黑一片，天还没亮。该出发了，奥斯先生给了他们一点早餐，东方既白，这群游士又踏上征程。

幸亏第一程是向东南方向下山而行，沿布伦塔河谷北坡，渐渐走到底部，蜿蜒河流的两边延展向天地和村落。又走了两三个小时，他们到了一小块平地，在小镇中吃了点东西。小镇可能是莱维科湖（Lake Levico）东岸的莱维科泰尔梅（Levico Terme）。第四位全副武装、身着德国伞兵制服并且后背露着弹孔的游击队员加入了他们。他很自豪地描述自己是如何枪杀了制服原来的主人的。

尽管当时戴还没注意到，这其实是表明布伦塔山谷是战争前线的第一迹象，而德国精英空军第1空降猎兵师（1st Fallschirmjäger Division）控制着德国前线。这些部队可不愿与盟军停火，反而更愿意屠杀一切碍眼之物。戴当时只知道，他们一进入山谷，游击队员就对遇到德国巡逻队员的危险更加警觉。

接近主路时，游击队员让杜契亚和戴掩护好自己。从各个方向的半英里都能看清路，常有德国人巡逻，所以他们必须在不被发现的情况下穿过。"跟着我们做。"游击队员指示道。他们急穿开阔的地面，躲到一个个岩石和灌木丛后。作为英国皇家空军队员，戴从未接受过这样的训练，像突击队员一样从一个掩护躲到另一个掩护，就好像傻瓜一样。"空无一物的时候，疯狂地蹲着奔过马路"简直是最傻的事了。

度过危险后，他们又回到了相对安全的村庄之中。沿着山谷向东，几人时不时停下，友好的村民就会给他们一些格拉帕酒[1]。时近中午11点，走了七八个小时后，到了北部山坡边上处于游击队控制之下的小村庄群落。他们需要休息吃饭，便进入了一家旅店，点了红酒。

戴、杜契亚和四位朋友正放松地品尝红酒，旅店大门突然打开，两个当地人进来了。他们戴着猩红色臂章，全副武装，好像刚打完仗：两人都携带冲锋枪，枪套中别着左轮手枪，子弹带上夹着手榴弹，脖子上挂着望远镜。他们满满敌意地怒视这群不速之客，盘查他们来此地的目的。六位武装士兵开始激烈争吵，杜契亚也被搅了进来。戴困惑地看着他们，一个字也听不懂。

争吵持续了10分钟。最后，两人冲出旅店，猛地撞上门。

"怎么回事？"戴问道。

杜契亚解释称两人是当地游击队的指挥官和副官，对特伦托游击队未经许可就进入他们的领地感到非常愤怒。虽然两人接受了任务紧急的理由，不会再烦扰，但这也让戴一行人感到

---

1. 果渣白兰地酒。用酿葡萄酒后残留的葡萄渣，包括葡萄的皮、肉、梗、子等作为原料，在蒸馏厂蒸馏后，收集冷凝蒸汽，最后得到的烈酒就是格拉帕酒，属于酿造葡萄酒的副产品。——译者注

不同军队之间的敌意，即便是政治盟友也不例外。这片区域的战斗人员与桑特·加里波第和特伦托军人一样，同属天主教共和派反法西斯抵抗运动。不同政治倾向的游击队之间更有可能萌生敌意。

当他们走到下一个小村庄休息时，同样的事情也发生了。这次，愤怒的反法西斯士兵坚持称，他们是这片区域唯一"官方"游击队，其他游人见到的所谓游击队很可能是"假的"。10分钟后，戴等人又遇到两位敌意满满、戴着加里波第共产党徽章的人（党派得名于19世纪革命将领朱塞佩·加里波第）。他们自然称自己才是正统游击队，其他人都是假的。"翼"·戴对此感到越来越厌烦，决定"在第三拨到来之前"离开。

中午时分，几人到达龙切尼奥（Roncegno），美丽的小城坐落在山上，俯视山谷，城中建满了漆得明亮的提洛尔式小房子，窄巷纵横交错。戴的一位同伴在这里有个屠夫朋友，名叫安德里亚·霍费尔（Andrea Hofer），他为这群饥肠辘辘的旅人准备了"皇室一般豪华的"意大利面作午餐，戴觉得好吃极了。对于他来说，这次寻求解脱的征程是充满美食的苦旅。比意大利面更重要的是好消息，美国前线只有不到三英里了，就在博尔戈瓦尔苏加纳附近，在山谷对面一个类似的小镇中。

戴和杜契亚非常兴奋，但也被警告要小心。想要找到美国人，他们必须穿过德国前线，形势会非常危险。也有几位当地人自愿为他们做向导。戴当然希望能把通行人数降到最低，降低注意力；当然，这些人都想参加这次冒险，一行人便即刻出发了。

前一天，龙切尼奥及周围地区被战争席卷，德国伞兵部队占领此地，无视停火，野蛮地打退了美军第351步兵团向特伦托的攻势。他们向美国人射了88毫米口径子弹，美军士兵也用500颗炮弹回击，打向龙切尼奥背后德国士兵开枪的山中。自那以后，美军就按兵不动，形势暂时归于平静。停火的确清晰可见，但形势脆弱得不堪一击。第1空降猎兵师的指挥官越过山谷，举白旗提出停止敌对状态，但他也下达命令，一旦美国军队继续进军，德国士兵就可开火。布伦塔山谷暂时停战，德国第1空降猎兵师和美国第351步兵团前一年就在战场上遇到了两次，一次是1944年5月的蒙特格兰，另一次在10月的范德丽亚诺，美国人遭到重创。现在他们要时刻保持警惕，时刻准备好武器。

向导称，只要找到了正确的道路，穿过前线非常容易，顺着山谷北侧的山势走即可。走了几英里后，向导在一个小山坡的制高点上停下，给戴指出前线所在地。

眼前，布伦塔山谷好似远处两堵犬牙交错的山峰高墙，形状像巨大的碗，壮丽至极。向右看，能隐约看到树林密布的山坡上有斑斑点点的房子；山坡下山谷田野跨越地平线，延伸直至河流和主路。博尔戈瓦尔苏加纳坐落在山谷南侧的绿色悬崖下，横跨河流，密密麻麻地聚集了一大片红色的屋顶。向导指了一下村庄旁边的农场，称那里曾是美军阵地。德国军队现在在戴右侧的龙切尼奥方向，距美军阵地差不多半英里远。

戴看不到行动的迹象，所以未加掩护就开始行进，以便让美军侦察兵更清楚地看到他和身上的制服。距离农场不到100

英尺时，戴发现灌木丛后潜伏的美国大兵，倚着来复枪，饶有兴趣地看着这群人。

戴犹豫了一下，大喊："我是英国军官，我们能过去吗？"

美国大兵上下打量了这群风格迥异的人：一个操着正宗英式口音的英国人，身着破破烂烂的老旧军服，手臂上还戴着格格不入的红色游击队臂章；外表圆滑的意大利平民，短小精干的中年游击队队长德爱尔莫带领的游击队员，还有龙切尼奥的向导。美国士兵看不出什么危险的迹象。"当然，"他说，"都过来吧。"

这群人走过美国大兵时，他向戴指了指连指挥部的方向，就是那个农场。戴找到了该连指挥官——一位名叫约翰逊的芝加哥年轻军官，并向他介绍自己为英国皇家空军中校哈里·"翼"·戴，是位逃脱的战俘，身负极为重要敏感的任务。约翰逊热情地递香烟和巧克力给他，戴尽量简短地描述情况，强调人质的危险处境，尽快派兵援救人质至关重要。

约翰逊很怀疑，他理解人质的处境艰难，但这里的形势也很危急。他认为停火只是暂时的，任何时候都可能接到军令，回到敌对状态。他深知伞兵多么疯狂，所以并不希望真正回到敌对状态。找出空闲的军队执行远距离营救任务基本不可能，但是哈里·"翼"·戴可以上报给团总部，约翰逊很乐意送他过去。

戴和路西亚上吉普车的时候，向游击队同伴道了别。戴已经和他们有了感情，也留下了名字住址，以便日后联系。分别时，戴告诉他们，他希望能满足他们坐美国坦克回特伦托的夙愿。

吉普车驶离主路，戴只希望团指挥官能给他更积极的回应。

他们到达团指挥部时，指挥官富兰克林·P.米勒上校（Colonel Franklin P. Miller）刚开始接受采访，所以他们只能等待。不过后来两方仍见了面。米勒矮小精瘦，和约翰逊指挥官一样善意满满，但也同样悲观。当天早晨，他刚派了两位士兵去和德国师指挥官卡尔－洛塔尔·舒尔茨少将（Karl-Lothar Schulz）谈判，而他说只有接到上级第 14 军团的直接命令才会继续停火。舒尔茨担心游击队袭击，所以不愿解除警备状态。形势极为紧张，米勒也和约翰逊一样，都认为他的军团会很快再次展开进攻。不过，戴可以继续上报给第 88 步兵师指挥部。

戴又坐上吉普车，向南部的维琴察走去，离布拉埃斯湖越来越远。他无法想象旅店中发生了什么，只希望能及时送去支援，防止灾难。幸运的是，他完全不知道德国对名囚的计划，所以没有气馁，这份计划的目标与原来背道而驰，却同样可怕。

一方面，当戴和杜契亚出发开始任务时，地方盖世太保首领汉斯·菲利浦 5 月 1 日下令抓住名囚，带到边境另一端的奥地利执行死刑。

另一方面，同天，要求阿尔文斯莱本上尉将斯蒂勒和贝德手下送往博尔扎诺的党卫军副总指挥卡尔·沃尔夫已做好密谋，自己逮捕名囚，讨好盟军。作为地方党卫队首领，沃尔夫一直知道名囚在他的领地上，但和阿尔文斯莱本交谈后，才清楚名囚的身份和地位。真是天赐良机，他集结了一小队党卫军和保安局士兵，派遣他们前往布拉埃斯湖旅店守卫人质，遣回阿尔文斯莱本的军队。沃尔夫也会亲自前往，以拯救者而非敌人的身份向盟军投降。

因特伦托游击队打仗，戴和杜契亚被迫回到博尔扎诺的那一晚，沃尔夫已做好准备执行行动，向盟军地中海总指挥官陆军元帅哈罗德·亚历山大发送无线电讯息，告诉他人质仍面临危险。讯息建议亚历山大应当派遣空军援救人质，并接受沃尔夫的投降。

"翼"·戴已经非常焦虑，如果他还知道盖世太保、党卫队、保安局可能同时前往旅店，各怀鬼胎，森林中还有复仇心切的游击队员；名囚几面受敌，只有阿尔文斯莱本的国防军小队保护的话，他会担心得寝食难安。

Hitler's Last Plot

第二十三章
自由解脱

布拉埃斯湖，5月3日，星期四

清晨，西格蒙德·佩恩·贝斯特在旅店外呼吸新鲜空气，听到了远处飞机传来的嗡嗡低鸣。一架飞机飞过布拉埃斯山谷，掉下雪花一样的纸，好似一场暴风雪。他和其他几位名囚看到小纸片翩翩飞舞到树上、湖中。几人去追纸片，看到底是什么。

佩恩·贝斯特接过别人递来的一张纸，上面印着陆军元帅哈罗德·亚历山大总部写给德国军队的公报。公报称维廷霍夫上校已经投降，指导他们停下一切敌对行动，留在原地，等待进一步指示。

对于波兰名囚来说，这份消息简直恰逢其时。今天是波兰"五三宪法日"（Constitution Day, Święto Konstytucji 3 Maja），是一年一度举国欢庆之日。1939年，最后一位离开华沙的外交官乔根·摩根森（Jørgen Mogensen）是波兰荣誉国民，并承诺波兰保守贵族亚历山大·扎莫依斯基（Count Aleksander Zamoyski）会从尼德多夫搜寻食物，做一顿像样的庆祝晚宴。他正和波兰英国皇家空军裔简·伊茨伊奇一起踏着皑皑白雪回来，抓到一张掉下的单子，两人奔跑着走完剩下的路，冲进大厅，带来好消息。

消息很快传遍了旅店,名囚欣喜若狂。若他们对小圈子以外的形势情况了解更多,听到消息时就不会如此乐观、雀跃;如果他们了解了全情,则会害怕到根本不想庆祝。

从贝德及其手下离开尼德多夫那刻起,有些名囚变得过于安逸,其中就包括菲·皮罗兹奥－比罗里和亚历山大·冯·施道芬贝格。从尚贝格离开后,两人便从对方的陪伴中得到心灵的慰藉,抚慰了菲的母子离散之痛和亚历山大失去飞行员妻子梅丽塔之痛。他们一起沿着林中小路从旅店走回尼德多夫,在沿途可爱的小木屋和农场停下,和当地人聊天。菲是带有意大利血统的德国人,对自认为奥地利人、官方国籍为意大利的当地人兴趣尤深。

几位名囚意识到,国防军部队防御范围之外潜伏着危险。彼得·丘吉尔和博宁一样,认为不应有人离开旅店太远,但他却不觉得自己应该被这条规定所限。桑特·加里波第想要见他,因为他在尼德多夫需要丘吉尔做翻译。丘吉尔英国特别行动处的特工朋友休·法康纳也非常忙碌;他感觉,自从1943年被俘以后,还有"很多账要和德国人算"。

法康纳和手下两人在突尼斯寻找安全处所时被捕。德国军队随即利用了他的传呼器发送虚假信息,请求部队支援,导致另外10名英国特别行动处特工被捕。法康纳被送往柏林盖世太保总部以后,经受了严刑拷打,常收到处刑的威胁。最终,他被转移到萨克森豪森。和杰克与彼得·丘吉尔一样,法康纳得以活下来,是因为德国人认为他和"重要人士"有关系,虽然从没有任何证据显示重要人士的身份。现在,他重获自由,便抓住机会采取行动,如果可能的话,寻求报复。

他和彼得·丘吉尔在旅店车库中发现了一辆破败不堪的两座跑车。法康纳以自己的机械师技术发动引擎,便压着积满白雪的主路驶向尼德多夫。路上,车在陡峭不堪、满是冰雪的道路上急转打滑,丘吉尔只能害怕地抓着车。驶进尼德多夫后,他们发现市政厅前的广场上挤满了游击队。在费雷罗的领导下,提洛尔人搜集到了很多德国武器,每位身着红色围巾的游击队队员佩有两挺 MP40 机关枪,吊挂在肩膀上。

大多数武器都是投降的德国士兵毫无反抗上缴的,好像检票处排队的人交票进场一样安然有序,不过有时也有人反抗。一个步兵连拒绝上缴,直接对费雷罗的游击战士开火,提洛尔游击士兵打赢了这场仗。后来,暴力的费雷罗亲自枪杀了活下来的德国士兵。他也召集了十几名军官,将他们带回市政厅做最后的军事法庭裁决,判处所有人死刑。加里波第发现后出面干涉,要求费雷罗取消死刑。"你们不会被处死的,"他对一名德国士兵说,"我们不会用你们党卫队的方式以牙还牙。"

法康纳和丘吉尔也搜遍了市政厅,发现了两间屋子,里面装满了俘获的武器,从地板堆到天花板。两人选了几把枪套完好"闪亮的鲁格手枪"。法康纳被选出陪伴费雷罗,加入战斗队伍;丘吉尔则开始自己原本的任务。他们收到了美国军队已抵达旁边东部小城的消息,加里波第需要丘吉尔做口译。

两人带了几名随从战士,开出了城。路上,他们路过几拨游击队队员，队员认出伟大的加里波第，兴奋地挥手高呼。驱车10英里后，他们终于见到了全副武装的美国第339步兵团，更准确地说，见到了步兵团的前锋连。几人被引到指挥处，加里波第带着惯常重要人物的气质，向焦虑不安、筋疲力尽的美国指挥官介绍了自己。

加里波第称，自己已经控制住了整个地区，所以应该和他讨论此地的军事、民事事务。加里波第开始详细要求一系列军需、供给、行政组织和军队联络安排的时候，丘吉尔很快意识到，美国指挥官表现得很不耐烦，但加里波第似乎对此毫无察觉。

指挥官拒绝了加里波第的所有要求，除了能够给加里波第安排最基本的联络部署以外，他无权授权任何一项事务。为了执行特殊任务，他的军队比总部进军的速度快得多，也并不是占领军。从清晨到现在，他们已经行进了50多英里，大部分路程还是冰雪覆盖的山口，指挥官一路上遇到"无数"游击队向他提出援助请求。他和手下太过疲惫，只能着眼于自己的行军目标。

彼得·丘吉尔虽然并未过多参与交谈，只是翻译，却很同情美国指挥官。他理解小型军队远距离作战消耗很快。很显然，丘吉尔认为，就算说服军官来解放名囚也没有意义，即便这样的请求比加里波第的要求更重要，对方依然无法应允。

他和加里波第回到尼德多夫时，丘吉尔决定回到布拉埃斯湖，毕竟那里才是距离最近、最像家的地方，但即便是那里，形势也开始恶化。

当地游击队愤怒得愈发不可控制，一群游击队在旅店前疯狂、聒噪地庆祝胜利。有些名囚认为庆祝之下暗藏些许威胁意味，因此他们感到不自在和害怕。同时，尼德多夫的形势逐渐恶化起来。身着红围巾的年轻人挥舞着机关枪和意大利国旗，开车沿着主干道来来回回，漫无目的地开着枪。其他游击战士挨家挨户搜寻敌人的合谋者，随机射杀嫌疑人。

下午，一辆车嘎的一声停在旅店前，四名游击队队员下了车，挥舞着冲锋枪。他们要求见莱昂·布鲁姆和年轻的苏联军官瓦西里·柯科林。这群游击队队员不属于加里波第的军队，来自距离旅店以南20英里的科尔蒂纳丹佩佐滑雪场，一支共产党游击队在此驻扎基地。四人的头领自称鲁萨克（Lussac），是一名法国军官，他告诉西格蒙德·佩恩·贝斯特，他获令将布鲁姆和柯科林接到安全地带。佩恩·贝斯特并没有被吓住，而是告诉他们，两人接受国防军队的保护。作为人质的领导，他不会允许任何人违背意愿被带走。这番话似乎点醒了不速之客。不过，佩恩·贝斯特还是允许他们见一见布鲁姆和柯科林。琼和莱昂·布鲁姆都不愿和游击队队员一起离开，但是瓦西里·柯科林却同意离开。

柯科林告诉佩恩·贝斯特，他很担心落入美英军队手中后命运未卜。"我不想被杀。"他说。佩恩·贝斯特试着安抚他，说他是莫洛托夫的侄子，定会安然无恙，但他好像非常惊恐，除了强加蛮力以外，根本无法控制他。就像其他俄罗斯人一样，他相信斯大林会处死所有遭返的战俘，他们没错。

柯科林离开旅店前和约瑟夫·穆勒博士道别，两人的友谊对他很重要。他拥抱穆勒,亲吻他脸颊两侧时,眼里满含泪水。

"瓦西里,你今天怎么了?"穆勒问他。

"我要和你道别了。"

"你要走了吗?为什么不和我们待在一起?我们马上就解放了。"

柯科林提醒穆勒,他曾属苏联特殊军队,在敌军前线战斗。"我是游击队队员,回到军队是我的责任。我要和自由战士一起去科尔蒂纳。"穆勒请求他留下,但柯科林还是非常固执。"我的叔叔莫洛托夫元帅,"他说,特指斯大林,"知道我被英国婊解放的话,是不会原谅我的。"

格布哈特·冯·阿尔文斯莱本也劝柯科林不要走。他很担心违背照顾囚犯的军令,便要求两个证人作证,确保他已经告知柯科林危险所在。苏联皮由特尔·普里瓦洛夫少将和捷克詹·斯塔内克少校签署了书面确定书。

佩恩·贝斯特看着这位可爱悲伤的年轻人和游击队队员一起消失在路尽头,内心沉重。佩恩·贝斯特想通过加里波第进一步了解这支游击队,却不可能。共产党是敌人,与加里波第的民主反抗法西斯势力是死对头。

没有一个名囚再见过瓦西里·柯科林。穆勒随后了解到,他与游击队在雪山里受尽苦难,脚上冻伤非常严重,已经形成了坏疽。据说,审判前,他就已经死亡。

***

博尔戈瓦尔苏加纳与维琴察之间，5月3日，星期四

坐在飞速向南行驶在高速公路的吉普车里，"翼"·戴抓紧帽子，对美国军车的势力感到惊讶。车队沿着大道蜿蜒地穿过提洛尔阿尔卑斯山南崖，延伸至威尼托平原：卡车、吉普车、人员装载车、坦克、炮车和更多卡车，首尾相接，一望无际。与他亲眼所见的德国撤军，从慕尼黑到布伦纳山口，从博尔扎诺高速路走下的混乱无序相比，美国军队不仅规模大得令他震惊，大型军事体系的秩序、顺利高效的运营也令他震惊。

吉普车接近维琴察时转了弯，进入一个满是帐篷和军队拖车的大型营地，路标标着第88步兵师总部。吉普车在指挥官拖车的旁边停下，戴被引了进去。

师指挥官保罗·W.肯道尔少将（Major General Paul W. Kendall）来自怀俄明州，身材魁梧、四方下巴，从北意大利战役（northern Italian campaign）以来就领导第88步兵师。肯道尔命令，美国陆军参谋部二部负责情报工作（G-2）的军官沃克尔上校听取戴的报告。沃尔克认为可以派一支武装纵队前去拯救人质。这消息鼓舞人心，却没有任何行动迹象。普斯特山谷和布拉埃斯湖距离第88步兵师任何一队士兵都很远，中间还相隔重重峦山和德国军事力量。比如，第351步兵团所在地博尔戈瓦尔苏加纳，离这里就有125英里远。第88步兵师的军官摇了摇头，这项任务还是要继续上报。

又回到吉普车上，戴和杜契亚又要从维琴察出发上报军令，这次是要去帕多瓦的第2军团。他们迎着黄昏开车，晚上9点左右到达。戴已经累得头昏脑涨，向一个又一个指挥官和G-2军官一遍又一遍解释他的任务，解释名囚所处困境让他有些迷糊。这次，是兵团指挥官杰弗里·基斯少将（Major General Geoffrey Keyes）接见他。

他们又提议派遣武装纵队。杜契亚很了解布拉埃斯湖地区的形势，被带走做特殊问询。他们离开之前，杜契亚抓着他朋友的手。"'翼'，我的感激之情无以复加。"他说，"没有你，我是绝对不可能走这么远的，我会完全迷失，孤立无援。"

戴对安东·杜契亚也抱有同样情感，他们共同经历了太多，同志情谊深厚而紧密。戴精疲力竭，已经开始思念挚友，孤零零地前往总部食堂，即将在此度过一晚。他发现自己还有杜契亚的公文包，杜契亚一直带着它翻过多洛米蒂山脉，包里装着他宝贵的一瓶烈酒。"翼"拿出酒瓶，静静地抿了一口，为任务敬了一杯酒，陷入沉睡。

同时，第2军团开始了解名囚的困境，没意识到盖世太保和地方党卫军领导也有着自己的打算。第88步兵师无法提供帮助，但是军团中其他步兵队伍，比如第85"卡斯特将军"步兵师也许能帮忙。当天，一队士兵就被派遣出去，应该能到达指定地点开始援助。

※※※

圣坎迪多，1945年5月4日，星期三，凌晨4点45分

马尔文·G.阿什中尉（Lieutenant Melvin G. Asche）上下打量了一番一队卡车和吐着烟雾、嗡鸣着的吉普车，整条村庄街道都填满了噪音和烟尘。漂亮的小木屋在清晨昏暗的光亮下显得阴暗无比、毫无生气；日出时阳光照亮了山峰，刚刚开始倾洒而下，照耀在绿油油的山谷上。阿什中尉非常疲惫，整个师极速前进，一天之内就深入敌军领土65英里。现在，本以为战争刚刚结束，他们就被分到了风险极高的新任务。

阿什是第339步兵团第2营G连的代理指挥官，替进军延迟的约翰·阿特维尔（Captain John Atwell）指挥一天军队。

第339步兵团"一战"时曾在苏联打仗，代号"北极熊"。第339步兵团离其他美国士兵非常远。前一天早晨，他们就到了皮亚韦山谷（Piave valley）的贝卢诺（Belluno），与第2军团同样处于贯穿博尔戈瓦尔苏加纳的东西方向前线。5月2日停火开始时，大多盟军都在这条前线上，要么占领多洛米蒂山南部，要么占领威尼托平原。美军快速进军顶峰从亚平宁山脉延绵至波河。同天晚些时候，第85步兵师总部下达命令，派遣一支军队封锁奥地利前线，进入意大利东北部主路，将投降的德国军队留在意大利，防止不受停火控制的敌军制造麻烦。同一天，"疯狂杰克"·丘吉尔在博尔扎诺南部遇到的美国陆军第10山地师执行几乎是同一任务。第339步兵团的主要任务就是拿下从

第49号高速公路。这条公路从普斯特山谷穿过尼德多夫,延伸至圣坎迪多以东的奥地利边境;这条公路还是从意大利东北部通往布伦纳山口的主路,所以第49号高速公路加倍重要。

5月3日黎明之前,特遣部队从师前线开始向东出发。这支部队军备完备,完全可以自给自足。第339步兵团是第9步兵战斗团(Regimental Combat Team 9)的核心队伍,步兵师中有不仅有步兵,还有炮兵营、工程连和医护营。整个战斗团都参与到任务中来。

一整天,战斗团沿着第51号高速公路从贝卢诺向北极速进发。他们半路分开,一营士兵向西北进军,希望在尼德多夫附近的多比亚科切断第49号高速公路(可能彼得·丘吉尔和桑特·加里波第遇到的就是这个小队的领导),另外两队继续北进,向圣坎迪多行进,过程极为坎坷,工程连取得了重大成功,河流大桥被炸断后临时搭建了过河装置,清除山口积雪。凌晨零点半,从贝卢诺出发21小时后,第2营的特遣部队就到达了圣坎迪多检查站,进军65英里,远超美国陆军第5军团任何一队。

第2营G连几乎还没找到机会设置路障,找地留宿,师指挥官约翰·T. 英格丽许上校(Colonel John T. English)就接到第2军团指示,下达新军令。军令指示,基斯少将从一逃脱战俘处得知,德国人将130多名战俘人质关押在布拉埃斯湖的旅店。英格丽许上校命令第2营的指挥官约翰·黑斯中校(Lieutenant Colonel John Hesse)组织派遣"强壮的战斗巡逻队"迅速营救他们。

黑斯选择了 G 连执行此任务，因为 G 连有优秀的情报侦察队和无线电卡车。约翰·阿特维尔指挥官不在，巡逻队由马尔文·阿什中尉带领。黎明之前的一片漆黑中，他们聚集在仍然沉睡的圣坎迪多，做好准备，在第一丝光亮照下时出发。

在阿什的监管下，军队中士沿着队伍喊出号令，亚瑟·斐迪南列兵（Private Arthur Ferdinand）和同班士兵，还因为缺觉而睡眼惺忪，爬上军车的后车平板。斐迪南的挚友19岁，却已在前线打了一年仗，虽不能说久经沙场，却也称得上身经百战。他来自新泽西州，1943年9月，18岁刚满两个月就入伍。接受了基本训练后，他本应继续读一年大学，但前线军队的需求占了上风，1944年3月，他被派往意大利，代替另一战斗步兵。甚至在前一天向北极速前进之前，第339步兵团已经连续四天追赶德国剩余军队。斐迪南和同班士兵已经筋疲力尽，被中士叫起执行着次特殊任务之前只睡了几个小时。

听到任务职责后，几位士兵有种不祥的预感。正式停火可能已经生效，但前方和周围的乡村遍地都是顽冥不化的德国军队。他们对奥地利边境的处理方法是正确的。的确，军团任务的一部分就是防守边境。东南方向的英联邦第8步兵师管辖区域，英国和辖属东南集团军群的德国军队之间发生了致命的冲突，该德国军队不受维廷霍夫上校指挥，所以和他的投降无关。除此之外，夹在敌对游击队之间，被激烈交锋误伤的可能性也很大。而且，还有关押人质的党卫队军队。

"我们对整个任务都感到很烦躁，"斐迪南回忆道，"因为我们知道战争马上就结束了,然而却可能要再打一仗。"没人想在战争快要结束的时候成为最后一个死亡的人,对于已经历多场痛苦鏖战的军队来说,更是如此。

但是他们没有其他选择,前方有 130 多名人质,包括平民、女性、孩子,性命攸关。巡逻队获悉,"德国人逃跑之前,会屠杀所有囚犯"。凌晨 4 点 50 分,第一缕阳光刚刚洒向山间,阿什中尉就给出信号,特遣部队踩下油门,驶上第 49 号高速公路,向西行进。

但是这次紧急下达的任务的情报不仅不充分、不全面,而且完全错误。"翼"·戴的报告刚从兵团总部发出几小时就全错乱了。不稳定的党卫队和保安局守卫已经不在那里,取而代之的是规模更大、武装更为完备的国防军步兵。虽然德国士兵是为了保护囚犯直至其解放,但他们没有预料到做好完全准备的盟军会突然在黎明出现,一点提前预警都没有。太阳升到半山腰,布拉埃斯湖日出更晚,睡眼蒙眬的德国机关枪手或哨兵很容易错把美国战斗巡逻队的人认成前来俘获、处死名囚的党卫队或盖世太保。

G 连没意识到自己的任务比他们想象的还要危险,穿过尼德多夫,到达半英里外的交叉路口。那里有一队卡车、吉普车、和装甲运输车向左转,跌跌撞撞地驶过铁道交叉口,驶过铁路职工的村庄。

盛夏,山谷风景如画、绿茵葱葱,然而 5 月初,这里成为冬天最后的避难所。狭窄冰雪覆盖的公路要么笔直向上,要么蜿蜒曲折，穿过与世隔绝的村庄、开阔的田野、森林、孤零零的教堂，以及坐落于路边和冰雪山顶的农场。山谷一会儿极狭，一会儿开阔，两侧的山坡陡峭至极，山间的石头波峰甚至盖过了树冠。行军最后一段最危险，特遣部队小心翼翼地沿着山路向目标走。

旅店不远处，阿什中尉向军队下令停下，他选了一排士兵，命令他们离开军车跟着他走，不仅是被选中的亚瑟·斐迪南等人，所有士兵都越来越紧张。他们离开留在原地的军队，偷偷地沿着主路步行前进，武器保险栓都打开，时刻做好准备。最后，透过幽暗的树木，在巨大塞科费尔山的衬托下，终于能看行旅店的轮廓。旅店似乎仍在沉睡，只有几扇挂帘小窗后闪着光亮。几位士兵突然发现前方公路旁有一个架着德国机关枪的哨所，他们已经做好掩护，准备开枪。

一片紧张寂静中，德国机关枪手和美国步兵相互对视，手指扣在扳机上，等待对方先做行动。双方每人都疲惫、紧张，不确定太阳升起之后会在树下看到什么。只要一人慌乱，紧张的手指扣动扳机，就会血流成河。

几分钟后，国防军哨兵发现接近的士兵是他们一直等待的美国人。他们放下武器，主动投降。阿什中尉和手下放下掩护，留下一人看守德国士兵，继续向旅店前进。

德国哨所一个个被发现占领，几分钟之内，格布哈特·冯·阿尔文斯莱本在内的80名士兵全部投降，卸下武器。G连在不流一滴血的情况下达成目标，布拉埃斯湖已在美国人掌控下，所有人质都平安无事。

阿什中尉下令军队剩余士兵向旅店行进时,斐迪南第一次遇到了重获自由的囚犯,他们欣喜若狂地迎接斐迪南等士兵。而他只想睡觉,便问道有没有可以小憩的地方。"睡我的房间吧!"一位男士说道,并将斐迪南和士兵引到他的房间。他们瘫倒在床上,昏睡了过去,睡了整整20小时。

***

G连到达占领布拉埃斯湖的行动太过隐蔽,有些名囚在旅店餐厅吃早餐,看到泥点斑斑的军车上挂着画有清晰白星的美国军旗时,才意识到他们得到了援助。

西格蒙德·佩恩·贝斯特刚穿好衣服,自愿侍奉他的安德鲁·华尔士下士冲进来,说整个旅店"都是意大利人",他们进入卧室,用枪威胁女囚犯。

佩恩·贝斯特以为一直担心的游击队袭击开始了,便冲下楼。他发现大堂中站着五六个美国大兵,站在桑特·加里波第旁边和他聊天。到处都是喜气洋洋的游击队员,吵吵嚷嚷、冲进不同房间。佩恩·贝斯特很困惑,向美国军官说他是这里的负责人,并向他询问发生了什么。军官介绍自己是第339步兵团G连的马尔文·G·阿什中尉。他的军队刚刚连夜赶到这里营救人质。

如果阿什中尉期待这位板着腰的英国军官感激他,那他会很失望。佩恩·贝斯特了解情况后,解释道名囚迄今为止"过得挺好","如果你能赶走这些游击队员的话,我会非常感激。他们打乱了所有计划,还打扰这里的女人和孩子"。

显然,佩恩·贝斯特以为是美国士兵带来了意大利游击队,然而游击队员不知怎的听说了美国援助行动,可能是知道车队通过了尼德多夫,便跟了过来。阿什中尉理解佩恩·贝斯特,便开始命令手下士兵赶走这些不速之客。

这一切发生时,"吉米"·詹姆斯等天主教徒在湖边小教堂做弥撒,回到旅店后看到一片欢乐的景象,美国军车停在门前,士兵和名囚交谈。营中其他士兵也到达旅店,和G连会合,包括约翰·阿特维尔。

伊莎·维尔梅伦也刚做完弥撒回来,她对挤满旅店的美国士兵感到很好奇;他们一个个疲惫不堪,痛苦鏖战后肮脏不已。因为太累,他们瘦长的身子慵懒地摊在椅子和沙发上,长腿要么伸展出去,要么架在咖啡桌上。有些士兵双手插兜,显得很随意,有些嘴上叼着香烟,来自新大陆的士兵的慵懒行为让她非常惊讶。"他们唯一的动作就是嚼口香糖时上下咀嚼。"她观察道,"他们不吵不叫,就算是互相说话,也从来不说整句话,要么咕哝一下,要么简单评价,外国人很难听懂。"

菲·皮罗兹奥-比罗里和亚历山大·冯·施道芬贝格连夜"远足",回到旅店发现美国大兵正驱赶游击队员。意大利游击队员荒唐地坚称整片区域都在他们的控制之下,美国大兵很快不耐烦起来。

佩恩·贝斯特很想展现权威,扮演主人角色,便向阿特维尔介绍了一些国防军军官，包括现在已变成战俘的阿尔文斯莱本两兄弟。佩恩·贝斯特建议阿特维尔好好对待两人，他们欣喜若狂。

介绍完，佩恩·贝斯特决定用一顿早餐款待饥饿的美国大兵。他们打开红十字会的包裹，以为囚犯饥肠辘辘、处境绝望的美国大兵惊讶地发现旅店的早餐"非常丰盛"，奉上早餐的旅店服务生"非常漂亮有魅力"。佩恩·贝斯特很自豪地看到他和同伴能"给救助者提供丰盛的三餐，甚至香烟"。

佩恩·贝斯特一改最初对美国士兵的冷淡态度，现在非常感谢他们的到来，因为他们减轻了自己肩上的重担，"我健康状况很糟，差点就应付不下来了"。平时，他很少喝酒，但自从到了布拉埃斯湖旅店后，他每天几乎都要喝掉一整瓶维廷霍夫带来的白兰地。几年后，再回首那些日子，他写道：

> 美国军队对我们太好了，他们不辞辛苦地确保我们舒适、安全，令人大开眼界。士兵们人也很好，我们看到士兵淳朴、近乎天真的慷慨和善良……在他们的眼中和口中，一切都是美好的，显然也愿意陪伴我们。美国士兵心中似乎没有家国仇恨……他们好像都来自不同国家，说德语、法语甚至俄语，然而，所有人都带着美国公民的独特气质，也为此自豪。

库尔特·冯·舒施尼格也有类似感受。那天，他在日记中写道："美国人来了！……我们自由了！"

文字无法表达我的心情，我激动得无以言表。有谁能描述自由的样子呢?

美国军队让我们非常敬佩。除了在我们看来先进无敌的装备和军需以外,军队还秩序井然,军兵之间的关系宛如楷模。他们尽其所能帮助我们,一个个乐于助人、极富同情心、善解人意又不招摇惹眼。简单来说,都是正常的人。

原来这就是美国,这就是纳粹报纸上常咒骂的那些毫无军人精神、机器般冷酷无情的"堕落之国"。嗯,纳粹战败的原因不言而喻。

当天,百代(Pathé)摄影团队到达旅店,拍下美国士兵和名囚在旅店湖畔露天平台一起交谈的影像和照片。那时,第339步兵团指挥官约翰·英格丽许上校、师指挥官约翰·B.库尔特少将(Major General John B. Coulter)等美国高级军官也来到这里,沾沾授权同意解放名囚的光,一起合影留念。

然而,那个促成营救行动,主动献身、饱经磨难地把名囚受苦之消息带给盟军的人却不在现场。那天早晨,安东·杜契亚正坐车赶回布拉埃斯湖,英国皇家空军中校哈里·"翼"·戴已经被带到位于博洛尼亚的第5军团总部。一位名副其实的高级情报军官采访了他。下午,他坐轻型飞机前往佛罗伦萨再次接受采访。当晚,他住在一幢美丽的别墅中。"真是美妙的经历,"他后来回忆道,"在温暖的夜晚坐在露天平台上,用自己的母语和别人交流,吃一顿正经饭。"

他从英格兰来到这里,经历了漫长而奇怪的一程。他在战争开始不到几个星期就被拘捕，从那天起，他在战俘营中度过多年，做大逃亡的领袖，被关在集中营，被党卫队和保安局压为人质，受处死恐吓；当然，还有阿尔卑斯山的长途跋涉。每个名囚都有独特的经历，有的被其他特工背叛，有的在战斗中被俘，有些在设谋反抗希特勒时被捕，有些在家中突然被盖世太保抓走。自从柏林下达命令利用名囚做人质，要么用做筹码要么被杀以来，每个囚犯都对自己经受的苦难有独特的见解。

对近乎所有人来说，苦旅终结于布拉埃斯湖旅店，俯视着像镜子一般平静的露天平台，站在平台上对着新闻摄像机微笑，和美国大兵轻松地聊天，仿佛再自然不过。至少，苦难是终结于此了，但是要等他们回到家，和挺过战争的家人团聚以后，苦旅才算真正结束。

如果盖世太保长官汉斯·菲利浦真的下令集合人质，带到奥地利执行死刑，并且顺利完成任务的话，苦旅的结果会完全不同。但他没有，三天后，当名囚庆祝得救时，他自杀了。党卫军副总指挥卡尔·沃尔夫手下的党卫队和保安局队伍也并未组织起来。他下达处理人质的消息传到元帅亚历山大那里时，名囚已经重获自由。

***

布拉埃斯湖庆祝活动持续了几天。5月8日开始撤离，大批装甲车掩护、多架飞机翱翔上空形成保护伞，自由的人质先向南走到达维罗纳,再去往卡普里岛,并在岛上就人质经历接受正式采访。随后,他们便各奔东西,有的回到满目疮痍的德国,有的回到自己解放的祖国,有的去寻找以往生活的蛛丝马迹,还有的被送入盟军监狱。而对很多人来说,没有什么值得庆祝的。几位名囚,包括几位苏联囚犯和其他同谋者,回国之后难逃被处刑的命运。

欧洲有些地方仍然处于战乱之中。库尔特、薇拉·冯·舒施尼格和小女儿茜茜在卡普里度过了5月。这里的田园风光美如画,美国人也善良、慷慨,仔细地照顾他们,但舒施尼格一家人却不能开心地回家。奥地利东部,包括维也纳被苏联占领,而且会被占领几年。这位前总理和家人现在只是上百万流离失所之人中的桑海一粟。"为了知道家中的情况,我们倾家荡产都愿意。"他在日记中写道,"我们哪个朋友还活着,谁没挺过这几年可怕的岁月?"有时,他和薇拉也会和去过奥地利的盟军军官见面。"每当这时,如潮涌来的乡愁会牵绊着我们的心。"

曾经的大逃亡士兵"吉米"·詹姆斯和悉尼·道斯与老友重聚,而领袖"翼"·戴乘坐英国空军飞机于5月13日飞回家。当他在明媚、晴朗的天空中飞跃英国海岸线时,好像一切苦难都是一场噩梦:"可能我只离开英国几个小时,而不是六年那么长。"但到达英国后,他要重新面对现实。他被安排进位于什罗普郡科斯福德(Shropshire, Cosford)归国战俘英国皇家空军康复营,没有心思做富有诗意的反思:"给夫人打了电话,母亲死了,喝醉了。"

降落后,"吉米"·詹姆斯有更多思绪。"当我们踏上祖国土地的一刹那,心中充满着解脱的轻松和欢乐,尽情呼吸自由的空气。"他随后回忆道,"过去几年,我们都曾多次怀疑,这一刻究竟会不会到来。不论和平的结果是什么,我们都会面对。我们所经历的,是任何一个极权主义国家都会出现的噩梦。"

希特勒死了,第三帝国消弭于烟雾之中。被希特勒的仇恨和绝望聚集起来,面对共同的恐惧和苦难团结一心的男男女女,来自不同国家,却在未来天各一方。

"吉米"·詹姆斯余生会一直记得1945年5月6日,他在布拉埃斯湖写给佛罗伦萨的姨母的信中有这样三行字:"我都不知道该从何写起,好消息是美国人来了,我们自由了。我还没意识到,五年漫长的等待好似一场梦。我以为梦永远不会醒。"5月13日离开布莱克布施机场(Blackbushe Airport)时,"吉米"破破烂烂的英国皇家空军军大衣口袋里装着两页皱巴巴的纸,上面写满了各式各样、男男女女的签名,显得非常奇怪。他们曾共同穿越死亡之廊,走过苦旅,饱经磨难。看着这些名字,他知道,虽然一切似乎无法想象,却肯定不只是一场梦。

后　记

尽管经历重重艰难险阻，139名希特勒人质中还有希特勒最为痛恨的人，他们却终于挺过了纳粹最后一次冒险的挣扎。

1945年6月，伊莎·维尔梅伦回到汉堡与家人团聚，写下自己的经历并发表出版，成为畅销书。她为电影跳奇怪的卡巴莱舞，以此跑龙套赚钱，支撑学业，努力成为教师。1951年，她接受圣职，加入修道院，开始了教师、演说家、校长和电视主持人的职业生涯，大获成功。伊莎于2009年与世长辞，享年91岁。

菲·皮罗兹奥－比罗里与亚历山大·冯·施道芬贝格在加佩里分别后，心痛至极，驱车回到罗马与丈夫德塔尔默团聚，再续旧生活。他们在因斯布鲁克附近一党卫队儿童院中追踪到两个儿子，终于在1945年10月全家团聚。菲一直与其他亲属囚犯保持联系，特别是亚历山大。尽管亚历山大希望再续前缘，但两人因战争而萌生的情感却消失殆尽。20世纪60年代初，两人在罗马见了最后一面。1964年，亚历山大去世，年仅58岁。菲于2010年与世长辞，享年91岁。

库尔特·冯·舒施尼格发表了回忆录，1947年受邀在美国巡回讲课，1948年被聘为圣路易斯大学（Saint Louis University）

政治学教授。薇拉和茜茜随他一同前往美国居住。重获自由后，薇拉和几个名囚一直保持联系，与已经熟络的前上校博吉斯拉夫·冯·博宁的联系甚密。西格蒙德·佩恩·贝斯特成为两人之间秘密沟通的渠道，可能是因为他心中有些鄙视库尔特（佩恩·贝斯特在一封战后的信中称他"城府极深"，对库尔特毫无兴趣）。1959年，薇拉·冯·舒施尼格无法战胜肺癌，去世时55岁。1954年，库尔特·冯·舒施尼格加入美国国籍，但1968年退休后回到奥地利，住在因斯布鲁克附近的外祖父母家中，直至1977年和妻子一样死于肺癌。茜茜毕业于圣路易斯大学，旅居欧洲，1966年与法国贵族奥布里·德·克佳里欧斯（Aubrey de Kergariou）喜结连理。1989年，茜茜也和父母一样落入肺癌的魔爪之中，病故时年仅48岁。

莱昂·布鲁姆遭返法国后，回到了政治舞台，曾在战后过渡联合政府短暂任职总理。他与几位名囚保持联系，包括佩恩·贝斯特。随后布鲁姆前往美国执行任务，敲定战后重建贷款，后任联合国教科文组织法国处总干事，终于1947年1月退休，1948年8月又短暂任职副总理。1950年与世长辞前，他一直为社会党报刊《人民报》撰稿。妻子琼一直住在茹伊昂若萨（Jouy-en-Josas）的家中，1982年去世。

五位希腊将领中，只有亚历山大·帕帕戈斯重新加入希腊军队。1949年，他因1946年希腊内战中任命总司令，平定希腊共产党而晋升为陆军元帅，1951年帕帕戈斯参政，1952年任希腊首相，1955年首相任内病故。

匈牙利名囚战后遣返回国的数量不得而知。匈牙利成了苏联卫星国，遣返"二战"人质无异于给他们判处死刑。曾任特工的米克洛什•"尼基"•霍尔蒂随父一同逃亡葡萄牙，于1993年去世，匈牙利前总理卡洛伊•米克洛什也流亡海外，最终于1951年定居美国。1946年，前内政部大臣彼得•什尔男爵也同家人移民美国。

反抗领袖桑特•加里波第将军移居到法国城市波尔多，1946年因在纳粹手中接受过的治疗而病故，享年60岁。

23名德国名囚中，9名被盟军当局判为可逮捕罪行或潜在战犯。虽然乔治•汤玛斯参与了反抗活动，却一直受美国监禁，1946年在狱中去世，年仅56岁。希特勒陆军参谋长弗兰茨•哈尔德大将于1947年被释放，后被美国陆军聘为战争历史学家，同时负责战后西德军队的重建工作，1972年去世。

比利时占领区军政府司令官亚历山大•冯•法肯豪森上将却没有此等运气。他一直被监禁，直到1951年3月，因将3万犹太人从比利时发配奥斯维辛集中营，在布鲁塞尔接受庭审。尽管有许多人为他游说，包括莱昂•布鲁姆、休•法康纳和西格蒙德•佩恩•贝斯特提供的证明信，他仍被判处20年苦役。不过，服了三分之一刑期后，他被释放，回到西德。1951年7月，他被康拉德•阿登纳总理（Chancellor Konrad Adenauer）大赦，1966年去世，享年87岁。

前情报官员，抵抗纳粹指挥官弗朗茨•利迪格因其阿勃维尔的关系被监禁。1945年8月做出判决，利迪格将加入英国MI5

和美国战略情报局（OSS）联合组织的美国军方特殊反情报组织，被聘为间谍，打入组织内部。约瑟夫·穆勒博士成立新党派基督教民主联盟（Christian Social Union）时，利迪格也是创始人之一。随后，他重拾律师职业。1950年，佩恩·贝斯特再见他时，认为利迪格"再也无法集中注意力"，活在"一片糨糊中"。两人在布痕瓦尔德和整个苦旅中，"他一直是坚强之塔"，而现在的样子"令我悲痛欲绝"。1967年，利迪格去世。

黑森家族卡塞尔支族长菲利浦因纳粹统治期间做黑森-拿骚省省长被拘留，他涉嫌参与安乐死项目，被指控谋杀罪名，但最终撤诉。随后，他成为室内装潢设计师，兼全黑森家族族长。

曾经支持希特勒的金融家弗里茨·蒂森因支持纳粹党，在公司不正当对待犹太人而接受庭审。他同意为此支付罚金，其他指控被判无罪。1950年他和一直陪伴他的妻子艾米丽移民至布宜诺斯艾利斯，1951年去世。艾米丽1965年去世。

曾担任德国央行行长、希特勒政府经济部部长的亚尔马·沙赫特博士被判"重大罪犯"罪名，成为纽伦堡接受庭审的21位纳粹领导人之一。虽没被指控战争罪行，却被指控"危害和平罪"，他随后被判无罪，但西德非纳粹化法院（West German denazification court）后来判处他服苦役，1948年反诉，1950年洗脱所有罪名。1953年，在杜塞尔多夫（Düsseldorf）成立私人银行。1970年去世。

直至1947年，博吉斯拉夫·冯·博宁上校仍被当作战俘拘留。监禁的生活给他带来严重影响。这位温文尔雅的帅气上校是在尼德多夫拯救名囚、摆脱党卫队控制的功臣，瘦得如同原来的影子一般。佩恩·贝斯特1950年1月见到他，被他瘦弱、衰老的外表惊呆了。博宁被释放后，短暂参与劳作。在莱昂·布鲁姆的影响下，他在罗伊特林根（Reutlingen）定居，随后在戴姆勒奔驰公司（Daimler Benz）谋得一职，后在1952年加入西德政府，负责新军队的军事部署，因与阿登纳政府意见相左，1955年卸职后成为记者，1980年去世。

1945年5月卡普里审讯后，大多德国名囚没有被监禁，农场主威廉·冯·弗鲁格后来没世无闻，1953年去世。

律师兼抵抗运动英雄约瑟夫·穆勒，作为第一个联合天主教和新教的德国政治党派基督教民主联盟创始人之一，1946年至1959年任党主席，1947年成为巴伐利亚州司法部部长，随后就任副总理。1979年去世。

天主教政治活动家和记者约瑟夫·诸司1949年回到西德，但没有重新获得1938年被纳粹取消的德国公民身份。他为富尔达（Fulda）天主教男士组织做咨询，生病后乔迁瑞士，1965年于此辞世，享年86岁。

外交官埃里希·赫伯莱恩博士和妻子玛戈回到西班牙托莱多（Toledo）农场。直至20世纪50年代中，玛戈一直与很多名囚保持通讯。埃里希不再就任公职，但因1951年颁布的抵抗歧视反纳粹公务员法律，1954年他接受了外交部的工作。1980年，埃里希和玛戈·赫伯莱恩去世。

抵抗运动战士和未遂刺杀希特勒的法比安·冯·施拉布伦多

夫接受美国反间谍部队（the US Counterintelligence Corps）的全盘审讯。中情局局长艾伦·杜勒斯的副手盖罗·冯·舒尔茨－盖福尼茨（Gero von Schulze-Gaevernitz）也来看望他，他负责卡普里拘禁期间德国名囚的质询工作。这个战略情报局军官对施拉布伦多夫非常敬佩，甚至获得批准，将他带回瑞士办公室，以便完整地陈述反抗德国历史。最终，1947年舒尔茨－盖福尼茨将施拉布伦多夫的经历出书，名为《他们差点杀掉希特勒》（*They Almost Killed Hitler*）。施拉布伦多夫后任西德宪法法庭法官，1980年去世。

副主教约翰·纽豪斯尔被释放后的第一份工作是写了一本天主教抵抗纳粹政权的书。他也在达豪战争罪行审判出庭作证。虽然他饱受苦难，1949年却与他人联合成立了前纳粹军人神职组织，服务人群包括党卫队士兵。纽伦堡审判后，他发起了"慈悲对待定刑战犯运动"。1951年，他也助力秘密成立的援助德国前战俘组织，帮助的人中也有许多党卫队战争犯。1960年，他为原达豪集中营上建立第一座宗教纪念碑。1975年，纽豪斯尔去世，享年85岁。

1945年10月，马丁·尼莫拉牧师推动斯图加特宣言（*Stuttgart Declaration of Guilt*）的签署。新教教会高层签署的这份宣言承认教会在反抗纳粹中没有采取充分的行动。1954年，他成了坚定的和平主义者和反核运动倡导者。他在越战期间会见越南北方共产党领导人胡志明，引起国际骚动。1961年他成为世界基督教协进会主席，1966年荣获国际列宁和平奖。1984年与世长辞,享年92岁。尼莫拉的忏悔诗"最先他们逮捕共产党员……"被刻在华盛顿特区的美国大屠杀纪念博物馆(United States Holocaust Memorial Museum)的墙上,作为对"被动参与法西斯主义"的警告。

年轻的神职卡尔·康克无法回到祖国东普鲁士,因为已经被苏联和苏联控制的波兰分裂。1945年7月,他在巴伐利亚州的施莱多夫教堂(Schlehdorf Abbey)任职;1977年退休后,继续尽牧师义务,积极基于个人提供有关集中营体系信息。2008年,他成为祭司,庆祝了70岁生日,2012年去世。

"意外"被捕的俄罗斯出生的英国公民沃迪姆·格林威治,在弗罗森堡被"翼"·戴、"吉米"·詹姆斯和悉尼·道斯拯救。他回到伦敦,与妻子获得联系报平安。他在战争期间效力于耶路撒冷英国特别行动处,1943年被撤到肯尼亚。据称,战后格林威治继续任职英国秘密情报处。1954年,他的妻子去世,1982年格林威治去世。

六名俄罗斯名囚中,无人希望遣返,特别是曾经的纳粹合谋者。斯大林通过一项法律,任何被德国逮捕的士兵都是潜在叛国贼,而叛国贼要被判处死刑。根据1945年2月的《雅尔塔协定》,英国和美国必须遣返本国所有的苏联囚犯。两国政府都决定必要情况下使用武力,100万倒戈为德国军队效力的士兵,深知日后命运多舛。

1945年5月,布拉埃斯湖旅店中,所有俄罗斯名囚都考虑过未来。美国军队到来之前,贝索诺夫将军消失在群山中,不过,同年 5 月他被盟军抓捕，随后遭返苏联，一落地就被逮捕入狱。1946 年 10 月，他被正式驱逐出红军队伍，1950 年前一直未经审判被关在监狱，1950 年被判处并执行死刑。

皮由特尔·普里瓦洛夫少将遭返被捕，1946 年 12 月被红军解除军衔，1951 年执行死刑之前在狱中拘留。1968 年，普里瓦洛夫得以正式平反，然而平反决定对于去世已过 16 年的他来说早已于事无补。

据说，瓦西里·瓦西里耶维奇·柯科林 1945 年 5 月于南提洛尔撒手人寰，死于冻伤。然而，随后揭露的事实却没那么简单。大多发表的国家政府文件都认定他是苏联外交官维亚切斯拉夫·米哈伊洛维奇·莫洛托夫的侄子，实际上，柯科林并非莫洛托夫侄子，也没有死于 1945 年。瓦西里·柯科林是个冒牌货，欺骗纳粹和囚犯的手段之高明，令人惊叹。

柯科林没有与游击队同志一起死于山中，5 月末他坐上了前往罗马的苏联军事任务军车，无法确定他的决定是否为自愿。执行任务的问询中，柯科林没有提及他与原来声称的家庭联系。相反，他只说了自己和曾经关押过的集中营名字。当局对他毫无兴趣，便遭返回国。柯科林抵达敖德萨（Odessa）后随即被捕。虽然这对于遭返囚犯来说是惯例，但一定有人发现了柯科林的阴谋诡计，因为他随后被送往臭名昭著的墨色科卢比扬卡监狱（Lubyanka prison），由苏联国防人民委员部反间谍总局"施密尔"（SMERSH）局长亲自审问。柯科林被判处叛国罪，被指控犯有假扮莫洛托夫侄子罪名。

实际上,他是贫农之子,曾任俄罗斯空降军第1旅(1st Soviet Airborne Brigade)中士,1942年潜入德国前线。德国士兵发现了潜入行动,武装党卫队便坐等其成。尽管空降兵损失惨重,但有一连士兵与党卫军进行肉搏战。柯科林是幸存者之一,脚却严重冻伤,无法逃脱抓捕,便被德军俘虏。

绝望中为了自保,柯科林开始欺骗行径。他声称自己是莫洛托夫的侄子,接受十几名德国军官的审问。他们比对了柯科林和莫洛托夫的照片,结论是两人长相的确相似。杰克和彼得·丘吉尔的例子显示,德国人非常倾向于相信他们抓捕的都是地位很高的囚犯,虽然柯科林的说辞漏洞百出,但他们仍然相信。1943年1月,他被转移到萨克森豪森集中营特殊仓A中,斯大林的儿子雅科夫·朱加什维利(Yakov Dzhugashvili)也被关在同一楼中,但是拒绝与纳粹合作,尽量不和别人接触。德国士兵私下很怀疑柯科林的说法,但是意识到他对盖世太保提供消息是非常有用的。1943年4月,朱加什维利和柯科林共用一间卧室。他随后自杀,所以他是否清楚柯科林是冒牌货,或者以任何方式促成朱加什维利的死亡也不得而知。苏联随后判处他同谋罪。瓦西里·柯科林在1952年3月被处死。

约翰·麦克格拉斯中校曾负责弗里萨克爱尔兰集中营,所以因此接受了大量审问。他描述在此期间为爱尔兰囚犯阻挠德国计划的种种努力,但是他的说辞无法得到证实。虽然军方倾向于相信麦克格拉斯,但怀疑弗里萨克的另外四名爱尔兰人,他们被人称为"英国叛徒"。四人被严加防范,逮捕起来,但是缺少确凿证据，随后被无罪释放。同时，麦克格拉斯回到博林，重任皇家剧场的管理员。他身陷囹圄时所受的精神创伤和身体折磨太严重，从未痊愈。1946年11月去世，年仅47岁。

1964年，西德政府同意给经受纳粹迫害的英国国民分发100万英镑的补偿。13位英国名囚申请认领补偿金。最初，他们都被拒绝，因为他们是"特殊囚犯"，没有受太多苦。身为议会议员的艾瑞·尼夫（Airey Neave，他自己就是科尔迪茨城堡高安全战俘营战俘，也是成功的逃脱者）于1966年审理此案。尽管他亲自上报哈罗德·威尔逊首相，却并没有成功。但是，公众非常同情原来的萨克森豪森集中营囚犯，英国政府因此付给萨克森豪森的囚犯2.5万英镑。爱尔兰囚犯每人都分到一些，虽然英国名囚强烈怀疑炮兵约翰·斯班斯（Gunner John Spence）和爱尔兰士兵安德鲁·华尔士下士都是叛国贼。

空军中队队长休·法康纳和英国特别行动处同僚彼得·丘吉尔一同飞回英国。他随后任职于西德英国控制委员会（British Control Commission）。离开英国皇家空军以后，他接受了工程师培训，1954年和妻儿去往印度。1968年法康纳获得了2293英镑的萨克森豪森赔偿金。最终定居罗得西亚（Rhodesia），1980年因患无法手术治疗的脑癌病故。

彼得·丘吉尔与战期特别行动处情报员爱人奥黛特·桑逊重聚，1947年结婚。奥黛特虽在拉文斯布吕克集中营饱经虐待，却存活下来，主要因为她用了丘吉尔的姓氏，假装首相亲属。1949年，她发表了回忆录《奥黛特》，随后很快被改编为电影，安娜·尼格尔（Anna Neagle）饰演主角，特瑞沃·霍华德（Trevor Howard）饰演彼得·丘吉尔。20世纪50年代末，他定居法国里维耶拉[1]（French Riviera），做房地产商。1968年从萨克森豪森补偿金中获得1284镑。1972年去世，享年63岁。

战争结束后，"疯狂杰克"·丘吉尔对于他从尼德多夫逃脱的事实守口如瓶。战后的文章，包括《每日电讯报》的讣告，都暗示他逃脱的是奥地利战俘营，而非防守松懈的村庄。他回英国后，很快被派去一旅突击队，送往印度，准备对日战争。由于还没来得及进攻日本，战争就结束了，所以他参与降落伞课程，在40岁生日的时候执行了第一次降落。随后成为降落伞团中的营指挥长，也成为唯一一位指挥突击队和降落伞营的军官。1948年，他在回英国之前，看到了耶路撒冷军事行动，开始在不同的军事培训场地服役。1959年退休后，他致力于在泰晤士河上购买和翻修蒸汽船。丘吉尔是萨克森豪森补偿金主要推动人员，收到1009英镑，在20世纪70和80年代期间活跃于举办萨克森豪森重聚活动。丘吉尔1996年去世，享年89岁。

西格蒙德·佩恩·贝斯特短暂地住院后，1945年5月末回到英格兰。他消瘦的身躯更加凸显了多年囚禁期间体重大幅下降。他与英国秘密情报处前任长官克劳德·丹西（Claude Dansey）会面，后者告诉贝斯特，8月前他还会正常收到每月60英镑的

---

1. 今蓝色海岸。——译者注

薪水,但 8 月他将因身体原因被辞退。随后他将收到被监禁期间积累的总计 1200 英镑的薪水。同时,得知佩恩·贝斯特在意大利接受媒体采访以后,他半信半疑地建议贝斯特写写被捕监禁的经历。最终,佩恩·贝斯特写了一本书,1950 年出版,名叫《芬洛事件:充满奸诈、囚禁、谋杀的纳粹阴谋真实故事》(*The Venlo Incident : A True Story of Double-Dealing, Captivity, and a Murderous Nazi Plot*)。

佩恩·贝斯特一丝不苟,不会忘记细节。"翼"·戴和安东·杜契亚出发执行寻找美国前线的任务时,佩恩·贝斯特给了戴一件时髦又昂贵的大衣,遮盖戴的制服。贝斯特没有忘记,现在想要回大衣。从丹西那里得到戴的地址后,他写信请求寄回大衣。至于最终他究竟是要回了大衣还是得到赔偿,便不得而知了。

据其妻子称,佩恩·贝斯特收到了 500 英镑的稿费,报纸连载又收到 500 英镑;1953 年 12 月,她和贝斯特闹得不可开交后离婚。1952 年夏天西德政府在波恩接待了他,给了他一辆梅塞德斯奔驰汽车作为战争的补偿。她还称,贝斯特被聘为一家英国公司的董事,却在八个月后被开除,"因为他干了错事"。他还总说要开枪自杀,在医生的建议下,妻子把家中的枪拿走了。

1958 年 1 月,佩恩·贝斯特因负债被提起破产诉讼,据妻子称,债务可追溯到 1931 年。1963 年,他是第一个根据协议申请补偿金的人。在萨克森豪森囚犯的补偿金申请被拒绝后,"翼"·戴写信给德国外长,"很遗憾地看到您的观点深受佩恩·贝斯特队长的影响。他从来没被囚禁于'特殊仓'。贝斯特支持德国人，操一口流利的德语，也为自己和监守谈妥了条件"。显然，两人的嫌隙不仅因为借走的大衣。1968年，佩恩·贝斯特收到了14位萨克森豪森赔偿金申请者中最高（也是数额最大）的赔偿金，总计4000英镑。由于他比其他英国囚犯监禁在萨克森豪森的时间长得多，数额分配比较公正。西格蒙德·佩恩·贝斯特1978年去世，享年93岁，死后将所有相关文件捐赠给皇家战争博物馆（Imperial War Mu-seum）。

皇家海军中校哈利·梅维尔·阿尔伯特诺·"翼"·戴回英时已经46岁。落地几小时内，他就得知母亲去世、妻子离去的消息。1945年12月，他因杰出贡献被授予大英帝国勋章（Order of the British Empire），同时由于在身为战犯期间参与大逃亡的贡献，被授予杰出服务勋章（Distinguished Service Order）。1946年，他晋升为上校，1950年从英国皇家空军退役，同年再婚。毫无疑问，他是英雄，也是名副其实的英勇冒险家；他职业生涯的成就得到了应有的奖赏，除了一件事。他与安东·杜契亚一起寻找美国军队，派遣特勤小队援救解放人质中承受巨大危险，做出的无价贡献却鲜为人知。究其原因，一部分是当时领导太过混乱造成困惑，一部分因为佩恩·贝斯特决心将所有功名归于自己。

1956年，戴成为电影《触摸苍穹》的技术指导。这部由肯尼斯·莫尔（Kenneth More）领衔主演的电影讲述了王牌飞行员道格拉斯·贝德（Douglas Bader）的故事。戴作为贝德的飞行指挥官，同为第23空军中队的特技飞行员，戴的角色由迈克尔·华尔（Michael Warre）扮演。1961年11月，戴被选作英国电视节目《你的人生》的主角，剧中他与安东·杜契亚重聚。1963年《大逃亡》在英国上映，但是这部电影是虚构的版本，多人的特质融合在角色之中（电影主演是史蒂夫·麦奎因和詹姆斯·加纳，虽然真正的大逃亡中没有美国人），因此认不出"翼"·戴。

1968年，戴获得了1192英镑的萨克森豪森赔偿金。同年，悉尼·史密斯（Sydney Smith）撰写名为《"翼"·戴》的人物传记得以出版，书籍由于描述其他囚犯而陷入诽谤的争议。1969年，佩恩·贝斯特联系了当时还因战争罪接受审判的党卫队军官库尔特·艾卡里乌斯（Kurt Eccarius），称史密斯诽谤了他的客户。

几乎同时，"翼"开始受帕金森病魔的困扰。他搬到了马耳他，直到病重到不得不回国接受治疗才搬回英国。1975年，他开始出现妄想症的症状。即便如此，他还是设法回到了挚爱的马耳他，1977年12月在那里与世长辞。

悉尼·道斯因其被俘战犯时的英勇行为而被授予军工十字勋章（Military Cross）。短暂担任乔治六世国王王室侍从官后，1946年从英国皇家空军退役。随后搬往英属马来亚，成为殖民地行政人员和橡胶种植园管理员。据消息称，他有时住在蒙特卡洛（Monte Carlo）的豪华居所，有时住在切尔西的优雅宅邸。他与许多富家女共度美好时光，年迈之际驾驶莱斯莱斯和跑车。1993年，道斯和"吉米"·詹姆斯因为大逃亡50周年纪念日安排发生了激烈的争吵，但随后化解了矛盾。21世纪初，道斯开始出现阿尔茨海默病的症状，一位与他多年保持非正常关系的已婚女性朋友照料他。2008年，道斯去世，并在埋葬他的墓地两边为这位女性朋友和其丈夫预留了墓地。

最后一位大逃亡逃犯伯特伦·"吉米"·詹姆斯，1945年回到英格兰后休息了一段时间，随后重新回到英国皇家空军服役。等待复修飞行课程时，他被送回德国，主要因为他会说德语，任职于英国占领区空军（British Air Force of Occupation）总部。1946年4月他在德国一场派对上遇到了未来的妻子马奇（Madge），两人至死不渝。因为大逃亡，他也被授予军功十字勋章。1948年他加入了第540空军中队，利用"蚊式"机执行照相侦察任务。1958年，他从英国皇家空军退役，尝试举家搬往加拿大生活，失败后回到英格兰。1960年，他成为大不列颠苏联协会秘书长，负责组织文化交流活动。1964年，他进入外交部，在不同国家的英国领事馆任职。

1975年退休后，"吉米"·詹姆斯开始记录战时活动。最终，这些记录让他当选国际萨克森豪森委员会主席，委员会主要致力于教育近几代人关于集中营的恐怖行径。他写了自己的战争回忆录，1981年出版《无月之夜》（*Moonless Night*），随后给退役军人协会和各大学校做演讲，其中包括20世纪30年代的母校坎特伯雷国王学校（the King's School at Canterbury）。2004年，皇家战争博物馆庆祝大逃亡60周年纪念日时，他和朋友悉尼·道斯吸引了大量媒体目光。终于，时光带走了"吉米"·詹姆斯，2008年1月他与世长辞，享年95岁。

139位名囚中，仍有一位特别神秘的囚犯，对所有人质来说都是个谜。她就是致命女郎海德·诺瓦克斯基,有些囚犯认为她是盖世太保间谍;1945年起,她便人间蒸发一般,没有出生证明,毫无背景,亦无过往可循。现在,新的研究揭露有关她的真相。

"海德"的真名是约翰娜·诺瓦克斯基,1914年8月18日出生于波兰的布尔泽夫(Brzeznica)。"二战"时,德国占领波兰以后,约翰娜通过德国移民控制中心(Einwandererzentralstelle)申请加入德国国籍,中心执行占领地区的德国民族人民安置计划。在书面申请中,她注明掉了几颗牙齿(掉牙可能是事实,她曾向西格蒙德·佩恩·贝斯特表示,她在拉文斯布吕克集中营受过拔牙的酷刑,当时贝斯特对此表示怀疑)。职业一栏中,她写了"工厂工人"。

1945年3月,她第一次以"海德"的名字出现在布痕瓦尔德集中营记录中,但无法获取之前的战时准确信息。她与党卫队西格蒙德·拉舍尔博士、苏联冒牌货瓦西里·柯科林和莱蒙德·梵·维米尔茨中尉的一系列风流韵事后,在人质被援助之前(和梵·维米尔茨一起)消失了。

虽然名囚认为海德·诺瓦克斯基是盖世太保间谍,却查无证据。她成为名囚可能出于运气或者为了逃离集中营耍了小聪明,沃迪姆·格林威治也在弗罗森堡做了同样的事。没有证据显示她犯了叛国罪,也没有证据显示她有资格成为亲属囚犯。

囚禁期间,海德给了佩恩·贝斯特两个都在埃森(Essen)地区的通讯地址和电话号码。她曾告诉休·法康纳她来自杜塞尔多夫(Düsseldorf),与埃森很近。调查这些地区后,我们得知,约翰娜·诺瓦克斯基战后住在埃森，1946年生下女儿。1953年7月在芒茨（Rünthe）和名叫哈罗德·凯撒（Harold Kaiser）的男士结婚。1955年6月离婚，1956年4月在多特蒙德和汉斯·古特尔·利尔（Hans Gunther Liell）结婚。1957年，一份报告显示约翰娜·利尔，原名诺瓦克斯基，以"海德·冯·德·马尔韦兹""炎森""施道芬贝格"和"史密斯"的化名判处八次诈骗罪。另一份报告显示，多特蒙德警察调查利尔女士，她为了帮助1944年7月刺杀希特勒被捕、被囚禁、受影响的人而试图建立基金会，以此寻求经济赔偿，可能因为这次诈骗行动才让她使用了"施道芬贝格"的化名。

很多记录显示，党卫队上级突击队领袖埃德加·斯蒂勒、党卫队下级突击队领袖弗里德里西·贝德和下属的结局悲惨，可能死于意大利游击队之手。不过，如果事实真是如此，那么肯定不包括埃德加·斯蒂勒。

在尼德多夫被剥夺了国防军指挥之位后，斯蒂勒和剩下的手下犹犹豫豫，不知如何是好。他随后承认，名囚中有人想要杀死他和他的属下，不过加里波第将军组织了行动。他在一份战后声明中称，他和手下最终步行离开尼德多夫，开始向北部的奥地利边境走去。5月12日，他们被一支美国军队抓获，关在大格洛克内斯特拉瑟地区布鲁克（Bruck an der Großglocknerstraße）一所监狱中。为逃脱罪行，斯蒂勒假装军士；虽然他从1926年开始就任警察，但他称原来的职业是农民。最终，他被关在巴伐利亚州莫斯堡（Moosburg）的平民拘留所中，直至 1945 年 10 月。随后，他被确认战争嫌疑犯身份，在 1947 年 8 月美国军事法庭出庭，面对毛特豪森－古森集中营（Mauthausen-Gusen concentration camp）的工作人员。他的文档被标为"敌对目击证人"。1945 年 10 月，他回到达豪，最终被关到曾经看守的地堡当中。

1947 年 3 月，斯蒂勒等三人被美国军事法庭传讯，被诉战争犯罪。他被指控参与残酷或不当对待战争犯和平民，还涉嫌参与谋杀查理·德莱斯特兰将军。他出庭作证，称得知德莱斯特兰死亡的时候，与囚犯车队一起在赖兴瑙岛劳动教育营，德莱斯特兰死于 4 月 19 日。卡尔·康克确定斯蒂勒当时不在达豪。虽然洛塔尔·罗德博士帮助他做了一番激情澎湃的证词，斯蒂勒所有罪名还是成立，被判七年有期徒刑，再诉缩减到五年。斯蒂勒 1949 年被兰斯堡监狱释放（Landsberg Prison）。后来，伊森堡公主海伦·伊丽莎白聘用他为私人秘书，公主是个有争议的人物，建立了帮助党卫队的秘密组织，包括为战争罪囚犯提供资金和法律援助，曾帮助过安排阿道夫·艾希曼（Adolf Eichmann）和约瑟夫·门格勒（Josef Mengele）的逃脱安置。1951 年，该组织成了非营利福利组织后部分合法化，接受了教会的援助。约翰·纽豪斯尔就是主要推动者之一。

离开海伦·伊丽莎白公主后，斯蒂勒成为慕尼黑罗德史瓦兹公司的车辆控制员。因为斯蒂勒在战争的最后阶段一直保护他，所以不论当时斯蒂勒目的是否单纯，即便在战争罪法庭上帮过斯蒂勒作证，罗德博士还是欠他个人情。1985 年去世的罗德享年 75 岁，从未以口头或书面的形式记录战争经历。斯蒂勒在罗德史瓦兹的职业生涯很短暂，仅仅几周以后，他就被西德警方逮捕，被指控涉嫌谋杀格奥尔格·艾尔塞。真正的谋杀者党卫队上级小队领袖西奥多·博戈尔兹在 1945 年 5 月被美国军方囚禁时自然死亡。

调查艾尔塞案件的地方执法官好像更关心斯蒂勒指挥人质车队的角色。地方执法官很想获取更多有关党卫队下级突击队领袖弗里德里西·贝德的信息，不论他是否曾是保安局士兵。斯蒂勒自己从没有提及过贝德。可能他担心贝德会引向更严厉、尴尬的问题，问出处死名囚的提议和车队的性质。根据案件记录来看，贝德从来没被追踪到。此后斯蒂勒从事什么职业不得而知，并于 1978 年去世。

弗里德里西·贝德并没有消失。他和手下离开尼德多夫以后，就算他们真被游击队突袭，贝德也肯定活了下来。5 月 2 日，他在奥地利边境附近的梅拉诺（Merano）被美国军队逮捕，并承认自己是盖世太保成员。他被送到巴伐利亚州的巴特艾布灵（Bad Aibling）监狱，随后转移至达豪的重要战争罪行嫌疑人和目击者拘留所（War Crimes Central Suspect and Witness Enclosure），1946 年收到正式指控。

贝德尽责地完成了强制性"审查问卷"（Fragebogen），问卷包括 131 个总结调查对象生平和职业政治活动的问题。贝德曾试图假装成默默无闻的警察，承认 1932 年加入纳粹党，还提供了党号。他称自己是一般党卫队（Allgemeine SS）成员，一般党卫队在纳粹德国主要协助警察维持秩序。他也确认自己取得了党卫队下级突击队领袖称号。但他将自己描述成了受害者，而非加害者，声称盖世太保1944年因反抗纳粹活动逮捕他，被党卫队和纳粹党去除党籍。实际上，贝德一直是当地盖世太保反侦查小组（Nachrichten-Referat）的头目。这个极其隐秘的部门招募当地间谍，派去潜入政治组织或者反对派组织中。集资一直是个问题，但贝德通过允许特工参与黑市交易和外汇走私筹集了足够资金，也因此与上级产生了分歧。

  1947年2月，贝德成功摆脱一切罪名，从美国监狱释放。但是同年7月，他又被要求重写一份审查问卷。这次，前后矛盾的地方非常有趣。他记不住自己的党号，也漏掉了自己曾效力于一般党卫队的经历。他还漏掉了"国外旅行居住经历"栏中的重要内容，去往南提洛尔的旅行经历消失了。这一案件上交德国非纳粹化法院，判处贝德为第三类别罪犯，即行为受到限制和有两到三年保释期的"轻罪罪犯"。但是，不会继续监禁。终于，1950年11月，杜塞尔多夫非纳粹化理事会判决贝德被降为第五类别罪犯，贝德自由了。随后他在何处任职已不得而知，但可能继续在奥伯豪森（Oberhausen）当警察。1972年，72岁的贝德去世。

139位名囚名单

姓氏	教名	国籍	出生年份	死亡年份
名囚				
普拉克斯马拉尔	康拉德	奥地利	1895	1959
施密茨	理查德	奥地利	1885	1954
舒施尼格	库尔特·阿洛斯·约瑟夫·约翰	奥地利	1897	1977
布尔达	约瑟夫	捷克	1893	1946
雷斯-罗茨厄瓦克	约瑟夫	捷克	1901	1946
汉森	汉斯·弗雷德里克	丹麦	1919	2009
拉尔森	阿道夫·西奥多	丹麦	1906	1978
隆丁	汉斯·马蒂森	丹麦	1899	1984
米科尔森	马克斯·约翰尼斯	丹麦	1911	1984
莫恩森	乔根·隆多尔格·弗里斯	丹麦	1909	2000
彼得森	科纳德·埃里克	丹麦	1910	1984
莱昂	（安德烈）布鲁姆	法国	1892	1950
莫特	阿尔芒·朱勒	法国	1895	
皮戈	加百列·艾玛努埃尔·约瑟夫	法国	1887	1952
梵·维米尔茨	莱蒙德	法国	1920	2000
波旁-帕尔马王子	哈维尔	法国	1889	1977
博宁	博吉斯拉夫	德国	1908	1980
切里尼	弗里茨男爵	德国	1894	1985

续表

姓氏	教名	国籍	出生年份	死亡年份
名囚				
恩格尔克	弗里德里希·"弗里茨"	德国	1900	1981
法肯豪森	亚历山大·恩斯特·阿尔弗雷德·赫尔曼	德国	1878	1966
弗鲁格	威廉姆·阿尔伯特·爱德华	德国	1887	1953
弗朗茨·约瑟夫·奥斯卡·恩斯特·帕特里克弗里德里希·利奥波德	普鲁士王子	德国	1895	1959
哈尔德	弗兰茨	德国	1884	1972
哈姆	安顿·约翰	德国	1909	1986
赫伯莱恩	埃里希·恩斯特	德国	1889	1980
诸司	约瑟夫	德国	1878	1965
康克	卡尔	德国	1913	2012
利迪格	玛丽亚·弗朗茨	德国	1900	1967
穆勒	约瑟夫	德国	1898	1979
纽豪斯尔	约翰	德国	1888	1973
尼莫拉	弗里德里希·古斯塔夫·埃米尔·马丁	德国	1892	1984
彼得多夫	霍斯特	德国	1892	1962

续表

姓氏	教名	国籍	出生年份	死亡年份
名囚				
菲利浦	黑森家族卡塞尔支族长	德国	1896	1980
彭德尔	赫尔曼	德国	1888	1976
沙赫特	亚尔马·贺拉斯·格里莱	德国	1877	1970
施拉布伦多夫	法比安·路德维希·格奥尔格·阿道夫·库尔特	德国	1907	1980
汤玛斯	乔治	德国	1890	1946
蒂森	弗里德里希·"弗里茨"	德国	1873	1951
丘吉尔	约翰·马尔科姆·索普·弗莱明·"疯狂杰克"	英国和爱尔兰	1906	1996
丘吉尔	彼得	英国和爱尔兰	1909	1972
库什	汤玛斯·约瑟夫	英国和爱尔兰	1909	1981
戴	哈利·梅维尔·阿尔伯特·"翼"	英国和爱尔兰	1898	1977
道斯	悉尼·海斯汀	英国和爱尔兰	1918	2008
法康纳	休·马洛里	英国和爱尔兰	1910	1980

续表

姓氏	教名	国籍	出生年份	死亡年份
名囚				
詹姆斯	伯特伦·亚瑟·"吉米"	英国和爱尔兰	1915	2008
麦克格拉斯	约翰	英国和爱尔兰	1899	1946
奥布莱恩	帕特里克	英国和爱尔兰	1911	1963
佩恩·贝斯特	西格蒙德	英国和爱尔兰	1885	1978
斯班斯	约翰	英国和爱尔兰	1912	1968
史蒂文斯	理查德·亨利	英国和爱尔兰	1893	1967
华尔士	安德鲁	英国和爱尔兰	1911	1969
巴科普洛斯	康斯坦丁	希腊	1889	1950
德戴什	帕纳约蒂斯	希腊	1890	
迪米特里乌	瓦西利斯	希腊	1910	
格里瓦斯	尼古拉斯	希腊	1908	
科斯马斯	乔治斯	希腊	1886	1964
帕帕戈斯	亚历山大	希腊	1883	1955
皮兹卡兹	约阿尼斯	希腊	1881	1975
金泽里	亚历山大	匈牙利	1895	

续表

姓氏	教名	国籍	出生年份	死亡年份
名囚				
哈茨	约瑟夫	匈牙利	1894	
哈茨	塞缪尔	匈牙利	1872	
赫拉特基	安德里斯	匈牙利	1895	1857
霍尔蒂	米克洛什·"尼基"	匈牙利	1907	1993
伊格曼迪－海杰希	盖扎	匈牙利	1882	1980
卡洛伊	米克洛什	匈牙利	1887	1967
基拉伊	尤里乌斯	匈牙利	1893	1979
奥诺迪	戴斯狄留斯	匈牙利	1915	
舍尔·德·波施洛特	彼得男爵	匈牙利	1898	1974
阿波洛尼奥	欧亨尼奥	意大利	1903	1985
巴多格里奥	马里奥·费尔迪南多·安东尼奥	意大利	1905	1953
费雷罗	大卫	意大利	1910	
加里波第	桑特	意大利	1885	1946
坦布里尼	图里奥	意大利	1892	1957
采尔明什	古斯塔夫	拉脱维亚	1899	1968
范迪克	雅内斯·约翰内斯·科内利斯	荷兰	1871	1954
达赫利	阿恩·西蒙逊	挪威	1897	1973
伊茨伊奇	简·皮奥特尔	波兰	1913	1958

续表

姓氏	教名	国籍	出生年份	死亡年份
名囚				
延森	斯坦尼斯瓦夫	波兰	1906	1984
维洛普斯基	亚历山大	波兰	1898	1961
贝索诺夫	伊万·乔治维奇	苏联	1904	1950
布朗尼科夫（布朗尼考夫）	维克托·维克托罗维奇	苏联	1901	1950
西雷地林（切尔地林）	费奥多尔·尼基福罗维奇	苏联	1919	
柯科林	瓦西里·瓦西里耶维奇	苏联	1923	1952
普里瓦洛夫	皮由特尔·夫若罗维奇	苏联	1898	1951
鲁琴科	尼克拉耶·尼克拉维奇	苏联	1917	2013
卡拉斯	伊姆莱西·安顿	斯洛伐克	1903	1981
斯塔内克	詹	斯洛伐克	1900	1996
埃德奎斯特	卡尔·格兰	瑞典	1915	1998
德拉吉克－哈乌尔	辛科	南斯拉夫	1899	
波波维奇	诺瓦克·D.	南斯拉夫	1898	
托马乐维斯基	迪米特里耶	南斯拉夫	1891	

续表

姓氏	教名	国籍	出生年份	死亡年份
亲属囚犯				
吉斯维乌斯	安娜丽丝·艾拉·海德薇	德国	1903	
格德勒	安妮丝·埃米莉	德国	1888	1961
格德勒	拜尼格瑙	德国	1929	
格德勒	古斯塔夫·卡尔·弗朗茨	德国	1875	1955
格德勒	玛丽安	德国	1919	2011
格德勒	伊尔玛·安娜·克拉拉	德国	1909	
格德勒	朱塔·朱丽安娜·乌尔西舍（托米尼斯基）	德国	1928	2017
格德勒	乌尔里希·卡尔·朱利叶斯	德国	1913	2000
古詹	凯西	德国	1915	
哈尔德	格特鲁德·玛格丽塔·芭芭拉	德国	1886	1973
哈默施泰因	海尔杜尔	德国	1923	2012
哈默施泰因	玛丽亚	德国	1886	1970
赫伯莱恩	玛戈	德国	1891	1980
赫普纳	霍斯特·阿尔伯特	德国	1889	
贺发克	安娜·路易斯	德国	1929	2016
贺发克	埃伯哈德	德国	1928	2001
贺发克	伊尔·塞洛特	德国	1898	1974

姓氏	教名	国籍	出生年份	死亡年份
亲属囚犯				
凯撒	伊丽莎白·玛丽亚	德国	1921	
凯撒	特蕾莎	德国	1889	1952
库恩	亚瑟·朱利叶斯	德国	1883	
林德曼	丽娜·玛丽·尤金妮·埃莉诺尔·马戈特	德国	1898	1982
莫哈尔	约瑟夫·赫尔曼	德国	1899	1976
莫哈尔	凯西	德国	1905	2001
皮罗兹奥－比罗里	菲	德国	1918	2010
普莱顿	吉塞拉·玛丽亚·玛莎·伊达·乌贝尔塔	德国	1915	2011
普莱顿	瓦尔特·柯莱蒙·奥古斯提努斯	德国	1881	2972
施罗德	汉斯－迪特里希	德国	1937	
施罗德	哈灵	德国	1935	2006
施罗德	英格博格·伊丽莎白	德国	1913	2006
施罗德	西比尔－玛丽亚	德国	1940	
施道芬贝格	亚历山德拉·弗兰兹·克莱门斯	德国	1905	1964
施道芬贝格	亚历山德拉·利奥波丁·奥尔加·玛丽亚	德国	1922	2016
施道芬贝格	柯莱莫斯·安顿	德国	1929	1987

续表

姓氏	教名	国籍	出生年份	死亡年份
亲属囚犯				
施道芬贝格	伊丽莎白·路易斯·玛丽	德国	1891	1946
施道芬贝格	玛丽	德国	1900	1977
施道芬贝格	玛丽亚·阿格尼斯	德国	1920	1956
施道芬贝格	玛丽-加布里尔·路易斯·索菲	德国	1914	2018
施道芬贝格	马克沃特·塞巴斯蒂安·路德维希·菲利普·玛丽亚	德国	1889	1975
施道芬贝格	欧托·飞利浦·弗朗茨·克里斯托弗·玛丽亚	德国	1926	2015
蒂森	艾米丽	德国	1875	1965
维尔梅伦	伊莎·毕特	德国	1918	2009
自愿囚犯				
舒施尼格	玛利亚·德洛莉丝·伊丽莎白·"茜茜"	奥地利	1941	1989
舒施尼格	薇拉	奥地利	1904	1959
布鲁姆	珍妮·阿黛尔·"琼"	法国	1899	1982
随从囚犯				
瓦屋尔	保罗	德国	1900	1979
维辛泰纳	威廉	德国	1897	

377

续表

姓氏	教名	国籍	出生年份	死亡年份
意外抓捕囚犯				
格林威治	沃迪姆	英国和爱尔兰	1899	1982
诺瓦克斯基	约翰娜（又名海德）	德国	1914	1956

参考书目

未出版与归档的来源

2nd Battalion, 339th Infantry Regiment, US Army, Operations Report, May 1945: National Archives and Records Administration (NARA), Washington, DC.

339th Infantry Regiment, US Army, Operations Report, May 1945: NARA, Washington, DC.

351st Infantry Regiment, US Army, History for April–May 1945: NARA, Washington, DC.

Barr, Norbert, papers, NYCR89-A47: Rare Books and Manuscript Library, Columbia University, New York.

Brower, David R., "Remount Blue: The Combat Story of the 3d Battalion, 86th Mountain Infantry of the 10th Mountain Division," compiled 1948 for University of California Press: available online at archive.org/details/RemountBlue.

Churchill, Jack, interviews and notes, June 1977 and January 1979: Earl Moorhouse archive, now in the collection of Ian Sayer.

Counterintelligence Corps, US Army, Dossier XA-0244414, Richard Schmitz: NARA, Washington, DC.

Counterintelligence Corps, US Army, Dossier XE-123106, Karl Friedrich Bader: NARA, Washington, DC.

Counterintelligence Corps, US Army, Dossier XE-003166, Franz Liedig: NARA, Washington, DC.

Day, Harry M. A., unpublished memoir notes: Archive of RAF Museum, London.

Ferdinand, Arthur, letters and recollections concerning the rescue of hostages in May 1945: Earl Moorhouse archive, now in the collection of Ian Sayer.

Flügge, Wilhelm von, statement to Captain N. E. Middleton, DAPM, 78 Section, SIB, AFHQ at Capri, 4 June 1945, WO 328/4 June 1945: National Archives, Kew.

Heiser, John (339th Infantry Regiment historian), personal communications to Ian Sayer, July 2011.

Huppenkothen, Walter, Flossenbürg-Müller message, Bletchley decrypt: available online at cryptocellar.org/Flossenbuerg/Huppenkothen_msg.pdf.

Judicial investigation of Edgar Stiller for complicity in the murder of Georg Elser at Dachau in April 1945, Landgericht München II, Jg106/50: State Archives, Munich.

Kállay, Miklós, statement to Captain N. E. Middleton, SIB, Capri, 3 June 1945, WO 328/17 June 1945: National Archives, Kew.

Kunkel, Karl, diary 1945 and statement, Staatsanw. 34475/2: State Archives, Munich.

Landgericht Augsburg, judgement of the Landgericht Augsburg in the case of Walter Huppenkothen, 15 October 1955, ref. 1Ks21/50.

McGrath, John, letter to Sigismund Payne Best, 14 April 1945: Walter L. Leschander Collection, Hoover Institution, Stanford University.

Moorhouse, Earl, "Hitler's Hostages," unpublished manuscript: Earl Moorhouse archive, now in the collection of Ian Sayer.

"Müller Order," 5 April 1945: Walter L. Leschander Collection, Hoover Institution, Stanford University.

Payne Best, Sigismund, papers in the collection of the Imperial War Museum, London.

Wauer, Paul, statement to Capt. N. E. Middleton, SIB at Capri, 21 May 1945, WO 328/43 June 1945: National Archives, Kew.

Wolff, Karl, interrogation by Colonel H. A. Brundage, 31 August 1945: NARA, Washington, DC.

Wymeersch, Raymond van, statement of Flight Lieutenant Raymond Leon Narcisse van Wymeersch to 69 Section Special Investigation Branch, Resina, Naples, 14 May 1945: National Archives, Kew.

已出版来源

Beevor, Antony. *Berlin: The Downfall: 1945*. London: Viking, 2002.

Berben, Paul. *Dachau 1933–1945: The Official History*. London: Norfolk Press, 1975.

Birnbaum, Pierre. *Léon Blum: Prime Minister, Socialist, Zionist*. New Haven: Yale University Press, 2015.

Black, Peter R. *Ernst Kaltenbrunner: Ideological Soldier of the Third Reich*. Princeton, NJ: Princeton University Press, 1984.

Brissaud, André. *The Nazi Secret Service*. New York: W. W. Norton, 1974.

Cesarani, David. *Final Solution: The Fate of the Jews 1933–49*. London: Macmillan, 2016.

Churchill, Peter. *The Spirit in the Cage*. London: Hodder and Stoughton, 1954.

Colton, Joel. *Léon Blum: Humanist in Politics*. Durham, NC: Duke University Press, 1987.

Davidson, Clarissa. *God's Man: The Story of Pastor Niemoeller*. Westport, CT: Greenwood, 1979.

Distel, Barbara. "Dachau Main Camp." In *Encyclopedia of Camps and Ghettos* Vol. 1A, edited by Geoffrey P. Megargee. Bloomington: Indiana University Press, 2009.

Doherty, Richard. *Victory in Italy: 15th Army Group's Final Campaign 1945*. Barnsley, UK: Pen & Sword, 2014.

Drooz, Daniel B. *American Prisoners of War in German Death, Concentration, and Slave Labor Camps*. Lewiston, NY: Edwin Mellen, 2004.

Dulles, Allen W. "The Secret Surrender." *Harper's*, July 1966.
Falconer, Hugh Mallory. *The Gestapo's Most Improbable Hostage*. Barnsley, UK: Pen & Sword, 2018.
Freeman, Roger A., Alan Crouchman, and Vic Maslen. *The Mighty Eighth War Diary*. Revised edition. London: Arms and Armour, 1990.
"Führer Häftlinge." *Der Spiegel*, 20 February 1967, pp. 54, 59.
Hackett, David A., ed. and trans. *The Buchenwald Report*. Oxford: Westview Press, 1995. Originally published as *Bericht über das Konzentrationslager Buchenwald bei Weimar*. Supreme Headquarters Allied Expeditionary Force, April–May 1945.
Hagen, Walter [Wilhelm Höttl]. *Unternehmen Bernhard*. Wels, Austria: Verlag Welsermühl, Wels und Starnberg, 1955.
Hassell, Fey von. *A Mother's War*. London: John Murray, 1990. Edited by David Forbes-Watt and published in US as *Hostage of the Third Reich* (New York: Scribner's, 1989).
Hoffmann, Peter. *The History of the German Resistance 1933–1945*. London: Macdonald and Jane's, 1977.
Höhne, Heinz. *Canaris: Hitler's Master Spy*. London: Secker and Warburg, 1979.
Huebner, Todd. "Flossenbürg Main Camp." In *Encyclopedia of Camps and Ghettos* Vol. 1A, edited by Geoffrey P. Megargee. Bloomington: Indiana University Press, 2009.
James, B. A. "Jimmy." *Moonless Night*. William Kimber, 1983.
Joos, Joseph. *Leben auf Widerruf, Begegnungen und Beobachtungen im KZ Dachau 1941–1945*. Trier, Germany: Paulinus Verlag, 1948.
Kállay, Miklós. *Hungarian Premier*. Westport, CT: Greenwood, 1970.
Koop, Volker. *In Hitlers Hand: Sonder- und Ehrenhäftlinge der SS*. Cologne: Bohlau Verlag, 2010.
Lang, Jochen von. *Top Nazi: SS General Karl Wolff*. New York: Enigma, 2013.
Lessner, Erwin. "Hitler's Final V Weapon." *Collier's Weekly*, 27 January 1945, p. 14.
Lingen, Kerstin von. *Allen Dulles, the OSS, and Nazi War Criminals*. Cambridge: Cambridge University Press, 2013.
Loeffel, Robert. *Family Punishment in Nazi Germany: Sippenhaft, Terror and Myth*. Basingstoke, UK: Palgrave Macmillan, 2012.
Marcuse, Harold. *Legacies of Dachau: The Uses and Abuses of a Concentration Camp, 1933–2001*. Cambridge: Cambridge University Press, 2001.
Marrus, Michael Robert, ed. *The Nazi Holocaust Part 5: Public Opinion and Relations to the Jews in Nazi Europe* Vol. 2. Munich: K G Saur Verlag, 1989.
Middlebrook, Martin, and Chris Everitt. *The Bomber Command War Diaries: An Operational Reference Book*. London: Viking, 1985.
Minott, Rodney G. *The Fortress that Never Was: The Myth of the Nazi Alpine Redoubt*. London: Longmans, 1965.
Mogensen, Jørgen. *Die grosse Geiselnahme: Letzter Akt 1945*. Copenhagen: Polnisch-Skandinavisches Forschungsinstitut, 1997.
Müller, Josef. *Bis zur letzten Konsequenz: Ein Leben für Frieden und Freiheit*. Munich: Süddeutscher Verlag, 1975.

Mulley, Clare. *The Women Who Flew for Hitler: The True Story of Hitler's Valkyries*. London: Macmillan, 2017.
Neveu, Cédric. *Le Gestapo en Moselle*. Strasbourg: Editions du Quotidien, 2015.
Nuremberg Tribunal. *Trial of the Major War Criminals before the International Military Tribunal, Nuremberg 14 November 1945–1 October 1946* Vol. IV. Nuremberg: International Military Tribunal, 1948.
Parrish, Michael. *Sacrifice of the Generals: Soviet Senior Officer Losses, 1939–1953*. Oxford: Scarecrow Press, 2004.
Payne Best, Sigismund. *The Venlo Incident: A True Story of Double-Dealing, Captivity, and a Murderous Nazi Plot*. London: Hutchinson, 1950.
Petropoulos, Jonathan. *Royals and the Reich: The Princes von Hessen in Nazi Germany*. Oxford: Oxford University Press, 2006.
Pünder, Hermann. *Von Preussen nach Europa*. Stuttgart: Deutsche Verlags-Anstalt, 1968.
Richardi, Hans-Günther. *SS-Geiseln in der Alpenfestung: Die Verschleppung prominenter KZ-Häftlinge aus Deutschland nach Südtirol*. Bozen, Italy: Edition Raetia, 2005.
Richards, Brooks. *Clandestine Sea Lines to France and French North Africa 1940–1944*. Vol. 2 of *Secret Flotillas*. London: HMSO, 1996.
Schacht, Hjalmar. *My First Seventy-Six Years*. London: Allan Wingate, 1955.
Schiff, Victor. "'Last Fortress' of the Nazis." *New York Times*, 11 February 1945, p. SM5.
Schlabrendorff, Fabian von. *The Secret War against Hitler*. London: Hodder and Stoughton, 1966.
Schuschnigg, Kurt von. *Austrian Requiem*. London: Gollancz, 1947.
Schwarz, Friedrich. "Rohde, Lothar." In *Neue Deutsche Biographie*. Historical Commission and Bavarian Academy of Sciences, 2003. www.deutsche-biographie.de/pnd139265996.html.
Smith, Bradley F., and Elena Agarossi. *Operation Sunrise: The Secret Surrender*. London: Andre Deutsch, 1979.
Smith, Marcus J. *Dachau: The Harrowing of Hell*. Albuquerque: University of New Mexico Press, 1972.
Smith, Stuart. *Otto Skorzeny: The Devil's Disciple*. Oxford: Osprey, 2018.
Smith, Sydney. *Wings Day: The Man Who Led the RAF's Epic Battle in German Captivity*. London: Collins, 1968.
Stafford, David. *Endgame 1945: Victory, Retribution, Liberation*. London: Little, Brown, 2007.
Stein, Harry. *Buchenwald Concentration Camp, 1937–1945*. Göttingen, Germany: Wallstein Verlag, 2004.
Stuhlpfarrer, Karl. *Die Operationszonen "Alpenvorland" und "Adriatisches Küstenland" 1943–1945*. Vienna: Verlag Bruder Hollineck, 1969.
Vermehren, Isa. *Reise durch den letzten Akt*. Hamburg: Christian Wegner Verlag, 1946.
Wachsmann, Nikolaus. *KL: A History of the Nazi Concentration Camps*. London: Little, Brown, 2015.

Waller, John A. "Reichsführer Himmler Pitches Washington." CIA Center for the Study of Intelligence, 14 April 2007. cia.gov/library/center-for-the-study-of-intelligence/csi-publications/csi-studies/studies/vol46no1/article04.html.

Young, Peter. *Commando*. New York: Ballantine, 1968.

Zegenhagen, Evelyn. "Innsbruck (SS-Sonderlager)" and "Innsbruck I." In *Encyclopedia of Camps and Ghettos* Vol. 1A, edited by Geoffrey P. Megargee. Bloomington: Indiana University Press, 2009.

索 引[1]

Abwehr, 43, 50, 58, 60, 74
Adenauer, Konrad, 281
Alexander, Harold, 171, 206, 258
Allied forces
 air raids on the Prominenten after Flossenbürg, 111–112
 air raids over Dachau, 133–134, 136–137
 bombing near Regensburg, 48
 bombing of the Brenner Pass, 164
 capture of German camp superintendents, 294
 Dachau liberation, 165
 Day and Ducia crossing through enemy territory, 244–247
 death of Melitta von Stauffenberg, 115
 end of hostilities in Italy, 1–2
 Flossenbürg executions, 53, 56
 German construction of the Alpine Fortress, 35–37
 German forces recruiting prisoners of war for espionage against, 105–107
 German negotiation for Austria and Bavaria, 32–33
 German strength in Italy, 169–170
 German surrender, 260–263
 Himmler's planned peace negotiations, 31–32, 204, 224
 Jack Churchill intercepting, 240–243
 postwar arrest of German Prominenten, 281
 push towards Munich and Dachau, 120
 Sachsenhausen's Prominenten, 9–12
 SS anticipation at Dachau, 124–125
 use of the Prominenten in espionage, 281–282
 waiting for the liberation of Flossenbürg, 79–80
 Wolff's peace negotiations with the Allies, 33–34, 171–175
 See also American forces
Alpine Fortress (Alpenfestung), 33–37, 127, 131, 138, 144, 148, 164, 165, 173
Alvensleben, Gebhard von, 232–233, 265, 271–272
Alvensleben, Wichard von, 218–222, 224–225, 232–233, 236
American forces, 1–2
 evacuation of the Pragser Wildsee hotel, 276–277
 front line in Italy, 255–256
 liberating the Prominenten, 267–276
 Payne Best establishing contact with, 134–135
 prisoners of SS-Sonderlager Innsbruck (Reichenau), 150–151
 Task Force Thompson, 242–243, 268

---

1. 此索引为英文原版书中的内容，原样照录。

See also Allied forces; liberation by the Allies
Asche, Melvin G., 267, 269–272
asocial prisoners, 53
assassination attempts, 26, 38–39, 43, 46, 57, 73
Atwell, John, 273
Austrian Prominenten
   Konrad Praxmarer, 139
   Richard Schmitz, 139–140, 144, 163, 217
   See also Schuschnigg, Kurt von
Austro-Hungarian Empire, 178

Bader, Douglas, 290
Bader, Friedrich, 44–45, 113–114, 261
   background and experience, 24
   Dachau evacuation, 139, 152, 154–155
   Dachau Sippenhäftlingen, 117
   execution order, 167–168, 189–190, 196
   Hitler's declining abilities, 204
   Jack Churchill's escape, 201–202
   Payne Best assuming command of the prisoners, 209, 226–227
   postwar activities, 293, 295–296
   prisoners' fear of execution, 161, 181
   prisoners' impressions of, 68–69
   prisoners' negotiations for release, 187, 220–221
   prisoners' SS attack plan, 199–200
   Regensburg state prison, 63–64
   removal of the prisoners to Dachau, 66
   SS-Sonderlager Innsbruck, 161
   transferring the prisoners to Dachau, 88–89
Badoglio, Pietro, 84
BBC radio, 11, 235
Bell, George, 71
Bergen-Belsen concentration camp, 206–207
Berlin, Germany, devastation of, 15, 166, 204
Bessonov, Ivan Georgievich, 16, 49, 237, 285
Bletchley Park facility, Britain, 85–86
Blum, Jeanne "Janot," 19–21
   arrival at Dachau, 117
   Dachau evacuation, 152
   Niederdorf, 193–194
   partisans' claim of protection, 264
   people and conditions at Dachau, 134
   postwar activities, 280
   Pragser Wildsee hotel, 229–230
   Regensburg state prison, 45
   Schönberg, 67
   temperament and intelligence, 156–157
   transport from Buchenwald, 41
Blum, Léon, 18–21, 37
   Dachau evacuation, 152
   execution order, 195
   Niederdorf, 192–194
   partisans' claim of protection, 264
   people and conditions at Dachau, 117, 130, 134
   postwar activities, 280, 282
   Pragser Wildsee hotel, 229–230
   Regensburg state prison, 45
   Schönberg accommodations, 67
   Schuschnigg and, 131
   temperament and intelligence, 156–157
   transport from Buchenwald, 41
Bolzano, Italy, 244–247
Bongartz, Theodor, 94–96, 157–159, 295
Bonhoeffer, Dietrich, 39, 58, 60, 70–71, 74–78, 80, 88
Bonin, Bogislaw von
   arrest and imprisonment, 61
   assuming command of the prisoners, 215–216, 222–223

Bonin, Bogislaw von *(continued)*
  execution order, 58–59, 72–74, 94, 166, 190–191
  Flossenbürg's secret Prominenten, 85
  negotiating release of the prisoners, 198, 206–209
  postwar activities, 279–280, 282
  transferring the prisoners to Dachau, 90–91
Borgo Valsugana, Italy, 2, 255, 256, 267
Bormann, Martin, 35–36, 204
Braun, Eva, 204
Brenner Pass, 120, 145, 164–168, 170, 178, 236, 241–242, 245, 268
British forces
  arrival of the Prominenten at Flossenbürg, 53–54
  Bürgerbräukeller assassination attempt, 27
  end of hostilities in Italy, 1–2
  espionage by Irish prisoners, 287
  Prominenten, 25–26
  Sachsenhausen's Sonderlager A escapes, 12–13
British and Irish Prominenten
  Andy Walsh, 194, 287
  German compensation, 287–290
  John McGrath, 105–106, 122, 161, 194, 210, 235, 287
  John Spence, 287
  journey to the Brenner Pass, 166–168
  Wadim Greenewich, 110, 147–148, 150, 284–285, 293
  See also Churchill, John "Mad Jack"; Day, Harry "Wings"; Dowse, Sydney; Falconer, Hugh; James, Bertram "Jimmy"; Payne Best, Sigismund; Stevens, Richard; specific individuals
Brodnikov, Viktor, 234, 237
Brugger, Josef, 205–206

Buchenwald concentration camp
  assassination conspirators, 58
  conditions of the Prominenten, 17–21, 28–29, 38–39
  death of evacuees, 152
  fall to the American forces, 129–130
  Fey Pirzio-Biroli's imprisonment and removal, 21–24
  Heidel Nowakowski's history, 292–293
  Léon Blum's confinement, 18–21, 37
  Müller Order, 86
  removal of the Prominenten, 38–44
  Sigismund Payne Best's imprisonment, 25–27
Bülowius, Alfred, 215
Bürgerbräukeller assassination attempt, 27–28, 59–60

Canaris, Wilhelm, 43, 58–59, 73–74, 76–78, 80
Caneppele, Ezio, 251
Catholic Church, 283–284
cease-fire agreement, 1–2, 242–244, 247, 255–258
Chamberlain, Neville, 26
children
  Corrado and Roberto Pirzio-Biroli, 22, 114, 232, 279
  Himmler's hostages, 224
  Roberto Pirzio-Biroli, 22, 114, 232, 279
  Sippenhäftlingen prisoners, 21–22
  Sissy von Schuschnigg, 82–85, 90–91, 101, 155–156, 280
Christian, Gerda, 204
Churchill, John "Mad Jack," 286
  Allied liberation, 121, 262
  Allied troops encounter, 240–243, 252
  background and experience, 14
  billeting in Italy, 185
  Canaris execution, 78
  Dachau, 112, 125

386

escape from the SS, 49, 186–187, 199–203
execution order, 167, 191
moving the Dachau prisoners deeper into German territory, 124–125
postwar activities, 288
removal from Flossenbürg, 111
SS-Sonderlager Innsbruck, 147–148
Churchill, Peter, 286
  Allied liberation, 121, 126, 261
  background and experience, 50
  billeting in Italy, 185
  Dachau, 127, 157
  Ducia's imposture, 249–250
  execution of Canaris and the conspirators, 79–80
  exploring northern Italy, 183–185
  Flossenbürg's prisoner executions, 78
  Garibaldi's liaison with the Allies, 262–263
  German surrender, 262
  growing tension among prisoners and SS, 199
  Jack Churchill's escape, 201–202
  journey to the Brenner Pass, 166
  moving the Dachau prisoners deeper into German territory, 124–125
  planning an attack on the SS, 188
  postwar activities, 287–288
  removal from Flossenbürg, 111
  search for Odette Sansom, 162–163
  SS-Sonderlager Innsbruck, 149–150
Churchill, Winston, 31–32, 50
Communists, 255, 264–265
compensation to British nationals, 287–291
concentration camps
  liberation of Bergen-Belsen, 206–207
  Ravensbrück, 54, 162, 288
  See also Buchenwald concentration camp; Dachau concentration camp; Flossenbürg concentration camp; Sachsenhausen concentration camp
Confessing Church, 39
Coulter, John B., 275
coup attempts, 21–22, 57
crimes against humanity, 60

Dachau concentration camp, 28, 54
  Allied liberation, 121, 126, 165
  American air raid, 133–134
  betrayal by Allied POWs, 106–107
  brothel block, 113, 121–126, 134
  deteriorating conditions and overcrowding, 127–135
  evacuation, 136–145, 151–157, 165
  execution of Charles Delestraint, 132–133
  execution of Georg Elser, 102
  execution of Sigmund Rascher, 157–159
  execution order for Canaris and his associates, 58–59, 72–73
  history of, 92
  imprisonment of Edgar Stiller, 294
  memorials, 284
  moving the prisoners deeper into German territory, 124–125
  prisoners and conditions, 64, 93–100, 107–108, 112–113, 115–119, 122–124, 130–131
  privileged living conditions, 130–131
  religious service, 132–133
  removing the Prominenten from, 126–127
  secret prisoners, 103–104
  transfer of prisoners to, 88–92
  transfer of prisoners to SS-Sonderlagen Innsbruck, 149

387

Danish Prominenten: Hans Mathiesen
    Lunding, 76–77, 122–123
Dansey, Claude, 288–289
Day, Harry "Wings," 284, 289
    American liberation of the
        Prominenten, 275–277
    anticipating Allied liberation,
        109–110, 121, 124–126
    authority over the prisoners, 230
    background and experience, 2–3,
        14–15
    billeting in Italy, 185
    confrontation with the SS and SD,
        185–187, 209–212, 226
    crossing to American lines, 244–259
    Dachau, 113, 127, 157
    destruction of Berlin, 50–51
    escape opportunities, 49–52
    execution of Canaris and the
        conspirators, 77–80
    execution order, 167, 191–192
    fears of execution, 161
    Flossenbürg, 55–56
    friction at the Pragser Wildsee hotel,
        234
    friction between the German and
        Hungarian prisoners, 199
    German compensation to British
        nationals, 289–291
    Greek Prominenten at
        Sachsenhausen, 11–12
    Italian partisans, 253–255
    Jack Churchill's escape, 201–202
    parting from Anton Ducia,
        265–267
    postwar activities, 290–291
    prisoners' fears of execution, 8–10
    rescuing Wadim Greenewich, 110
    Sachsenhausen, 10, 13–14, 16
    SS-Sonderlager Innsbruck, 147–150
    travel through enemy lines, 239
death vans, 29
SS Death's Head Units (SS-
    Totenkopfverbände), 100, 161
Delestraint, Charles, 132–133, 294

Dell'Elmo, Mario, 251, 256–257
disappeared individuals, 11
Dobbiaco (Toblach), Italy, 222, 223, 268
Dohnányi, Hans von, 60–61
Dollman, Eugen, 175
Dowse, Sydney, 284
    American liberation of the
        Prominenten, 277
    anticipating Allied liberation at
        Dachau, 124–125
    background and experience, 14
    escape opportunities, 49, 80
    postwar activities, 292
    Pragser Wildsee hotel, 230–231
    pranking the SS, 51
    rescuing Wadim Greenewich, 110
    SS-Sonderlager Innsbruck, 149–150
Dragic-Hauer, Hinko, 124
Dresden, Germany, destruction of, 50–52
Ducia, Anton, 239, 289–290
    background and appearance, 182
    billeting the prisoners, 184, 194,
        213–216
    crossing to American lines, 244–259
    Italian partisans and American
        liberators, 238
    parting from Payne Best, 266–267
    plan to disarm the SS and SD,
        218–219
Dulles, Allen: Wolff's peace negotiations,
    33–34, 171–175
Dzhugashvili, Yakov, 286–287

Eccarius, Kurt, 291
Edquist, Carl, 74, 85
Eichmann, Adolf, 294
Einsatzgruppen death squads, 62
Elser, Georg, 27, 59, 94–96, 102, 104, 158,
    295
English, John, 269, 275
Enigma messages, 85–86
escapes
    from Niederdorf, 199–203
    Great Escape of March 1944, 10, 14,
        49, 290–292

postwar narratives, 288
prisoners' perpetual attempts, 15, 49–51
Sachsenhausen's Sonderlager A, 12
espionage
   Dietrich Bonhoeffer's anti-Nazi resistance, 60
   Liedig's assistance to Allied forces, 281
   Lothar Rohde's activism, 103
   Payne Best's suspicions of Richard Stevens, 105
   recruiting prisoners of war for, 105–107
   suspicions of Heidel Nowakowski, 292–293
executions
   Benito Mussolini, 179
   Buchenwald concentration camp, 23
   Canaris and his supporters, 58–59, 75–77
   Charles Delestraint, 133
   Dachau's history, 92–93
   death vans, 29
   execution order against the Prominenten, 188–190, 195, 197–198, 238
   Flossenbürg concentration camp, 53–56, 77–81
   Georg Elser, 94, 96, 102
   Müller Order disposition of the Prominenten, 93–95
   postwar executions of Russian Prominenten, 285
   putting Josef Müller's execution on hold, 75
   Sachsenhausen concentration camp, 9
   Sigmund Rascher's execution at Dachau, 157–159
   Vassily Kokorin, 287

Falconer, Hugh, 40, 261
   Buchenwald prisoners, 28
   Dachau, 64–65, 127–128
   German surrender, 261–262
   Heidel Nowakowski's history, 293
   postwar activities, 281, 287–288
   radio news at the Pragser Wildsee hotel, 235
   Regensburg state prison, 46, 63
Falkenhausen, Alexander von, 39
   Dachau, 88–90, 97–98, 118
   execution order for Canaris and his associates, 58–59, 72–73, 94, 195, 197
   negotiating release of the prisoners, 207
   Niederdorf, 194
   postwar activities, 281
   Regensburg state prison, 46, 63
   Schönberg accommodations, 69–70
Ferdinand, Arthur, 269–272
Ferrero, Davide, 125–126
   Dachau, 123, 139
   Day and Dowse's escape plan, 125, 127
   escape plan, 125, 127, 183, 185–186, 210–211, 236–237
   people and conditions at Dachau, 134
   protecting the Schuschniggs, 223
   transfer of authority over the prisoners, 230
Flossenbürg concentration camp, 43–44, 49–56
   execution of Dietrich Bonhoeffer, 75–77
   execution order for Canaris and the conspirators, 61–62, 72–74, 76–81
   layout of, 53–54
   reputation, 40–41
   rescuing Wadim Greenewich, 110
   secret Prominenten, 81–85
   transferring the prisoners to Dachau, 88–92
Flügge, Wilhelm von, 162–163, 189–191, 283
Fragebogen, 296

Free French forces, 14
Freisler, Roland, 21
French Prominenten, 18–20
   Gabriel Piguet, 132–133, 140
   Prince Xavier of Bourbon-Parma, 122, 139–140
   Raymond van Wymeersch, 14, 49, 149–150, 237, 293
   See also Blum, Jeanne "Janot"; Blum, Léon
French Resistance, 132, 139, 150
Friedrich Leopold of Prussia, 122, 139–140
Fritz, Andreas, 246

Garibaldi, Giuseppe, 103, 123, 255
Garibaldi, Sante, 123, 261
   American liberation of the Prominenten, 272
   Dachau, 123, 137, 139
   escape plan, 235–236
   liaison with the Allies, 262–263
   people and conditions at Dachau, 134
   planning an attack on the SS, 183–186, 197–199, 209–212, 216–217
   postwar activities, 281
   Stiller execution plan, 294
   transfer of authority over the prisoners, 230
Garibaldi Communists, 255, 264–265
Gehre, Ludwig, 43, 58, 74, 76, 80
German Prominenten
   Erich Heberlein, 38–39, 68, 122–123, 127–128, 152, 283
   Franz Halder, 58–59, 81, 85, 90, 94, 195, 281
   Gertrud Halder, 81, 85, 152
   Joseph Joos, 139–140, 283
   Margot Heberlein, 38–40, 44, 46, 68–69, 89, 122–123, 127–128, 152, 283
   Philipp von Hessen, 83–84, 109, 244, 282
   risk of retribution, 230
   Wilhelm von Flügge, 162–163, 189–191, 283
   See also Bonin, Bogislaw von; Falkenhausen, Alexander von; Kunkel, Karl; Liedig, Franz; Müller, Josef "the Ox"; Neuhäusler, Johann; Niemöller, Martin; Nowakowski, Heidel; Sippenhäftlingen (kin prisoners)
Glücks, Richard, 85–86
Goebbels, Joseph, 36, 204
Goerdeler, Carl, 73, 154, 229
Goerdeler, Reinhard, 154
Gogalla, Wilhelm, 61–62, 72–74, 76, 85, 89–90, 92–93, 108
Gontard, Hans, 35
Göring, Hermann, 19, 83–84
Great Escape (March 1944), 10, 14, 49, 290–292
The Great Escape (film), 290
Greek Prominenten, 11–12, 139–140, 280
Greenewich, Wadim, 110, 147–148, 150, 284–285, 293
Gudzent, Käte, 229
guerrilla warfare, 36

Halder, Franz, 58–59, 81, 85, 90, 94, 195, 281
Halder, Gertrud, 81, 85, 152
Hassell, Fey von. *See* Pirzio-Biroli, Fey
Hassell, Ulrich von, 21, 22, 73
Hammerstein, Maria von, 41–42, 129, 154
Hammerstein-Equord, Kurt von, 41–42
Hassell, Ulrich von, 21–22, 73
Heberlein, Erich, 38–39, 68, 122–123, 127–128, 152, 283
Heberlein, Margot, 38–40, 44, 46, 68–69, 89, 122–123, 127–128, 152, 283
Heiss-Hellenstainer, Emma, 215, 229–232, 234–235
Heydrich, Reinhard, 27, 59

Himmler, Heinrich, 8
    Alpine Fortress strategy, 34–35
    Buchenwald liquidation, 18
    Dachau evacuation, 141, 154
    death sentence for political prisoners, 172
    history of Dachau, 92, 113
    order of execution for Richard Schmitz, 140
    peace negotiations with the Allies, 31–32, 204, 224
    Sachsenhausen escape, 12–13
    Sippenhaft custom, 21
    Wolff's peace negotiations with the Allies, 173
Hitler, Adolf
    Allied attack on Berlin, 166
    Bonin's disobedience and arrest, 61
    connection to Prince Philipp von Hessen, 83–84
    death of, 246
    death sentence for political prisoners, 172
    Germans' political opposition to, 42–43
    Himmler's treachery towards, 31–32
    Kaltenbrunner-Wolff rivalry, 32–33
    marriage to Eva Braun, 204
    personal security service, 75
    removal of Prominenten, 37
    Wolff's peace negotiations with the Allies, 173–174
Hlatky, Andreas, 198
Hoepner, Horst, 68–69
Hofacker, Caesar von, 67
Hofer, Andrea, 255
Hofer, Franz, 35, 172–173, 175, 184, 236, 244
Horthy, Miklós "Nicky," 107–108, 280–281
Höttl, Wilhelm, 33
Hungarian Prominenten
    Dachau, 124
    Hlatky, Andreas, 198
    Miklós Horthy, 107–108, 280–281

    Miklós Kállay, 107–108, 198, 202, 280–281
    Péter Schell, 198, 231, 281
Huppenkothen, Walter, 59–62, 72, 76, 85–86

Innsbruck. *See* SS-Sonderlager Innsbruck
Irish prisoners of war, 105, 287
Isenburg, Helene Elisabeth von, 294–295
Italian Prominenten. *See* Ferrero, Davide; Garibaldi, Sante
Italy
    partisans operating ahead of American forces, 238–239
    civilian perceptions of the Prominenten, 181–182
    German military superiority, 169–170
    German peace conspiracy, 34
    Germany's increasing losses in, 173
    Germany's last stand, 177–178
    Mussolini's death, 170, 179
    partisans, 123–125, 149, 176, 179, 183–186, 191, 197–198, 202–203, 253–254
    Prince Philipp von Hessen's fall from grace, 84
    removal of the Prominenten from Dachau, 125–126
    Wolff's command and plans for, 32–33
Izycki, Jan, 149–150, 260

James, Bertram "Jimmy," 122, 284
    Allied air raids on the Prominenten, 112
    American liberation of the Prominenten, 273, 277–278
    background and experience, 14
    Dachau, 126–127
    destruction of Berlin, 50
    escape opportunities, 49
    execution of Canaris and the conspirators, 78, 80
    fears of execution, 161

James, Bertram "Jimmy," *(continued)*
   Flossenbürg, 56, 110
   postwar activities, 291–292
   Pragser Wildsee hotel, 230–231
   removal from Sachsenhausen,
     15–16
   rescuing Wadim Greenewich, 110
   Sachsenhausen, 9–10, 12
   SS-Sonderlager Innsbruck, 147–150
   Wings Day and, 52
James, Madge, 291–292
Jensen, Stanislaw, 149–150
Jews, deportation of, 281
Joos, Joseph, 139–140, 283
Jordan, Hans, 215
Junge, Traudl, 204

Kaiser, Elisabeth, 229
Kaiser, Jakob, 229
Kállay, Miklós, 107–108, 198, 202,
   280–281
Kaltenbrunner, Ernst, 32–34, 57–58, 60,
   75, 79, 165, 172–173
Kendall, Paul W., 266
de Kergariou, Aubrey, 280
Kesselring, Albert, 34, 172–173
Keyes, Geoffrey, 266, 269
Klop, Dirk, 26
Koegel, Max, 54–56, 82
Kokorin, Vassily Vassilyevich
   Buchenwald prisoners, 28
   Dachau and the evacuation, 88–89,
     134, 142
   execution order for Canaris and his
     associates, 72–73
   German surrender and Kokorin's
     departure, 264–265
   Heidel Nowakowski and, 128, 293
   joining the Russian partisans, 237
   Payne Best and, 128–129
   postwar activities, 285–287
   purported death of, 265
   Regensburg state prison, 46, 63
   true identity of, 285–287

Kunkel, Karl, 132–133, 137, 140, 144,
   166–167, 187, 205, 284, 294

Langeling, Emil, 220
League of German Officers, 229
Lechner, Franz Xaver, 94–96, 104–105,
   158–159
liberation by the Allies
   Italian partisans' role in, 238–239
   anticipation of, 109–110
   Bergen-Belsen, 206–207
   Buchenwald's Prominenten fearing
     execution, 18
   German surrender, 264–265
   growing restlessness of the
     Prominenten, 237
   rescuing the Prominenten after the
     German surrender, 267–276
   Wings Day's part in bringing about,
     290
Liedig, Franz, 43, 74, 131–132, 141,
   207–209, 228–229, 233,
   281–282
Liell, Hans Gunther, 293
Lunding, Hans Mathiesen, 76–77,
   122–123

Mafalda of Hessen, 84
Mahl, Emil, 94, 96, 159
Majdanek death camp, 54
Mandel, Georges, 20
McGrath, John, 105–106, 122, 161, 194,
   210, 235, 287
Mengele, Josef, 294
Miller, Franklin P., 257–258
Mogenson, Jørgen, 260
Mohr, Josef, 229
Mohr, Käthe, 229
Mohr, Peter, 12–13, 15–16, 49, 51–52,
   54–56
Moonless Night (James), 292
Müller, Heinrich, 58, 61, 86
Müller, Josef "the Ox"
   background, 42–43

Dachau and the evacuation, 112, 131–132, 141
exclusion from execution, 75, 132
execution of Canaris and the conspirators, 79–80
execution order, 73–74, 195
Kokorin's departure after liberation, 264–265
postwar activities, 281, 283
removal from Flossenbürg, 109–110
Müller Order, 58–59, 61–62, 72, 86, 93–95, 102
Munich, destruction of, 142–143
Mussolini, Benito, 84, 170

Nacht und Nebel directive, 11
National Liberation Committee (Italy), 179
Neave, Airey, 287
Neuhäusler, Johann, 295
   billeting the prisoners in Italy, 182
   Dachau, 123, 132, 138, 142, 144
   fears over the execution order, 205–206
   journey to the Brenner Pass, 166–167
   Niederdorf, 192–193
   postwar activities, 283–284
Nicholson, Claude, 105–106
Niederdorf (Villabassa), Italy, 189–203, 205–207, 230, 260, 263–264, 288
Niemöller, Else, 123, 138
Niemöller, Martin, 127, 217
   American air raid on Dachau, 133
   background and experience, 122
   Dachau evacuation, 138–139, 142
   execution order, 195
   fears for the safety of the Prominenten, 179–180
   postwar activities, 284
   Pragser Wildsee hotel, 229
   secret prisoners, 103

Nowakowski, Heidel, 40, 44
   Dachau, 127–128
   elopement, 237
   postwar activities, 292–293
   Regensburg, 46
   suspicions of, 38, 68–69
   true identity and aliases of, 292–293
   Vassily Kokorin and, 128
Nuremberg Trials, 284

Odette (film), 288
Office of Strategic Services (OSS; United States), 33–34
Operation Grapeshot, 169
Operation Sunrise, 172–175
Oranienburg, Germany, 7–8, 13
Oss, Giovanni, 252
Oster, Hans, 58, 73–74, 76, 78

Papagos, Aleksandros, 11–12, 139–140, 280
Papen-Koeningen, Hubertus von, 114
partisans, Italy's, 123–125, 149, 176, 179, 183–186, 191, 197–198, 202–203, 253–254, 262–264. *See also* Ferrero, Davide; Garibaldi, Sante
Payne Best, Sigismund, 39–40, 43–44
   American air raid on Dachau, 133
   American liberation, 121, 260–265
   American liberation of the Prominenten, 272–274
   Anton Ducia and, 290
   approaching the war zone, 178–179
   arrest and interrogation, 27–28
   authority over the prisoners, 207–209, 215–216, 225–226
   birthday celebration, 130
   Buchenwald prisoners, 25–29
   contacting the American forces, 134–135
   Dachau and the evacuation, 42, 64–65, 88–92, 97–102, 118, 128, 136–138, 140–145

Payne Best, Sigismund *(continued)*
    destruction of Munich, 142–143
    execution order, 58–59, 61–62, 72–73, 95, 168, 190–191, 194–197
    fears for the safety of the Prominenten, 180–181
    fears of execution, 161
    friendship with Vassily Kokorin, 128–129
    German surrender, 260–261
    Gestapo removal of Dietrich Bonhoeffer, 70–71
    Heidel Nowakowski's history, 293
    Jack Churchill's escape, 201
    journey to the Brenner Pass, 160–161, 167
    Kokorin's departure after German surrender, 264–265
    leaving Buchenwald, 38
    libel accusation over Day's book, 291
    negotiating release of the prisoners, 207
    Niederdorf, 193–194
    opinion of Friedrich Bader, 68–69
    postwar activities, 280, 288–290
    Regensburg state prison, 46, 63–64
    Schönberg accommodations, 67–68, 70–71
    secret prisoners at Dachau, 103–104
    Sigismund Rascher's execution at Dachau, 159
    SS attack plan, 212, 222–223
    SS-Sonderlager Innsbruck, 146–147, 149–150
    suspicions of Nowakowski, 68
    suspicions of Richard Stevens, 104–107
    women and, 47–48
peace negotiations, 31–34, 171–175, 204, 224
Petacci, Claretta, 170
Petersdorff, Horst von, 46, 63
Philipp, Hans, 238, 276
Philipp von Hessen, 83–84, 109, 244, 282

Piguet, Gabriel, 132–133, 140
Pirzio-Biroli, Corrado, 22, 114, 232, 279
Pirzio-Biroli, Detalmo, 21, 279
Pirzio-Biroli, Fey (*née* von Hassell), 25, 73
    American liberation of the Prominenten, 273
    approaching the war zone, 177–178
    Brenner Pass, 164
    Buchenwald, 41
    Dachau, 116, 129–130, 152–157
    Payne Best and, 47–48
    postwar activities, 279
    Pragser Wildsee hotel, 232
    Regensburg state prison, 45–46, 64, 66
    removal from Buchenwald, 41–42
    Schönberg, 67, 71
    Sippenhäftlingen, 21–24
    Stauffenberg's relationship with, 113–115, 261
Pirzio-Biroli, Detalmo, 21, 279
Pirzio-Biroli, Roberto and Corrado, 22, 114, 232, 279
Plettenberg, Gisela von, 152, 230–231
Pohl, Maximilian Ritter von, 172
Polish Prominenten
    Aleksander Zamoyski, 260
    American liberation, 260
    Jan Izycki, 149–150, 260
    Stanislaw Jensen, 149–150
Praetorian Guard (German SS), 31
Pragser Wildsee hotel, 179–180, 184, 214, 228–238, 244–245, 260–265, 271–276, 285
Praxmarer, Konrad, 139
Privalov, Pyotr, 237, 265, 285
Prominenten (VIP prisoners), 2–3
    approaching the war zone, 169–171, 177–179
    Buchenwald, 17–18, 24–25, 27, 38–41
    confinement in Regensburg prison, 44–48

Dachau, 58–59, 61–62, 64–66, 69,
  93–104, 107–108, 115–119,
  125–126, 132–133, 152–154
  execution order, 72–73, 171–172,
    189–192, 195–196, 205–207,
    238, 258
  Flossenbürg, 52–54, 81–85, 110–111
  Germany's declining strength in
    Italy, 175–176
  Gestapo removal and execution of
    Dietrich Bonhoeffer, 70–71,
    75–77
  imprisonment in Regensburg, 63–64
  imprisonment in Schönberg, 70–71
  journey through Austria, 160–168
  prisoners' fears of execution, 8–10
  privileged conditions, 130
  RAF raid on the train, 52
  recruitment for espionage and
    sabotage, 105–107
  Sachsenhausen, 10–15, 55–56,
    82–83
  SS massacre plan, 185–188, 197–199
  survivors, 279–296
  transport to the south, 42–45
Protestant church, 284
Pünder, Hermann, 202–203

Rabenau, Friedrich von, 38
Rahn, Otto, 172, 175
Rascher, Sigmund, 29, 39, 41, 53, 69, 101,
  127–128, 152, 157–159, 293
Rattenhuber, Johann, 75
Ravensbrück concentration camp, 54,
  162, 288
Reach for the Sky (film), 290
Red Army. *See* Soviet Union
Regensburg, Germany, 44–48, 55, 58,
  63–64
Rohde, Gisela, 103, 132
Rohde, Lothar, 103, 120, 134–135,
  294–295
Roosevelt, Franklin Delano, 31–34
Rosenheim, Germany, 143
Röttiger, Hans, 172, 175, 206, 219–220
Rottmaier, Ludwig, 126, 131, 135
Royal Air Force (RAF; Britain), 2–3,
  9–11, 14, 51

Sachsenhausen concentration camp, 106
  Dohnányi's trial and death sentence,
    60–61
  Falconer's transfer to, 261–262
  German compensation to British
    prisoners, 287
  layout and facilities, 7–8
  pranks by the prisoners, 51
  prisoners and conditions, 8–15, 27,
    50, 55–56, 82–83, 286–287
  prisoners' fears of execution, 8–10
  Russian Prominenten, 286–287
  the Schuschniggs' imprisonment,
    82–83
Sack, Karl, 58, 76
Sansom, Odette, 50, 162–163, 288
Schacht, Hjalmar
  conditions at Dachau, 101
  culture and education, 130–131
  execution order, 94, 195
  Flossenbürg's secret Prominenten,
    81, 85, 87
  planning for the safety of the
    Prominenten, 181
  postwar activities, 282
  transferring the Prominenten to
    Dachau, 90–91
Schäfer, Hans, 220
Schatz, Dietrich, 45, 154
Schell, Péter, 198, 231, 281
Schellenberg, Walter, 27, 59
Schlabrendorff, Fabian von, 72–74, 122–
  123, 126–127, 187–188, 283
Schlemmer, Hans, 215
Schmitz, Richard, 139–140, 144, 163, 217
Schönberg, Germany, 66–71, 85, 113–119
Schröder, Harring, 116
Schröder, Ingeborg, 116
Schröder, Sybille-Maria, 116

Schulz, Karl-Lothar, 257–258
Schulze-Gaevernitz, Gero von, 283
Schuschnigg, Kurt von
   American liberation of the
      Prominenten, 274–277
   approaching the war zone, 178
   billeting for the prisoners in Italy,
      182
   concerns over the continuing safety
      of, 223–224
   Dachau, 90, 97–98, 100–101,
      130–131
   Dachau evacuation, 151–153, 155
   execution order, 58–59, 93–94, 189,
      195
   Flossenbürg's secret Prominenten,
      81–85
   journey to the Brenner Pass, 166
   Niederdorf, 193–194
   postwar activities, 279–280
   Reichenau, 163
   temperament and intelligence,
      155–156
Schuschnigg, Maria Dolores Elisabeth
      "Sissy" von, 82–85, 90–91, 101,
      155–156, 276–277, 280
Schuschnigg, Vera von, 82–85, 90–91,
      93–94, 96–98, 101, 103,
      155–156, 276–277, 279–280
Schutzstaffel (SS), 47–48
   Buchenwald training center, 18
   Buchenwald's Prominenten, 24
   confining the Prominenten in
      Regensburg prison, 45–46
   establishment of Dachau
      concentration camp, 92
   Flossenbürg concentration camp, 53
   Léon Blum's removal from
      Buchenwald, 19–20
   Praetorian Guard, 31
   prisoners' attack plan, 185–188,
      197–200, 212, 222–223
   Sachsenhausen's Prominenten,
      15–16

Sachsenhausen's Sonderlager A
   escapes, 12–13
   See also Bader, Friedrich; Stiller,
      Edgar
Schweinitz, Victor von, 174–175
Secret Intelligence Service (SIS; Britain),
   25–27, 284–285
Sexten (Sesto), Italy, 218–222, 230, 238
Sikorski, Władysław, 103
Sindle spy network, 50
Sippenhäftlingen (kin prisoners), 21–23,
   47, 57–58, 66–67, 70, 114–119,
   125, 129, 152–154, 198–199,
   229. *See also* specific individuals
Smith, Sydney, 290–291
Soviet Prominenten, 28
   Flossenbürg concentration camp,
      109–110
   impatience for liberation, 237
   Ivan Georgievich Bessonov, 16, 49,
      237, 285
   postwar activities, 285–287
   Pyotr Privalov, 237, 265, 285
   Viktor Brodnikov, 234, 237
   See also Kokorin, Vassily
      Vassilyevich
Soviet Union, 62
   fate of the Russian Prominenten,
      285
   Germany's view of the Western
      Allies' relationship with, 174
   pushing the Germans further south,
      121
Special Operations Executive (SOE;
   Britain), 50, 53, 56, 123,
   162, 261, 284–285. *See also*
   Churchill, Peter; Falconer,
   Hugh
Speer, Albert, 84
Spence, John, 287
SS. *See* Schutzstaffel (SS)
SS-Sonderlager Innsbruck and Reichenau
   Work Education Camp,
   140–141, 146–159

Stanek, Jan, 265
Stauffenberg, Alexander von, 114–115, 118, 229, 261, 273, 279
Stauffenberg, Claus von, 21–22, 38–39
Stauffenberg, Elisabeth von, 115
Stauffenberg, Marie-Gabriele von, 155
Stauffenberg, Markwart von, 118, 177–178
Stauffenberg, Markwart von (Jr.), 154
Stauffenberg, Melitta von, 114–115, 261
Stawitzki, Kurt, 209
Stevens, Richard
   arrest and interrogation, 27–28
   Buchenwald prisoners, 26–27
   Dachau, 104, 141
   execution of Charles Delestraint, 133
   execution order, 95, 168, 195
   journey through Austria, 160–161
   Payne Best's suspicions of, 104–107
Stiller, Edgar, 105
   authority over the prisoners, 182, 208–209, 215–216, 220, 225
   Bader's relationship with, 117
   billeting the prisoners in Italy, 183–184, 187
   Brenner Pass retreat, 164
   the British Prominenten in Dachau, 113
   Dachau evacuation, 136, 141, 152, 154–155
   execution order for political prisoners, 168, 172, 190, 195–196, 205–206
   fear of Allied retribution, 230
   the Germans' arrival at Dachau, 118
   Hitler's declining abilities, 204
   moving the Dachau prisoners deeper into German territory, 124
   Niederdorf, 192–194
   postwar activities, 293–295
   the prisoners' impressions of, 99–100
   the prisoners' negotiations for release, 187
   Prominenten fearing execution by, 167, 180–181
   removing the Prominenten from Dachau, 126
   secret prisoners, 131
   SS-Sonderlager Innsbruck, 148
   transporting the prisoners through Austria, 160–161
Strünck, Theodor, 58, 76
Stuttgart Declaration of Guilt, 284
surrender by the Germans, 260–264, 271–272

Task Force Thompson (American forces), 242–243, 268
Thalhammer, Herbert, 213–214, 217
They Almost Killed Hitler (Schulze-Gaevernitz), 283
This is Your Life (television program), 290
Thomas, Georg, 58–59, 81, 85, 90, 94, 191, 194–195, 281
Thorbeck, Otto, 76
Thyssen, Amélie, 118, 152, 193–194, 229, 282
Thyssen, Fritz
   Dachau, 118, 152
   Niederdorf, 193–194
   planning for the safety of the Prominenten, 181
   postwar detention, 282
   Pragser Wildsee hotel, 229
   Schönberg, 67, 70
Tinzl, Karl, 246
torture of prisoners, 12–13, 21, 27, 43, 50, 53, 57, 60, 68, 73, 292
treason, accusations of
   Fabian von Schlabrendorff, 73
   guards' view of the German Prominenten, 231
   Heinrich Himmler, 204
   Irish prisoners, 287

treason, accusations of *(continued)*
  Léon Blum, 20
  Russian prisoners, 285–286
  Wilhelm Canaris and his
    coconspirators, 60, 76–77
Trento, Italy, 2, 166, 170, 241, 246–251, 255

Venlo incident, 26, 104, 289
The Venlo Incident: A True Story of Double-Dealing, Captivity, and a Murderous Nazi Plot (Payne Best), 289
Vermehren, Erich, 47
Vermehren, Isa, 41, 217
  American liberation of the Prominenten, 273
  Dachau, 116, 152
  fears of execution, 161
  journey to the Brenner Pass, 166
  opinion of Friedrich Bader, 24
  postwar activities, 279
  Pragser Wildsee hotel, 230–231
  Regensburg, 47
  suspicions of Heidel Nowakowski, 68
Vermehren, Michael, 47
Vichy government (France), 20
Vietinghoff, Heinrich von, 34, 172–175, 190–191, 209, 214, 215, 219, 260
Vietnam War, 284

Visintainer, Wilhelm, 102, 104, 133, 140, 155, 161

Walsh, Andy, 194, 272, 287
war crimes and war crimes trials
  Edgar Stiller, 294–295
  Friedrich Bader, 295
  Hjalmar Schacht, 282
  Johann Neuhäusler, 284
  Prince Philipp, 84
Wauer, Paul, 101–102, 104, 140–141, 155
Weiden, Germany, 40–41, 52
Weimar, Germany, 17–18
Weiter, Eduard, 58, 93–94, 96–97, 102, 118, 165
Wenner, Eugen, 174
West Germany: compensation to British nationals, 287–290
Wilson, Harold, 287
Wings Day (Smith), 290–291
Wolff, Karl, 32–34, 171–174, 224, 258
Würzburg, Germany, 23
Wymeersch, Raymond van, 14, 49, 149–150, 237, 293

Xavier of Bourbon-Parma, 122, 139–140

Yalta Conference, 285
Yugoslavian Prominenten, 124

Z section (SIS), 26
Zamoyski, Aleksander, 260

死亡倒计时
——《希特勒最后的阴谋》出版后记

希特勒曾经说过,"评判一个男人,就看他与什么女人交往,以及最后怎么个死法"(大意如此)。这位战争狂人在他生命的最后时光躲在柏林总理府的地下暗堡里,过着暗无天日的日子,同时还从这里发出各种歇斯底里、垂死挣扎的指令——其中很多是针对那些被关押在遍布欧洲的集中营中的囚犯的——这些指令有些被执行了,有些并未被完全执行,但即便是这样,还是有数量众多的鲜活生命(其中很多是抵抗纳粹的英雄)死于黎明前的曙光中……

希特勒本人最后吞毒而死,算是自主选择了自己的死法——不知道他在说上述那些话时有没有想到自己会是这样的结局;但是,死于纳粹崩溃前的那些英雄和囚犯呢?他们能自己选择吗?这本书就从这里开始了叙述,聚焦于纳粹集中营中那些即将迎来胜利的囚犯——主要是各国的精英政要和在战场上被俘虏的盟军军官。

达豪、布痕瓦尔德、萨克森豪森、弗罗森堡——这些令人毛骨悚然的集中营是本书故事的发生地；那些"名囚"当中，有奥地利前总理库尔特·冯·舒斯尼格、法国前总理莱昂·布鲁姆及其夫人琼、希腊前陆军总参谋长亚历山大·帕帕戈斯、英国皇家空军上尉贝斯特、英国皇家空军中校哈里·"翼"·戴，以及一些与施芬陶贝格刺杀案有关联的德国"名囚"，其中就包括大名鼎鼎的朋霍费尔（本书译作潘霍华）——我们读过这本书便知道，当时德国国内有那么多人反对纳粹。串连这些地点的线索是运送这些囚犯的大巴，它们在战争即将结束时穿行于德国的青山绿水间——由北一直向南，读者与书中的主人翁一样不知道前方等待着他们的是什么……

本书就以这样的纪实性白描手法，像电影分镜头一样，一幕一幕地向我们展示着死亡倒计时的分分秒秒和揪心瞬间；叙述的节奏很慢，就像书中的大巴走不快一样。文字晃晃悠悠地如同伴随缓缓行进的大巴的光影，零星、散漫地刺激着书中人物，以及读者的生死考量和叙述中所见的人性极限。

近来，国际上研究希特勒的著作已进入微观层面；国内引进的速度在可能的情况下也基本上与国际接轨。这本最新出版的纪实性著作为我们反思那场战争奉上了新的视角——眼见全世界都要走向光明，死囚们却要一步步走向毁灭——他们的所历、所欲、所忧和所惧，以及那些能决定他们生死的纳粹军官和士兵的言行举止……

唯愿这世界上再也没有战争这回事！

本书出版人　申明

于 2020 年十一假期之最后一天